读客外国小说文库

激发个人成长

无尽世界 II

[英]肯·福莱特 著

胡允桓 译

江苏凤凰文艺出版社
JIANGSU PHOENIX LITERATURE AND ART PUBLISHING,LTD

目　录

36 / 083

“噢，对于强奸只有一种惩处，”威廉老爷说，“拉尔夫将被绞死。”

37 / 091

在房子之外，梅尔辛深深地吸了口寒夜的空气。他简直难以相信发生的事情。他不再是建桥的匠师了。

38 / 108

拉尔夫原以为他对这些人握有绝对权力，可不知怎么的，他们却征服了他。拉尔夫要等着挨绞了。

39 / 119

他们亲吻了，然后梅尔辛用双臂搂住凯瑞丝，使足了劲儿拥抱了她。他松开她之时，看到她哭了。

40 / 131

拉尔夫喝了啤酒，吃的东西却难以下咽。他就要上绞架了，食物似乎没有意义。

41 / 152

凯瑞丝感到绝望了。她想跑回医院去，但那样做毫无意义。她没法帮助她父亲了。谁也不能了。

42 / 176

她说道：“凯瑞丝请求在这座修道院中当一名见习修女——而且我接受了她！”

第五部分（ 1346年3月至1348年12月）

43 / 203

摔倒一疼更激怒了凯瑞丝，她松开他的衣服，朝她觉得是他脸的地方抓去。她碰到了他的皮肉，便用指甲深深地抓着。

44 / 215

“我一直在等着这东西干透，”菲利蒙说，“这是吉尔伯特·希尔福特的人皮。”

45 / 237

七年前凯瑞丝感到的一切哀痛一下子涌上心头。她意识到，她在1339年时并没有真正失去他。但她现在失去了他，最终地、永远地失去了他。

46 / 254

凯瑞丝才意识到，她已经多么习惯女修道院的生活了。她发现自己竟然期盼着典礼仪式的洗手，默默地就餐，天黑就上床，甚至凌晨三点晨祷时那种睡眼惺忪的宁静。

47 / 270

八月二十二日星期二那天，英格兰军队开始溃逃。

48 / 286

凯瑞丝看到梅尔已经要醉了。她扮演男孩子的角色有些过分了：劈开两腿坐着，两肘撑到桌子上。

49 / 296

那是一阵暴雨，很快就雨过天晴了，拉尔夫低头望着谷底，看到敌人已经到达，不由得感到一阵恐惧。

50 / 305

“我疯了？”凯瑞丝说，“在过去的六个星期里，国王造成了数以千计的男女老幼的死亡。而我却在尽力拯救一个十二岁的女孩不要嫁给一个杀人魔王。威廉大人，我们俩哪一个是疯子？”

51 / 314

她是个贫民，丈夫是个无地的雇农，而他们的东家甚至不能付给他一天一便士的工钱。格温达这么思虑着，觉得心酸得欲哭无泪了。

52 / 325

拉尔夫已经多年没见过她了，他感到如同挨了一拳似的一惊，青春热情全都回到了身上，一时竟呼吸不畅了。

53 / 338

1348年春天，梅尔辛似乎从一个梦魇中醒来，却记不大清是怎么回事了。他感到惊惧与虚弱。

54 / 352

“上帝赐福你，陌生人。”凯瑞丝说。这人有几分面熟。他用金褐色的眼睛紧盯着她。这时她认出了他。她手中的杯子掉在了地上。“噢，上帝！”她说，“是你啊！”

55 / 371

两三百人等着看这场对决。这已不再仅仅是个工程问题上的争论了，梅尔辛是在代表年轻一代向旧有的权威发起挑战，大家对此也心知肚明。

56 / 386

兄弟俩拥抱了。梅尔辛感到一阵温暖压倒了一切。他心想，经历了战争和疫病，他俩至少还都活着。

57 / 403

拉尔夫学会了不少东西，但内心深处并没有改变。他依旧是个残暴的人。

58 / 417

她本该能让梅尔幸福的。她应该能够拯救她的生命。凯瑞丝在唱圣歌时哭了，希望注意到她的泪水的人会以为她沉迷于宗教而感动呢。

59 / 427

“我们能对黑死病怎么办呢？”她说，“这是黑死病，不是吗？”

60 / 440

“我们应该与伪宗教不懈地斗争，”戈德温说，“记住只有上帝才能治愈疾病。祈祷、忏悔、圣餐、苦行——这都是基督精神认可的办法。”他稍稍提高了声调，“其余的全是亵渎！”

61 / 454

凯瑞丝从梅尔辛手中接过燃着的树枝，就转身走开了。他目送着她，心想：就这样结束了吗？就完了？

62 / 466

戈德温张开嘴想尖叫，但出不来声。地上升起一团黑雾，吞噬了他，把他的躯体渐渐吞没，直到他的口鼻之上，使他无法呼吸，随后又升到他的眼睛，使他眼前一团漆黑；他终于失去了知觉。

第四部分

*1338*年*6*月 至*1339*年*5*月

30

1338年那个六月，天气干燥而晴朗，但对于羊毛集市却是一场大灾难——往大处说就是对于王桥，往小处说则是对埃德蒙这位羊毛商。到那一周的中间，凯瑞丝就知道她父亲已经破产了。

镇上的人早已预料到生意艰难，也尽可能做了准备。他们吩咐梅尔辛做了三个大木筏，可以撑过河去，对渡船和伊恩的小船是个补充。梅尔辛本来还可以多造几个木筏的，可是岸上没地方放。修道院的地面一天以前才开放，而渡船整宿都打着火把运行。他们说服了戈德温允许王桥的店主们过河到郊区一侧，向排队过河的人卖东西，指望着酿酒师迪克的淡啤酒和面包师贝蒂的小面包会解等候的人一时的饥渴。

这还不够。

到市场来的人比以往要少，可是排队等候的情况却从来没这么糟过。新增的木筏不敷使用，即使如此，两岸仍拥挤不堪，车子时时陷进泥里，要靠几头牛一起才能拖出来。更麻烦的是，木筏不便掉转，发生了两次碰撞，把乘筏的人掀到了水里，所幸还没有淹死人。

有些商人早已料到这些问题，干脆躲得远远的。另一些人看到排着的长队，也掉头回去了。在那些情愿等上半天进城的人中间，有些人只成交了一些微不足道的生意，待上一两天之后就离开了。到星期三，渡船载的人当中，出城比进城的要多了。

那天早晨，凯瑞丝和埃德蒙同伦敦来的查洛姆一起，巡视了一次建桥的工程。查洛姆不像博纳文图拉·卡罗利那样是个大主顾，但这一年也就只有他了，因此父女俩一直围着他转。他又高又壮，穿着一件鲜红昂贵的意大利呢料的外衣。

他们借用了梅尔辛的木筏。筏子上的甲板高出一块，还镶嵌了一个吊车，做装卸建筑材料之用。他的年轻助手吉米，把他们撑进了河中。

梅尔辛去年十二月建起的水中桥墩还都由沉箱围着。他已向埃德蒙和凯瑞丝解释过，他要把这些沉箱留在原地，到桥差不多竣工时再拆，以保护桥墩，不致受到他自己的工匠们失手损坏。到他拆掉这些沉箱时，就会在沉箱的位置上堆一堆散放的大石块，叫作防冲乱石，他说会保护桥墩，不受水流在下面冲毁。

巨大的石柱此刻已像树一般矗立着，把拱梁伸向靠近岸边的浅水中筑就的较小的桥墩。这些桥墩上也伸出了拱梁，一边连向中间的桥墩，另一边连向岸上的桥台。十几名石匠在精心制作的脚手架上忙碌着，脚手架紧裹着石头桥墩，如同峭壁上的海鸥的鸟巢。

埃德蒙一行人在麻风病人岛上了岸，看到梅尔辛正同托马斯兄弟一起监督着石匠们建造一个桥墩，桥将从那里跨越河的北边支流。修道院依旧拥有和控制着这座桥，尽管地面已经租借给教区公会，而建桥的费用是从镇上个人手中贷款而来。托马斯时常在工地上。修道院的戈德温对这项工程有一种所有人的兴趣，尤其是对桥的外观，显然觉得这对他将是某种纪念碑的建筑。

梅尔辛抬头用他那双金褐色的眼睛看了看客人，凯瑞丝的心似乎加快了跳动。这些日子，她难得见到他，而且他俩谈话也总是公事，但她在他面前仍然觉得有点不自在。她得尽力让呼吸正常，用假装漫不经心的样子迎着他的目光，并把她说话的速度放慢到正常节奏。

他们始终没有弥合他们的争吵。她没有跟他讲过她流产的事，因此他并不清楚，她的怀孕是自然结束了还是怎么的。他俩谁也从来不提这件事。从那次之后，他曾有两次来找她谈话，求她跟他重新开始。两次谈话中，她都告诉他，她绝不会再爱别的男人，但她也不打算把一辈子用来当某个人的妻子，当另一个人的母亲。“那你要怎么过这一辈子呢？”他曾这样问，她干脆回答说，她不知道。

梅尔辛不再像先前那样顽皮了。他的须发都修剪得整整齐齐——如今他是理发师马修的常客。他穿的是褐色的长及膝盖的束腰外衣，像个石匠了，而且还披了件镶皮的黄色斗篷，表示他的师傅身份，头上戴的是里面有羽毛的帽子，显得他的个子高大了些。

埃尔弗里克对梅尔辛的敌意依旧，反对他打扮得像个师傅，理由是他不是任何公会的成员。梅尔辛的回答是他就是师傅，问题只在于他要被接受入会。这件事情还有待解决。

梅尔辛还只有二十一岁。查洛姆打量着他，说：“他够年轻的！”

凯瑞丝辩护说：“他从十七岁前后就是镇上最好的匠师了。”

梅尔辛跟托马斯又说了几句话，就走了过来。“桥墩的基础要打得深，造得沉。”他说，算是对他正在承建的庞大的石头工程的解释。

查洛姆说："为什么呢，小伙子？"

梅尔辛已经习惯了被人纡尊降贵地对待，对此处之泰然。他微微一笑，说道："我来给你演示一下。把你的双脚尽量分开来站着，就像这样。"梅尔辛比画着，而查洛姆——犹豫片刻之后——便学着他的样子。"你的双脚感觉就像是还要往两边滑，是不是？"

"不错。"

"一座桥的两端就像你的双脚一样要向外撇，这就对桥体加上了一个拉力，如同你的腹股沟感到抻得慌一样。"梅尔辛站直身体，把他自己穿着靴子的一只脚用力地踩到了查洛姆穿的软皮鞋上。"现在你的脚不能动了，你腹股沟上的抻劲放松了，对吧？"

"对。"

"桥墩和我的脚有同样的功能：起着拽紧你的脚和放松拉力的作用。"

"真有意思。"查洛姆边站直身体边若有所思地说，凯瑞丝心知，他在告诉自己不可小看了梅尔辛。

"我来领你们转转看。"梅尔辛说。

过去这六个月，这座小岛已经变得面目全非了。原先的那种麻风病人隔离区已消失不见。许多石头地面如今都建成了仓房：一排排整齐的石头，一桶桶的石灰，一垛垛的木料和一盘盘的绳索。这地方似有老鼠出没——不过如今已在和工匠们争地盘了。有一座铁匠工场，一名铁匠正在修理旧工具和打造新工具；还有好几处石匠的住所；以及梅尔辛的新房子，虽然不大，但建造得很精心，而且布局非常漂亮。木匠、割石工和灰泥搅拌工都不停地干着活，不断地给脚手架上的人们供应着材料。

“在这儿干活儿的人似乎比往常的要多。”凯瑞丝在梅尔辛的耳边嘀咕着。

他咧嘴一笑。“我在看得见的高处安排了尽量多的人手，”他平静地回答说，“我想让来访的客人注意到，我们在建造新桥时干得有多快。我想让他们相信，明年的市场就会恢复正常了。”

在岛的两端，远离这对双子桥的地方，是梅尔辛租给王桥商人的地面上的货场和仓库。虽然他的租金要低于城墙之内的地方，但梅尔辛已经比他每年付出土地租用费多赚了很大一笔钱了。

他也经常见到伊丽莎白·克拉克。凯瑞丝认为她是个冷面女巫，但她是镇上有头脑挑战梅尔辛的另外一个女人。她有从她主教父亲那里继承来的一小箱子书，梅尔辛晚上就待在她家读书。是不是做了别的事，凯瑞丝就不得而知了。

走完一圈之后，埃德蒙带着查洛姆渡河返回，但凯瑞丝留在后边和梅尔辛谈话。“好主顾？”他们目送筏子撑开后，他说道。

“我们只卖给了他两袋廉价羊毛，比我们进价还低呢。”一袋装364磅重的羊毛，都是洗净、晾干的。这一年，廉价羊毛一袋卖三十六先令，优质的要卖这个价钱的两倍。

“为什么？”

“在价格下跌时，现金比羊毛更好。”

“可你们肯定预料到市场不景气了。”

“我们也没想到竟然会这么糟。”

“我很诧异。过去，你父亲总有一种异乎寻常的能力预见走向。”

凯瑞丝迟疑了片刻："是需求低迷和没有一座桥共同造成的。"其实，她也很惊讶。她曾眼见着她父亲照往常一样的数量购进羊毛，不顾前景不妙，而且也想不通，他为什么不保险点，减少购买量。

"我估摸着你们是要把多余的拿到夏陵集市去卖。"梅尔辛说道。

"这是罗兰伯爵希望大家做的。麻烦在于，我们不是那里的常客。当地人会挤占最好的生意。在王桥也是一样：我父亲和另外两三个人跟最大的买主们成交，剩下的小业主和外地人只好去捡零头了。我敢说夏陵的商人也是如出一辙。我们可以在那里卖出几袋，但要全部出手就没真正的机会了。"

"你们怎么办呢？"

"所以我才来找你谈嘛，我们得停下建桥的工程了。"

他瞪了她一眼。"不成。"他平静地说。

"我很抱歉，可我父亲没有钱了。他把钱全都买了羊毛，可他卖不掉了。"

梅尔辛像是挨了一巴掌。过了一阵子他才说："我们只好另找途径了！"

她的心飞出去，到了他那儿，可她想不出什么可指望的话好说。"我父亲在这座桥上投入了七十镑。他已经兑现了一半。剩下的嘛，恐怕是在他仓库里的那些羊毛袋里了。"

"他不可能一文不名嘛。"

"已经差不多了。答应出资建桥的好几个人也是这种情况。"

"我可以放慢点进度，"梅尔辛无奈地说，"解雇一些工匠，停掉材料的库存。"

“那样一来，到明年集市时你的桥就建不成了，我们的境遇就更坏了。”

“总比彻底放弃要强。”

“是啊，是这样的，”她说，“不过先什么也别做。等羊毛集市一完，我们再想办法。我只是想让你心中有数。”

梅尔辛依旧面色苍白：“我懂了。”

木筏回来了，吉米等着渡她上岸。凯瑞丝走上筏子时，漫不经心地说了一句：“伊丽莎白·克拉克怎么样了？”

梅尔辛做出了一副对这句话吃惊的样子。“我觉得她还好吧。”他说。

“你好像常跟她见面。”

“不怎么经常，我们一直都是朋友。”

“是啊，当然啦。”凯瑞丝说，心想这不一定是真的。梅尔辛去年的大部分时间完全忽略了伊丽莎白，而他和凯瑞丝却一起消磨了许多时光。既然反驳他不够雅量，她也就不再多说了。

她挥手作别，吉米把筏子撑开岸边。梅尔辛在设法制造一种印象：他和伊丽莎白的关系并非浪漫之举。这或许是实情。或许他向凯瑞丝承认他另有所爱感到尴尬。她就说不准了。有一件事她是有把握的，这在伊丽莎白方面是当作浪漫之举的。凯瑞丝只从伊丽莎白看他的目光中就可以判断。伊丽莎白也许算个冰美人，但她对梅尔辛可是满腔热情。

木筏碰到了对岸。凯瑞丝迈步下筏，走上山去，进入了市中心。

梅尔辛被她的消息深深地震撼了。凯瑞丝回想起他脸上的震惊和沮丧表情时，简直要哭了。当她拒绝重圆他们的爱情时，他就是这副样子。

她依旧不知道自己打算如何过此一生。他总在设想，不管她迈出了怎么样的一步，他都会住在一所靠挣钱的生意支付的舒适的房子里。如今，连那块根基都在她脚下动摇了。她想在头脑里理出个头绪来。她父亲平静得出奇，仿佛还没有抓住他损失的天平似的；但她深知，必须要采取一些行动了。

走在主街上，她经过了埃尔弗里克的女儿格丽塞尔达的身边。格丽塞尔达抱着她那半岁的婴儿。那是个男孩，她给他起名叫梅尔辛，作为对那个没娶她的梅尔辛永远的责备。格丽塞尔达依旧装出一副无辜的受害者的模样。如今人人都承认了，梅尔辛并不是孩子他爸，虽说还有些镇上人依旧认为他无论如何也该娶她——谁让他跟她睡过呢。

凯瑞丝回到家中时，她父亲正好出门。她惊讶地瞪着他。他只穿着内衣：一条长内衣、一条内裤和一双长袜。“你的衣服呢？”她问。

他低头看了看自己，发出了一声难听的惊叫。“我有点心不在焉了。”他说着就转回门里去了。

她想，他准是脱掉外衣去了厕所，随后就忘记再穿上了。这只是因为他的年纪吗？他才四十八岁，再说，看起来比仅仅是忘性大还要严重呢。她觉得不安了。

他返回来时已经穿戴如常了，父女俩一起穿过主街，进入了修道院的地界。埃德蒙说：“你告诉梅尔辛钱的事了吗？”

“说了。他大吃了一惊。”

“他说什么了？”

“他可以放慢进度，少花些钱。”

“可那样的话，我们到明年就不会有现成的桥了。”

“不过，他说，总比半途而废要强啊。”

他们来到了出售孵蛋鸡的珀金·韦格利的摊位处。他那个爱卖弄风情的女儿安妮特，脖子上搭着一根皮带，上面挂着咸鸡蛋的托盘。凯瑞丝看到柜台后边是她的朋友格温达，眼下她为珀金干活呢。格温达有了八个月的身孕，乳房沉甸甸的，肚皮隆起，一只手撑在后腰上，一副背痛的未来母亲的传统姿态。

凯瑞丝计算着，格温达要是没服玛蒂的药的话，现在该怀孕八个月了。在流产之后，她的乳房流出了奶水，她不由得想到这是她自身对她的行为的责难。她忍受着后悔的痛苦，不过每当她从逻辑上考虑这件事时，她深知，若是她有时间再重新做起的话，她还会照样做的。

格温达看到了凯瑞丝的眼神，会心地一笑。不管事情有多古怪吧，格温达已经如愿以偿：伍尔夫里克成了她的丈夫。他此时就在那儿，壮得像匹马，比先前英俊了一倍，把一捆板条箱装到车板上。凯瑞丝为格温达感到一阵激动。“你今天觉得怎么样？”她问。

“我的后背疼了一上午了。”

“唉，没多久了。”

“我琢磨还有两三个星期吧。”

埃德蒙问：“这是谁，亲爱的？”

“你不记得格温达了吗？”凯瑞丝说道，“过去这十年里，她至少每年一次到咱家做客！”

埃德蒙笑了：“我没认出你来，格温达——准是因为你怀孕了。不过，你看着挺好的。”

他们继续向前走。伍尔夫里克没有得到遗产，凯瑞丝知道，格温达在这项任务上是失败了。凯瑞丝没有十分把握的是，去年九月间，格温达去求拉尔夫的时候是如何进行的，可似乎是拉尔夫做出了善意的承诺，后来却变卦了。反正，如今格温达痛恨拉尔夫，那种情绪简直吓人。

附近是一排摊位，本地的布商在出售褐色的土布，那种织得很松的东西，是除去有钱人之外都要买来缝家做的衣服的。他们像是生意不错，与羊毛商大不一样。原毛是一种批发生意——缺了几个大买主就能使整个市场一蹶不振。土布可是零售生意，任何人都需要，谁都得买。或许在时日艰难时，生意会差一些，但人人都需要穿衣啊。

凯瑞丝心底生成了一个模糊的念头。商人们卖不出羊毛时，有时就织成绒，然后再卖，但那样太费工，而且褐色土绒布也没多少利。大家都想买便宜货，销售商就要维持廉价。

她要以新目光看待这些布摊了。她说："我不知道什么最赚钱。"土布每码十二便士。你要再花上六便士才能买到在水中锤击后变厚实的上品，而要是再染上天然的褐色之外的颜色，就要花更多钱。染匠彼得的摊位上有绿色、黄色和粉色的布，要两先令（二十四便士）一码，尽管色泽并不很鲜亮。

她转脸对着父亲，准备把刚才的想法跟他讲讲；可是还没等她开口，就出了些事引开了她的注意力。

身在羊毛集市，勾起了拉尔夫对一年前同样的一幕不愉快的回忆，还摸了摸打歪了的鼻子。那是怎么发生的来着？起因就是他毫无伤害地调戏了那个农家女安妮特，随后是给了她那个蠢情人客客气气的一个教训；但不知怎么的，结局却以拉尔夫受辱而告终。

他一边走近珀金的摊位，一边用回忆一年来发生的事情安慰自己。在桥塌了之后，他救了罗兰伯爵一命；他用采石场上自己的果敢博得了伯爵的欢心；并且终于被封为了领主，尽管领地不过是韦格利那么一个小村子。他杀过一个人——车夫本，虽说只是个拉车的，因此也没什么荣誉可言，不过不管怎么说，他已经证明了他能杀人。

他甚至还和他哥哥言归于好了。是他们的母亲强制的：她在圣诞节那天邀他们兄弟俩共同进餐，一定要他们握手。他们的父亲曾经说过，他们服侍的主人是冤家对头，这是不幸的，但各为其主，也要尽心尽力，就像士兵们在内战中彼此站在了对立面。拉尔夫很高兴，他觉得梅尔辛也有同感。

他用否定伍尔夫里克的继承权的做法，痛痛快快地报复了一下他和他那姑娘。那个引人注目的安妮特如今嫁给了比利·霍华德，而伍尔夫里克只好娶了那个丑陋但很热情的格温达。

可惜，伍尔夫里克看来并没有垮掉。他似乎在村里趾高气扬地走着，仿佛那儿的领主是他而不是拉尔夫。他的邻居都喜欢他，他那怀孕的妻子更是崇拜他。尽管拉尔夫让他吃了苦头，伍尔夫里克反倒以英雄的姿态出现了。大概是因为他妻子太硬气了。

拉尔夫恨不得告诉伍尔夫里克，格温达在贝尔客栈找过他的事。“我和你老婆睡了觉，”他想说，“而且她很喜欢让我睡。”这样就可以把伍尔夫里克脸上的得意劲儿一扫而光了。可是那样的话，伍尔夫里克就会知道拉尔夫答应过的事，然后又不知羞耻地食言了——那只能使伍尔夫里克又产生了优越感。拉尔夫想到若是伍尔夫里克和别人发现了他的食言，他们就会轻蔑他，不由得打了个冷战。尤其是他哥哥梅尔辛，更会为此而怨恨他。不成，他和格温达的胡来一定要保密。

他们都在摊位上。珀金是第一个看到拉尔夫走近的，就像往常一样巴结着向他的地主致意。“日安，拉尔夫老爷。”他边鞠躬边说。他的妻子佩姬，也在丈夫身后屈膝行礼。格温达也在那儿，像是背疼似的搔着。跟着拉尔夫看见了拿着一托盘鸡蛋的安妮特。她看到了他在盯着她，便假作正经地垂下了眼皮。他想再摸摸她的乳房。干吗不呢？他心想——我是她的主子嘛。这时他看到了伍尔夫里克，就在摊位的后边。这小子正往车上装木板箱，可这会儿他站在那儿一动不动地瞅着拉尔夫。他故意装出面无表情，但他的目光却冷静而稳定地瞪着。他那副模样说不上傲慢，但在拉尔夫眼里绝对是威胁。若是说上一句：碰碰她试试看，我就宰了你，就再清楚不过了。

拉尔夫心想，我也许该试一下。让他跟我动手好了。我就用剑把他穿透。我会占尽理的，一位老爷出于自卫反击一个恨得发了疯的农夫。他眼睛看着伍尔夫里克的凝视，举起一只手去摸弄安妮特的乳房——这时格温达发出一声痛苦的尖叫，众人的眼睛都转过去看她了。

31

凯瑞丝听到一声痛苦的叫喊，辨出了那是格温达的声音。她感到一阵恐惧的悸动。出什么事了。她三步并作两步地赶到了珀金的摊位。

格温达坐在一个凳子上，脸色苍白，面孔在疼痛中扭曲得变了形，一只手又搭在后臀了。她的衣裙都湿了。

珀金的妻子佩姬连忙说："她的羊水已经破了。她就要生了。"

"还早吧。"凯瑞丝焦虑地说。

"婴儿反正就要降生了。"

"这样太危险了。"凯瑞丝做出了决定，"咱们把她送医院去吧。"妇女通常是不会到医院去生孩子的，但如果凯瑞丝坚持，医院会接收格温达的。早产的婴儿可能很脆弱，这是人人都知道的。

伍尔夫里克过来了。凯瑞丝看到他样子那么年轻，着实吃了一惊。他才十七岁，可是就要为人父了。

格温达说："我觉得有点抖。过一会儿就会好的。"

"我来扛着你。"伍尔夫里克说着，毫不费力就抱起了她。

"跟我来。"凯瑞丝说。她走在他前面，穿过摊位，嘴里嚷着：“让开点，请——让开点！”他们很快就到了医院。

医院的门大敞着。在里边过夜的客人一个小时之前就已经轻手轻脚地走了，他们的草垫此时已在一面墙跟前高高地摞起。好几个杂役和见习修士正精力充沛地用拖把和水桶冲洗着地面。凯瑞丝招呼着离得最近的一个人，那名清洁工是个中年妇女，赤着一双脚。“去把老朱莉叫来，快——告诉她是凯瑞丝让你去的。”

凯瑞丝找到一张还算干净的草垫，铺在靠近祭坛的地上。她也不清楚祭坛对病人能够产生多么有效的帮助，但她是照习俗办事。伍尔夫里克把格温达放到床上，那种小心翼翼的样子简直就像她是玻璃做的。她仰卧在床，双膝抬起，两腿分开。

过了一会儿，老朱莉就到了。凯瑞丝想，自己长这么大多么经常得到这位修女的抚慰，她大概还没到四十岁，但似乎已经上了一把年纪了。“这位是格温达·韦格利，”凯瑞丝说，“她可能还好，可婴儿要早产好几个星期呢，我觉得还是小心点把她送到这里才对。反正我们就在外边。”

“做得对。”朱莉说着，轻轻推开凯瑞丝，自己跪到了床边。“你觉得怎么样，亲爱的？”她对格温达说。

趁着朱莉低声与格温达交谈，凯瑞丝看了看伍尔夫里克。他那张年轻英俊的面孔由于焦急都变了模样。凯瑞丝知道，他从来没打算娶格温达——他一直想要安妮特。然而，他此刻对她如此关切，仿佛已经爱她多年了。

格温达疼得叫出了声。“好啦，好啦。”朱莉说。她跪在格温达的双脚之间，抬头看着她的衣裙。“小家伙很快就要出来了。”她说。

又来了一个修女，凯瑞丝认出来是梅尔，一个长着天使般面孔的见习修女。她说："我要不要去把塞西莉亚嬷嬷请来？"

"用不着麻烦她了，"朱莉说，"你就去储藏间，给我把顶上有'出生'字样的木箱拿来就好了。"

梅尔连忙走了。

格温达说："噢，天哪，真够疼的。"

"接着使劲。"朱莉说。

伍尔夫里克说："看在老天的分儿上，出什么毛病了吗？"

"什么毛病都没出，"朱莉说，"这很正常。女人生孩子就是这样。你大概是家里最小的孩子。不然的话，你会见过你母亲这样子的。"

凯瑞丝也是她家的老小。她知道生孩子很痛苦，但她还从来没有亲眼见过。她看到生产这么恐怖，真是惊讶万分。

梅尔回来了，她把那只木箱放到朱莉旁边的地面上。

格温达不再呻吟了。她闭上了眼睛，那样子就像是她一直在睡觉。又过了一会儿，她又叫起来了。

朱莉对伍尔夫里克说："坐在她身边，握着她的手。"他马上听从了。

朱莉依旧抬眼看着格温达的衣裙。"现在别使劲了，"过了一阵她说，"做急促的呼吸。"她喘着粗气做出示范。格温达照做了，像是一时之间缓解了她的痛楚。随后她又叫了出来。

凯瑞丝简直受不了。这样若是正常的话，难产该是什么样子呢？她失去了时间观念：一切都发生得太快了，而格温达受的煎熬像是无尽无休。凯瑞丝有一种无能为力的感觉，她憎恨这种感觉，她母亲死时，她就曾被这种感觉所控制。她想帮忙，可不知道该做什么，她急得直咬嘴唇，后来都尝到血的滋味了。

朱莉说："小家伙出来了。"她伸手到格温达的两腿之间。衣裙已经掀到了一边，凯瑞丝突然间清楚地看到了婴儿的小脑瓜，脸朝下，头上是湿漉漉的头发，从一个看似不可能撑得这么大的开口中出来了。"上帝帮助我们，莫怪要疼了！"她害怕地说。

朱莉用左手托住婴儿的头。婴儿慢慢地侧过身，这时他的小肩膀也出来了。皮肤上沾着血和一些别的液体，滑溜溜的。"现在放松一下吧，"朱莉说，"就要完事了。小家伙蛮漂亮的。"

漂亮？凯瑞丝心想。在她看来简直可怕。

婴儿的躯体出来时，肚脐上连着一根油花花的一动一动的蓝色脐带。随后，他的腿和脚一下子就出来了。朱莉用双手捧起了婴儿。个头很小，脑瓜比朱莉的手掌大不了多少。

有点不对头了，凯瑞丝意识到婴儿没有呼吸。

朱莉把婴儿的脸凑近她自己的脸，冲他的小鼻孔吹气。

婴儿突然张开嘴，喘了一口气，哭了出来。

"感谢上帝。"朱莉说。

她用袍袖抹着婴儿的脸，温柔地清理着耳朵、眼睛、鼻孔和嘴巴。然后，她把新生儿抱在胸前，闭上了眼睛；此刻，凯瑞丝看到了一种终生的自我克制。那片刻一过，朱莉就把婴儿放到了格温达的胸口。

格温达低头看着："是男孩还是女孩？"

凯瑞丝意识到，他们谁都没去看。朱莉俯身下去，分开了婴儿的两膝。"男孩。"她说。

蓝色的脐带不再一动一动地抖了，渐渐变成了白色。朱莉从木箱中取出两根短绳，勒住了脐带。跟着，她取出一把锋利的小刀，在两个结中间切断了脐带。

梅尔从她手中接过小刀，又递过一条从木箱取出的小毯子。朱莉从格温达怀里接过婴儿，用毯子包好，又递了回去。梅尔找到一些枕头，给格温达垫上。格温达把衬衫从脖颈处拉下，露出一只胀鼓鼓的乳房。她把乳头塞进婴儿的嘴里，他就开始吮吸了。过了一会儿，他像是睡着了。

脐带的另一端还吊在格温达的下身。几分钟之后，脐带动了起来，一片殷红的东西滑了出来，是胎盘。血浸透了垫子。朱莉把那胎盘抽出来，递给梅尔，并且说："把这东西烧了。"

朱莉检查了格温达骨盆附近，皱起了眉头。凯瑞丝随着她的目光，看到血还在流。朱莉从格温达的身上擦去污渍，但那股红色的细流马上又出现了。

梅尔回来时，朱莉说："请把塞西莉亚嬷嬷请来，马上。"

伍尔夫里克问："有问题吗？"

"这会儿不应该再流血了。"朱莉答道。

空气中突然出现了紧张气氛。伍尔夫里克吓坏了。婴儿哭了，格温达又把乳头塞给他。他吸了几口就又睡着了。朱莉的眼睛一直盯着门口。

塞西莉亚终于出现了。她看了一眼格温达，问："胎盘出来了吗？"

"几分钟之前。"

"你把婴儿放到胸前了？"

"一切断脐带马上就放了。"

"我要请个医生来。"塞西莉亚快步走了出去。

她走出了有几分钟，回来时，手里拿着一个小玻璃瓶，里面装着淡黄色的液体。“戈德温副院长开了这剂药。”她说。

凯瑞丝被激怒了：“他难道不想检查一下格温达吗？”

“当然不啦，”塞西莉亚干脆地说，“他既是教士，又是修士。这样的人是不看妇女的私处的。”

“屁眼。”凯瑞丝轻蔑地说出了一个拉丁文字眼。

塞西莉亚装作没听见。她跪在格温达身边：“喝下这个，亲爱的。”

格温达喝下了药水，可还是流血不止。她面色苍白，那样子比刚刚生产后还虚弱。婴儿在她胸口上睡得很甜，可别人都吓坏了。伍尔夫里克不停地站起又坐下。朱莉从格温达的大腿上抹掉血，像是要哭的样子。格温达要喝的，梅尔取来一杯淡啤酒。

凯瑞丝把朱莉拉到一旁，悄声说：“她出血出得都快死了！”

“我们已经尽力而为了。”朱莉说。

“你以前见过这样的病例吗？”

“见过三例。”

“结果呢？”

“女人都死了。”

凯瑞丝绝望地低声哼了一下：“总该有些事情是我们能做的！”

“她现在在上帝的手心里呢。你可以祷告。”

“那不是我说的要做的事情。”

“说话小心点。”

凯瑞丝马上就感到有罪了。她不想和朱莉这样善良的人顶嘴：“对不起，姐妹。我没想否认祷告的力量。”

“我该希望你不是那意思。”

“可我还不想把格温达留在上帝的手心里。”

“那又能做什么呢？”

“你等着瞧吧。”凯瑞丝匆匆出了医院。

她不耐烦地推开集市里面溜达的顾客。她简直想不通，当一场生死大战就在几码之外进行时，这些人居然还在有买有卖。以前她也好多次听说过要做妈妈的人早产了，但她都没有停下正在做的事情，只是希望那女人好起来，活下去。

她从修道院的地界出来，进了镇子，在街上一路跑着，来到“智者”玛蒂的家。她敲了敲门，就推开进去了。她松了口气，玛蒂在家。

“格温达刚刚生了孩子。”她说。

“出什么事了吗？”玛蒂当即问道。

“婴儿蛮好，可格温达仍在出血。”

“胎盘出来了吗？”

“出来了。”

“要止住出血。”

“你能帮她吗？”

“也许吧。我试试看。”

“赶快，请吧！”

玛蒂把壶从火上取下，穿上鞋，她俩跟着就出发了，玛蒂在身后锁上了门。

凯瑞丝激动万分地说：“我发誓，我绝不要孩子。”

她们冲向修道院，跑进了医院。凯瑞丝嗅到了强烈的血腥味。

玛蒂小心地和老朱莉打着招呼：“下午好，朱莉安娜姐妹。”

“好啊，玛蒂。”朱莉面露失望，“你相信你能帮这女人吗？连圣洁的副院长的药水都没有生效呢。”

“要是你为我和这病人祈祷，姐妹，谁知道会出现什么情况呢？”

这是一种外交辞令的回答，朱莉平静了。

玛蒂跪在母子身边。格温达的脸色越来越苍白。她的眼睛闭着。婴儿瞎找着乳头，但格温达像是疲乏得没法帮助他了。

玛蒂说：“她应该不断地喝水——但不要喝烈性的饮料。请给她弄来一罐温水，里面兑一小杯葡萄酒。然后再问问厨师，他有没有清汤，温的，不要太烫。”

梅尔用征询的目光看着朱莉，朱莉犹豫了片刻，然后说：“去吧——可是别跟任何人讲你是照玛蒂的吩咐做的。”那见习修女匆匆走了。

玛蒂把格温达的衣裙尽量往上拉，露出了她的腹部。几个小时前还绷得紧紧的肚皮，现在已经松弛打蔫了。玛蒂抓住松松的皮肉，把手指轻柔但用力地压进格温达的肚皮。格温达哼哼着，但那是不舒服而不是痛苦的声音。

玛蒂说：“子宫是柔软的，收缩不回去，所以才出血。”

伍尔夫里克含着泪水，说：“你能给她做些什么吗？”

“我不敢说。”玛蒂开始按摩，她的手指显然是通过格温达的皮肉挤压她的子宫。“有时候这样有助于子宫收缩。”她说道。

大家都静静地瞅着，凯瑞丝更是大气不敢出。

梅尔拿着兑了酒的水回来了。“请喂她喝一些。”玛蒂这样说着，手中并没有停止按摩。梅尔端着一只杯子，送到格温达的唇边，她解渴地喝着。“别喝太多。”玛带警告着。梅尔把杯子拿开了。

玛蒂继续按摩着，不时瞥一眼格温达的骨盆。朱莉动着嘴唇，默默地祈祷着。流血不见稍缓。

玛蒂满脸忧虑，换了一下姿势。她把左手放在格温达肚皮上，刚好在肚脐下方，然后又把右手放到左手上。她向下压着，慢慢地加着力量。凯瑞丝担心这会伤着病人，但格温达似乎处于半清醒状态。玛蒂又朝格温达更低地俯下身去，直到像是把她全身的重量都压到双手上。

朱莉说："她不再出血了！"

玛蒂没有改换姿势："你们谁能帮着数到五百？"

"我来。"凯瑞丝说。

"请数得慢一点。"

凯瑞丝开始出声计数。朱莉又从格温达身上抹去血渍，这次再没有新的血流出来了。她开始出声祈祷："我主耶稣基督的圣母……"

大家都屏声敛气，一动不动，如同一尊尊泥胎木雕：床上躺着产妇和婴儿，那位女智者往下压着产妇的肚子；丈夫，祈祷的修女，凯瑞丝数着："一百一十一，一百一十二……"

尽管她自己和朱莉都在出声，凯瑞丝还是听得见外面集市的动静：那是几百人同时说话的嘈杂声。下压的吃力开始在玛蒂的脸上显现出来，但她没有移动身体。伍尔夫里克轻声抽泣着，泪水流下他那晒得红红的面颊。

凯瑞丝数到五百时，玛蒂缓缓地把身体移开格温达的腹部。大家都看着她的阴部，唯恐又有血涌出。

没有出血。

玛蒂舒心地长叹了一声。伍尔夫里克露出了笑容。朱莉说："感谢上帝！"

玛蒂说："请再给她一点喝的。"

梅尔又把一满杯水凑到格温达的唇端。格温达睁开了眼睛，把水全喝光了。

"你现在没事了。"玛蒂说。

格温达轻声说："谢谢你。"然后便闭上了眼睛。

玛蒂看着梅尔。"也许你得跑一趟，看看那汤了，"她说，"这女人得恢复些力气，不然的话，她的奶就要干了。"

梅尔点点头，走开了。

婴儿哭了起来。格温达似乎又活了过来。她把婴儿挪到另一边的乳房处，帮他找到乳头。随后她抬头看着伍尔夫里克，微笑了。

朱莉说："多俊的小家伙啊。"

凯瑞丝又看了看婴儿。她这是第一次把他当成人看。他会长成什么样呢——像伍尔夫里克一样强壮纯朴，还是像他外祖父乔比一样懦弱又不真诚呢？她想，他谁也不像。"他长得像谁？"她问。

朱莉说："他有他母亲的颜色。"

这是真的，凯瑞丝心想。婴儿长着黑发和浅黄的皮肤，而伍尔夫里克却是白皮肤和深金色的头发。婴儿的脸让她想起了什么人，过了一会儿她才反应过来是梅尔辛。她脑海中闪过了一个蠢念头，她马上打消了。不过，像就是像嘛。"你知道他让我想起了谁？"她说。

她突然看到了格温达的眼神。她的眼睛大睁着，脸上掠过一丝惊恐的表情，她的头勉强可见地摇了一下。那只是一瞬间的事，但传达出来的意思是无误的：闭嘴！凯瑞丝咬紧了牙关。

“谁啊？”朱莉傻乎乎地问。

凯瑞丝迟疑着，搜肠刮肚地想着该说些什么，最后她灵机一动。“菲利蒙，格温达的哥哥。”她这样说。

“当然啦，”朱莉说，“该有个人去叫他来，看看他的新外甥。”

凯瑞丝慌了神。这么说，婴儿不是伍尔夫里克的？那又是谁的呢？当然不可能是梅尔辛的。他可能和格温达睡过觉——他当然经不起诱惑——但他事后绝不会向凯瑞丝保密的。若不是梅尔辛……

凯瑞丝被一个可怕的念头镇住了。格温达为了伍尔夫里克继承权的事去求拉尔夫的那天出了什么事？这婴儿会是拉尔夫的吗？想起来太可怕了。

她看着格温达，再瞅瞅婴儿，然后瞧着伍尔夫里克。伍尔夫里克高兴地笑着，可脸上依旧挂着泪水。他一点没起疑心。

朱莉说：“你们想好了孩子的名字了吗？”

“噢，对了，”伍尔夫里克说，“我想叫他塞缪尔。”

格温达点点头，垂下眼睛看着婴儿的脸。“塞缪尔，”她说，“萨米。萨姆。”

“随我父亲的名字。”伍尔夫里克高兴地说。

32

安东尼死后一年，王桥修道院变了个样，戈德温在羊毛集市过后的礼拜天站在大教堂里满意地思忖着。

主要的变化是把修士和修女隔开了。他们不再在修道院的回廊、图书馆或手稿室中混杂相处了。即使在这座教堂中，一道新雕成的橡木屏风也沿唱诗席的中间延伸开来，以防他们在礼拜时互相观看。只有在医院里，他们有时候才不得不混在一起。

戈德温副院长在布道中说，一年前的塌桥事件是上帝对修士和修女管理粗疏以及镇上罪孽的惩罚。修道院纯净的勃勃生机和镇上人的虔诚和恭谨，将会引导所有的人生活得更好，在今世乃至以后。他觉得进展相当不错。

后来，他和司库西米恩兄弟在副院长居所中一起就餐。菲利蒙给他们端上来了炖鳗鱼和苹果汁。“我想盖一座新的副院长寓所。”戈德温说。

西米恩的瘦长脸似乎拉得更长了：“有什么特殊理由吗？”

“我敢说，在基督教世界里我是唯一的一位还住在像鞣皮匠的家一样的房子里的副院长。想一想过去一年间来这里做客的人吧——夏陵伯爵、王桥主教、蒙茅斯伯爵——这所房子不配这样的客人，对我们和我们的管理印象不好。我们需要一座气派的建筑来反映王桥修道院的声誉。”

“你想要一座宫殿。”西米恩说。

戈德温从西米恩的语气里觉察出一种不赞成的调子，仿佛戈德温的目标是炫耀自己而不是修道院。“你要是愿意，就叫宫殿也罢，”他生硬地说，“为什么不可以呢？主教和副院长住宫殿。不是为了他们自己的舒适，而是为客人，也是为建筑物所代表的机构的名声着想。”

“当然啦。”西米恩说，不再沿着那条思路争论下去，“可你修不起呀。”

戈德温皱起了眉头。理论上，他鼓励高级修士和他争论，但实际上他恼火受到反对。“这就可笑了，”他说，“王桥是全国最富有的一座修道院。”

“人们总是这么说。而且我们也确实拥有巨大的资源。但羊毛的价格今年跌落了，这已经是连续的第五年了。我们的收入在萎缩。”

菲利蒙突然插嘴说：“他们说，意大利商人在西班牙买羊毛。”

菲利蒙在变化。自从实现了他的野心，当上见习修士以来，他已经不再有笨小子的模样，自信大增，乃至在副院长和司库的谈话中插话——并且还说出了有意思的信息。

“可能吧，”西米恩说，“何况，羊毛集市也小了，因为没有桥，所以在税款和过桥费上收入大不如前了。”

戈德温说：“可我们还拥有好几千亩农田呢。”

“我们的农田大部分都在国土的这一带。去年雨太多，收获不好。我们许多佃户都是挣扎着，勉强过活。他们饿着肚子，就不好逼他们交租了——”

“无论如何，他们还是得照样交租，”戈德温说，“修士们也饿肚子了嘛。”

菲利蒙又说话了。“要是村里的管家说，一个佃户拖欠租金，或者那块土地没租出去，因此也就没有租子可收，你还真没办法去查他说的是不是实话。管家会收佃户的贿赂的。”

戈德温感到灰心。在过去这一年里，他经历过无数次这样的谈话，他曾决心对修道院的财务加紧控制，但每当他要改变时就会陷入重重障碍之中。“你有什么建议吗？”他心烦意乱地对菲利蒙发问。

“派一个巡视员到各村走上一圈。让他对管家们去说，让他去看土地，让他走进说是挨饿的佃户的家里去瞅瞅。”

“既然管家能受贿，巡视员也一样。”

“巡视员要是修士就不一样了。我们要钱有什么用？”

戈德温想起了菲利蒙当年想偷东西的事情。的确，修士们个人要钱没用，至少在理论上是如此，但这并不意味着他们不会腐败。然而，由副院长派来的巡视员的一次造访，会让管家警觉起来。“这是个好主意，”戈德温说，“你愿意当这个巡视员吗？”

“不胜荣幸。”

“那就这么定了。”戈德温回过头去面对西米恩，说：“即使如此，我们还有大笔收入嘛。”

“还有大笔耗费呢，”西米恩回答，“我们要给我们的主教付津贴。我们有二十五名修士、七个见习修士，还有十九个修道院的食客，要管他们的吃、穿、住。我们还雇了三十个人当清扫工、厨师、马夫等。我们在蜡烛上要花一笔巨资。修士们的袍服——”

“好啦，我已经了解你的要点了，”戈德温不耐烦地说，“可我还是想盖一座宫殿。”

“那你往哪儿去找这笔钱呢？”

戈德温叹了口气：“到头来，我们还是靠老办法。我要问问塞西莉亚嬷嬷。”

他几分钟之后就见到她了。通常都是他请她到他这儿来，表明在教会中男性的优越；但在这个场合下，他觉得还是讨她高兴为佳。

女副院长的住所和男副院长的一模一样，只是有一种不同的感觉。里面有靠垫和小地毯，桌上的罐里养着花，墙上的刺绣内容是《圣经》故事和经文，壁炉前还睡着一只猫。塞西莉亚刚刚吃完烤羊肉和黑红酒。戈德温进门时，她戴上了面纱，这是照戈德温引进的规矩做的，因为有时候，修士不得不和修女谈话。

他发现难以看透塞西莉亚，不管她戴不戴面纱。她曾经郑重地欢迎他当选副院长，还毫无异议地执行他的有关修士和修女分隔的严格规定，只有在有效管理医院的特殊实用地点上方可接触。她从来没有反对过他，但他觉得她并非当真站在他一边。他似乎再也不能使她迷恋。在他年轻的时候，总能让她笑得像个姑娘。如今她不再那么容易受感动了——或许是他计穷了。

与一个戴面纱的女人低声倾谈是很难的，于是他就单刀直入地切入正题。“我认为我们应该建两座新宾馆，供招待贵族和上等客人之用，”他说，“一座男用，一座女用。名称就叫副院长和女副院长寓所，但其主要目的是以宾客习惯的方式来接待来访的人。”

“这主意倒很有意思。”塞西莉亚说。与往常一样，她虽然依从了，却毫无热情。

“我们应该有气势恢宏的石头建筑，”戈德温接着说，“你毕竟在这里担任女修道院的副院长有十多年了——你是全国资格最老的修女之一。”

“我们要宾客印象深刻的，不是靠我们的财富，而是靠修道院的圣洁和修士、修女们的虔诚，这是不消说的。”她说。

“确实如此——不过建筑物是那些精神的象征，犹如大教堂象征着上帝的崇高庄严。”

“你认为新房子该在哪里选址呢？”

戈德温心想，这很好——她已经进入细节讨论了。“靠近现有的旧寓所。”

“那么说，你的靠近教堂的东端，紧挨着牧师会住房，而我的就在这里，鱼塘旁边。”

戈德温脑子里闪过一个想法：她可能在揶揄他。他看不到她的面部表情。他心想，妇女戴上面纱有其不利的一面。“你可以另选新址。”他说。

“是啊，可能吧。”

一阵短时间的沉默，戈德温此时发现难以切入钱的问题。他想不得不修改关于面纱的规定了——或许把女副院长当作例外。这样子谈判实在太困难了。

他又被迫单刀直入了：“不幸的是，我在建筑经费上无能为力。修道院太穷了。”

“你指的是女副院长寓所的修建费？”她说，“我本来就没指望过。”

“不，实际上，我指的是男副院长寓所的修建费。”

“噢，这么说你是想让女修道院为我的寓所也为你的寓所付费喽。”

“恐怕我不得不求你出钱了，是的。我希望你别在意。”

“嗯，如果是为了王桥修道院的声望嘛……”

“我早就知道你会这么考虑的。”

“让我想想看……眼下我正在为修女们修建新的回廊，因为我们不能再用修士的了。”

戈德温没有评论。他很恼火塞西莉西雇用了梅尔辛设计新回廊，而没有雇更便宜的埃尔弗里克，这是一种浪费的奢侈；不过现在不是说这种话的时候。

塞西莉亚继续说：“等那里完工之后，我还要建修女的图书馆并且采购一些书籍，因为我们不能再用你们的了。”

戈德温颇不耐烦地用足尖点着地。这似乎并不相关嘛。

“之后我们还要建一条通向教堂的有顶的走廊，因为我们现在用的是修士们用的另一条路，遇到坏天气，我们就没有遮挡了。”

“十分合理。”戈德温评论说，其实他想说的是：别犹豫了！

“所以嘛，”她以一种决断的态度说，“我觉得我们在三年之内无法考虑这一建议。”

“三年？我想现在就动手！”

“噢，我认为我们不能这么想。”

“为什么不能呢？”

“我们有修建预算的，这你知道。”

“可是，这件事不是更重要吗？”

“我们要照预算办事。”

“为什么？”

“这样我们在财务上就会有强大实力而且能独立自主，”她说，随后她有针对性地补充了一句，“我不喜欢求告别人。”

戈德温不知道说什么才好了。更糟糕的是，他有一种可怕的感觉，她正在面纱背后嘲笑他呢。他可容不得别人嘲笑他。他猛地站起身。“谢谢你，塞西莉亚嬷嬷，”他冷冷地说，“我们改日再谈这件事吧。”

“好吧，”她说，“以三年为期吧。我专候了。”

这时他敢肯定她在笑了。他转过身，尽快地走了出去。

回到他自己的住所之后，他就一屁股坐进一把椅子，怒火冲天。“我痛恨那女人。”他对仍在那里的菲利蒙说。

“她拒绝了？”

“她说她会在三年之后予以考虑。”

“这比光说个‘不’字还要糟，”菲利蒙说，“这是个三年之期的‘不’。”

“我们总逃不脱她的手心，因为她有钱。”

“我听到上年纪的人在一起谈话。”菲利蒙说，显然有点离题，“没想到能学到那么多东西。”

“你想说什么？”

“修道院最初修建磨坊和漂染坊、挖掘鱼塘、圈起野兔围场时，副院长们都立下规矩，镇上人必须要用修士的设备，而且要付费。他们不准在家磨自己的粮食，不准自行踩踏漂洗，他们不能有自家的鱼塘和围场——他们只准买我们的。这条规矩确保了修道院收回成本。”

“可是这规定已经没用了吧？”

“是改了。由于不再禁止，人们只要付罚金，就获准使用他们自己的设备。这样，那条规定就在安东尼副院长主事期间废除了。”

“如今各家都有一台手推磨了。”

“而且所有的鱼贩子都有了鱼塘，有六七个围场，染匠们让他们的妻儿踩踏来漂洗自己的布匹，而不把布带到修道院的漂洗房来了。”

戈德温兴奋起来了：“如果所有的人都要为使用自己的设备这一特权付罚金的话……”

“那就是很大的一笔钱了。”

“他们会像猪一样尖叫的。”戈德温皱起了眉头，“我们能证明我们的说法吗？”

“有很多人还记得罚金的事呢。但这事一定写在修道院纪事的什么地方了——大概在《蒂莫西书》里面。”

“你最好找出来罚金到底是多少。如果我们要以援引先例为由的话，我们最好站得住脚。”

“不知我能不能提个建议……”

“当然能啦。”

“您可以在礼拜天上午在大教堂的布道坛上宣布新制度，这就可以强调是上帝的旨意。”

“好主意，”戈德温说，“这正是我要做的。”

33

“我已经有了解决的办法了。”凯瑞丝对她父亲说。

他靠在桌子头上的一把大木椅上，脸上露出一丝微笑。她熟悉那种神色：有怀疑，但愿意一听。“说下去。”他说。

她有些紧张。她有把握她的主意会奏效——挽救她父亲的财产和梅尔辛的桥梁——不过，她能说服埃德蒙吗？“我们拿出我们多余的羊毛，织成绒布，染好颜色。”她简洁地说。她屏住气，等待他的反应。

“羊毛商在时运不济时常常这么做，”他说，“可你要告诉我，为什么你觉得可行？要花费多少呢？”

“清洗、纺线和织布，一袋羊毛要四先令。”

“能织成多少布呢？”

“一袋劣质羊毛，你买进时花三十六先令，加工成布要再花四先令，能织出四十八码布。”

“你要卖多少钱……”

“没染色的褐色坯布是一先令一码，所以四十八先令——比我们付出的要多出八先令。”

“考虑到我们投入的工，这赚得不多。”

“可这不是最好的赚头。”

“说下去。”

“织工们出售他们的褐色坯布，因为他们急于用钱。但如果你再出二十先令漂洗、加密，然后染色和最后精加工，你就可以卖上两倍的价钱——一码两先令，整匹就要卖到九十六先令——比你付出的要多三十六先令！”

埃德蒙露出将信将疑的神色：“要是这么容易，为什么没有更多的人去做呢？”

“因为他们没有钱投资。”

“我也没钱！”

“你从伦敦的查洛姆那儿拿到了三镑。”

“那我就没钱买明年的羊毛了。”

“照这样的价格，你已经从生意里赚多了。”

他笑了：“以圣者的名义，你是对的。好极了，就从一些便宜货开始试一下吧。我有五袋德文郡的粗羊毛，是意大利人从来不要的。我把其中一袋给你，看看你能不能照你说的办。”

两周之后，凯瑞丝看到马克·韦伯正在砸碎他的手推磨。

她看到一个穷人毁掉一件有价值的设备，十分震惊——以致一时之间忘记了自己的难处。

手推磨由两块石盘组成，每一块都有一面稍稍凿粗过。小些的放在大些的上面，粗面对粗面，完美地嵌入一个线槽。一个突出的木把手让上面的一块石盘转动，而下面的则保持静止。放在两块磨盘中间的粮食穗很快就磨成了粉。

王桥的多数下层居民都有一台手推磨。穷人置办不起，而富有的又不需要——他们会买已经由磨坊主磨好的面粉。但是对于韦伯这样的家庭，他们要把挣来的每一个便士都用在喂饱孩子的花费上，一台手推磨是天赐的省钱之道。

马克把他的手推磨放在他的小屋门前的地上。他找人借来一只长把铁锤。他的孩子中有两个在旁观：一个穿着破衣裙的瘦女孩子和一个蹒跚学步的光屁股的男孩。他把铁锤举过头顶，抡出一道长长的弧线。那光景真值得一看：他是王桥块头最高大的汉子，肩膀像拉车的马似的。石头给砸得如同蛋壳一般散成了碎片。

凯瑞丝说："你到底要干什么？"

"我们得到修道院的水磨那儿去磨面了，一袋粮食要花二十四便士的费用呢。"马克答道。

他似乎对这件事很漠然，可她却吃了一惊："我还以为这新规矩只用于没有准许证的风磨和水磨呢。"

"明天我得和约翰治安官去转转，搜查人们的家里，把非法的手推磨砸碎。我没法说我自己就有一个。所以我要当街砸磨，让人人都看得见。"

"我没想到戈德温打算从穷人嘴里拿走面包。"凯瑞丝咬牙切齿地说。

"我们还算幸运，还有些织布的活儿可干——谢谢你了。"

凯瑞丝的脑筋回到了她自己的生意上："你的活儿干得怎么样？"

"干完了。"

"挺快的嘛！"

"在冬天用的时间多些。可是在夏天，白天有十六个小时，我一天能织六码，当然有玛奇帮忙。"

“真棒！”

“进屋来，我给你看看。”

他的妻子玛奇站在这一间屋的房子后面的炉火边，怀里抱着一个婴儿，身边还站着一个腼腆的男孩。玛奇比她丈夫要矮一英尺多，不过她的身材很结实。她胸围很大，后臀突出，让凯瑞丝联想起一只肥鸽。她那向前翘的下巴赋予她一种咄咄逼人的架势，不过这倒不完全没道理。她虽然好斗，心肠却好，凯瑞丝挺喜欢她的。她请她这位客人来上一杯苹果汁，凯瑞丝没要，因为这家买不起那种饮料。

马克的织机是个木头架子，一码多见方，竖在地上，占掉了大部分的居住空间。织机背后紧靠后门是一张带两条板凳的桌子。显然，他们全家都得围着织机睡在地上。

“我织窄打布，”马克解释说，“窄打布就是一码宽、十二码长的一匹布。我织不了宽幅的，因为屋里摆不下这么宽的织机。”四卷褐色的坯布靠墙堆着。“一袋羊毛可以织出四匹窄打布。”他说。

凯瑞丝早些时候给他带来了一标准袋的粗羊毛。玛奇安排好把那些羊毛经过清洗、拣选，纺成了线。纺线的活儿是镇上的贫穷妇女干的，而清洗和拣选则是由他们的孩子动手。

凯瑞丝摸了摸布面。她很激动：她已经实现了她计划的第一步。“为什么织得这么松呢？”她问。

马克气恼了：“松？我的坯布是全王桥织得最紧密的！”

“我知道——我没有批评的意思。只是意大利的呢绒完全不同——那可也是用我的羊毛织的。”

“一部分靠织工的力气，要看他下层板条挤压羊毛时使了多大的劲儿。”

“我不相信意大利的织工全都比你还壮。”

“那就是他们的机器了。织机越好，就织得越密。”

“我担心的就是这个。”言外之意是凯瑞丝没法跟高质量的意大利毛织品竞争，除非她买意大利织机，而这似乎不可能。

她告诉自己，一时一个问题。她给马克付工钱，数出了四先令，她还要把其中的差不多一半付给纺线的妇女。凯瑞丝理论上赚了八先令。八先令在修桥工程上是顶不了多少用的。照这种速度，要花几年才能织完她父亲全部的剩余羊毛。“有没有什么办法可以生产得快些呢？”她问马克。

玛奇答话了。“在王桥还有别的织工，但大多数都要给现成的布商干活。不过，我可以在镇子外面再给你找些人。那些大点的村子往往有个家里有织机的织工。通常他都给村民用他们自纺的纱织成布。只要价钱好，这些人很容易干别的活儿的。”

凯瑞丝掩饰起自己的忧虑。“好吧，”她说，“我会告诉你的。这会儿，你肯把这些布替我送到染匠彼得那儿吗？”

“当然。我这就去。”

凯瑞丝一路深思着，回家吃饭。要真正独辟蹊径，她就得把她父亲大部分的余款都花掉。要是干砸了，他们的日子就更糟了。何去何从呢？她的计划是有些铤而走险，可是别人还根本没有任何计划呢。

她回到家中，彼得拉妮拉正端出炖羊肉。埃德蒙坐在餐桌一端。羊毛集市上生意的下跌对他的影响看来比凯瑞丝的预期还要严重。他平素里那种勃勃生气被压抑了，常常露出忧心忡忡的神色，如果还算不上垂头丧气的话。凯瑞丝很为他担心。

“我刚看见马克·韦伯砸掉了他的手推磨，”她边落座边说，“这样做不是没脑子吗？”

彼得拉妮拉把头一扬。“戈德温完全有权这么做。”她说。

“那种权利早都过时了——已经有好多年没执行了。还有哪里的修道院做这种事？”

“在圣·奥尔本斯。”彼得拉妮拉得意扬扬地说。

埃德蒙说：“我听说过圣·奥尔本斯，那儿镇上的人不时地动乱，反对修道院。”

“王桥修道院有权收回花在建造磨坊上的钱，”彼得拉妮拉争辩说，“就像你，埃德蒙，想收回你投在建桥上的钱一样。要是有人另建一座桥，你会怎么想？”

埃德蒙没有回答她，于是凯瑞丝便应了声。“那全要看这事会多快地出现，”她说，“修道院的那些磨坊是几百年前造的，围场和鱼塘也是。没有谁永远有权阻止镇子的发展。”

“修道院有权收款。”她顽固地说。

“哼，要是他这样一意孤行，就从谁手里都收不到款子了。人们会搬到夏陵去住。那儿可是准许有手推磨的。”

“你难道不懂得修道院的需要是神圣的？”彼得拉妮拉气愤愤地说，“修士们是为上帝服务的！与这个相比，镇上人的生命又算得了什么？”

“你儿子戈德温相信的就是这个吗？”

“当然啦。”

“我担心的就是这个。”

“你不相信修道院的工作是神圣的？”

凯瑞丝无言以对，所以干脆就耸耸肩，而彼得拉妮拉则一副获胜的神气。

饭食很好，可凯瑞丝心情紧张，吃不下许多。别人都吃完之后，她说道：“我得去见见染匠彼得。”

彼得拉妮拉反对说：“你还打算花更多的钱吗？你已经给了马克·韦伯你父亲的四先令了。”

“不错——可是那些布比羊毛要多值十二先令，这样我还赚了八先令呢。”

“不对，你还没赚到手，”彼得拉妮拉说，“你的布还没卖出去呢。”

彼得拉妮拉表述的疑虑，凯瑞丝在悲观的时候，自己也曾有过同样的担心，但此刻她只能硬着头皮说：“我一定会卖掉的，虽说——尤其要是染成红色的话。”

“染色和漂洗这四窄打，彼得要收多少钱呢？”

“二十先令——不过红布要比褐色的坯布贵两倍，所以我们又可以再赚二十八先令。”

“那是卖掉的话。要是卖不出去呢？”

“我一定卖得掉。”

她父亲插嘴了。“让她去吧，”他对彼得拉妮拉说，“我已经跟她说了，她这次可以试一试。”

矗立在一座山顶上的夏陵城堡也是郡守的住所。山脚下竖着绞刑架。每逢有绞刑时，囚犯就从城堡用车押到下边，在教堂前绞死。

竖绞架的广场也是集市所在地。夏陵集市就设在这里，在公会大厅和叫作羊毛交易所的大型木头建筑之间。主教的官邸和许多小旅馆也在广场周围。

今年由于王桥的麻烦，这里的摊位多于以往，而集市一直伸展到市场之外的街道上。埃德蒙用十辆车运来了四十袋羊毛，如果需要，在本周之内还可以从王桥多运来一些。

让凯瑞丝堵心的是，没有需要了。他在第一天卖掉了十袋，然后直到集市结束都再没成交，他只好把价格压到低于进价才又卖出去十袋。她记忆中从来没见他情绪这么低落过。

她把她那四匹暗红色的绒布放到了他的摊位上，整整一个星期，她一码一码地卖掉了四匹中的三匹。“瞧瞧这样的生意吧，”她在集市的最后一天对她父亲说，“以前，你有一袋卖不出去的羊毛和四先令。现在，你有了三十六先令和一匹布。”

但她的快活只是为了他好。她其实深深地感到沮丧。她曾经大胆地吹嘘过她能够卖掉布匹。结果不是全盘失败，但也算不上胜利。要是她无法以高出成本的价格卖出布去，那她就没有解决掉她的问题。她该怎么办呢？她离开摊位去调查其他的布贩。

最后的绒布一如既往来自意大利。凯瑞丝在劳若·菲奥伦蒂诺的摊位前停下了脚步。像劳若这样的布商不是羊毛的买主，虽说他们常常与买羊毛的人密切合作。凯瑞丝知道，劳若把在英国的进货款交给博纳文图拉，让他用来给英国商人付钱买他的生羊毛。之后，等羊毛运到佛罗伦萨，博纳文图拉家族就卖掉羊毛，用进款还给劳若一家。这样一来，他们就都避开了穿过欧洲的金银币运输障碍的风险。

劳若的摊位上只有两卷布，但颜色却比任何本地产品鲜亮得多。“你就带来这么些吗？”凯瑞丝问他。

“当然不止啦，其余的我都卖掉喽。”

她吃了一惊：“别的人可都赶上了坏集市。”

他耸了耸肩：“最好的布总是卖得出。”

凯瑞丝的头脑里形成了一个主意：“这猩红色的卖多少钱？”

“每码只卖七先令，雇主。”

这可是坏布价格的七倍。“可谁能买得起呢？”

“主教买了许多红色的，菲莉帕夫人买了些蓝的和绿的，镇上酿酒师和面包师的几个女儿，一些四周村子里的老爷和太太……即使在艰难时期，还是有人称钱。这块银红色的穿在你身上漂亮极了。”他麻利地从那捆里打开一块，披到凯瑞丝的肩上。“神了。看看大家已经在怎么打量你了吧。”

她莞尔一笑。“我看出来你为什么卖掉这么多了。”她把那块布拿在手里。织得很紧密。她已经有了一件从她母亲传下来的猩红色的意大利货了。那是她最喜欢的裙袍。“你们用什么染料染成这种红色的？”

“萱草，和大家一样的。”

“可是怎么会这么鲜亮呢？”

“这没什么秘密。他们用明矾。可以使色彩亮丽还能溶进布里，所以不会褪色。一件这种颜色的斗篷，穿在你身上，会妙不可言的，永远都让你高兴。”

“明矾，”她重复了一句，“英国染匠为什么不用呢？”

“那东西很贵，是从土耳其进口的。这种奢侈品仅供特殊的女性使用。”

“蓝色的呢？”

“像你的眼睛。”

她的眼睛是绿的，但她没有纠正他。“这颜色可够深的。”

“英国染匠用菘蓝，可我们从孟加拉进口靛青。摩尔商人把那染料从印度带到埃及，然后我们的意大利商人在亚历山大港买下。”他满脸笑容，“想想一路行程有多远吧——为你出众的美貌锦上添花。”

“是啊，”凯瑞丝说，“好好想想这件事吧。”

染匠彼得在河边的作坊是和埃德蒙的住所一样大的房子，不过是用石头造的，而且没装内壁和地板——只是个外壳。两口大铁锅架在大火上。每口锅旁都有一个升降架，就像梅尔辛用在建筑工程的那种。在这里的是用来抬起大袋的羊毛或绒布，再降到染缸里面。地面上总是湿漉漉的，空气中是浓浓的小蒸汽。学徒们却赤着脚干活，因为屋里的热气，都只穿内衣，他们个个汗流满面，头发上水淋淋的。有一股辣味直冲凯瑞丝的喉咙。

她把她没卖出的布给彼得看。“我想要意大利绒布那种亮丽的猩红色，”她说，“那种最好卖。”

彼得是个忧郁的人，总是一副受伤害的样子，你对他说什么都没用。这时他闷闷不乐地点点头，仿佛承认了一次合理的批评。“我们就用黄草再染一次。”

“再用些明矾，固定颜色并且再亮丽些。”

“我们不用明矾。从来也没有。我不知道谁用过。”

凯瑞丝在心里骂了一声。她没想到要考察这件事。她原以为一个染匠会对染色的一切都知道。“你不能试一试吗？”

“我没有那东西。”

凯瑞丝叹了口气。彼得似乎是那种把什么都看作不可能的匠人，除非他们以前干过。“要是我能给你弄来一些呢？”

“从哪儿弄？”

“我想，从温彻斯特或者伦敦，也许从麦尔考姆吧。”那是最近的一个大港。全欧洲的船都要到麦尔考姆。

“就算我有，我也不知道怎么用。”

“你不能弄明白吗？”

“找谁呢？”

“就让我试着找找看吧。”

他悲观地摇了摇头：“我不知道……”

她不想跟他争论：他是镇上唯一可以做大量印染的染匠。“到时候就有办法了，”她用安慰的口气说，“现在我不再占用你的时间讨论这事了。我要先去看看我能不能找到些明矾。”

她离开了他那儿。镇上谁可以知道明矾的信息呢？她如今后悔没有多问劳若·菲奥伦蒂诺一些问题。修士们会了解些这类事情的，可是他们不再准许与妇女说话了。她决定去见“智者”玛蒂。玛蒂一直都在掺和莫名其妙的混合物——说不定其中就有明矾。更重要的，她若是不知道，就会承认自己无知，不像修士或药剂师，会假造一些东西以免被人认为愚蠢。

玛蒂的头一句话是：“你父亲怎么样？”

“看来他从这次羊毛集市的失败中受到了震动。”凯瑞丝说。这是玛蒂的特点，总要了解一下她在关心什么。“他变得爱忘事了。仿佛变老了。”

“关心一下他吧，”玛蒂说，“他可是个好人。”

“我知道。”凯瑞丝不晓得玛蒂要干什么。

“彼得拉妮拉是头以自我为中心的母牛。”

“我也知道。”

玛蒂在用一只杵研着钵里的什么东西。她把钵推给凯瑞丝。“要是你帮我研这个，我就给你倒一杯酒。”

“谢谢你。”凯瑞丝开始研起来。

玛蒂从一个石罐里给两只木杯倒了黄颜色的酒。“你来这儿干吗？你又没病。”

“你知道明矾是什么吗？”

“知道。我们用少量的明矾做出血药，有助于伤口愈合。那玩意儿还可以止泻。但量多了就有毒了。跟许多毒药一样，让人呕吐。去年我给你配的药里就有明矾。”

“那是什么东西呢？一种草药吗？”

“不是，是一种土。摩尔人在土耳其和非洲开采这种矿。鞣皮匠有时用来对皮革预处理。我估摸你想用来染布。”

“是啊。”跟往常一样，玛蒂的猜测十拿九稳，有点神奇。

“起媒染剂的作用——有助于染料进入毛料。”

“你从哪儿弄到的呢？”

“我在麦尔考姆买的。”玛蒂说。

凯瑞丝用两天的行程来到麦尔考姆，她以前曾到过这里多次，都是由她父亲的一个伙计陪着当私人保镖。她在码头找到了一个商人，卖香料、笼鸟、乐器和从世界边远地区贩来的各种稀奇古怪的东西。他卖给她从法国栽种的茜草根中提到的红色染料和据他说是来自埃塞俄比亚的一种叫作螺旋土的明矾。他给她开价七先令一小桶茜红，一镑一袋明矾，她一点不知道她付的价钱是否公平。他把全部存货都卖给了她，并答应下次有意大利船进港时再进些货。她问他要用多少染料和明矾，可惜他不知道。

她回家之后，就用一个饭锅动手染她没卖出去的绒布。彼得拉妮拉受不了那气味，于是凯瑞丝就把火架在后院。她知道她得把布放到染料的溶液里再加热，染匠彼得告诉了她染料溶液的正确强度。可是，没人知道她需要多少明矾以及如何使用。

她开始了一个试验和出错的沮丧过程。她试过先把布泡进明矾水然后再染，试过把明矾和染料同时使用，还试过把染过的布再放进明矾溶液里加热。她还试过用与染料等量的明矾，后来又加量，又减量。依照玛蒂的建议，她还用别的配料做试验：栎五倍子、白垩、石灰水、醋、尿。

她的时间紧迫。在所有的城镇里，除去公会成员，谁都不准卖布——只有集市不在此例，那时候平素的规矩都不算数了。而一切集市都赶在夏季。最后一个是圣·贾尔斯集市，位于温彻斯特以东的低地里，时间是九月十二日，也就是圣·贾尔斯节。现在已经是七月中旬了，她还有八个星期的时间。

她一大早就开始干活，一直工作到天黑之后很久。不停地翻布，还要举起来下锅出锅，累得她腰酸背痛。由于不断地浸在有刺激性的化学药品中，她的双手又红又疼，她的头发也有味了。然而，尽管沮丧，她偶尔也感到幸福，有时还在干活时哼着甚至唱着歌，那些歌都是老调子，儿时学的歌词都记不清了。邻居们在他们自己的后院里隔着篱笆莫名其妙地观望着她。

她脑子里不时地出现那种想法：这就是我的命吗？她曾不止一次地说，她并不知道该对她的生活做些什么。不过她可能没有什么自由的选择。她不会获准当一名医生；做羊毛商不像是个好主意；她也不想让自己成为丈夫和孩子的奴隶——而她做梦也没想过她最终会当上染匠。她想到这里，心里明知这并不是她想做的事情。不过既然已经开始了，她就决心要成功——但她并非命该如此。

最初，她只能把布染成褐色或浅粉色。当她开始接近正经的猩红色时，却发现晾在太阳下或是一下水就褪色了，这简直要把她逼疯了。她试着染上两次，可效果只能保持一时。彼得很晚才告诉她，要是她用织前的纱，或者用粗羊毛，一定要泡透才能染好；这样做，色样倒是对了，可还是容易掉色。

“学染色只有一条路，那就是跟个师傅。”彼得这样说了多次。凯瑞丝意识到，大家都这么认为。戈德温副院长靠研读几百年前的老书学医，连病人都不见面就开药方。埃尔弗里克因为梅尔辛以新风格雕了童女的寓言便惩罚了他。彼得甚至从来没尝试过把布染成猩红色。只有玛蒂把她的决定建立在自知之明的基础之上，而不是听信某些德高望重的权威的指点。

一天傍晚，凯瑞丝的姐姐艾丽丝站在一边，抱着双臂，噘着嘴，看着她。随着院子的四角逐渐笼进黑暗，凯瑞丝烧着的火映红了艾丽丝失望的面孔。“你把父亲的多少钱都花在这件蠢事上了？”她发问。

凯瑞丝算起加法。“七先令买了茜红，一镑买了明矾，十二先令买了布——总共三十九先令。”

“上帝拯救我们！”艾丽丝吓了一跳。

凯瑞丝本人也吃了一惊。这笔钱比王桥大多数人一年的工资还要多。“这钱不少，可我要赚回来更多。”她说。

艾丽丝气恼："你没权利这样花他的钱。"

"没有权利？"凯瑞丝说，"我得到了他的准许——我还需要别的吗？"

"他已显出老相了。他的判断力不如以前了。"

凯瑞丝装作不晓得这一点："他的判断力是好的，比你强多了。"

"你在耗费咱们的遗产！"

"你是为这个烦心吗？别担心，我在给你挣钱。"

"我不想冒险。"

"你是没冒险，可他在冒险。"

"他不会把应该归我们的钱扔掉的！"

"把这话说给他听吧。"

艾丽丝铩羽而归了，但凯瑞丝并不像她装出的那样信心十足。她也许一直就没弄对。那以后她和她父亲该怎么办呢？

她最终发现了正确的配方，其实极其简单：每三盎司羊毛要用一盎司茜红和两盎司明矾。她先在明矾溶液中煮羊毛，然后把茜红加到锅里就不要再煮溶液了。多余的成分是石灰水。她难以相信这个结果。比她所希望的还要成功。那红色很鲜亮，几乎和意大利的一样。她担心会褪色，让她再次失望；但经过晾干、再洗和漂洗之后，颜色保持不变。

她把配方交给了彼得，在她的严密监督下，他把她剩下的全部明矾在他的大锅里染了十二码最优质的毛绒。经过漂洗之后，凯瑞丝花钱请一位精整工用一个起绒刺果（一种野花的多刺的头部）摘掉松出的线头，并修整了一些小瑕疵。

她带着一大包完美亮红的绒布来到了圣·贾尔斯集市。

她刚一打开布卷，就有一个操着伦敦口音的男人跟她招呼了。“卖多少钱？”他问道。

她打量了一下他。他的衣服贵重而不炫耀，她猜想他很富有但不是贵族。她竭力掩饰着颤抖的声音，说：“一码七先令，是最好的——”

“不，我问的是整匹布多少钱。”

“一共十二码，应该合八十四先令。”

他用食指和拇指捻着布面：“不如意大利绒布织得细密，但也算不坏了。我要给你二十七金弗罗林。”

佛罗伦萨的金币很通行，因为彼时英格兰还没有自己的金币。一弗罗林约值三先令，三十六个英格兰银便士。这个伦敦人提出要买她这整匹布，比她按码零售的价只少了三先令。但她注意到他在讨价还价上并不特别认真——不然的话，他出价会更低的。“不成，”她开口说，对自己的鲁莽有些吃惊，“我要全价。”

“好吧。”他马上说，坚定了她直觉的判断。她大气不敢出地盯着他掏出钱包。转眼间她手里已经攥着二十八枚金弗罗林了。

她仔细检查着一枚金币。比一枚银便士稍大些。一面是洗礼者圣·约翰，他是佛罗伦萨城的保护神，另一面是佛罗伦萨的花卉。她把金币放到一架天平上，与她父亲为此目的保存着的一枚新铸的弗罗林相比。这枚金币是好的。

“谢谢你。”她说，难以相信自己的成功。

“我是伦敦奇普塞的哈里·默萨，”他说，“我父亲是英格兰最大的布商。等你有了更多的这种猩红色的布，就到伦敦来吧。你带来多少，我们就买多少。”

“咱们把这些羊毛全织了！”她回家后对她父亲说，“你还剩下四十袋羊毛呢。我们要全部做成红绒布。”

“这可是笔大生意。”他思虑着说。

凯瑞丝把握十足，她的计划能够实现：“有的是织工，他们全都穷得很。彼得也不是王桥唯一的染匠，我们可以教会别人使用明矾。”

“秘密一旦泄露出去，别人就会仿造了。”

她知道他想到的隐患是对的，不过她已经急不可耐了。“让他们去仿造吧，”她说，“他们也可以赚钱嘛。”

他不想招惹是非：“要是有好多布要卖的话，价钱就要降下来了。”

“在这样的生意赚不到钱之前，还有一条长路要走呢。”

他点点头：“倒也是。可你能在王桥和夏陵卖掉那么多吗？这儿可没那么多有钱人。”

“那我就拿到伦敦去卖。”

“好吧。”他笑了，“你决心很大。这是个好计划——不过，哪怕是个坏计划，你也要尽力干好。”

她马上来到马克·韦伯家里，安排他着手织另一袋羊毛。她还吩咐玛奇用埃德蒙的一辆牛车装上四袋羊毛，在四下的村子里找织工。

但凯瑞丝家里另外的人却不高兴了。第二天，艾丽丝来家吃饭。大家入座以后，彼得拉妮拉对埃德蒙说：“艾丽丝和我觉得，你应该重新考虑你制作布的项目。”

凯瑞丝想让他告诉她，已经做出决定，再想走回头路为时已晚。没想到他却和蔼地说："真的？给我说说理由。"

"你在拿你赚来的每个便士冒险，这就是理由！"

"现在大量的羊毛已经在冒险了，"他说，"我有一整仓库的羊毛卖不出去呢。"

"可你会把一个坏局面弄得更糟的。"

"我已决定抓住这机会。"

艾丽丝插话说："这对我不公平！"

"为什么？"

"凯瑞丝在花我的遗产！"

父亲的脸色一沉。"我还没死呢。"他说。

彼得拉妮拉辨出他不高的话音中的愠怒，闭上了嘴；但艾丽丝没注意到他生了多大的气，还在唠叨。"我们得想想将来，"她说，"凯瑞丝凭什么耗费我生来的权利？"

"因为那还不属于你，说不定永远都不会属于你了。"

"你不能就这样把应该归我的钱扔掉了。"

"我不要别人告诉我该拿我的钱怎么办——尤其用不着我的孩子对我指手画脚。"他说，声音之严厉，连艾丽丝也听出来了。

她用更平和的语气说："我可没想惹你生气。"

他哼了一声。她虽然算不上道歉，但他从来不会长时间发脾气。"咱们吃饭吧，再也别提那件事了。"他说。凯瑞丝心知，她的计划又熬过了一天。

饭后，她去见染匠彼得，跟他打了招呼，大量活计就要临到他头上了。"这事干不成。"他说。

这出乎她的意料。他总是阴沉着脸，但他还是有求必应的。

“别担心，不会都让你一个人染的，”她说，“我要把活儿分给别人一些。”

“不是染的问题，”他说，“是漂洗跟不上。”

“为什么？”

“我们不许自己漂洗。戈德温副院长立了一条新规矩。我们必须用修道院的漂坊。”

“那样的话，我们就用好了。”

“那就太慢了。机器很老，还不时停机。修了一次又一次，所以木头是新旧混杂，就没法有条理地工作了。还不如一个人在一缸水里踩得快呢。再说只有一个漂坊，勉强能应付王桥的织工和染匠的平常活计。”

这可真是发疯。她的全盘计划肯定不能因为她表哥戈德温的愚蠢控制而废于一旦。她气愤地说：“不过，要是那漂坊没法工作，副院长总该允许我们用脚踩布了吧！”

彼得耸了耸肩：“跟他去说吧。”

“我一定去说！”

她大步流星地向修道院走去，但在到达之前，她又转念一想。副院长居所的厅堂是用来会见镇上人的，无论如何一个女人没约好就单独进去也是非同一般的，何况戈德温对这类事越来越敏感了呢。更主要的，直接的面对面不一定是改变他的主意的最好办法。她明白了，她得把这事再想周全一点才能收效。她回到她家，和她父亲一起坐在客厅里。

“年轻的戈德温在这事上站得不稳，”埃德蒙马上就说了，“从来就没有用漂坊还要收费的。据说，漂坊是由镇上一个叫杰克的匠师为伟大的菲力普副院长造的；杰克死后，菲力普就给了镇子永久使用那漂坊的权利。”

“人们为什么不再用了呢？”

“年久失修了，我觉得有一个谁来付维修费的争议。争来争去从未解决，人们就退回去自己踩布了。”

“噢，这么说他无权收费，更无权强迫人们使用了！”

“是这样。”

埃德蒙给副院长捎去口信，询问什么时候戈德温方便，可以一见，回话说他现在就有空，于是埃德蒙和凯瑞丝就穿过大街，到副院长居所去了。

戈德温这一年来变化很大，凯瑞丝心想。孩子气的急切已经一扫而光。他似乎很警觉，像是等着他们发难。她开始怀疑，他究竟有没有当副院长的性格力量。

菲利蒙和他在一起，一如既往地热情地搬椅子，倒饮料，但他的神态中有一股新的自信，一种让人知道他属于这里的表情。

“好嘛，菲利蒙，你如今当上舅舅了，”凯瑞丝说，“你觉得你的新外甥萨姆怎么样？”

“我是个见习修士，”他谨小慎微地说，“我们割舍了一切世俗的关系。”

凯瑞丝耸了耸肩。她知道他喜欢他妹妹格温达，但既然他想装出另一副样子，她就就不强辩了。

埃德蒙生硬地把问题摆给了戈德温。“若是王桥的羊毛商没法改进他们的收益的话，修桥的工程就不得不停下来了。所幸，我们找到了新的财源。凯瑞丝发现了如何生产高质量红布的途径。这笔新生意成功的路上只有一件事挡着：漂坊。”

“怎么？”戈德温说，“红布可以在漂坊漂嘛。”

“其实不成。老得没法用了。只能凑合对付一下现有的绒布生产。没有再多余的能力了。要么你造一座新漂坊——”

“不可能，”戈德温打断说，“我没有做那种事的闲钱。”

“那好，”埃德蒙说，“你就得允准人们用老办法漂布，把布放进一缸水里，用脚来踩。”

戈德温脸上掠过的神情对凯瑞丝来说就是太熟悉了。那是混杂着愤愤不满、挫伤尊严和冥顽不化的表情。在孩提时代，每当他遭到反对时，就是这副样子。这意味着他想对别的孩子恃强凌弱，或者，若是做不到，就一跺脚回家去。想自行其是只是一部分。凯瑞丝认为，他似乎一遇到不同意见就感到受了侮辱，仿佛别人认为他不对的念头，太伤害他，让他无法容忍。不管怎样解释吧，她深知她一看到他这种表情，他就要蛮不讲理了。

“我早知道你会跟我对着干的，”他对埃德蒙气冲冲地说，“你好像以为修道院的存在是为王桥谋利益。你就是要从另外一个角度来认识这个问题。”

埃德蒙当即就火了：“你难道不明白我们在互相依存吗？我们原以为你懂得这种相互关系呢——所以我们才帮你当选的。”

“我是修士们而不是商人们选出来的。这镇子可能要依赖修道院，而且在有镇子之前就有修道院了，我们可以用不着你们而照样存在。”

“也许你能存在吧，但那是作为一座孤零零的哨卡，而不是作为一座繁忙城市的活跳跳的心脏。”

凯瑞丝插话说：“你应该愿意王桥繁荣，戈德温——你干吗要跑到伦敦去反对罗兰伯爵呢？”

“我到宫廷去捍卫修道院自古以来的权利——就像我此时此

刻要做的一样。”

埃德蒙气恼地说：“这是背叛！我们支持你当副院长，是因为你让我们相信你会造一座桥！”

“我不欠你们的，”戈德温回答说，“我母亲卖掉她的房子送我读大学——我有钱的舅舅当时在哪儿？”

凯瑞丝没想到戈德温还在对十年前的事情耿耿于怀。

埃德蒙的表情变得冷酷而充满敌意。“我认为你没权利强迫人们使用那漂坊。”他说。

戈德温和菲利蒙交换了一下眼色，凯瑞丝意识到他们对此心知肚明。戈德温说道：“可能有过那么一段时间，修道院慷慨地允许镇上人免费使用漂坊。”

“那是菲力普副院长给全城的实惠。”

“我对此一无所知。”

“在你们的纪事里应该有一份文献。”

戈德温发怒了：“镇上人听凭漂坊年久失修，因此，修道院只好出钱修复。这就没有任何实惠之处了。”

埃德蒙说得不错，凯瑞丝意识到：戈德温站得不稳。他明知菲力普副院长的馈赠，但他一心想置若罔闻。

埃德蒙又努力了一下：“我们肯定能在你我之间解决这个问题的。”

“我不会收回成命的，”戈德温说，“那会让我显得懦弱。”

这才是真正让他心烦之处，凯瑞丝恍然大悟。他害怕镇上人会因为他变了主意而不尊重他。他的固执其实恰恰来自一种怯懦。

埃德蒙说：“我们谁也不想惹麻烦，费事再去拜访一次宫廷。”

戈德温气得毛发直立了："你是不是在用宫廷威胁我？"

"我在努力避免那样做。不过……"

凯瑞丝闭上眼睛，默祷两个男人不要把争论推到这边缘。她的祈祷没得到回答。

"不过怎样？"戈德温挑衅地说。

埃德蒙叹了口气："不过嘛，要是你强迫镇上使用漂坊，还禁止在家中漂洗，我就向国王起诉。"

"那就请便吧。"戈德温说。

34

那头鹿是雌性的幼鹿，大概一两岁，腰腿壮健，柔软的毛皮下是丰美的肌肉。它站在一块林中空地的远端，从一片灌木的枝叶中把长长的脖子伸向一块萋萋的草地。拉尔夫·菲茨杰拉德和阿兰·弗恩希尔骑在马上，他们坐骑的蹄子陷在湿漉漉的毯子般的秋天落叶里，他们的狗都是经过训练的，此时无声无息。由于这一点，或许也由于那头小鹿正全神贯注地要去吃草，它并没有听到他们在接近，直到为时已晚。

拉尔夫是第一个发现小鹿的，他指着空地对面。阿兰紧紧握着他的长弓，左手拽着马缰。依靠长期练习的速度，他在转瞬间已经把箭搭在了弦上，射了出去。

两条狗慢了一些。只是在它们听到了弦响和箭飞过空中时的嗖嗖声时，才反应过来。那条叫“大麦”的母狗一时僵在原地，抬起头，竖起耳朵；它的幼犬叫“刀刃”，如今长得体形超过了母亲，发出了一声低低的惊叫。

那只箭有一码长，上边装着天鹅羽，箭镞是两英寸的纯铁，上面有一个套管，牢牢地套在箭杆上。那是一支猎箭，前端尖利；而作战用的箭则是方尖，以便可以在穿透铠甲时不弯。

阿兰那一箭射得很好，但不够完美。箭射中了鹿的颈下。它四腿腾空——大概是受那突然又痛楚的一扎给惊得。它的头抬得高出了灌木丛。一时之间，拉尔夫以为它要倒地死掉了，但片刻之后，它又跃起跑开了。箭还插在它的颈部，但从伤口中只是渗出而没有冒出血，看来箭是射进了肌肉里，而没有伤及大血管。

两条狗一跃向前，如同也受到了弓矢的惊动；两匹马不用催动也紧跟上去。拉尔夫骑着他最心爱的猎马“怪兽”。他感到了狂奔的兴奋，这正是他的主要生活内容。一种神经上的激动，一种脖颈上的收紧；一种难以抑制的冲动想要厉声高叫；一种如同性兴奋一般的紧张刺激，他简直说不清二者间的差别了。

像拉尔夫这样的人是为战斗而生存的。国王和男爵封他们为地主和骑士，赐予他们村庄和土地要他们治理，为的就是一件事：他们可以为自己提供马匹、扈从、武器和盔甲，在国王需要时组织一支队伍。但战争并非每年都有。有时候两三年过去了，也就是在边境上有些对付反叛的威尔士人或野蛮的苏格兰人之类治安上的小行动。而骑士们在无仗可打的间歇中总得做些事情。他们得保持身体健壮和骑术娴熟，还有——或许是最重要的——嗜血的欲望。战士们总得杀戮，当渴求作战时就会大显身手。

狩猎便是出路。所有的贵族，上起国王，下至拉尔夫这样的地主，一有机会就要狩猎，常常是一周几次。他们热爱狩猎，而狩猎则确保他们身强体健，只要征召，就能立即投入战斗。拉尔夫在他对伯爵城堡的频繁拜访中，同罗兰伯爵一起狩猎，也常陪同威廉老爷在卡斯罕姆狩猎。当他在自己的韦格利村中时，就带着他的扈从阿兰在附近的林中出猎。他们通常杀的是野猪——虽说那种野兽的肉并不多，但猎捕起来很刺激，因为它们抵抗得很凶。拉尔夫也去猎狐，极少的时候也猎狼。不过鹿是最好的：灵活、敏捷，还能带回去上百磅的好肉。

此刻拉尔夫因他身下的“怪兽”的感受，它的体重和力量，它肌肉的有力活动和它四蹄踏地的节奏，而兴奋不已。那头鹿消失在树丛中，但“大麦”知道它跑到了哪里，马则跟着狗跑。拉尔夫右手握着长矛，随时准备投掷，长矛是用白蜡木做杆，前面装着淬过火的铁尖。在“怪兽”突然转向和纵跳时，拉尔夫就要随着它伏身躲过低垂的树枝并左右摇晃着，他的靴子紧套在镫中，双膝用力，骑在鞍上十分轻松。

在低层的树丛中，马没有鹿那么灵巧，就落在了后面；但狗却有优势，拉尔夫听到了它们迫近目标时兴奋的吠声。随后，狗突然不叫了，不久拉尔夫就弄明白了原因：那头鹿冲出树林，跑到一条小径上，把狗甩到了后边。不过，在这种地方，马却发挥了长处，很快就越过了狗，开始逼近那头鹿。

拉尔夫看出来，鹿正在丧失力气。他看到了它臀部的血，估计有一条狗咬过它。它的步子散乱了，仍在挣扎着逃跑。鹿是短跑能手，善于突然起步飞跑，但无法长时间保持其初始速度。

拉尔夫在接近猎物时，血脉贲张。他握紧了长矛。要使极大的力气才能把矛尖插进一头大动物的粗壮的身体：皮很坚韧，肌肉紧密，骨骼坚硬。脖颈是最柔软的目标，但要设法避开筋腱，刺中静脉。你得把握好精准的时刻，全力迅速投出一枪。

那头鹿看到两匹马几乎要追到它跟前，便猛地一转，冲进了灌木丛中。这让它得到几秒的缓冲。鹿不停歇地跃过低矮的树丛，马却要磕磕碰碰地穿行，速度就慢了下来。不过，狗又追了上来，拉尔夫看到，那头鹿跑不太远了。

通常的猎法是狗在猎物上咬出越来越多的伤口，让它越跑越慢，直到马追上来，猎手能够完成那致命的一击。然而，就在这当儿，却发生了意外。

就在狗和马几乎追到鹿的时候，鹿向旁边一躲。幼犬“刀刃”靠更多的激情而不是感觉，已经冲到了“怪兽”的前边。拉尔夫的坐骑跑得太快收不住步子，更来不及躲闪那条狗，就用强有力的前腿踢中了狗。那条狗是条高大的猛犬，足有七八十磅重，这么一冲撞就造成了马失前蹄。

拉尔夫被抛了起来。就在他空中飞行的瞬间，松开了手中的长矛。那一刹那他最怕的是马会压到他身上。但就在他落地的那一刻，“怪兽”不知怎么又恢复了平衡。

拉尔夫摔到了荆棘丛中。他的面孔和双手被刮擦得生疼，不过树枝在他摔落时挡了一下，尽管如此，他还是火冒三丈了。

阿兰勒住了马。“大麦”本来在追着那头鹿，但不久就返回了：显然鹿是跑掉了。拉尔夫挣扎着骂骂咧咧地站起来。阿兰拽住了“怪兽”，下了马，把两匹马都控制住。

“刀刃”一动不动地躺在枯叶上，嘴里淌着鲜血。它被“怪兽”的铁马掌踢中了头部。“大麦”走到它跟前，嗅着，还用鼻子拱着，舔着它脸上的血，然后露出一副无可奈何的样子，走开了。阿兰用靴尖碰了碰那条狗。没有反应。“刀刃”没了呼吸。

“死了。”阿兰说。

“这条蠢狗他妈的该死。”拉尔夫说。

他们牵着马穿过树林，想找个地方休息。过了一会儿，拉尔夫听到了流水声。他循声来到一条湍急的溪流跟前。他认出了水流的走向：他们其实没有离开韦格利的田地多远。“咱们去吃点东西吧。”他说。阿兰拴好了两匹马，然后从他的鞍袋里取出了一个塞着口的罐子，两只木杯和一帆布袋的食物。

“大麦”到溪边解渴地饮着冷水。拉尔夫坐到岸上，后背靠着一棵树。阿兰坐在他身边，递给他一杯淡啤酒和一块干酪。拉尔夫接过了酒，但没要那吃的。

阿兰知道他的主人心情不佳，在拉尔夫喝酒的时候，他一语不发，又默默地从罐中给拉尔夫的木杯中重新斟满酒。在沉寂中，他俩都听到了女人的说话声。阿兰看到拉尔夫眉毛一扬。“大麦”哼了一声。拉尔夫站起来，要那狗别作声，蹑手蹑脚地朝那声音的方向走去。阿兰跟在他身后。

在海水下游几码的地方，拉尔夫站住了，透过树丛向外看。一小伙村妇在溪边洗衣服，那里的水快速地流过一堆突出的石头。这是十月的潮湿日子，凉爽但不寒冷，她们的袖子高高卷起，衬裙撩到大腿处，以免打湿。

拉尔夫逐个端详着她们。这里有格温达，前臂和小腿肌肉饱满，背上捆着她的婴儿——如今已经四个月了。他认出了珀金的妻子佩姬，正用一块石头刮擦着她丈夫的内衣。拉尔夫自己的仆妇维拉也在那儿，她是个三十岁上下的冷酷面孔的女人，他拍她屁股的时候她那副板着的脸使他再也不去碰她了。他听到的话音是寡妇休伯特的，她太爱说话了，无疑是因为她单身寡居。她站在溪水中，向其余的人吆喝着，隔着一段距离聊着天。

那儿还有安妮特。

她站在一块石头上，正洗着一件小裙袍，弯着腰把衣物浸到溪里，然后站直身子揉搓。她那双修长的白腿迷人地遮在起皱的衣裙里。她每一弯腰，领口就敞开，露出她的小乳房，像结在树上的果实一样诱人。她金黄色的头发梢让水沾湿了，她那张漂亮的脸蛋上有一种悻悻的表情，像是她生来就不该干这种活计。

拉尔夫猜想，她们已经在那里待了一段时间了，若不是寡妇休伯特提高了嗓门叫喊，他可能还不会知道她们在那儿呢。他蹲下身子，跪在一丛灌石边，穿过没叶的细枝向外偷觑。阿兰蹲在了他身边。

拉尔夫喜欢偷看妇女。他少年时就常常这样。女人们搔着身体，劈开双腿躺在地上，还说些若是知道有男人在听绝不会说的话。事实上她们的行动像男人一样。

他大饱眼福地看着他村里的这些毫无戒备的女人，竖起耳朵听她们在聊些什么。他观察格温达，看着她矮小结实的身躯，让他记起了她赤裸着跪在床上，历历在目地想着他拽着她的臀部拉向自己的种种感觉。他回忆起她的态度是如何变化的。起初她冷漠无情，竭力掩饰着她对自己所作所为的憎恶；后来他看到了一个缓慢的变化。她颈上的皮肤泛红了，她的胸口泄露了她激动的喘气，她还低下头，闭上眼，让他觉得她既羞耻又愉快。这样的回想使他呼吸急促，额头上还冒出了一层虚汗，虽说十月的空气十分凉爽。他不知道还有没有机会再和格温达躺在一起。

太快了，妇女们准备走了。她们叠起湿衣物，码放在篮子里，或者卷成一卷顶在头上，然后准备沿溪边的小路走开。这时安妮特和她母亲争了起来。安妮特刚洗完一半她带来的东西。她提议把那一半脏的拿回家，而佩姬似乎认为她应该留下来洗完。最后，佩姬气咻咻地走了，安妮特却阴沉着脸留了下来。

拉尔夫简直难以相信自己的运气。

他低声对阿兰说："我们可以拿她找找乐子了。溜着绕过去，切断她的退路。"

阿兰的身影消失了。

拉尔夫看着安妮特马马虎虎地把没洗的东西泡进溪水，然后坐在岸边恶狠狠地盯着流水。他判断别的妇女已经走出了听得见的范围，而且阿兰应该已经到位时，就站起身，向前走去。

安妮特听到了他穿过矮树丛的声音，抬头一看，当下大吃一惊。他得意地看着她脸上的表情从奇怪、吃惊到害怕的变化，因为她意识到自己单独和他在林中相遇。她一跃而起，但这时他已经来到她身边，轻柔而坚决地握住了她的一只手臂。"你好，安妮特，"他说，"你在这儿干吗呢？……就你一个人？"

她回头去看——他猜她是希望他还有别人陪伴，可以限制他，但当她看到只有"大麦"时，她脸上的表情当即慌了。"我要回家了，"她说，"我母亲刚走。"

"别跑嘛，"他说，"你这样子真迷人，头发湿湿的，还光着膝盖。"

她连忙把衣裙向下拉。他用那只空着的手托起她的下颏，让她看着他。"笑一笑怎么样？"他说，"别这样担惊受怕的。我不会伤害你的——我是你的老爷嘛。"

她强笑了一下。"我有点发慌，"她说，"你吓了我一跳。"她竭力露出一点她惯有的媚态。"也许你肯送我回家，"她假笑着说，"一个女孩家在林子里是需要保护的。"

"噢，我会保护你的。我会比那个傻乎乎的伍尔夫里克或者你丈夫把你照看得更好的。"他把那只手从她的下颏撤下来，握住了她的乳房。和他记忆中的一样，还是那样小而坚实，他松开她的胳膊，这样就可以用双手各握一个乳房了。

但他刚一松手，她就跑了。他哈哈笑着看她沿小路跑进树间。一会儿他就听到了她惊恐的尖叫。他待在原地，阿兰把她带了回来，她的一条胳膊被扭到背后，所以胸脯就迷人地挺了出来。

拉尔夫抽出了刀子，那是一把刀刃足有一英尺长的利刃。“把衣服脱下来。”他说。

阿兰放开了她，但她没有马上照做。“求求你，老爷，”她说，“我一向对你尊敬——”

“把衣服脱下来，不然我就给你面颊一刀，让你永远留着伤疤。”

对一个虚荣的女人来说，这一威胁挑得很准，她马上就听从了。她在把原色的褐色毛衣裙扒过头上时，开始哭了。起初她把皱巴巴的衣袍遮在身前，掩着自己的裸体，但阿兰把衣服从她手中一把抓走，扔到了一边。

拉尔夫端详着她的裸体。她低垂着眼睛站在那儿，脸上挂着泪水。她窄小的臀部上有一丛深金色的阴毛。“伍尔夫里克从来没看过你这样子吧，嗯？”拉尔夫问道。

她头也不抬地摇着头否认。

他把一只手伸进她的腿裆：“他碰过你这儿吗？”

她说：“求你了，老爷，我是结了婚的女人——”

“那更好——你不会失掉童贞了，没什么可担心的了。躺下吧。”

她想躲开他，却撞上了阿兰，那家伙熟练地把她一绊，她就仰面倒地了。拉尔夫紧抓住她的两只脚踝，这样她就站不起来了，但她仍绝望地扭动着。“按住她。”拉尔夫对阿兰说。

阿兰把她的头强行往下按，然后用两膝压住她的两条上臂，两只手按住她的双肩。

拉尔夫掏出了他的家伙，摩擦着让它更硬些。然后他就跪在了安妮特的双腿中间。

她开始尖叫，但没人听得见。

35

幸亏格温达是事后第一批看到安妮特的人之一。

格温达和佩姬把洗好的衣物拿回家，晾在珀金家厨房的灶火周围。格温达仍在珀金家帮工，不过如今在秋季，地里活儿较少，她就帮佩姬做些家中的杂活。她们处理完刚洗好的衣物之后，就动手为珀金、罗伯、比利·霍华德和伍尔夫里克准备午饭。一个小时之后，佩姬说："安妮特是不是出什么事了？"

"我去看看。"格温达先察看了一下她的婴儿。萨米躺在一个编织的童床内，身上裹着一床旧的褐色毛毯，他那警觉的黑眼睛盯着火上冒出的烟柱卷曲着盘桓在天花板下，格温达亲了亲他的前额，就去找安妮特了。

她穿过风中的田野返回原路。拉尔夫老爷和阿兰·弗恩希尔疾驰着越过她，朝村里而去，他们白天的打猎显然中断了。格温达走进树林，沿着短径前往妇女们洗衣服的地点。她还没走到，就迎面遇到了安妮特。

"你没事吧？"格温达说，"你母亲惦记着呢。"

"我挺好。"安妮特回答。

格温达看出来有些不对头："出什么事了？"

"没事。"安妮特回避着她的目光，"什么事都没出，别烦我。”

格温达在安妮特面前站住不动，上上下下地打量着她。她的面容无误地告诉格温达出了灾祸。初看上去她身体上没有受到伤害——尽管她身体的大部分裹在长长的毛料衣袍之内——但随后格温达就看到了她的衣裙上有深色的污渍，看着像血迹。

格温达想起来拉尔夫和阿兰疾驰而过。“拉尔夫老爷对你怎么了？”

“我要回家。”安妮特想推开格温达。格温达抓住她的胳膊拉住她。她并没有使劲攥，但安妮特却疼得哭了，她的手滑向她的上臂。

“你受伤了！”格温达惊叫。

安妮特的眼泪夺眶而出。

格温达用一条胳膊搂住安妮特的肩膀。“回家去，”她说，“跟你母亲说说。”

安妮特摇着头。“我不会告诉任何人的。”她说。

格温达心想，已经来不及了。

格温达陪着安妮特回到珀金的房子，一路上脑子里揣摩着各种可能性。安妮特明显地受到了什么袭击。虽说附近没有什么大路，她也可能受到了一两个过路人的攻击。强盗总是有的，但已经好长时间没见过韦格利附近有他们出没了。不，最可疑的是拉尔夫和阿兰。

佩姬很麻利。她让安妮特坐到一条板凳上，把她的衣裙从肩部脱下。两条上臂都露出了青肿。“有人按倒你了。”佩姬生气地说。

安妮特没有回答。

佩姬继续追问："我说对了吧？回答我，孩子，不然你的麻烦就更大了。是不是有人把你按到地上了？"

安妮特点了点头。

"多少男人？来，说出来。"

安妮特没有开口，但是伸出了两根指头。

佩姬气得满脸通红："他们强奸了你？"

安妮特点了头。

"他们是谁？"

安妮特摇起头。

格温达知道她为什么不肯说了。一个佃户要控告老爷的罪行是危险的。她对佩姬说："我看到拉尔夫和阿兰骑着马走开了。"

佩姬问安妮特："是他们——拉尔夫和阿兰干的吗？"

安妮特点着头。

佩姬的声音压低到近乎耳语："我琢磨阿兰按住你，拉尔夫干的那事。"

安妮特又点着头。

佩姬弄清了真相，就软了。她伸出两只手臂搂住女儿，抱着。"你这可怜的孩子，"她说，"我可怜的宝贝。"

安妮特抽泣了起来。

格温达离开了房子。

男人们不久就会回来吃午饭了，他们很快就会发现拉尔夫强奸了安妮特。安妮特的父亲、哥哥、丈夫，以及先前的情人会气得发疯的。珀金年事已高，不会做任何蠢事了，罗伯会听珀金的吩咐行事，而比利·霍华德又没有足够的勇气去惹麻烦——只有伍尔夫里克会不管不顾的。他会杀死拉尔夫。

那他就要被绞死了。

格温达要改变事件的进程，不然的话，她就会失去丈夫。她急匆匆地穿过村子，跟谁也不搭话，一路来到采邑的宅邸。她本希望有人告诉她，拉尔夫和阿兰已经吃完午饭又出去了；但时间太早，使她沮丧的是，他俩还都在家。

她在房后的马厩中找到了他们，他俩正在察看一匹蹄子受到感染的马。通常她在拉尔夫或阿兰面前会很不自在，因为她肯定只要他们看到她，就会想起在王桥贝尔客栈的床上她赤裸着身体跪着的一幕。但今天，那念头几乎没进入她的脑子。她好歹得让他们离开村子——马上就走，赶在伍尔夫里克得知他们干下的罪孽之前。她该怎么说呢？

一时之间她竟然哑口无言了。然后在绝望之中她开了口："老爷，罗兰伯爵传来了一个口信。"

拉尔夫觉得诧异："是什么时候？"

"一小时之前。"

拉尔夫看着他的扈从，阿兰正抬起马的一个蹄子检查。那人说："没人来过这里。"

自然啦，口信会带到采邑的宅邸，说给老爷的仆人。拉尔夫问格温达："口信为什么告诉了你？"

她无奈地只好顺口编造："我刚好在村外的大路上遇见他。他要找拉尔夫老爷，我告诉他，你们外出打猎了，你会回来吃午饭——可他不肯等待。"

这样的举动对传令人来说有些不同寻常，他们通常都要吃喝一顿，歇歇马匹。拉尔夫问："他干吗这么匆匆忙忙的？"

格温达只好临时编造出借口，说："你得在日落之前赶到牛港……我哪有这么大胆子盘问他啊。”

拉尔夫哼了一声。最后的话倒是言之成理：一名来自罗兰伯爵的传令人是不可能听凭一个农妇问这问那的。“你怎么不早告诉我这个？”

“我穿过田野去找你，可你没看见我就急着跑过去了。”

“噢，我觉得我还是看见了你。无论——那口信是怎么说的？”

“罗兰伯爵召你尽快到伯爵的城堡去。”她喘过一口气，又找补了一些难以置信的话，“传令人让我告诉你，别等到吃完午饭，要骑上备用的马，立刻就去。”这很难让人相信，但她急于要拉尔夫赶在伍尔夫里克出现之前马上走开。

“真的？他没说为什么要我这么急地赶去吗？”

“没说。”

“嗯。”拉尔夫一副思考的模样，一时间什么也没说。

格温达急切地说：“这么说，你马上就去喽？”

他瞪了她一眼：“那就不关你的事了。”

“我只是不想被人认为，我没把要紧的事说清楚。”

“噢，是吗？哼，我才不在乎你想还是不想呢。走吧。”

格温达只好走了。

她回到了珀金的家中。她进门时刚赶上男人们从地里回来。萨姆安安静静、高高兴兴地躺在他的小床里。安妮特还坐在原处，衣裙拉下来露出胳膊上的青肿。佩姬指责地问：“你跑哪儿去了？”

格温达没有回答，佩姬的注意力转到了珀金身上，他一进门就说：“这是怎么回事？安妮特怎么了？”

佩姬说："她独自在树林的时候，不幸遇到了拉尔夫和阿兰。"

珀金脸色气得阴沉了："为什么她独自一人呢？"

"都怪我，"佩姬说，跟着就哭了，"只是她洗衣服太懒，总是这样，我让她待在那儿洗完，这时别的女人都回家了，准是在这时候那两个畜生来的。"

"我们刚刚看到他们骑马穿过布鲁克菲尔德，"珀金说，"他们大概刚从那地方回来。"他的样子很害怕。"这太危险了，"他说，"这种事可以毁掉一家子人的。"

"可我们没干错事啊！"佩姬争辩说。

"拉尔夫的罪孽会使他因为我们无辜而恨我们的。"

这可能是真的，格温达明白了。珀金很精明，虽然表面上他一副谄媚相。

安妮特的丈夫比利·霍华德一边往里走，一边在衬衫上抹着手上的泥。她哥哥罗伯紧跟在后边。比利看着他妻子，说："你怎么了？"

佩姬替她答话说："是拉尔夫和阿兰干的。"

比利瞪着他妻子："他们对你怎么着了？"

安妮特垂下眼睛，什么也没说。

"我要杀掉他们两个。"比利气狠狠地说，这显然是空威胁一场：比利是个举止温和的人，身材瘦削，从来没听说他和人打过架，哪怕喝醉酒之后。

伍尔夫里克是最后一个进门的。太晚喽，格温达意识到安妮特的模样多么动人。她长着长长的脖颈和好看的肩膀，乳房尖尖地挺起。那些难看的青肿只能反衬出她别的动人之处。伍尔夫里克看着她，毫不掩饰他的崇拜之情。过了片刻之后，他注意到那些难看的青肿，便皱起了眉头。

比利问道："他们强奸了你吗？"

格温达正瞅着伍尔夫里克。随后他看出了这场面的意味，他的表情是震惊和沮丧，他的白皮肤激动得泛红了。

比利问："他们干了没有，女人？"

格温达感到对不可爱的安妮特的一阵怜悯。为什么人人都觉得有权盛气凌人地逼问她？

终于，安妮特用默默的点头回答了比利的问题。

伍尔夫里克的面孔气得黑紫。"谁？"他咆哮着问。

比利说："这事和你无关，伍尔夫里克。回家去吧。"

珀金颤抖着说："我不想惹麻烦。我们不该因为这事而毁了我们。"

比利生气地看着他的岳父："你在说什么？我们什么也不做吗？"

"要是我们与拉尔夫老爷为敌，我们就要在后半生中吃尽苦头了。"

"可他强奸了安妮特！"

伍尔夫里克不相信地说："拉尔夫干了这事？"

珀金说："上帝会惩罚他的。"

"我也会的，以基督的名义。"伍尔夫里克说。

格温达说："求你了，伍尔夫里克，别！"

伍尔夫里克朝门口走去。

格温达去追他，简直快吓疯了，她拽住了他的胳膊。距离她告诉拉尔夫那条假口信，才过去几分钟。就算拉尔夫信以为真，她也不清楚他对那急迫性会多么认真对待。他极有可能还没离开村子呢。“别去采邑宅邸，”她求着伍尔夫里克，“求你了。”

他粗暴地甩开她。“滚开，别缠我。”他说。

“看看你的小宝贝吧！”她哭着指向小床里的萨姆，“你想撇下他当个没父亲的孤儿吗？”

伍尔夫里克走了出去。

格温达跟了出去，随后是别的男人们。伍尔夫里克像个复仇天使似的穿过林子，拳头紧握在体侧，两眼直勾勾地瞪着前方，面孔扭成了气愤的龇牙咧嘴的模样。回家吃午饭路上的其他村民跟他打招呼，他也不理。有些人跟在他身后。在前往采邑宅邸的路上，他已经聚集起一小伙人。内森总管从他家跑出来问格温达出了什么事，但她只能说出一句：“拦住他，谁来拦住他，求你们啦！”这是徒劳的，哪怕有人大胆一试，也没人能阻止伍尔夫里克。

他把采邑宅邸的前门一把推开，大步流星地往里走。格温达紧随其后，人群在他们身后一拥而进。管家维拉气恼地说：“你们应该敲门！”

“你的主人在哪儿？”伍尔夫里克问。

维拉看见伍尔夫里克的表情便害怕了。“他去了马厩，”她说，“他要去伯爵城堡。”

伍尔夫里克一把推开她，便走进了厨房。他和格温达迈出后门时，看到拉尔夫和阿兰正在上马。格温达几乎要叫出来了——他们刚刚早了一步！

伍尔夫里克向前一跃。格温达在绝望之中伸出一只脚，钩住了伍尔夫里克的脚踝。

伍尔夫里克一个马趴，摔在了泥里。

拉尔夫没看他俩。他踢了一下马，便小跑出了院子。阿兰看见了他们，明白了事态不妙，便想避开麻烦，赶紧跟上了拉尔夫。他们离开院子之后，阿兰便催马快跑起来，超过了拉尔夫，而拉尔夫的坐骑便急切地加快了速度。

伍尔夫里克一跃而起，嘴里骂骂咧咧地追赶他们。格温达跑在他身后。伍尔夫里克追不上马，但格温达害怕拉尔夫会回头看，勒住马弄明白怎么会这么一团乱。

但那两个人正得意地骑在新换的精力充沛的马匹上，没有向后看，他们沿着车道出了村子，顷刻间便消失不见了。

伍尔夫里克颓然跪在了泥里。

格温达赶上他，拉着他的胳膊扶他站起身。他用力把她一推，她趔趄了几步，险些摔倒。她惊呆了：对她这么粗暴完全不是他的性格。

“你绊倒了我。”他一边自己往起站一边说。

“我救了你一命。”她说。

他眼里冒着怒火瞪着她，说：“我永远不会原谅你。”

拉尔夫到达伯爵城堡时，才知道罗兰根本没有派人去叫他，更没有紧急赶来一说。雉堞上的卫兵着实嘲笑了他一番。

阿兰猜出了一种解释。“这和安妮特有关，”他说，“就在我们出发时，我看到伍尔夫里克从采邑宅邸的后门出来了。我当时没多想，说不定他是要想和你我找碴儿的。”

“我敢打赌他就是的。”拉尔夫说。他摸了摸腰上挎的长刀。“你告诉我就好了——我倒愿意有个借口把我的刀子捅进他的肚皮呢。”

“而且毫无疑问格温达知道这件事，所以她才编造出了那个传令人——根本就不存在。这狡猾的小妖精。”

她该受到惩罚，但可能会很难。她大概会说这么做是为了大家都好，而拉尔夫很难争辩说她阻止丈夫攻击采邑的老爷有错。更糟的是，若是他对她欺骗一事闹得满城风雨，他反倒会引起众人注意到她以智胜他这一事实。不，不能用正常的惩办手段——不过他可以找个非正式办法来惩处她。

趁着他在伯爵城堡，他抓住机会和伯爵及其扈从们一道去打猎，一时也就忘了安妮特——直到第二天结束时罗兰叫他到其私人居室。只有伯爵的教士杰罗姆神父在他身边。罗兰没有要拉尔夫坐下。“韦格利的教士在这儿。”他说。

拉尔夫吃了一惊：“加斯帕德神父？在伯爵城堡？”

罗兰不屑于回答这种反问。“他申诉说你强奸了一个叫安妮特的女人，她丈夫叫比利·霍华德，是你的一个佃户。”

拉尔夫的心向下一沉。他没想到这些农人居然有胆量向伯爵告状。一名佃户要到法庭上去控告地主是十分困难的。可是他们真够狡猾的，韦格利有人聪明地劝说牧师来申诉。

拉尔夫装出一副满不在乎的神情。“废话，”他说，“好吧，我跟她睡了，可是她心甘情愿。”他冲着罗兰扮了个男人对男人的鬼脸，“还不止心甘情愿呢。”

罗兰的脸浮现出厌恶的表情，转过身去对杰罗姆神父投过询问的眼神。

杰罗姆是个受过教育的雄心勃勃的青年，拉尔夫最不喜欢这种人。他带着一种轻蔑的神色，说："那姑娘就在这儿。我应该称她女人，尽管她只有十九岁。她胳膊上有大片的青肿，还有一件沾满血渍的衣裙。她说你在林子里遇上了她，你的扈从跪在她身上按住她。而一个叫作伍尔夫里克的男人也在这儿，说是看见你们从现场骑马跑了。"

拉尔夫猜准是伍尔夫里克说服了加斯帕德来到伯爵城堡的。

"这不属实。"他说，尽量在声音里加进气愤的腔调。

杰罗姆满脸狐疑："她为什么要说谎呢？"

"可能有人看见了我们，并且告诉了她丈夫。他把她打得青肿，我想。她哭叫着说是强奸，以便让他住手不再打她。随后她把鸡血涂到衣裙上。"

罗兰叹了口气："这有点蠢，是吧，拉尔夫？"

拉尔夫不清楚他的意思所指。难道他希望他的下属都像那些该死的修士一样为人行事吗？

罗兰接着说："我接到警告说你就是这样。我儿媳总是说你会给我找麻烦的。"

"菲莉帕？"

"你该叫菲莉帕夫人。"

拉尔夫这才恍然大悟，他不相信地说："是因为这个，在我救了你之后你才没有提拔我——因为一个女人反对我吗？要是你让女孩子们替你挑人，你会有怎样一支军队呢？"

"你说得当然对，所以我最终还是没按照她的判断去做。女人们永远不明白的是，一个没有什么脾气的男人会一事无成，只配耕地。我们不能把软骨头投入战场。但是她警告我你会惹麻烦这一点没错。我不想在和平年代让该死的教士跟我唠叨佃户的妻子遭到强奸的事。别再这么干了。我不管你是不是和农妇们睡觉。即使你到了和男人睡觉的份儿上，我也不管。但如果你搞了别人的妻子，不管是否情愿，你就准备用某种方式补偿那丈夫吧。大多数农人是可以收买的。只是别让这种事成了我的问题。”

“是的，爵爷。”

杰罗姆问：“我该拿加斯帕德怎么办？”

“让我想想，”罗兰思考着说，“韦格利在我的领地的边缘，离我儿子威廉的采邑不远，是吧？”

“是。”拉尔夫说。

“你遇到那姑娘时离边界有多远？”

“一英里吧。我们就在韦格利村外。”

“没关系。”他转过脸去对着杰罗姆，“人人都知道这不过是借口，但是告诉加斯帕德神父，事情发生在威廉领主的地界，所以我无法裁决。”

“好极了，爵爷。”

拉尔夫说：“他们要是到威廉那儿去怎么办？”

“我不信他们会去。但如果他们坚持，你就得和威廉达成某种安排。农人们最终会厌倦诉讼的。”

拉尔夫点点头，放下了心。刚才那阵子，他为一个可怕的想法所扰，他做出了可怕的判断错误，最终可能要为强奸安妮特赔一笔钱。可最终，如他预期的那样，他逃过了这一劫。

“谢谢，爵爷。”他说。

他不知道他哥哥会对此怎么说，这念头使他满心羞耻。不过梅尔辛永远不会知道。

“我们应该到威廉老爷那儿去申诉。”大家回到韦格利村时，伍尔夫里克这样说。

全村人集合在教堂商讨此事。加斯帕德神父和采邑总管内森也在场，可是不知怎么的，伍尔夫里克倒像是个领头的，尽管他年纪轻轻。他走到了前面，把格温达和婴儿萨米留在人群中。

格温达在祈祷他们决定把这事放下不管了。倒不是她想让拉尔夫逍遥法外——恰恰相反，她巴不得看着他给活活煮死呢。她曾亲手杀死了两个男人，只因为他们威胁着要强奸她，在整个商讨过程中，她不时地想起这件往事，还不由得打起寒战。但她不愿意伍尔夫里克充当带头人。一方面由于他是为对安妮特的那种难以释怀的感情之火所驱使，这使格温达伤感痛心。但更重要的是，她为他担惊受怕。他和拉尔夫之间的敌意已经使伍尔夫里克丧失了遗产。拉尔夫还会有什么别的手段报复呢？

珀金说：“我是受害者的父亲，我不想再为这事惹麻烦了。投诉一个老爷的行为是十分危险的。他总会找碴儿惩罚投诉人的，不管是对是错。咱们放弃了吧。”

“太迟了，”伍尔夫里克说，“我们已经投诉了，至少我们的神父已经这样做了。如今退缩就什么都得不到了。”

“我们已经走得够远了，”珀金争辩说，“拉尔夫已经在他的伯爵面前受窘了。他如今懂得了他不能为所欲为了。”

“恰恰相反，”伍尔夫里克说，“他觉得他逃过了这件事。我担心他还会再干的。村里的女人没了安全。”

格温达原先已经跟伍尔夫里克讲过了珀金刚才的这番话。伍尔夫里克当时没有回答她。自从她在采邑宅邸的后门口把他绊倒以来，他难得跟她搭上一句话。起初，她还对自己说，他仅仅因为感到愚笨而脸上挂不住。到他从伯爵城堡回来的时候，她也曾期待着他会把那事忘掉。可是她错了。足足有一个星期，无论在床上还是在别处，他都不正眼看她；他跟她说话也就是片言只字或哼哼唧唧。这让她情绪低落。

内森总管说："你永远胜不过拉尔夫。佃户是斗不过地主的。"

"我倒不这么看，"伍尔夫里克说，"人人都有敌人。我们不见得是愿意看到拉尔夫受到控制的仅有的人。也许我们永远都看不到他被法庭宣告有罪——但是，如果我们要他再做这类事前有所顾忌，我们就得把最大的麻烦和难堪加给他。"

好几个村民都点头同意，但没人发言支持伍尔夫里克，格温达开始希望他会在辩论中失败。然而，她丈夫偏偏决心已下，这时他转向教士："你怎么看呢，加斯帕德神父？"

加斯帕德年纪轻轻，贫苦而诚挚的他毫不畏惧贵族。他没有野心——他并不想当主教和进入统治阶层——因此他觉得没必要去取悦贵族。他说："安妮特遭到了粗暴的虐待，我们村的和平遭到了罪恶的破坏，拉尔夫老爷犯下了恶毒、卑劣的罪行，他将忏悔和改正。为了受害者的缘故，为了咱们自己的尊严，为了把拉尔夫老爷从地狱之火中拯救出来，我们应该去见威廉老爷。"

一片同意的嘀咕声。

伍尔夫里克看了看并肩而坐的比利·霍华德和安妮特。格温达觉得，人们最终大概会按照安妮特和比利的愿望行事。"我不想惹麻烦，"比利说，"但我们应该把我们已经开了头的事情做到底，为了村中所有妇女的安全着想。"

安妮特的目光没有从地板上抬起来，但她点头表示同意，格温达灰心地意识到，伍尔夫里克取得了胜利。

“好啊，你得到了想要的结果。”他们离开教堂时，她对他说。

他嗯了一声。

她紧接着说下去：“这样一来，我想你会为了比利·霍华德妻子的名誉继续拿你的生命冒险，而不肯跟你自家妻子说话喽。”

他没有吱声。萨米觉出了这种敌意，哇的一声哭了起来。

格温达感到了绝望。她上天下地好不容易得到了自己所爱的男人，嫁给了他，生下了他的孩子，如今他却拿她当敌人对待。她父亲从来没有对她母亲这样——如今乔比的做派成了众人的楷模。可惜她拿他没办法。她试过动用萨米，用一条手臂抱着他，用另一只手去摸伍尔夫里克，想靠把她和他喜爱的小儿子联系起来赢回他的爱；可他干脆躲开，对母子俩都拒绝了。她甚至求救于性生活，夜里把她的乳房抵到他的背上，再用一只手摩挲他的肚皮，摸他的下身，可是仍不管用——她原该晓得的，只要回忆一下去年夏天安妮特嫁给比利之前，他是如何拒绝她的就行了。

这时她在沮丧之中哭了出来：“你这是怎么了？我只是想救你一命！”

“你不该那样做。”他说。

“要是我让你杀死拉尔夫，你就会受绞刑的！”

“可你没权利。”

“我有没有权利又有什么关系？”

“这是你父亲的哲学，是不是？”

她吃了一惊：“你这是什么意思？”

“你父亲相信，他有没有权利做什么事并没有关系。只要有利可图，他就去做。比如卖掉你来养活家人。”

“他们卖掉我去遭奸淫！我绊倒你是为了让你免受绞刑。这根本就是两码事。”

“只要你继续对自己这么讲，你就永远理解不了他或者我。”

她明白了，靠证明他错了的办法是赢不回他的感情的。“好吧……算我不理解好了。”

“你夺走了我做出自己决定的权利。你用你父亲对待你的办法来对待我，当作一件东西而不是人那样去控制。我是对是错并没关系。有关系的是该由我而不是你去决定。但是你看不明白这一点，正像你父亲卖掉你时看不出他从你那里夺走了什么一样。”

她依旧认为这两件事完全不同，但她没有去争论那个，因为她开始明白是什么惹他生气了。他热衷的是他的独立——这是她同样强调的，因为有同样的感受。而她剥夺他的正是这个。她声音颤抖地说：“我……我觉得我懂了。”

“是吗？”

“反正，我要尽量再不做那样的事了。”

“那好。”

她仅仅有一半相信自己错了，但她一心要结束他俩之间的不快，所以她说：“我很抱歉。”

“好吧。”

他没有多说，但是她感觉他的心可能正在软下来。“你知道，我不想让你到威廉老爷那里去指控拉尔夫——不过，你要是打定主意要去，我不会拦你的。”

“我很高兴。”

“事实上，”她说，“说不定我还能帮你一把呢。”

“噢？”他说，“怎么帮？”

36

威廉老爷和菲莉帕夫人在卡斯特汉姆的住处原先是个城堡，虽说已成废墟，当作了奶牛场，仍有圆形的带雉堞的石头残迹。院墙完好无损，但城壕已经干涸，还有些水洼的地面种上了蔬菜和果树。原先设有吊桥的地方，如今只剩下一条坡道，一直通到大门。

格温达抱着萨米，同加斯帕德神父、比利·霍华德、安妮特和伍尔夫里克，从拱形大门下穿过。一个青年士兵懒洋洋地靠着一条板凳，算是岗哨，但他看到了教士的长袍，就没有盘问他们。这种宽松的气氛给了格温达勇气。她希望菲莉帕能够单独听她申诉。

他们从正门进入住宅，来到了一座传统的大厅，高高的窗户和教堂的一样，这里像是占据整座住宅的一半空间。其余的大概就是私人房间了，都是时髦式样，强调的是贵族之家的隐私，淡化了军事防御的功能。

一个身穿紧身短上衣的中年人坐在桌旁，正计算着计数符木上的刻痕。他抬眼看到他们，结束了他的计算，在一块上做了笔记，然后才说："日安，各位生客。"

"日安，管家老爷。"加斯帕德说着，估摸着那人的地位，

“我们来见威廉老爷。”

“他晚饭时会回来，神父，”那管家彬彬有礼地说，“我可以斗胆一问，你与他有什么公事吗？”

加斯帕德开始解释，格温达借机从后边溜出去，到了室外。

她绕过住宅来到家务区。那里有一排木头房子，她猜是厨房。门口的凳子上坐着一个侍女，眼前是一口袋白菜，她正在一大盆水中洗泥。那侍女很年轻，慈爱地看着萨米。“他多大了？”她问。

“四个月，快五个月了。他叫塞缪尔，我们叫他萨米，或者萨姆。”

婴儿朝那姑娘笑着，姑娘说：“啊。”

格温达说：“我不过是个普通妇女，和你一样，不过我有话要跟菲莉帕夫人说。”

那姑娘皱起了眉头，样子很犯难。“我只是个厨房使女。”她说。

“但你有时能见到她，你可以替我跟她说句话。”

她回头去看，像是担心有人听见：“我不愿意做这样的事。”

格温达意识到这可能比她设想的要难。“你能不能为我给她捎句话呢？”她说。

那侍女摇摇头。

这时，一个声音从里面传了出来：“谁想给我捎话啊？”

格温达紧张起来，不知她是否惹下了麻烦。她朝厨房门口望过去。

跟着，菲莉帕夫人迈步出来了。

她不算十分美丽，当然也不漂亮，但她很好看，她长着一个直直的鼻子和一个有力的下颏，她那双碧眼大而清澈。她没有笑容，事实上还微微蹙额，然而她的容貌上有着友好和善解人意的样子。

格温达回答了她的问题：“我是从韦格利来的格温达，夫人。”

“韦格利。”菲莉帕眉头皱得更紧了，“你有什么话要对我说吗？”

“关于拉尔夫老爷的事。”

“我就想到可能是这样。好吧，进屋来，用厨房的火暖暖这小家伙。”

许多贵妇拒绝和格温达这样的下等人说话，但格温达猜想，菲莉帕在那令人生畏的外表下有一个博大的胸怀。她跟着菲莉帕走了进去。萨米开始烦躁起来，格温达把乳头塞给他。

“你可以坐下。”菲莉帕说。

这就益发不同寻常了。佃户和夫人说话时，一般只能站着。菲莉帕之所以这么善心是因为这婴儿，格温达心想。

“好了，说吧，”菲莉帕说，“拉尔夫干了什么？”

“您可能还记得，夫人，去年在王桥羊毛集市的那场斗殴吧？”

“我当然记得。拉尔夫摸了一个农村姑娘。她那年轻英俊的未婚夫打破了他的鼻子。当然，那小伙子不该打人，可拉尔夫是个畜生。”

“他确实是。上个星期他在树林里遇到了那个姑娘，安妮特。他的扈从按着她，拉尔夫就强奸了她。”

“噢，上帝拯救我们。”菲莉帕满脸难过，“拉尔夫是个野兽，一只猪，一只野猪。我早就知道绝不该封他为地主的。我跟我公公说过不要晋升他。”

“可惜伯爵没有接受您的忠告。”

“我想那未婚夫要求正义了。”

格温达迟疑了。她不知要讲多少那些复杂的故事。但她意识到若是吞吞吐吐就会铸下大错。“安妮特结婚了，夫人，不过嫁了另一个人。”

“这么说又是哪个走运的女孩嫁了英俊先生呢？”

“说来凑巧，伍尔夫里克娶了我。”

“道喜啦。”

“不过伍尔夫里克在这儿，和安妮特的丈夫一起来做证人。”

菲莉帕紧紧盯了格温达一眼，像是要评论一番，但随即改了主意。“那你到这里来干吗呢？韦格利不在我丈夫的领地之内啊。”

“事情发生在林子里，伯爵说那里属于威廉老爷的地界，所以他不能裁决。”

“那是借口。罗兰能裁决任何事，只要他愿意。他只是不想处罚他新近提拔的人罢了。”

“反正我们村的教士在这里对威廉老爷讲述事情的真相呢。”

“那你想要我做什么呢？”

“您是个女性，您理解的。您知道男人是如何为强奸找借口的。他们说姑娘在勾引，或者做些什么挑逗的举动。”

“是啊。”

“要是拉尔夫逃过了这次，他就可能再干——也许是对我呢。”

“噢，天哪，”菲莉帕说，“你该看看他是怎么瞅我的——就像一条狗盯着池塘里的一只鹅。”

这一下鼓励了格温达：“也许您能让威廉老爷明白，不让拉尔夫逃脱过去有多重要。”

菲莉帕点点头：“我认为我能做到。”

萨米不再吸奶，睡着了。格温达站起身：“谢谢您啦，夫人。”

“你来找我，我很高兴。”菲莉帕说道。

威廉老爷第二天上午召见了他们。他们在大厅里见到了他。格温达高兴地看到菲莉帕夫人坐在他身旁。她给了格温达一个友善的眼色，格温达希望这意味着她已经和她丈夫讲过了。

威廉个子高高的，头发黑黑的，长得像他的伯爵父亲，不过他就要谢顶了，深色胡须和眉毛上的额头显出一种更深思熟虑的权威模样，与他的名声相称。他验看了沾了血渍的衣裙，又看了看安妮特的青肿伤，现在比原来的紫红更乌青了。无论如何，这些都给菲莉帕夫人的脸上带来了愠怒的表情。格温达猜测，严重的伤痕还不如想象中一个强壮的扈从跪在姑娘胳膊上按倒她，由另一个人强奸的狰狞画面更令人憎恶作案人。

“好吧，到此你一切都做得正确，”威廉对安妮特说，“你当即跑到最近的村庄，把伤给那里名声好的男人们看，还指名道姓地说出了攻击你的人。现在你要给夏陵郡法院的和平法庭提供一份起诉书。”

她露出了忧虑的神色：“那是什么意思？”

“就是用拉丁文写一份控告书。”

“我连英文都不会写，老爷，更甭说拉丁文了。”

“加斯帕德神父可以替你写。法庭会把起诉书交到指定的陪审团面前，你再告诉他们出的事。你能做到吗？他们可能会问一些令人难堪的细节。”

安妮特坚定地点了点头。

“若是他们相信了你，他们就命令治安官在一个月以后把拉尔夫老爷召到法院来审判。之后你需要两个担保人，就是保证能出一笔钱确保你到时出庭的人。”

“可谁会做我的担保人呢？”

“加斯帕德神父算一个，我愿意做另一个。我会出钱的。”

“谢谢，老爷！”

“谢谢我的夫人吧，她说服了我，我不准在我的领地上有人用强奸的行为破坏国王的和平。”

安妮特向菲莉帕投去感激的目光。

格温达看着伍尔夫里克。她事先和她丈夫说了她和老爷夫人的谈话。此时他和她目光相遇，给了她一个难以觉察的点头赞许。他知道是她促成了这一结果。

威廉继续说道：“在审判中，你要把你的事情再说一遍。你的朋友们都要当庭做证：格温达要说，她看到你穿着带血渍的衣裙走出树林；加斯帕德神父要说，你告诉了他出了什么事；伍尔夫里克要说，他看到了拉尔夫和阿兰骑马驰离现场。”

他们都郑重地点头。

“还有一件事，这类事一旦着手，就不能停下来。撤回申诉是一种冒犯，你将受到严惩——还不要说拉尔夫会对你们如何报复了。”

安妮特说：“我不会改变主意的。但拉尔夫会怎么样呢？该怎么惩办他呢？”

“噢，对于强奸只有一种惩处，”威廉老爷说，“他将被绞死。”

他们都睡在城堡的大厅里，和威廉的仆人、扈从和狗一起，身上裹上大氅，蜷缩在地板的灯芯草地毯上。在硕大的壁炉中余火的昏暗光亮中，格温达犹犹豫豫地向她丈夫伸出手去，温存地放在他的胳膊上，抚摩着他外衣的羊毛。自从强奸那事以来，他们一直没有做爱，而且她也没把握他愿不愿要她。她因为绊倒他而惹他气坏了：他会不会感到她和菲莉帕夫人的谈话弥补了前嫌呢？

他马上做出了回应，把她拉到他怀里吻着她的嘴唇。她感念地舒了心，投入他的怀抱。他们彼此亲热了一阵。格温达幸福得快要哭了。

她等着他翻过来上她的身，但他没那样做。她看得出来他想来着，因为她激情洋溢，他的阳具在她手里硬挺着；大概他犹豫着没做是因为周围有那么多人。人们确实在这样的大厅里做爱；这是很普通的，谁都不会注意的。不过伍尔夫里克觉得难为情。

然而，格温达打定主意要确证他们爱情的修复，过了一会儿，她就爬到他身上，把她的大氅盖住他们两人。就在他俩开始一起动作时，她看到一个少年在几码之外，瞪大眼睛盯着他们。大人们当然都礼貌地看着别处，但他处在那个年龄，性具有强烈吸引力的神秘性，他显然无法把目光转移。格温达感到幸福至极，根本不管不顾了。她遇到他的目光，便对他莞尔一笑，但身体没停止动作。他惊得张开嘴，被极度的尴尬攫住了。他一副控制的样子，转过身去，用手臂遮住眼睛。

格温达把大氅拉起来蒙住她和伍尔夫里克的头，把脸埋在他的颈窝里，让自己尽享欢愉。

37

凯瑞丝对第二次到王家法庭去感到信心十足。西敏寺大厅宽敞的内部不再让她觉得惶恐不安，聚在法官座席周围的大批有钱有势的人也不再使她相形见绌。她曾经来过这里，一年前似乎十分陌生的一切，以及那些袍服，如今已为她所熟知。她甚至还穿了一件伦敦式样的衣裙：右边是绿色，左边是蓝色。她欣赏地端详着周围的一切，从人们的面孔琢磨他们的生活：是趾高气扬还是灰心丧气，是困惑不解还是诡计多端。她从那些人大睁着眼环顾一切和他们那种忐忑的神情看出来他们是初到首都，就高兴地因为自己的见识而有一种优越感。

若说她有什么疑虑的话，都是围绕着她的律师弗朗西斯·布克曼的。他年轻而消息灵通，并且——她觉得像大多数律师一样——似乎十分自信。他身材矮小，一头沙色头发，动作麻利，总是随时准备争辩。他让她想起落在窗台栏杆上的厚脸皮的鸟：不停地啄食面包屑，还恶狠狠地赶走对手。他早已周知众人，他们的案子是无可辩驳的。

戈德温当然有格利高里·朗费罗。格利高里打赢了那场对罗兰伯爵的官司，戈德温自然要他再次代表修道院。他已经证明了他的能力，而布克曼还是个无名之辈。不过，凯瑞丝有一件武器藏在袖中，对戈德温会有震慑作用。

戈德温没有觉得他坑害了凯瑞丝、她父亲和王桥全城。他总是以改革者自居，对安东尼副院长的烂摊子不耐烦，同情镇上的需要，热衷于修士们乃至商人们的福祉。后来，在任副院长的一年期间，他转了个一百八十度，变得比安东尼还要保守，却表现得恬不知耻。凯瑞丝每次想到这些，就气得面红耳赤。

他无权强迫镇上人使用漂坊。他的另外强制做法——禁止使用手推磨，对私人鱼塘和围场罚款——尽管极其严厉，在技术上却也说得上正确。但漂坊应该自由使用，戈德温自己也明白。凯瑞丝不知道。他是否认定，只要是为了上帝而做，任何欺诈都可以得到原宥。可以肯定地说，为上帝工作的人应该比普通的凡夫俗子更一丝不苟地真诚，而不是相反。

他们在法庭周围转悠，等待他们的案件审理时，她把这个观点说给她父亲。他说："我从来不相信在神坛上宣称自己道德高尚的任何人。那种高尚情怀的人总可以找到借口来违背自己的规矩。我宁肯和一个每天都觉得自己是罪人的人做生意，他们可能认为从长远来看对他们有利，就讲实话，并且信守承诺。他们不大可能在这方面有所改变的。"

每逢这种时刻，爸爸就是他自己的老模样了，凯瑞丝从而意识到，他的变化有多大。近来，他很少表现出精明强干、头脑灵活了。更经常的是，他容易忘事而且心烦意乱。凯瑞丝怀疑，这种趋势在她注意到之前几个月就有了，大概应该归咎于他未能预见到羊毛市场垮台的灾难性失误。

等了几天之后，他们被召到威尔伯特·威特菲尔德爵士面前。这位满口蛀牙、面色绯红的法官一年前主审过修道院诉罗兰伯爵的案子。随着这位法官在背靠东墙的审判席上就座，凯瑞丝的信心就消退下去了。一个人竟然有如此权力，这是十分骇人的。若是他做出了错误的决定，凯瑞丝的布匹制造新企业就会被扼杀，她父亲就会破产，也就没人能出资修建新桥了。

随后，她的律师开始发言，她才感到好了一些。弗朗西斯从漂坊的历史讲起，讲了那是传奇的杰克匠师如何创建的第一座，菲力普副院长又如何赋予了镇上人无偿使用的权利。

他沉着应对了戈德温的反证，抢先解除了这位副院长的武装。“确实，漂坊年久失修，运转缓慢，还时常停转，”他说，“可是副院长怎能争辩说人们已经对其无权了呢？漂坊是修道院的财产，因此副院长就该随时维修。他未能尽职这一事实并不能使事情有什么不同。人们无权维修漂坊，他们自然地就没义务这么做。菲力普副院长的恩典是无条件的。”

在这一点上，弗朗西斯拿出了他的秘密武器：“如若修道院试图宣称那种恩典是有条件的，我提请法庭读一下菲力普副院长遗嘱的这份抄件。”

戈德温吃了一惊，他曾装作遗嘱已经遗失。但托马斯·兰利同意为梅尔辛帮忙找一找；他居然把它偷出了图书馆一天，使埃德蒙有充分时间加以复制。

凯瑞丝不由得高兴地看着戈德温发现他的欺骗手段被拆穿时那种又惊又气的脸色。他向前迈了一步，愤然说道：“这是怎么弄到手的？”

这个问题露出了破绽。他没有问“在哪儿找到的？”——要真是遗失了的话，这才是合乎逻辑的询问。

格利高里·朗费罗满脸不高兴，向他挥手，示意他别开口；

戈德温闭上嘴，后退回去，意识到他把自己给泄露了——但显然为时已晚，凯瑞丝心想。法官应该看得明白，戈德温发火的唯一理由就是他深知那文件有利于镇上人，才尽力把它压下去。

弗朗西斯会随之应声而起的——凯瑞丝觉得这是个很好的机会，因为戈德温的口是心非在法官的头脑里还新鲜，这时不利于格利高里为此案做辩护。

但格利高里的招法使他们所有的人大吃一惊。

他向前迈步，对法官说："阁下，王桥不是个特许的自治市。"他点到此为止，仿佛他就有这么多话可说了。

从技术上说是这么回事。大多数城镇都有颁给他们的国王特许证书，允许他们不受当地的伯爵或男爵约束而拥有贸易和主办市场的自由权。那些城镇的居民是自由民，只对国王一人效忠。然而，少数镇子，如王桥，仍是领主——通常是主教或副院长——的财产：圣·奥尔本斯和贝里圣埃德蒙兹就是实例。它们的地位不够清楚。

法官说："那就不一样喽。只有自由民可以向王家法庭投诉。你们对此还有何可说，弗朗西斯·布克曼？你的当事人是佃户身份吧？"

弗朗西斯转脸对着埃德蒙。他低声催促说："镇上人以前到王家法庭来投诉过吗？"

"没有。修道院——"

"教区公会也没有吗？连你之前的时候？"

"没有这样的记录——"

"这样我们就无法援例争论了。倒霉。"弗朗西斯又回过头去面对法官。转眼间，他的面容从忧虑变成了自信，说起话来就如屈尊去处理什么鸡毛蒜皮的小事。“阁下，镇上人是自由的，他们享有自由民的使用权。”

格利高里马上说：“并没有自由民权利的统一模式。在不同地方意味着不同情况。”

法官说：“有书面的习惯陈述吗？”

弗朗西斯看着埃德蒙，老人摇了摇头。“没有一个副院长曾经同意过把这种事写下来。”他咕哝着说。

弗朗西斯又转过头面对法官：“没有书面陈述，阁下，但显然——”

“这样，本法庭就要确定你们是不是自由民。”法官说。

埃德蒙直接对法官讲话了：“阁下，居民有买卖他们住宅的自由权。”这是不会给予佃户的重要权利，佃户则要得到他们地主的允许。

格利高里说：“但你们有封建义务。你们得使用修道院的磨坊和鱼塘。”

威尔伯特爵士说：“别谈鱼塘了。关键的因素是居民与王家法律体系的关系。镇子是否自由接纳国王的治安官？”

格利高里就此做出答复：“不，他得获准才能进入镇子。”

埃德蒙愤愤地说：“那是修道院的决定，不是我们的！”

威尔伯特爵士说道：“好极了。居民们是否会充任王家陪审团，抑或有权豁免？”

埃德蒙迟疑了。戈德温一副兴高采烈的神气。充任陪审团是个耽搁时间的杂差，只要可能，人人都巴不得避免。停了一阵之后，埃德蒙说：“我们要求豁免。”

“这样，问题就定下来了，”法官说，“若是基于你是佃户的前提而拒绝那项职责，你就不能越过你的领主向国王的法庭申诉。”

格利高里胜利地说：“有鉴于此，我请求您对镇上人的投诉不予受理。”

“就这样裁决。”法官说。

弗朗西斯满脸不平之色：“阁下，我可以说话吗？”

“当然不能。”法官说。

“可是阁下——”

“再说一句我就认定你蔑视法庭。”

弗朗西斯闭上了嘴，低下了头。

威尔伯特爵士说：“下一个案子。”

另一名律师开始陈述。

凯瑞丝茫然了。

弗朗西斯用抗议的口吻对她和她父亲说：“你们早该告诉我，你们是佃户！”

“我们不是。”

“法官刚刚裁决说你们是。我没能赢得官司是因为情况不全。”

她决定不和他争执。他是那种不肯认错的青年人。

戈德温如此自鸣得意，那样子像是要涨破了。他边走开，边禁不住投来告别的目光。他朝埃德蒙和凯瑞丝摇着一根手指。“我希望，你们今后会明白屈从于上帝的意见才是明智的。”他一本正经地说。

凯瑞丝说了声“噢，讨厌”，就转过了身。

她对她父亲说：“这下我们就彻底无权了！我们证明了我们有

权免费使用漂坊，但戈德温仍能收回这一权利！”

“看来是这样的。”他说。

她转向弗朗西斯。“总有些我们能做的事。”她气恼地说。

“好吧，”他说，“只要你能够把王桥变成一个正经八百的自治市，有皇家特许证给你们权利和自由。然后你们就可以到王家法庭来了。”

凯瑞丝看到了一缕希望之光：“我们该如何着手呢？”

“向国王申请。”

“他会批准吗？”

“如果你争辩说，你需要这个才能缴税，他当然会听取。”

“那我们就试试看吧。”

埃德蒙警告说：“戈德温会怒火冲天的。”

“由他去吧。”凯瑞丝撇着嘴说。

“别小看这一挑战，”她父亲坚持着，“你知道他不讲情面，哪怕是为小事争吵。这样的事会导致全面战争的。”

“打就打吧，”凯瑞丝凄凉地说，“全面战争。”

“噢，拉尔夫，你怎么能干这种事？”他母亲说。

梅尔辛在父母家昏暗的灯光下端详着他弟弟的脸。拉尔夫似是在矢口否认和自我辩解之间摇摆不定。

最后，拉尔夫说：“她让我上的。”

莫德与其说生气还不如说丧气：“可是，拉尔夫，她是别人的妻子啊！”

“一个农人的老婆。”

“就算这样。”

“甭担心，妈，他们绝不会为了佃户的一句话而认定老爷有罪的。”

梅尔辛不这么有把握。拉尔夫是小地主，看来他招致了卡斯特的威廉的反感。判断不出这场审讯会是个什么结果。

他们的父亲严厉地说：“就算他们不判你有罪——我祈求如此——也要想想这件事丢人现眼吧！你是一个骑士的儿子——你怎么会忘记了这一点呢？”

梅尔辛又怕又烦，但并不吃惊。拉尔夫的本性中始终都有暴力的特点。在他俩小时候，他总是准备打架，而梅尔辛常常用一句劝慰的话或玩笑化解冲突，把他从互殴中拉走。这种耸人听闻的强奸若不是他弟弟犯下的，他宁愿看着那人被绞死。

拉尔夫不时地瞥上梅尔辛一眼。他担心梅尔辛不赞成——说不定比他母亲态度还坏呢。他一向仰仗他哥哥。梅尔辛只巴望有什么办法能把拉尔夫锁起来以防他动手打人，可惜如今他不再有梅尔辛在身边让他别惹麻烦了。

和他们方寸已乱的父母讨论的结果是再看一段时间再说，但这时有人敲响简陋的房门，凯瑞丝走了进来。她向杰拉德和莫德含笑招呼，但一看到拉尔夫，脸色立刻变了。

梅尔辛猜想她找他有事，他站起身：“我还不知道你从伦敦回来了呢。”

“刚到家，”她回答说，“我们说几句话行吗？”

他拉过一件斗篷披到肩上，和她走到门外，进入寒冷的十月天晦暗的光线中。自从她终止了他们的爱情以来，已经有一年了。他知道她在医院里结束了怀孕，而且他猜想她是故意流产的。在随后的几周里，他曾两次请她回到他身边，但都被她拒绝了。这可真让人猜不透：他感觉到她依旧爱他，但她态度坚决。他已经放弃了希望，心想到时自会不再哀伤。到目前为止，还没有做到。他一看到她，心跳仍会加速，而且和她谈话比做任何事情都让他更高兴。

他们走到主街上，然后拐进贝尔店中。时近黄昏，里面很安静。他们要了辣酒。

“我们输了官司。”凯瑞丝说。

梅尔辛一惊：“这怎么可能呢？你握有菲力普副院长的遗嘱——”

“没有用。”她极度失望，梅尔辛看得出。她解释说：“戈德温那个精明的律师争辩说。王桥人是修道院的佃户，而佃户是无权到王家法庭投诉的。法官没有受理此案。”

梅尔辛很气愤：“这太愚蠢了。这就意味着修道院可以为所欲为，不顾法律和特许令——”

“我知道。”

梅尔辛意识到她之所以没耐心是因为他的这番话她已经对她自己说过多次了。他按下怒火，想要务实一点：“你打算怎么办呢？”

“申请自治特许令。这样就可以把镇子从修道院的控制下解放出来。我们的律师认为我们有一个优势。跟你说，他认为我们会在漂坊一案中胜诉。然而，国王亟须为这场与法国的战争凑钱。他需要繁荣的镇子给他缴税。”

“要拿到特许令得多久呢？”

“那就是坏消息了——至少一年，或许更长。”

"而在这期间，你就没法生产红布了。"

"用那座老掉牙的漂坊是不成的。"

"这样我们就得把建桥的工程停下了。"

"我看不出还有别的办法。"

"该死。"真是没道理。本来，恢复镇子的繁荣指日可待，而一个人的顽固就让它半途而废了。"我们原先都把戈德温看错了。"梅尔辛说。

"别提醒我了。"

"我们得摆脱他的控制。"

"我知道。"

"但从现在起不能等一年。"

"我恨不得有条路呢。"

梅尔辛动起了脑筋，同时也在端详凯瑞丝。她身穿一件在伦敦买的新衣裙，按照当前的时尚一衣两色，这为她增添了顽皮的模样，即使如此，她仍然严肃忧虑。那种深绿和中蓝色仿佛使她的眼睛放光，使她的皮肤闪亮。简直是时时如此。他应该和她深谈一下与桥相关的一些问题——他们很少谈及其他——可突然间他意识到她有多可爱。

即使在他如此魂不守舍时，他解决问题的那部分脑筋仍想出了一个主意："我们自己建一座漂坊。"

凯瑞丝摇起头："那是违规的。戈德温会吩咐约翰治安官把它拆掉的。"

"要是建在镇外呢？"

"你就在树林里？那也违法。你背上有国王的护林官呢。"护林官是森林的执法官。

“那就不在树林里，在别处。”

“你在哪儿建，都将有某个地主的准许。”

“我弟弟就是一个地主嘛。”

听到提起拉尔夫，凯瑞丝的脸上掠过一丝不屑，随后她把梅尔辛的话从头至尾又考虑了一遍之后，她的表情变了：“在韦格利建一座漂坊？”

“为什么不呢？”

“那儿有急流能推动漂坊的水轮吗？”

“我相信有——但即使没有，也可以像渡船一样由牛来推动嘛。”

“拉尔夫会听你的吗？”

“当然。他是我兄弟。只要我开口，他就会答应的。”

“戈德温会气疯的。”

“拉尔夫才不在乎戈德温呢。”

凯瑞丝兴致勃勃，梅尔辛看得出来；可她对他的感情呢？她高兴是因为他们解决了问题，而且急于智胜戈德温，可是除此之外，他捉摸不透她的想法。

“在我们高兴之前先把这事考虑周到些吧，”她说，“戈德温会定下规矩，说布匹不能拿出王桥去漂。很多镇子都有这类法律。”

“没有公会的合作，他很难强制推行这样的规定。何况，即使他这么做，你也可以绕过去。反正大多数布匹都是村里织的吧，是不是？”

“是的。”

“那就别把布运进城。从织工那里直接运到韦格利。在那儿染，在新漂坊里漂，然后运到伦敦。戈德温就没权管了。”

“建一座漂坊要多长时间？”

梅尔辛考虑着：“木结构可以在一两天内就搭起来。机器也是木制的，不过要多花些时间，因为需要精确的尺寸。凑集人手和材料费的时间最多。我可以在圣诞节之后一周内完工。”

“这可太棒了，”她说，“就这么干了。”

伊丽莎白滚动着骰子，把她最后算出的结果推到板上的庄家的位置。“我赢了！”她说，“这是三赔五。交钱吧。”

梅尔辛递给她一个银便士。只有两个人在玩骨牌时能赢他：伊丽莎白和凯瑞丝。他不在乎输钱。他高兴的是棋逢对手。

他向左一靠，啜饮着他的梨酒。这是一月的一个寒冷的星期六午后，天已经黑了。伊丽莎白的母亲在壁炉附近的一把椅子上打盹儿，张着嘴轻声地打着鼾。她在贝尔客栈工作，但每逢梅尔辛来见她女儿时，就总待在家里。他倒愿意这样。这就意味着他绝不必去想要不要来吻伊丽莎白。这是个他不想面对的问题。他倒愿意吻她。他记得触到她冷冷的嘴辱和坚挺的平平的乳房时的感觉。但那样就意味着承认了他跟凯瑞丝的爱情了结了。他还没想好这样。

“韦格利的新漂坊怎么样啦？”伊丽莎白说。

“完工了，正在运转呢，”梅尔辛得意地说，“凯瑞丝已经在那儿漂了一星期的布了。”

伊丽莎白扬起了眉毛：“她自己？”

“不，这是一种比喻的说法。事实上，马克·韦伯在管理漂坊，不过他在训练一些村民，准备接管。”

“马克要是成为凯瑞丝的副手，对他是蛮不错的。他这辈子一直受穷——这可是个好机会。”

“凯瑞丝的新企业对我们大家都有好处。这意味着我能把桥造完了。”

“她是个聪明姑娘，”伊丽莎白用平和的语气说，“可戈德温会说什么呢？”

“没说。我还不清楚他知不知道呢。”

“反正他会知道的。”

“我不相信他能有什么好做的。”

“他是个自负的男人。要是你智胜了他，他绝不会原谅你的。”

“我能经受得住。”

“桥怎么样了？”

“尽管问题很多，工程只比计划慢了两三个星期。我不得不花钱来赶进度，不过我们能够——靠一个临时的木头路基——在下一次羊毛集市时用上这座桥啦。”

“你和凯瑞丝两人一起挽救了镇子。”

“还没有呢——不过一定会的。”

有人敲门，伊丽莎白的母亲一下子惊醒了。“这会儿会是谁呢？”她说，“外边已经黑了。”

是埃德蒙的一个小学徒。“教区公会在开会，想要梅尔辛师傅去。”

“干吗？”梅尔辛问他。

“埃德蒙让我告诉你，教区公会在开会，想要你去。”那孩子说。他显然背下了口信，其余的就一概不知了。

“我估摸是与桥相关的事，”梅尔辛对伊丽莎白说，“他们为花销担忧呢。”他拿起他的斗篷，“谢谢你的酒——还有游戏。”

“你什么时候高兴，我都可以陪你玩。”她说。

他在那学徒身边走着，一同前往主街上的公会大厅。公会正在开会商量正事，没有宴会。差不多二十位王桥的最重要人物都坐在搁板桌旁，有人饮着淡啤酒或葡萄酒，一边低声交谈着。梅尔辛感到了一种紧张和气愤的空气，他一下子就明白了。

埃德蒙坐在桌子的一端，戈德温副院长坐在他身旁。副院长并不是公会成员：他的出席暗示，梅尔辛推测得没错，会议就是与修桥有关。然而，管事的托马斯不在，菲利蒙倒在场。这事有点蹊跷。

梅尔辛最近和戈德温有一次小争吵。他的合同是一年，每天两便士，外加麻风病人岛的租金。这个合同该续订了，戈德温提议继续付他一天两便士。梅尔辛坚持四便士，最终戈德温让步了。他是不是对公会申诉了呢?

埃德蒙以他特有的简洁开了腔：“我们叫你来是因为戈德温副院长希望解雇你负责建桥的匠师职务。”

梅尔辛感觉像是脸上挨了一巴掌。他没料到会有这种事。“什么？”他说，“可我是戈德温聘用的！”

戈德温说：“因此我有权解雇你。”

“可是凭什么呢？”

“工程落后于计划，而且超出了预算。”

“落后于速度是因为伯爵关闭了采石场——而超出预算是因

为我要花钱赶工。”

“借口。”

“一个车夫的死也是我编造的吗？”

戈德温反唇相讥：“是被你自己的弟弟杀的！”

“那又有什么关系呢？”

戈德温不理睬这个问题。“一个因强奸受审的人！”他找补了一句。

“你不能因为他弟弟的行为而解雇一个匠师。”

“你算老几，对我能做什么指手画脚？”

“我是你的桥梁建筑师！”这时梅尔辛想到他作为匠师的工作已经完成了。他设计了最复杂的部分，并且做了木头模板来指导石匠。他建成了围堰，还没另一个人会呢。而且他还构建了水面上漂流的吊车，用来把沉重的石头运到河中的位置。如今换成谁都能完工了，他满心不痛快地看到了这一点。

“没有担保人为你的合同续订。”戈德温说。

这倒是真的。梅尔辛环顾房间寻找支持。谁都不肯正视他的目光。他们已经为此和戈德温争论过了，他已解释了，尽管他是绝对的少数。这一切是怎么发生的呢？并不是因为桥的工期慢了和预算超支了——拖延还是梅尔辛的过失，而且无论如何他都在赶进度。真正的原因是什么呢？他一提出这个问题，答案马上就出现在他脑海里。“这是因为在韦格利的漂坊！”他说。

戈德温板着脸说：“这两件事并不必然相关。”

埃德蒙平静而清晰地说：“撒谎的修士。”

菲利蒙才第一次开口。“留神些，会长！”他说。

埃德蒙仍旧直言不讳：“梅尔辛和凯瑞丝智胜了你，是吧，戈德温？他们在韦格利的漂坊是完全合法的。你由于自己的贪婪和顽固给自己带来了失败。这是你的报复。”

埃德蒙说得没错。梅尔辛作为建筑师是无人能及的。戈德温明知道这一点，但显然他不管不顾了。“你想雇谁来替代我？”梅尔辛问，随后他自己回答了这个问题，“我估计是埃尔弗里克。”

“那还有待确定。”

埃德蒙说：“又撒了一个谎。”

菲利蒙又发言了，他的声音更颤抖了：“你这么讲话，会被送上教会法庭的！”

梅尔辛不知道这不是整出戏里的又一幕而已，是戈德温重新谈他的合同的一种方式。他对埃德蒙说：“教区公会在这件事上同意副院长的提议了吗？”

戈德温说：“轮不到他们同意或不同意！”

梅尔辛不理睬他，期待地看着埃德蒙。

埃德蒙面带羞惭：“我无法否认，副院长有这个权力。公会的人用借贷的办法资助建桥，但副院长是全镇的领主。这是从一开始就同意的。”

梅尔辛转向戈德温。“你还有什么话跟我说吗，副院长老爷？”他等着，内心中希望戈德温会提出他真正的要求。

但戈德温咬死了说：“没有了。”

“那就祝你晚安吧。”

他又等了一秒钟。没人说话。那沉默告诉他，一切都已结束。

他离开了房间。

在房子之外，他深深地吸了口寒夜的空气。他简直难以相信发生的事情。他不再是建桥的匠师了。

他在黑暗的街上走着。这是一个晴朗之夜，他可以靠星光认路。他走过伊丽莎白的家：他不想和她说话。他在凯瑞丝住所的外面踟蹰着，也走开了，一路走到水边。他的小划艇对着麻风病人岛。他上了船，独自向对岸划去。

他回到家中以后，在外面停顿了片刻，抬头看着星空，把泪水强忍下去。事实上，到最后他并没有智胜戈德温——而是相反。他低估了那位副院长动手惩罚反对他的人的力度。梅尔辛自以为聪明，可戈德温更胜一筹，至少更心狠手辣。他准备在必要时摧毁这个镇子和修道院，以报复对他自尊的伤害。那会给他带来一场胜利。

梅尔辛进屋去，躺下了——孤独而颓败。

38

受审的前一夜，拉尔夫一宿都没有闭眼。

他曾见过许多人被绞死。每年都有二三十个男人和几个妇女乘着治安官的车子从夏陵城堡里的监狱下山来到市场广场，竖着的绞架就等在那里。这是很普通的事情，但那些人留在了拉尔夫的记忆中，这天夜里就回来折磨他了。

有些人死得很快，他们脖子被绞索拉断了，这样的情况并不多。大多数人是慢慢勒死的。他们蹬着腿挣扎，无声地大张着嘴，无气地叫喊。他们大小便失禁。他记起有一个老妇人被判为女巫：把她从绞架上放下来时，她把舌头咬断，一口吐了出来，围在绞架周围的人纷纷后退，唯恐沾上飞过空中落到泥地的那一团血肉。

人人都对拉尔夫讲，他不会被绞死的，但他无法把那想法逐出脑海。人们说，罗兰伯爵不会允许他的地主由于佃户的一句话就被处决。然而，伯爵至今没有任何插手的行动。

预审的陪审团把控告拉尔夫的起诉书退给了夏陵的和平法庭。这样的陪审团都主要由效忠于罗兰伯爵的郡内骑士组成——不过，尽管如此，他们还是要按韦格利农人的证据行事。这些男人——陪审团中当然没有妇女——在指控他们当中的一员时并没有畏缩。事实上，陪审团通过他们的提问表明了对拉尔夫所作所为的厌恶，事后还有好几个人拒绝和他握手。

拉尔夫曾设想过，把安妮特在韦格利监禁起来，让她没法去夏陵，也就在正式审问时无法再次做证了。然而，当他去她家抓她时，却发现她已经出发了。她准是预料到他的行动，提前离开，使他未能得逞。

今天，另一个陪审团将要听取此案，但让拉尔夫沮丧的是，其中至少有四个人曾经出席过预审。既然双方的证据很可能一模一样，他看不出这伙人怎么能够得出不同的裁决，除非他们受到了什么压力——现在也已来不及了。

第一道曙光出现时，他就起床了，并且下楼来到夏陵市场广场上设的法庭客栈的底层。他看到一个打着哆嗦的男孩在打破后院井中的冰层，就要他把面包和淡啤酒取来。随后他到公共宿舍，叫醒他哥哥梅尔辛。

他们一起坐在冷冷的客厅里，那儿还散发着头天夜里的酒水的陈味，拉尔夫说："我害怕他们会绞死我。"

"我也这样担心。"梅尔辛说。

"我不知道该怎么办。"那男孩拿来两大杯淡啤酒和半条面包。拉尔夫用颤抖的手拿起酒杯，喝了一大口。

梅尔辛机械地吃了些面包，皱着眉头，从眼角向上望着：他在动脑筋时常常是这种姿态。"我能想到的唯一办法是设法劝说安妮特撤诉并达成一个解决办法。你将给她些补偿。"

拉尔夫摇摇头："她不能反悔——那是不准许的。她会为这样做受罚的。"

"我知道。但她可以有意给出无力的证明，留下可疑的余地。我相信人们常常这样做。”

拉尔夫心里又燃起了希望的火花：“我不知道她会不会同意。”

侍童抱着一抱木头进来，跪在壁炉跟前点火。

梅尔辛思考着说：“你能给安妮特多少钱？”

“我有二十金弗罗林。”值三镑英格兰银便士。

梅尔辛用一只手搔着他那一头乱糟糟的红发：“不算多。”

“这对一个农家女孩来说就不少了。再说，她家在农户中算是富裕的了。”

“韦格利给你赚不了多少钱吧？”

“我得买铠甲。你当上了地主就得随时准备上战场。”

“我能借给你钱。”

“你有多少？”

“十三镑。”

拉尔夫惊讶得一时忘了他的困境：“你怎么赚来这么多？”

梅尔辛有些不悦：“我努力干活，工钱不错。”

“可你的那份建桥匠师的工给辞退了。”

“活计多得很。而且我还出租麻风病人岛的土地呢。”

拉尔夫愤愤不平地说：“这么说一个木匠比一个地主还有钱！”

“事到如今，还算你走运呢。你觉得安妮特会要多少？”

拉尔夫想到了一个暗礁，情绪又低落了下来：“不是她，而是伍尔夫里克。他是领头的。”

“当然。”梅尔辛修漂坊时在韦格利待了好长时间，了解伍尔夫里克只是被安妮特抛弃之后才娶的格温达。“那咱们就和他谈谈。”

拉尔夫认为这样做无济于事，不过他也没有损失。

他们出屋来到昏灰的天空下，把斗篷在肩上拉紧，以抵挡二月的寒风。他们穿过市场进了贝尔客栈——韦格利的乡亲们都待在那儿，据拉尔夫估计，是由威廉老爷出的钱，没有他的协助，他们不会着手这场诉讼的。但拉尔夫毫不怀疑，一定是威廉那个骄奢专横的夫人菲莉帕，她像是恨拉尔夫，即使——或许因为——如此，他还是觉得她迷人，有诱惑力。

伍尔夫里克已经起来了，他们看见他正在喝咸肉粥，他看到拉尔夫，脸色便阴沉下来，当即从座位上站起身。

拉尔夫手按剑柄，准备当场马上动手，但梅尔辛连忙上前一步，双手张开在他面前，做出劝和的姿势。“我是以朋友身份来的，伍尔夫里克，”他说，“别动火，不然你就要被判刑送命而不是我弟弟了。”

伍尔夫里克依旧垂手握拳，站在那里。拉尔夫很失望：他心悬的痛苦本可靠斗殴来发泄的。

伍尔夫里克把一块咸肉皮吐到地上，咽下一口唾沫，然后说：“既然不是找碴儿，你想干什么呢？”

“商量出一个解决办法。拉尔夫情愿赔付安妮特十镑，补偿他的行为。”

拉尔夫被这数目一惊，梅尔辛会掏大部分的——但他没露出犹豫的样子。

伍尔夫里克说：“安妮特不能撤诉——那是不允许的。”

“可是她能改变一下证言。如果她说她同意了，后来才变了主意，但已来不及了，陪审团就不会认定拉尔夫有罪了。”

拉尔夫盯着伍尔夫里克的脸，急切地盼望他露出愿意的神色，但他的表情始终是冷冰冰的，他说：“这么说，你们是想向她行贿，要她做伪证了？”

拉尔夫开始绝望了。他看得出伍尔夫里克并不想要安妮特得钱。他的目的是报仇，而不是赔偿。他要的是绞刑。

梅尔辛合理地说：“我打算给她另一种正义。”

“你是想把你弟弟从绞架上救下来。”

“你难道不会这么做吗？你也有过兄弟嘛。”拉尔夫想起来，伍尔夫里克的哥哥和他的父母一起在塌桥时死了。梅尔辛继续说：“你不能设法救他一命吗——哪怕他做了错事？”

伍尔夫里克听到这番诉诸亲情的话有些惊讶。显然他从来没想过拉尔夫也是有亲人疼爱的人。但他片刻就镇定了，并且说：“我哥哥戴维绝不会干拉尔夫那样的行为。”

“当然啦，”梅尔辛顺着他说，“但是，你不能责怪我想办法救拉尔夫一命，尤其在不对安妮特不公的前提下。”

拉尔夫佩服他哥哥的这种安抚式的谈话。他想，梅尔辛都能把鸟从树上引下来了。

但伍尔夫里克却不是那么容易劝说的：“村民们再也不想看到拉尔夫了，他们担心他还会这么干。”

梅尔辛避开这个：“也许你能把我们出钱的事告诉安妮特。这事肯定该由她决定。”

伍尔夫里克思考着：“我们怎么有把握你会付那笔钱呢？”

拉尔夫的心跳了。伍尔夫里克动摇了。

梅尔辛答道：“我们会在审判前把钱交给羊毛商凯瑞丝。她会在拉尔夫宣告无罪后把钱给到安妮特手里。你信任凯瑞丝，我们也信任她。”

伍尔夫里克点点头：“你说得对，这不该由我决定。我会转告她。”他上楼去了。

梅尔辛长出了一口气：“老天，他可是在气头上呢。”

“不过，你说得他回心转意了。”拉尔夫佩服地说。

“他只同意了传个话。”

他们坐在伍尔夫里克腾空的桌边。一名侍童问他们想不想要早点，但两人都没要。大厅里坐满了客人，叫着要火腿、干酪和淡啤酒。客栈里住满了来法庭的人。除非有很好的托词，全郡所有的骑士都必须到场，县里大多数头面人物也得来：高级教士、富裕商人和一切年收入在四十镑以上的人。威廉爵士、戈德温副院长、羊毛商埃德蒙全都包括在内。拉尔夫和梅尔辛的父亲杰拉德骑士，在他家道中落之前是这里的常客。他们要自愿当陪审团和处理其他事务，诸如缴税或选举国会议员。此外，还有一群被告、受害者、证人和保人。法庭给一个镇上的客栈带来很多生意。

伍尔夫里克让他们兄弟俩一直等着。拉尔夫说：“你觉得他们在楼上谈得怎么样？”

梅尔辛说：“安妮特可能愿意拿那笔钱。她父亲会支持她这样做的，没准她丈夫比利·霍华德也会的。但伍尔夫里克是那种只想讲实情胜过金钱的人。他妻子格温达会出于忠诚而支持他，而加斯帕德神父也会坚持照原则办事。最重要的，他们将听威廉爵士的意见；他又会照菲莉帕夫人的意愿行事。她恨你，由于某种原因。但另一方面，妇女更喜欢和解而不是冲突。”

“所以事情还在两可之间。”

“一点不错。”

小店的顾客们用完了早餐，开始往外走，一个个穿过广场前往法庭客栈，会议将在那里召开。很快就会来不及了。

伍尔夫里克终于露面了。“她说不。”他干脆地说，说完转身就走。

“等一下！”梅尔辛说。

伍尔夫里克不予理睬，又消失在楼上了。

拉尔夫咒骂着。刚才他还希望有所转机，如今他只有听凭陪审团发落了。

他听到外面有一只手铃摇得响成一片，一名治安官的助理召集全体有关人员到法庭去。梅尔辛站起身和拉尔夫随着人群往里走。

他们走到法庭的背后，进入宽敞的法庭后室。在最远端，法官席安置在一处高台上。这种席位虽然通常都叫作“板凳”，但实际上是如同宝座一般的雕花木椅。法官还没有就座，但他的书记员已坐在了台前的一张桌旁，阅读着一卷文件。一侧摆放着两条长凳供陪审团使用。房间里再没有别的座位了，大家都随意找地方站着。由法官的权力维护的程序是当庭宣判行为不端的人，经由法官本人证实的罪行就没必要再审了。拉尔夫瞅见了阿兰·弗恩希尔站在他的身边，一副畏惧的样子，没有说话。

拉尔夫开始琢磨他根本不该到这儿来。他完全可以找个借口——生病啦，弄错日期啦，马在路上跛啦——但那样也只能为他推迟一时。治安官终归会来的，还要带着武装助理，将他逮捕；而若是他逃避他们，就会被宣布为逃犯。

不过，那也比绞死要强。他想不好他该不该这时就跑。他大概得打出小酒馆，但他靠两条腿没法跑得太远。镇上的人会出动一半追赶他，而如果他们没追到他，治安官的助手也会骑马赶来。他的逃跑就会被视为承认有罪。事至如今，他仍有一线机会被宣判无罪。安妮特说不定胆怯得说不清楚证言。也许关键证人不会出庭，罗兰伯爵可能在最后一分钟出面干涉。

法庭中挤满了人：安妮特、村民们、威廉爵士和菲莉帕夫人、羊毛商埃德蒙和凯瑞丝、戈德温副院长和他瘦削的助手菲利蒙。书记员敲着桌子要求肃静，法官从一道侧门走了进来，是盖·德·布瓦斯，一个大地主，长着秃头和大肚子。他是伯爵的老战友，这或许对拉尔夫有利；但是，在天平的另一侧，他又是菲莉帕夫人的叔叔，她可能在他耳根悄悄说过些恶意的话。他是那种红脸膛的人，早餐要吃咸牛排和喝烈啤酒的。他坐下了，放着响屁，满意地哼了一声，开口说："好吧，咱们开始吧。"

罗兰伯爵没有出席。

拉尔夫的案子是第一例——是大家，包括法官在内，最感兴趣的。起诉书读过之后，安妮特被叫来做证。

拉尔夫发现要集中精神极其困难。他以前当然都听过这一切，但他应该聚精会神地听取安妮特今天所讲的事实有什么出入，有什么没把握、犹豫或编造的迹象。可他只觉得要听天由命。他的敌人已全力出击。他最有权势的朋友罗兰伯爵没有前来。只有他哥哥站在身边，而梅尔辛为了帮助他已经尽了最大努力可没有成功。拉尔夫的命运也就完了。

证人一个接一个做证：格温达、伍尔夫里克、佩姬、加斯帕德。拉尔夫原以为他对这些人握有绝对权力，可不知怎么的，他们却征服了他，陪审团发言人赫伯特·蒙顿爵士是拒绝和拉尔夫握手的人之一，他所提的问题似乎是要强调罪行的可怕：痛苦有多深？流了多少血？她是否在哭？

轮到拉尔夫说话时，他讲的故事早在预审时就没被陪审团相信，而且他讲话时声音很小，并且还一直发抖。阿兰·弗恩希尔比他强些，坚决地说安妮特急于和拉尔夫睡觉，这对情人要求他在他们在溪边尽欢时躲开。但陪审团不信他的话：拉尔夫可以从他们的脸色上看出来。他开始感到几乎被这程序厌烦了，巴不得快点结束，他的命运到时就定了。

在阿兰退回来时，拉尔夫意识到一个新身影就在他身旁，一个声音低低地说："听我的。"

拉尔夫回过头，看到了伯爵的书记杰罗姆神父，脑海中闪过一个念头：这样一个法庭对教士是无权的，哪怕他们犯了罪。

法官转向陪审团，征询他们的裁决。

杰罗姆神父耳语说："你们的马匹就在外面等着，备好了鞍，马上可以走。"

拉尔夫僵住了。他没听错吧？他转过头来，问："什么？"

"骑上跑。"

拉尔夫看看身后。有上百个人堵住了门口的路，许多人还有武器呢。"这办不到。"

"用侧门。"杰罗姆说着，头向法官进来的门稍稍一偏。拉尔夫马上看到，只有韦格利的人站在他和侧门之间。

陪审团的发言人赫伯特爵士站起身，一副神气十足的模样。

拉尔夫与站在身边的阿兰·弗恩希尔交换了一下眼色，阿兰已经听到了一切，满脸期待。

"现在走！"杰罗姆悄声说。

拉尔夫的手按到他的剑上。

“我们认定韦格利的拉尔夫地主犯有强奸罪。”发言人说。

拉尔夫抽出了剑，一边挥舞着，一边冲向门口。

有一刹那的惊惶中的静默，随后大家就一起叫嚷起来。但拉尔夫是当场唯一拔剑在手的人，他知道还要待一会儿别人的剑才能出鞘。

只有伍尔夫里克无所畏惧地迈步拦他，而且面不改色、神情坚定。拉尔夫举剑对准伍尔夫里克的脑壳正中，用尽全力向下砍去，一心想把他劈成两半。但伍尔夫里克灵巧地向后侧一闪。可剑尖还是划过他的左脸，从太阳穴到下颏开了个口子。伍尔夫里克在突然和极度痛苦中大喊一声，用双手捂住了脸；拉尔夫乘机越过他而去。

他把门大敞开，迈步出去，回过头来。阿兰·弗恩希尔冲到了他身边，陪审团的发言人紧随阿兰，举着已拔出的剑。拉尔夫经历了片刻的得意。事情就这样解决了——靠的是打斗，而不是商量。无论成败，他乐于如此。

随着一声兴奋的高叫，他刺向了赫伯特爵士。他的剑尖刺中了发言人的前胸，穿透了他的皮上衣；但那人离得太远，那一剑无法穿进肋骨，只是扎着皮肤，擦过骨头。反正赫伯特大叫了一声——更多的是由于害怕而不是由于痛苦——就跌跌撞撞地退后几步，与身后的几个人撞到了一起。拉尔夫把门扇向他们甩过去。

他发现身处一条穿过房子的通道，一头的门通向市场广场，另一头通向马厩院子。马匹在哪里？杰罗姆只说在外边。阿兰已经奔向后门，于是拉尔夫就紧随其后。他们冲进院子，他们身后的一片喧闹声告诉他，法庭的门已经打开，人群在追着他们。

院子里不见他们马匹的踪影。

拉尔夫从拱门下跑到前门。

那里是世上最想见到的景象：他的战马“怪兽”备着鞍子正用前蹄刨地，旁边是阿兰那匹两岁的“羽箭”，两匹马都由一个赤脚厩童牵着，那孩子塞了满嘴面包。

拉尔夫抓住缰绳便翻身上了马。阿兰也照样上了马。就在乱糟糟的人群穿过拱门时，他们已经狠踢着马匹走了。那厩童吓得慌忙跨步闪开了路。两匹马向前一蹿，跑了出去。

人群中有人投出一把刀。有四分之一英寸扎进了“怪兽”的侧肋，然后就掉在了地上，反倒起到了催马快跑的作用。

他们沿着街道疾驰，把前面的人赶得四散奔跑着让路，也不管是男女老幼还是牲畜。他们冲过城墙上的一道门，进入了城郊，那里是住房与花园及果园交织的一片地带。拉尔夫回过头去，已经看不到有人追来了。

治安官的手下当然会来寻他们，但他们得先找到马匹并且备上鞍。拉尔夫和阿兰已经驶离市场广场有一英里之遥了，而他们的坐骑毫无疲惫之态。拉尔夫喜气洋洋。五分钟以前，他还在等着挨绞呢。现在他已经自由啦！

大路分岔了。忙乱之中，拉尔夫转向了左边。穿过一英里的田野之后，他就看见林地了。一到那里，他就离开大路，消失了踪影。

可在这之后又该怎么办呢？

39

“罗兰伯爵真聪明，”梅尔辛对伊丽莎白·克拉克说，“他让法官把审判几乎进行到底了。他既没有向法官行贿，也没有影响陪审团或恐吓证人，他还避免了和他儿子威廉爵士的一场争吵。但他还是逃过了他的部下被绞的耻辱。”

“你弟弟现在在哪儿呢？”她问。

“不知道。从那天起，我就没跟他说过话，甚至连面也没见过。”

他们在礼拜天下午坐在伊丽莎白的厨房里。她给他做了午饭：煮火腿加上炖苹果和冬天的绿菜，还有她母亲买回来的也许是从她上班的客栈中偷回来的一罐葡萄酒。

伊丽莎白说：“现在会怎么样呢？”

“死刑判决还是在他头上。他不能回韦格利，或者来王桥这儿了，一露面就会被捕的。这样，他就宣布自己成了逃犯，只好当强盗了。”

“他没办法了吗？”

“他能从国王那里得到赦免——但那要花很多钱，远远超过他或我能出得起的。”

“你对他是怎么看的呢？”

梅尔辛畏缩了："唉，他的行为该判刑，这是不消说的。无论如何，我都不希望把绞刑加到他头上。我只希望他不管在哪儿，都好好活着。"

在过去这几天里，他已经讲了好多遍拉尔夫受审的事了，但伊丽莎白还是问了许多精明的问题。她既有头脑又有同情心。他认为，每礼拜天下午这样消磨并不是苦差。

她母亲塞尔莉跟往常一样在壁炉旁打盹儿，但这时她睁开眼，说："我的天！我忘了馅饼了。"她站起身，拍了拍乱糟糟的灰发。"我答应了贝蒂面包师给鞣皮公会做一个火腿鸡蛋馅饼的。他们明天要在贝尔客栈举行四旬斋[1]前的聚餐呢。"她把一条毛毯往肩上一围，就出去了。

屋里只剩下他们俩可是不寻常的，梅尔辛觉得有点窘，但伊丽莎白似乎倒一下子放松了。她说："你现在不去修桥了，你自己又打算做什么呢？"

"我在给酿酒师迪克盖住宅，还有些别的活计。迪克要退休了，把生意交给了他儿子，但他说他只要住在科珀，就没法不干活，所以他就想在老城墙外盖一栋带花园的房子。"

"噢——是情人地外面那处工地吗？"

"就是。那将是王桥最大的住宅了。"

"酿酒师是从来不缺钱的。"

"你愿意去看看吗？"

"工地？"

"住宅，还没盖完，但已竖起四壁，加上了屋顶。"

---

① 四旬斋，指复活节前四十天的大斋期。

“现在去？”

“离天黑还有一小时呢。”

她迟疑着，仿佛她还另有打算，但随后她说：“我愿意去。”

他们穿上带兜头帽的厚斗篷，就出去了。这是三月的第一天，阵阵小雪追随着他们沿着主街走去。他们乘上渡船向郊外而去。

虽然羊毛交易起起伏伏，但镇子每年都扩大一点，修道院把它越来越多的牧场和果园变成供出租的住宅区。梅尔辛猜想，自他十二年前还是个孩子初来王桥以来，足足增加了五十栋住宅。

酿酒师迪克的新家是退出大路一些距离的两层建筑。由于还没有装门窗，所以墙上的空隙临时用篱笆遮蔽着，木头框架中填满了苇帘。前门就这样堵着，但梅尔辛领着伊丽莎白来到背后，那里有一个上了锁的木门。

梅尔辛十六岁的助手吉米正在厨房里，守着那里以防盗贼。这孩子很迷信，总是在身上画十字或者从肩膀上向后撒盐。他坐在一个大壁炉的火跟前的板凳上，满脸忧心忡忡的样子。“你好，师傅，”他说，“你既然来了，我可以去取晚饭了吧？翻拌工劳尔应该送饭来的，可是到现在还没露面。”

“天黑以前一定要赶回来。”

“谢谢您。”他连忙走了。

梅尔辛迈步穿过门洞，进到宅子里面。“楼下四个房间。”他边说边指给她看。

她觉得不可思议：“他们用这么多房间干什么？”

“厨房、客厅、餐厅和大厅。”还没造楼梯，但梅尔辛爬着一张梯子到了上层，伊丽莎白跟了上来。“四间卧室。”她上来之后他说。

“谁住在这儿呢？”

“迪克和他妻子，他儿子丹尼和妻子，还有女儿，她大概不会一辈子不嫁吧。”

王桥的大多数家庭都住在一间屋里，全都一个挨一个地睡在地板上：父母、子女、孙子女和儿媳、女婿。伊丽莎白说：“这地方的房间比宫殿还多！”

这话倒是不错。一位拥有大批扈从的贵族可能就住在两个房间里：一间他和妻子用的卧室和一个供众人住的大厅。但梅尔辛如今已经为王桥的富裕商人设计了好几处住宅，他们奢侈的要求就是私蔽。他认为这是新趋势。

“我估摸着窗子上要装玻璃吧。”伊丽莎白说。

“是啊。”这又是一种时尚。梅尔辛还记得王桥没有玻璃匠的时期，只有每年来上一两次的巡回，如今城里有了常住的玻璃匠了。

他们回到了底层。伊丽莎白坐在吉米在炉火前的板凳上，烤着两只手。梅尔辛坐在她身旁。“有朝一日，我要给自己盖一栋这样的宅子，”他说，“要建在一座大花园里，要有许多果树。”

出乎他的意料，她把头靠在了他的肩上。“多美的梦啊。”她说。

他俩都盯着火看。她的头发扎得梅尔辛的面颊直痒。过了一会儿，她把一只手放到他膝头，在一片静寂中，他能听见她的和自己的喘息声和木柴的噼啪声。

“在你的梦里，谁在那栋房子里？”她问。

“我不知道。”

“就像个男人。我看不到我的家宅，可我知道里边有谁：一个丈夫，几个婴儿，我母亲，一位年长的公公或婆婆，三个仆人。”

“男人和女人的梦想不一样。”

她仰起头，看着他，触摸着他的脸。“你把这些人都凑到一起时，你才有了生活。”她亲吻了他的嘴唇。

他闭上了眼睛。他记起了几年前她嘴唇轻柔的触碰。她的嘴只在他的唇上逗留了一下，就收回去了。

他觉得自己奇怪地分身了，仿佛他在从屋角盯着自己看。他不知道自己是如何感受的。他瞅着她，又一次看出来她有多么可爱。他问自己她身上有什么东西这么吸引人，并且马上意识到，一切都十分和谐，犹如一座漂亮的教堂的各个部分。她的嘴唇、她的下颏、她的颧骨和她的前额，全部如他刻画的一样——若是他是创造妇女的上帝的话。

她用平静的碧眼回眸望着他。“摸摸我吧。”她说着，便解开了她的斗篷。

他用一只手轻柔地握住她的一个乳房。他记得曾经这样做过。她的乳房竖起，紧贴在胸口上。他刚一摸，她的乳头当即硬了，暴露了她不动声色的举止。

“我愿意在你梦想的住宅里。”她说着，又亲吻了他。

她并非因一时冲动行事的；伊丽莎白从来不那样。她一直在想这事。虽说他每次都是无心地去看望她，高兴和她在一起，而没有往远处想，但她都一直想象他俩的共同生活。或许她甚至安排了这种场面。这样就解释了她母亲找了个馅饼的借口把他们单独留下了。他提议来看酿酒师迪克的房子，几乎毁了她的计划，但她也随机应变地同意了。

这样不动声色的接近是没有什么错误可言的。她是一个理智的人，这也正是他喜欢她的一方面。他知道，激情照样在表面之下燃烧。

看来错的恰恰是他本人缺乏感情。他不会冷静理智地对待女性——恰恰相反。当他感受到爱时，就会被爱攫住，让他既觉得愤愤不满，又觉得温情似火烧身。此刻他感觉受到了关注、宠幸而周身发痒，不过他还不致控制不住自己。

她觉察到了他的吻半心半意，就缩了回去。他看出她脸上那一丝隐隐的激情正在受到极力压抑，但他知道在那面具背后是畏惧。她天生如此沉静，应该花了她好大力气才这样主动，她害怕遭到拒绝。

她从他身边撤开，站了起来，拽高了衣裙。她生就一双线条优美的长腿，上面布着几乎看不出的金色细毛。虽然她身材修长苗条，但臀部宽得恰到好处，尽显女性的曲线。他禁不住凝视着她阴部的三角区。她的阴毛金黄得让他能够看透，直到浅浅突出的阴唇和中间微妙的线条。

他抬头看她的脸，从中看出了绝望。她已经尽了一切努力，看出来全都是徒劳。

梅尔辛说："我很抱歉。"

她放下了衣裙。

"听着，"他说，"我觉得——"

她打断了他的话。"别说了。"她的欲望正在变成怒气，"你现在说什么都是瞎话。"

她说得没错。他一直想编造些抚慰的半真半假的话：他身体不大好，或吉米随时都会回来。但她不想得到安慰。她已经失败了，无力的借口只能让她更感到别人在纡尊降贵。

她盯视着他，她美丽的面孔上摆下了难过和气愤的战场。沮丧的泪水涌到她的眼中。“为什么不？”她叫道。但当他张开嘴要回答时，她又说：“别回答！那不是真话。”这一次她又说对了。

她转身要走，又回过头来。“是凯瑞丝。”她说，脸激动地抽抖着，“那妖精对你施了魔咒。她不会嫁给你，可别人也没法拥有你了。她太恶毒了！”

她终于走开了。她把门甩开，迈步走了出去。他听到她抽泣了一会儿，然后就走了。

梅尔辛瞪着火。“噢，倒霉。”他说。

“有些事我需要向你解释一下。”一个星期后，在他俩离开大教堂时，梅尔辛对埃德蒙说。

埃德蒙的脸上现出一种和蔼愉快的神情，这是梅尔辛看惯了的。那种神情似乎在说：我比你年长三十岁，你应该聆听我的话，而不是给我上课；但我喜欢年轻人的热情。何况，我还没老到学不进东西。“好吧，”他说，“不过，到贝尔店里去说吧。我想喝一杯葡萄酒呢。”

他们进了酒馆，在紧靠壁炉的地方坐下。伊丽莎白的母亲给他们端来了酒，但她鼻孔朝天，没有和他们搭话。埃德蒙说：“塞尔莉是在跟你还是跟我生气？”

“管她呢，”梅尔辛说，“你在海边站过吗？赤脚踩在沙子上，感受海水漫过脚趾的滋味？”

“当然啦，儿童都在水里玩过，连我是男孩时也这么干过。”

“你还记得海浪涌上退下，把沙子从你脚边淘走，形成一条小溪的情景吗？”

“记得，那是很久以前了，不过我觉得我明白你的意思了。”

“这就是旧木桥那儿发生的情况。流动的河水从中心的桥墩下淘走了泥沙。”

“你怎么知道的？”

“从桥塌之前木墩上的裂缝样子知道的。”

“你的意思是？”

“河流没有变。肯定还会像以前一样把新桥毁掉——除非我们预先防止。”

“怎么防？”

“按照我的设计，我在新桥的每个桥墩周围都堆上了大块的散石。它们会阻挡水流，减弱其作用。这就是用松散的线绳逗痒和用编紧的绳索鞭打之间的区别。”

“你怎么知道的？”

“我跟博纳文图拉打听的，那是在桥刚塌之后他回伦敦之前。他说他在意大利见过在桥墩周围堆石头的做法，他始终不明白有什么用。”

“太妙了。你跟我讲这个是为了一般的开窍呢，还是有什么特殊的目的呢？”

“像戈德温和埃尔弗里克那样的人不明白这个道理，就算我告诉他们，他们也不会听取。就是为了防止埃尔弗里克那笨脑子听后也不肯完全照我的设计去施工，我才想要镇上至少有一个人明白堆石头的原因。”

“但有一个人嘛——你不就是吗？”

“我要离开王桥了。”

这使他吃了一惊。“离开？”他说，“你？”

这时，凯瑞丝出现了。“别在这儿待太久了，”她对她父亲说，“彼得拉妮拉姑妈正在做饭呢。你要不要和我们一起吃饭，梅尔辛？”

埃德蒙说：“梅尔辛要离开王桥了。”

凯瑞丝面色苍白了。

梅尔辛看到她的反应，心中感到一阵满意。她曾拒绝过我，但听说我要离开镇子就沮丧了。他当即为这种毫无价值的情绪感到羞耻。他对她的深爱使他不想让她难过。不过，若是她听到这消息却无动于衷，他的感觉会更不好的。

“为什么？”她说。

“这里已经没我的事了。我要再建造什么呢？我不能再在桥上干活了。这座镇子已经有了一座大教堂。我不想在余生中除去给商人盖住宅什么也做不成。”

她用平静的声音说：“你要去哪儿呢？”

“佛罗伦萨。我一直都想看看意大利的建筑。我要找博纳文图拉·卡罗利给我写一封介绍信。说不定我还会跟他的一批托运货物一起走呢。”

“可你在王桥这里还有产业呢。”

“我正想跟你说这事呢。你肯为我管理吗？你可以替我收取租金，拿到回扣，并把余钱交给博纳文图拉，他可以用信把钱转到佛罗伦萨。”

“我不想要该死的回扣。”她生气地说。

梅尔辛耸耸肩：“这是工作，应该拿报酬的。”

“你在这事上怎么这样冷漠呢？”她说。她的声音很尖，招得贝尔店厅堂内好几个人都抬头来看。她并不在意：“你会离开你所有的朋友！”

“我并不冷漠。朋友是伟大的。但我要结婚。”

埃德蒙插话说：“王桥有的是姑娘愿意嫁你。你不算英俊，但你很成功，这可比好看的模样更有价值。”

梅尔辛苦笑了一下。埃德蒙能够唐突得让人哭笑不得。凯瑞丝也继承了这种品性。“有一段时间我觉得我可以娶伊丽莎白·克拉克。”他说。

埃德蒙说：“我也这么想过。”

凯瑞丝说：“她是条冰冷的鱼。”

“不，她不是的。但当她问我时，我却退却了。”

凯瑞丝说：“噢——所以最近她脾气才这么坏。”

埃德蒙说：“而且她母亲也不正眼看梅尔辛了。”

“你为什么拒绝她呢？”凯瑞丝问。

“在王桥只有一个女人我能娶——但是她也不想做别人的妻子。”

“可她不想失去你。”

梅尔辛生气了。“我该怎么办？”他说。他的声音很高，周围的人都止住谈话来听。“戈德温解聘了我，你又回绝了我，我弟弟成了逃犯。以上帝的名义，我何必留在这儿呢？”

“我不想让你走。”她说。

“这不够！”他嚷嚷起来了。

厅堂里这时静了下来。在场的人都认识他们：店主保罗·贝尔，他卷头发的女儿贝茜；灰白头发的吧台女塞尔莉——伊丽莎白的母亲；曾经拒绝雇用梅尔辛的比尔·瓦特金；名声扫地的奸夫屠夫爱德华；梅尔辛的房客贾克·切波斯托夫；托钵修士默多，以及理发师马修和马克·韦伯。他们都清楚梅尔辛和凯瑞丝的情史，所以对这争吵兴致勃勃。

梅尔辛满不在乎。他们要听就听吧。他气恼地说："我可不想这辈子就晃来晃去地围着你转，像你那条狗'小不点儿'似的，等候你的关照。我要当的是你的丈夫，我可不愿做你的宠物。"

"那好吧。"她小声说。

她突然改变了腔调让他吃了一惊，他还弄不明白她的意思："好吧什么呀？"

"好吧，我就嫁给你。"

一时间他惊得说不出话来。随后他满腹狐疑地问："你这话可当真？"

她终于抬头看着他，含羞一笑，"是的，我当真，"她说，"你向我求婚就是了。"

"好吧。"他深吸了一口气，"你肯嫁给我吗？"

"是的，我愿意。"她说。

埃德蒙大叫："好啊！"

酒馆里所有的人都一起鼓掌欢呼。

梅尔辛和凯瑞丝笑了起来。"你真的愿意？"他说。

"是的。"

他们亲吻了，然后他用双臂搂住她，使足了劲儿拥抱了她。他松开她之时，看到她哭了。

“为我订婚上酒，”他高叫着，“来一桶，就是说——给每人一杯，让大家都来为我们的健康干杯！”

“马上就来。”店主说。大家又一次欢呼。

一星期之后，伊丽莎白·克拉克成了见习修女。

40

拉尔夫和阿兰苦不堪言。他们吃的是野味，喝的是冷水。拉尔夫发现梦中所见的食品都是他平素里不屑一顾的：洋葱、苹果、鸡蛋、牛奶。他们每天夜里都换一个地方睡觉，总是要点上火。他们俩都有一件挺好的斗篷，在露宿时就不够保暖了，每天清晨都是打着冷战冻醒的。他们在大路上遇到任何软弱的人都要打劫，但大多数赃物要么不值钱要么没用处：破衣服啦，牲口饲料啦，还有钱，在森林里钱是买不到东西的。

有一次他们偷到了一大桶葡萄酒。他们把桶滚了一百码进了林子，尽量喝了个痛快，倒头便睡了。等他们醒来，还在宿醉未醒乱发脾气，却发现没法把还剩下四分之三酒液的桶带走，只好扔在了原地。

拉尔夫怀恋着他旧日的生活：宅邸的大房子，呼呼烧着的壁炉，仆人，正餐。不过在现实的当前，他知道他也不想过那种日子了。那样的生活也枯燥无聊，大概正是因为这个他才强奸了那姑娘。他需要刺激。

在林中生活了一个月之后，拉尔夫决定他们得组织起来。他们需要一处基地，能够在那里盖起某种住房并且存储食物。而且他们还要有计划地掠夺，这样就可以弄到对他们真正有用的东西，比如保暖的衣服和新鲜的食物。

在他逐渐认识到这些问题的时候，他们已经游荡到离王桥几英里处的一片山林中。拉尔夫回忆起，那片在冬天光秃秃的荒芜的山坡，在夏天是被牧人用来放牧的草场，牧民们在山窝里搭建些简陋的石头住所。他和梅尔辛儿时外出打猎时曾经发现过这些破房子，在里面点起火烧他们自己用箭射杀的野兔和石鸡。他回想起，即使在当时，他也渴望狩猎：追逐并射杀一只吓慌了的活物，用刀子或棍棒结束掉它们的生命——那种来自执掌生杀大权的迷人的感觉。

在新的季节牧草丰盛之前，没人会来这里。传统的日子是降灵节，那天也是羊毛集市开张的日子，还有两个月呢。拉尔夫选了一座看着还坚牢的草屋，他们就在里边安了家。那屋子没有门和窗，只有一处低矮的入口，但屋顶上有一个洞，可以向外冒烟，他们就点起火，一个月来第一次暖暖和和地睡了一觉。

靠近王桥，给了拉尔夫又一个妙招。他想好，抢劫的时间是趁人们去市场的路上。他们都携带着干酪、一壶壶的苹果酒、蜂蜜、燕麦饼等，村民们自制又为镇上人所需的各色各样的东西——当然也为强盗们需要啦。

王桥的市场是在一个礼拜天。拉尔夫已经忘记了星期几了，但他从一个游方修士的嘴里打听了出来，然后才抢了他三先令和一只鹅。在下一个礼拜天，他和阿兰在距通王桥的大路不远处宿营，在火边睁着眼守候了一夜。天亮后便来到路边，躺下静等。

过来的第一伙人是用车运饲料的。王桥有几百匹马可草又少，因此镇上时常都需要干草。不过这对拉尔夫没用，“怪兽”和“羽箭”在林子里有的是草，吃不完。

拉尔夫倒是不烦守候，准备伏击犹如观看一个女人脱掉衣服，等的时间越长，就越刺激。

不久他们听到了唱歌的声音。拉尔夫额后的头发立起来了：听着像是天使的声音。清晨有些雾蒙蒙的，他第一眼看到那些唱歌的人时，她们头上仿佛围着光晕。阿兰显然和拉尔夫的感受一样，甚至还畏惧得抽泣了一下。但那只不过是冬日的淡光在行路人身后照出的雾气罢了。她们都是农妇，每人提着一篮鸡蛋——不大值得一劫。拉尔夫让她们走过，没有暴露自己。

太阳升得高了一些。拉尔夫担心起来，不久大路上就会满是赶集的人，再下手抢劫可就难了。这时走来一家人，一对三十多岁的夫妻，带着一男一女两个小孩。他们看上去有些面善，无疑在他住在那儿的年月里，曾经在王桥的市场上见过他们。他们带着各种东西。那丈夫背着一个沉重的篮子，里面装着蔬菜；那妻子挑着一根长棍，上面捆吊着好几只活鸡；男孩子扛着一条粗重的火腿；女孩提着一个瓦罐，大概盛的是咸黄油。拉尔夫想到火腿，嘴里冒出了口水。

他胸中升起了激动，向阿兰点了下头。

当那一家人走到和他平行时，拉尔夫和阿兰冲出了灌木丛。

女人尖叫，男孩吓得呼喊起来。

男人想放下篮子，但没等篮子离开肩膀，拉尔夫已经刺中了他，剑从那人的腹部刺进，向上挑到肋骨。那人极度痛苦的厉声尖叫很快就由于剑尖穿透心脏而终止了。

阿兰则冲向那妇女，砍断了她脖子的大部分，血从重创的颈部喷出，形成一股红流。

拉尔夫在亢奋之中又转向男孩。那孩子反应迅速，他已经放下火腿，抽出了刀子。拉尔夫的剑还在向下挥舞时，那男孩已经逼近并捅着了他。那种未经训练的进攻，使的力量蛮大，却造不成什么伤害。那一刀错过了拉尔夫的胸口，刀尖在他右上臂划破了皮肉，突发的疼痛使他丢下了手中的剑。那男孩转身就跑，奔向了王桥的方向。

拉尔夫看着阿兰。阿兰在转向女孩之前，先结束了那母亲的生命，这么一耽搁，几乎让他丧了命。拉尔夫看到那女孩把黄油罐扔向阿兰，不知是扔得太准还是误打误撞，罐子刚好击中阿兰的后脑，他扑地跌倒，如同中了战斧。

她随后便跟着哥哥跑了。

拉尔夫弯腰用左手拾起他的剑，拔腿追去。

兄妹俩年轻快捷，但他身高腿长，没几步就追上了他们。男孩回头看到拉尔夫跑近了。让拉尔夫吃惊的是，男孩居然站住脚，转过身，朝他迎面跑来，手中举着刀子，高声叫喊着。

拉尔夫收住脚步，举起了剑。男孩向他跑来——然后在他够不到的距离上站住了。拉尔夫向前迈步冲刺，其实是佯攻。男孩躲过了那一剑，想趁拉尔夫立脚不稳，跑到近处来刺他。这恰恰是拉尔夫期待的。他敏捷地向后一退，站稳脚跟，把剑准确地刺进男孩的喉咙，直到剑尖从颈后穿出。

男孩倒地死了，拉尔夫抽出剑，对那精确有效的致命一击深为庆幸。

他抬头望去，女孩已跑得不见踪影。他马上明白了他是无法徒步追上她的；等到他拉来他的马，她早跑到王桥了。

他转身往回看，吃惊地发现阿兰已挣扎着站了起来。“我还以为她杀死你了呢。”拉尔夫说。他在死去男孩的紧身衣上擦干净他的剑，装入鞘中，用左手压紧右臂的伤口，想止住血。

“我的头疼得像是魔鬼，”阿兰回答说，“你把他们杀光了吗？”

“女孩子跑掉了。”

“你觉得她认识我们吗？”

“她也许认得我。我以前见过这家人。”

“这么说，我们现在是杀人犯了。”

拉尔夫耸耸肩：“绞死也比饿死强。”他看了看那三具尸体，“已经是这么回事了，咱们把这些农人拖下大路，别等再有人来。”

他用左手拖着那男人到了路边。阿兰提起尸首扔进灌木丛。又照样处理那妇女和男孩。拉尔夫确信尸体不会被过路人看见。大路上的血已经渗进土里，变黑了。

拉尔夫从那妇女的衣裙上切下一条带子，扎住他臂部的伤口。刀口还疼，但流血已经少了。他感到些许的失意，这是每次战斗后总有的，如同性发泄后一样。

阿兰开始收拾抢来的赃物。“收获不错，”他说，“火腿、鸡、黄油……”他看着男人背的篮子里边，“……还有洋葱！当然是去年的，不过还好着呢。”

“老洋葱也比没有强啊。这是我母亲说的。”

就在拉尔夫弯腰去捡砸到阿兰的黄油罐时，他觉出来有一个锋利的铁尖扎到他屁股上。阿兰在他前面收拢那些捆着的鸡。拉尔夫说：“谁……”

一个粗嘎的嗓音说：“别动。”

拉尔夫从来没有服从过这样的指令。他向前一跃，避开了那声音，转过身来。六七个人不知从哪里钻了出来。他惊慌不已，但还是镇静下来，用左手抽出了剑。离他最近的那人——大概就是刚才戳他的人——挥剑来打，而其余的人则去抢赃物，有的去伸手抓鸡，有的去抢火腿。阿兰剑光闪闪地护着那几只鸡，而拉尔夫和那个主要对手开打。他意识到这是另一伙强盗在打劫他。他气愤填膺：他为这些东西杀了人，他们却要从他手中抢走！他没觉得害怕，只感到愤怒。他勇气十足地进攻他的对手，尽管他迫不得已用左手使剑。这时一个权威的声音高声喊道："放下兵刃，你们这帮傻瓜。"

新来的人全都站住不动了。拉尔夫持剑摆出随时战斗的姿势，唯恐其中有诈，而目光则扫向了那高叫的人。他看到一个二十多岁的英俊青年，身上有一股高贵的气质。他穿的衣服看来很昂贵，却脏污得很：一件意大利猩红斗篷上面沾满细枝碎叶，一件华丽的花缎上衣上留着一些像是食物的污渍，脚上那双贵重的栗色皮靴上净是刮痕和泥迹。

"从强盗手里抢东西倒让我挺开心，"那个后来的人说，"你看，这可不算犯罪。"

拉尔夫明知自己处于包围之中，仍然十分好奇。"你是那位人称'隐身者塔姆'的人吗？"他问。

"我还小的时候就有'隐身者塔姆'的故事了，"那人回答说，"不过不时地一再有人出来扮演那个角色，就像在神奇剧中总有个化身妖魔的修士一样。"

"你不像是普通的强盗。"

"你也不像，我猜你是拉尔夫·菲茨杰拉德。"

拉尔夫点了点头。

“我听说了你逃跑的事，我一直在想什么时候能碰上你呢。”塔姆来回看着大路，“我们遇上你也是碰巧。你怎么挑中了这处地点？”

“首先我挑了日子和时间：礼拜天，这个时候正赶上农人们拿着他们生产的东西去王桥赶集，他们要经过这条大路。”

“好啊，好啊。我逍遥法外过了有十年了，我从来没想到要这么干。或许我们应该联手。你能别举着剑吗？”

拉尔夫犹豫了，但塔姆是没有武器的，因此他看不出有什么不利之处。反正，他和阿兰人数上大大处于劣势，最好还是别打为妙。他慢慢地把剑收入了鞘中。

“这就好嘛。”塔姆伸出一条胳膊搂着拉尔夫的肩膀，拉尔夫意识到他们身高一样。没有几个人有拉尔夫这么高的身材。塔姆和他一起走进树林，说道：“别人会拿来那些东西的。走这条路，我们有好多话要谈呢，你和我！”

埃德蒙敲击着桌子。“我召集这次教区公会的紧急会议是要讨论强盗的问题，”他说，“不过，由于我年事日高，懒于做事，我已请我的女儿来总结局势。”

凯瑞丝如今已是教区公会成员，因为她作为红布制造商有成功的业绩。这一新兴行业挽救了她父亲的财产。王桥的许多其他居民也由此致富，最著名的就是韦伯一家。她父亲也得以实现他贷款修桥的承诺，而在总的兴旺中，好几位商人也做出了同样的策动。修桥工程迅速地进行着——不幸的是，如今由埃尔弗里克而不是梅尔辛监管了。

近日来，她父亲很少有主动创意了。先前那个思维敏锐的他正在衰竭。她为他担心，却又无能为力。她觉得她母亲生病期间她那种强烈感情又回到了她身上。为什么没法帮助他呢？谁都不知道出了什么毛病，甚至没人能够叫得出他患病的名称。他们都说是年纪大了，可他还不到五十岁呢！

她祈祷着他能活着看到她的婚礼。她打算在羊毛集市之后的那个礼拜天在王桥大教堂和梅尔辛成婚，现在只有一个月之期了。镇上的教区公会会长的女儿结婚可是件大事。公会大厅里将举办宴会招待镇上的头面人物，在情人地的野餐更有好几百名宾客。有些天，她父亲会花上几小时计划菜谱和招待事宜，可是第二天却忘了他做过的每一件事，不得不再从头做起。

她把这些想法逐出脑海，把注意力转移到一个她希望更好办的问题上。“在上个月，强盗的攻击大大增加了，”她说，“主要发生在礼拜日，受害者一般都是带着东西来王桥的人。”

她被埃尔弗里克打断了。“那是你未婚夫的弟弟干的！”他说，“跟梅尔辛去说吧，别找我们。”

凯瑞丝压下一股怒火。她姐姐的丈夫从来不放过一个中伤她的机会。她痛苦地觉察到拉尔夫很可能卷入了其中，这也是梅尔辛难受的原因。埃尔弗里克话中有刺。

酿酒师迪克说：“我认为是‘隐身者塔姆’干的。”

“也许两个人都在里边，”凯瑞丝说，“我相信，受过一些军事训练的拉尔夫·菲茨杰拉德可能加入了现有的匪帮，从而使他们组织得更好，行动更有效了。”

胖胖的贝蒂是镇上最成功的面包师，她说：“不管是谁，都成了这镇上的祸害。没人再来赶集了！”

这话有点夸张，但每周一次的集市，来的人骤然减少了，其恶果已被镇上所有的商家都感受到了，从面包房到妓院概莫能外。“不过还没糟到那地步，”凯瑞丝说，“再过四个星期就是羊毛集市了。在座的好几位都对新桥投入了大量的资金，桥马上就要建好投入使用了，暂时铺的木头路面，好赶上开幕。我们中间大多数人都指望着过一年一度的集市来实现繁荣呢。我本人就有满满一仓库值钱的红布要卖呢。若是弄得来王桥的人都可能遭到强盗的抢劫，我们就会没有主顾了。”

其实她内心比表现出来的更忧虑。她和她父亲都没有现金了。他们的资金不是投入了建桥，就是拴牢在生羊毛和红绒布上了。羊毛集市是他们收回现金的机会。若是来的人少得可怜，他们就会深陷困境。别的不说，谁来给婚礼掏钱呢?

她并不是唯一忧心忡忡的人。银匠里克是首饰行会的会长，他说：“这可是连续第三个坏年头了。”他是个一本正经、吹毛求疵的人，总是穿戴得整齐体面。“这样会毁掉我们行里的一些人的，”他继续说，“一年的一半生意都要在羊毛集市上做呢。”

埃德蒙说：“会毁掉这座镇子的。我们不能让这种情况发生。”

好几个人都加入进来。非正式主持会议的凯瑞丝听凭他们去嘟囔。一种加剧的紧迫感将使他们更容易接受她准备提出的根治方案。

埃尔弗里克说：“夏陵的郡守应该有所作为嘛，要是他不能维护和平，凭什么给他工资？”

凯瑞丝说：“他没法搜查整座森林。他没有足够的人手。”

“罗兰伯爵有啊。”

这是很有希望的想法，不过凯瑞丝仍让讨论继续下去，这样，等她拿出方案时，他们就会明白再无他法了。

埃德蒙对埃尔弗里克说：“伯爵不会帮我们忙的——我已经求过他了。”

凯瑞丝实际上是替埃德蒙写那封给罗兰的信的，她说：“拉尔夫原是伯爵的人，如今仍是。你们注意到了吧，强盗并不攻击去夏陵市场的人。”

埃尔弗里克气恼地说：“韦格利的那些农人就不该起诉伯爵的一个乡绅——他们以为自己是老几啊？”

凯瑞丝正要义愤地反驳他，但面包师贝蒂抢在她前面说话了：“噢，照你们这么说，老爷就可以随便强奸任何人了？”

埃德蒙插话说：“那是另一个问题。”他说得很干脆，显示了一些他旧日的权威。“事情是，拉尔夫在掠夺我们，我们该怎么办？治安官帮不了我们，而伯爵又不肯帮我们。”

银匠里克说：“威廉爵士怎么样？他可是站在韦格利村民一边的——是他的过失造成拉尔夫成了强盗的。”

“我也求过他了，”埃德蒙说，“他说我们不在他的领地之内。”

里克说：“修道院当地主的麻烦就在这儿了——当你需要保护时，修道院有什么用？”

凯瑞丝说：“这是我们向国王申请自治特许令的又一个理由。那样我们就受到王家保护了。”

埃尔弗里克说：“我们已经有了我们的治安官，他在干吗？”

马克·韦伯发言了。他是治安官的助手之一。“我们准备好，需要什么就做什么，”他说，“只要给我们发句话。”

凯瑞丝说：“没人怀疑你们的勇敢。但你们的职责是应对镇子里那些制造事端的人。治安官约翰不具备追捕强盗的专长。”

马克因为在韦格利管理凯瑞丝的漂坊而和她很亲近，他也表达了些义愤：“是啊，那谁来干呢？”

凯瑞丝一直在把讨论引向这个问题。“事实上，有一个有经验的战士愿意帮助我们，”她说，“我冒昧地请他今晚来到这里，他正等在祈祷室呢。”她提高了嗓门，“托马斯，请你来参加会好吗？”

托马斯·兰利从大厅尽头的小祈祷室里走了出来。

银匠里克怀疑地说：“一个修士？”

“在他当修士以前，他是个战士，”凯瑞丝解释说，“他就是这样丢掉一条胳膊的。”

埃尔弗里克粗暴地说：“在他受到邀请之前，应该征得公会成员的同意。”凯瑞丝高兴地看到，没人去在意他的话，他们一心关注的是要听听托马斯会说些什么。

“你们要成立一支民团，”托马斯开口了，“都算在一起，也就是由二三十个强盗组成的团伙。这并不算多。镇上的大多数人都会使长弓，这要感谢礼拜天清早的训练课。你们有一百个人，只要做好准备又指挥得当，可以轻而易举地战胜那帮强盗。”

“这样全都挺好，”银匠里克说，“可我们得找到他们。”

“当然啦，”托马斯说，“不过我有把握，王桥肯定有人知道他们的藏身之地。”

梅尔辛曾请木材商贾克·切波斯托夫从威尔士给他带来一块石板——他能找到的最大的了。杰克刚刚从他的第二次寻找木材的外出中归来，带回了一块大约四英尺见方的薄薄的灰色威尔士石板。梅尔辛把这块石板镶到一个木框里，用来画他的设计图。

这天晚上，当凯瑞丝在教区公会的时候，梅尔辛正待在麻风病人岛上自己的家里，绘制该岛的地图。把岛的一部分租出去做码头和仓库是他最起码的打算。他设想出从一座桥到另一座桥之间横跨全岛的一条街上全是客栈和店铺。他要亲手构建这些房子，然后出租给王桥的商家使用。他激情满怀地预见着镇子的远景，想象着所需的街道和建筑。修道院要是有个较好的领导的话，这本是他们该做的事。

在规划之内有他和凯瑞丝的新家。他们新婚时，这个小家会是十分舒适的，但他们终归需要更多的面积，尤其是有了孩子之后。他在南部的岸边划出了一块地方，他们可以在那里得到河上吹来的新鲜空气。岛上的大部分地面都是石头，但他想象中的那块地的特点却是一片片可耕地，他可以在那里种些果树。在他规划新住宅时，他津津有味地想象着他们俩肩并肩地共同生活，日复一日地永不分离。

他的梦想被一声敲门打断了。他吃了一惊，通常是没人在夜晚到岛上来的——凯瑞丝除外，但她是不用敲门的。“谁啊？”他紧张地问。

托马斯·兰利走了进来。

“修士们在这种时刻都该就寝了。”梅尔辛说。

“戈德温不知道我在这儿。”托马斯看着石板说，“你用左手画图？”

“左手或者右手，没什么两样。你想来一杯葡萄酒吗？”

“不啦，谢谢。过几个小时我就该起来做晨祷了，所以我不想昏昏欲睡。”

梅尔辛喜欢托马斯。自从十二年前那一天他答应，万一托马斯死掉，他就要某一个教士到埋信的地方去的时候起，他俩就被拴到一起了。后来，他们在整修大教堂时又一起合作，托马斯在发指令时始终清楚明确，对学徒们也彬彬有礼。他对待自己的宗教的感召十分真诚，却又毫不傲慢。梅尔辛想，为上帝工作的人都该这样才是。

他招呼托马斯坐到壁炉边的一把椅子上：“我能帮你什么忙吗？”

“是关于你弟弟的事。对他的行径应该加以制止了。”

梅尔辛缩了一下，仿佛被猛然刺痛了：“要是我能做些什么，我愿意。可我一直没见到他，就算我见到了，我也没把握他会听我的。有一段时间，他在心目中把我当引导人，但我看那样的日子已经过去了。”

“我刚从教区公会的一次会议上归来。他们要我组织一支民团。”

“别指望我参加。”

“不，我来不是为了那个目的。”托马斯苦笑了一下，“你虽然有许多惊人的天赋，但其中却不包含军事技能。”

梅尔辛无奈地点点头：“谢谢。”

“不过有些事情你可以帮我做，只要你愿意。”

梅尔辛感到忐忑了：“好吧，说吧。”

“强盗们肯定在离王桥不远的什么地方有一处藏身之地。我想要你想一想你弟弟可能藏在哪里。可能是你们兄弟俩都知道的一处地方——或许是一个山洞或者是林中一个护林官废弃的小屋。”

梅尔辛犹豫了。

托马斯说：“我知道你痛恨出卖他。可是想想他攻击的第一个家庭吧：一个本本分分、勤勤恳恳的农人，他漂亮的妻子和一个十四岁的男孩，还有一个小女孩。如今一家三口都已死掉，小女孩成了孤儿。哪怕你爱你的弟弟，你也得帮我们把他抓获。”

“我懂。”

“你能想出来他可能在哪儿吗？”

梅尔辛还没想好怎么回答这个问题：“你们是要活捉他吗？”

“我要是能够的话。”

梅尔辛摇摇头：“这还不够。我要的是保证。”

托马斯半天没有说话。最后他才说：“好吧。我要抓活的。我还不知道怎么办，但我会想出办法的。我答应你。”

“谢谢你。”梅尔辛停了下来。他知道他该这么做，但他心中在对抗。过了一会儿，他强使自己开了口：“在我大概十三岁的时候，我们常跟大些的男孩去打猎。我们会在外面待上一整天，打到什么就烧熟了吃。有时候我们去到白垩山那么远的地方，遇到整个夏天都在那边放羊的家庭。牧羊女都很轻松随便——有些还让你吻她们呢。”他短促地一笑，“冬天，他们就不在那里了，我们就用他们的茅屋遮风避寒。那可能就是拉尔夫藏匿的地方了。”

“谢谢你。”托马斯说着，站起了身。

“别忘了你答应的事。”

“一定不忘。”

“十二年前你就信任我帮你保守一件秘密。”

“我知道。”

“我可没出卖你。”

“这我清楚。”

“现在轮到我信任你了。”梅尔辛知道，他的话可以做两种解释：作为一种交换的请求，或者作为一种隐藏的威胁。这就成了，让托马斯随他的意思去理解吧。

托马斯伸出了他的一只手，梅尔辛与他击了掌。“我说话算数。”托马斯说，说完就走了。

拉尔夫和塔姆并肩骑马上山，后面跟着骑马的阿兰·弗恩希尔以及其余步行的强盗。拉尔夫感觉很好，这是又一次成功的礼拜天上午的活计。春天已经到来，农人们开始把新季节的产品带到市场。强盗们搬运着六七只羊羔、一罐蜂蜜，堵着塞子的一瓶奶酪，几只皮瓶的葡萄酒。和往常一样，强盗们只受了些轻伤，是受害者中的莽汉给他们留下的刀伤和青紫瘀血。

拉尔夫和塔姆搭帮结伙极为成功。两个多小时轻松战斗的收获，可以让他们过上一周的奢侈生活。余下的时间，他们就可白天打猎，夜晚喝酒了。没有那些乡巴佬佃户为地界纠纷来烦恼他们或用租金来欺骗他们。他们只缺女人，今天总算补了缺：他们抓了一对体态丰满的姐妹，有十三四岁吧。

他唯一的遗憾是他从未为国王战斗过。这是他从孩提时代以来的壮志，至今仍难割舍。当强盗太容易了。杀死手无寸铁的农夫使他感觉不到有什么骄傲可言。他心中期盼的是光荣。他从来没有对自己或者对别人证明过，他身上有着真正骑士的灵魂。

然而，他不能任凭这种念头使他萎靡不振。当他爬上他们藏身的高原牧场的山坡时，他期待着今晚的一场大餐。他们要在炙叉上烤一只羊羔，喝上拌了蜂蜜的奶酪。至于女孩子嘛……拉尔夫决定让她俩并排躺着，这样每个姑娘就可以看到她的姐妹被一个个男人糟蹋。想到这里，他的心跳加快了。

他们来到了石头住处在望的地方。拉尔夫心想，他们不能长久地利用这种地方了。草已经长起来，牧人们很快就要回来了。今年的复活节来得早，五朔节一过就是降灵节了。强盗们要另找基地了。

在他们距离最近的茅屋有五十码的地方时，他惊讶地看到有人从里面走了出来。

他和塔姆都勒住了马，其余的强盗聚在他们周围，手中都握紧了武器。

那人向他们走来，拉尔夫看出是个修士。拉尔夫身边的塔姆说："怎么以上天的名义……"

修士长袍的一只袖子是空的，拉尔夫认出他是从王桥来的托马斯兄弟。托马斯朝着他们走来，仿佛是在大街上与他们邂逅。

"你好，拉尔夫，"他说，"还记得我吗？"

塔姆跟拉尔夫说："你认识这个人？"

托马斯来到拉尔夫马匹的右侧，伸出他健全的右手和他握手。他到底来这里做什么？从另一方面来说，他一个独臂的修士又能有什么危害呢？拉尔夫迷惑不解地伸手向下，握住了那只递过来的手。托马斯那只手向上一滑，抓住了拉尔夫的右肘。

拉尔夫用眼角的余光瞥见在石头茅屋附近有人影在动。他抬头望去，看见一个人从最近的小屋的门口走了出来，紧跟着是第二个人，然后又出来三个；随后他看见他们从所有的茅屋中一拥而出——他们个个手持长弓，箭已搭在弦上。他明白他和他的一伙人遭到了埋伏——就在这时，抓住他臂肘的手一紧，再猛地一举，他就给拽到了马下。

强盗们一声呼啸。拉尔夫仰面跌倒在地上。他那匹“怪兽”受惊之下，闪到了一旁。拉尔夫想站起身，托马斯像一棵树似的倒在他身上，把他压在地上动弹不得，他俩一上一下活像一对情侣。“躺着别动，你不会被杀死的。”他对拉尔夫耳语说。

这时拉尔夫听到同时从长弓上射出的十几支箭嗖嗖而至，如同随着闪电雷鸣骤起的风。那声响之大，他判断是有上百名弓箭手。他们显然都挤在强盗的住处里。托马斯抓住拉尔夫的胳膊就是让他们出来射箭的信号。

他想把托马斯掀下身去，随后又改了主意。他听得到强盗们被箭射中时的号叫。他被压在地上看不到什么，但他的一些人已经抽出了剑。然而，他们离弓箭手太远了：若是他们向敌人冲去，不等他们挥剑战斗，就会中箭倒下了。这是一场屠杀，而不是战斗。马蹄敲打着地面，拉尔夫不知道塔姆是向弓箭手冲去还是掉头逃跑了。

一时的一团混乱没有持续多久。他觉得出来，没过几分钟，强盗们就全都向后跑了。

托马斯从他身上起来，从他的本笃修士袍下抽出一把长匕首，说：“别妄想拔剑。”

拉尔夫站起身。他看了看那些弓箭手，认出了其中的许多人：胖胖的酿酒师迪克、好色的屠夫爱德华、爱吃喝的保罗·贝尔、坏脾气的比尔·瓦特金——以及王桥遵纪守法的居民们，什么人都有。他已经被各行业匠人们活捉了。但这还不是最惊人的。

他莫名其妙地看着托马斯。“你救了我一命，修士。”他说。

“只是因为你哥哥要求我的，”托马斯回答得很干脆，“要是按我的意思，不等你摔倒在地上就已经没命了。”

王桥的监狱设在公会大厅的地下室里。一圈石头墙，地面肮脏，而且没有窗户。里面没有生火，冬天偶尔有囚犯冻死的事情；但如今已是五月了，而且拉尔夫还有一件羊毛斗篷可以盖着过夜。他还有几件家具——一把椅子、一条板凳和一张小桌——由梅尔辛出钱向治安官约翰租来的。在赶集的日子和集市期间，约翰和他的助手们坐在那里等候应召去解决纠纷。

阿兰·弗恩希尔和拉尔夫关在一个号子里。王桥的一名弓箭手的一支箭射中了他的大腿，使他翻身落马，虽说伤势不重，他也跑不动了。不过，“隐身者塔姆”还是逃掉了。

今天是他们关在这里的最后一天了。郡守定于中午把他们押解到夏陵。他们已经被宣判死刑：因为强奸了安妮特，因为他们在法官的眼皮底下犯下的罪行——伤了陪审团的发言人及伍尔夫里克，然后从法庭上逃跑。等他们到了夏陵，就要被绞死。

午前一小时，拉尔夫的父母给他送来了午饭：热火腿、新面包和一罐烈啤酒。梅尔辛和他们一起来了，拉尔夫揣摩这是道别。

他父亲证实了这一点。“我们不会随你去夏陵的。”他说。

他母亲补充说：“我们不想眼睁睁看着你——”她说不下去

了，但他明白她要说什么。他们不会一路到夏陵去看他受绞刑。

拉尔夫喝了啤酒，吃的东西却难以下咽。他就要上绞架了，食物似乎没有意义。反正，他没有胃口。阿兰大嚼了一顿：他像是没感到等待他的命运。

全家人尴尬地静坐着。虽然这是他们团聚的最后时刻，可谁也不知道该说些什么。莫德默默地抽泣着，杰拉德满脸怒气，而梅尔辛则用双手捧着低垂的头坐在一旁。阿兰·弗恩希尔只是一副不耐烦的神色。

拉尔夫有个问题要问他哥哥。其实他并不大情愿问他，可是此刻他意识到这是他最后的机会了。“托马斯兄弟把我拽下马，保护我没被箭射中，我感谢他救了我一命。”他说。他看着哥哥，继续说道：“托马斯说他是因为你才这么做的，梅尔辛。”

梅尔辛只点了点头。

“你要求他的吗？”

“是的。”

“这么说你知道要发生的事情了。”

“是的。”

“这么说……托马斯怎么知道到哪儿找我呢？”

梅尔辛没有回答。

拉尔夫说：“你告诉他的，是吧？”

他们的父亲震惊了。“梅尔辛！”他说，“你怎么能？”

阿兰·弗恩希尔说：“你这个叛徒！”

梅尔辛对拉尔夫说：“你杀了好几个人！无辜的农人和他们的妻子儿女！必须制止你了！”

拉尔夫并没有生气，这倒连他自己都没想到。他感到一种窒息的惊怵。他咽了口口水，然后说道："可你为什么要托马斯饶我一命呢？是不是因为你更愿意我被绞死呢？"

莫德说："拉尔夫，别……"跟着就低声哭了。

"我也说不清楚，"梅尔辛说，"大概我就是想让你再多活些时候。"

"可你确实出卖了我。"拉尔夫发现他马上就要崩溃了。他的眼中似乎含着泪水，他的脑袋感受到压力。"你出卖了我。"他重复着说。

梅尔辛站起身，愤愤地说："天哪，你活该！"

莫德说："别打架。"

拉尔夫伤心地摇着头。"我们不会打架的，"他说，"那种日子已经过去了。"

门打开了，治安官约翰走了进来。"郡守在外面呢。"他宣告说。

莫德伸出双臂搂住拉尔夫，边哭泣边拥抱着他。过了一会儿，杰拉德轻轻地拉开了她。

约翰走了出去，拉尔夫跟在后面。他奇怪既没有绑他，也没有锁他。他曾经逃跑过一次——难道他们不怕他故技重演吗？他走过治安官的办公室，来到门外。他的家人跟在后面。

早些时候大概下过雨，因为此时明媚的阳光照在湿漉漉的街道上，拉尔夫不得不眯起眼睛抵挡光线。他习惯了光亮之后，看到了他自己的马"怪兽"已经备好鞍。他一下子高兴起来。他拉住缰绳，对着马耳说："你从来不会出卖我的，伙计，是吧，嗯？"那马喷着响鼻、踏着地，兴奋地让主人骑到它背上。

郡守和好几名助手守候在那里，全副武装地骑在马上——他们要让拉尔夫骑马去夏陵，但他们绝没有冒险。他明白，这次休想再跑了。

这时他又张望了一下。郡守是在这儿，但其他的马上武士并不是他的部下。他们是罗兰伯爵的人。而且还有伯爵本人，他黑发黑须地骑在一匹灰色战马上。他在这儿干吗?

伯爵没有下马，只是俯身递给治安官约翰一卷羊皮纸。“要是识字的话，就读一下吧。”罗兰说，像往常一样只从嘴的一边吐字。“这是国王的旨意。县里的全部囚犯都获得赦免及自由——条件是他们要随我加入国王的军队。”

杰拉德高呼：“万岁！”莫德哭出了声。梅尔辛隔着治安官的肩膀阅读着圣旨。

拉尔夫看着阿兰，阿兰问：“刚刚说的什么？”

“说的是我们自由了！”拉尔夫说。

治安官约翰说：“是的，要是我没读错的话。”他看着郡守，“你肯定这一点吗？”

“我肯定。”郡守说。

“那就没什么说的了，这两个人可以自由地和伯爵去了。”治安官卷起了羊皮纸。

拉尔夫看着他哥哥，梅尔辛在流泪。那是高兴的泪水还是沮丧的泪水呢?

他没时间去多想了。“来吧，”罗兰不耐烦地说，“我们已经办完手续了，咱们上路吧。国王在法国——我们还要走很长的路程呢！”他掉转马头，沿主街跑去。

拉尔夫踢了一下“怪兽”的两肋，那马迫不及待地一阵小跑，追随伯爵而去。

41

“你赢不了的，”格利高里·朗费罗对坐在副院长居所厅堂中大椅子上的戈德温副院长说，“国王就要颁发自治特许书给王桥了。”

戈德温瞪了他一眼。就是这位律师帮他在王家法庭上打赢了两场官司：一场赢了伯爵，另一场赢了镇教区公会会长。要是这样一个能人都宣布了失败，那肯定就是不可避免的了。

这没什么可烦恼的。若是王桥成了自治市，修道院就要倾圮了。几百年来，修道院都治理着这座镇子。在戈德温的眼中，镇子的存在就是为修道院服务的，而修道院则是为上帝服务的。如今，修道院不过是为钱服务的商人们治下的镇子的一个部分。获救者的名单只能表明，让这件事发生的副院长是戈德温。

他垂头丧气地说：“你敢肯定吗？”

“我总是很肯定的。”格利高里说。

戈德温给激怒了。格利高里这种趾高气扬的态度在蔑视你的对手时倒是满得当的，可是当他转过来这样对待你时，就惹人气恼了。戈德温气狠狠地说：“你一路大老远地跑到王桥来，就为的是告诉我，你不能按我的要求办了？”

“还有，收我的费用。”格利高里满不在乎地说。

戈德温恨不得把这个身穿伦敦服装的人扔到鱼塘里去。

那是降灵节周末的星期六，也就是羊毛集市开幕的前一天。外面，在大教堂西侧的绿地上，数以百计的商人在搭建他们的摊位，他们彼此间的交谈和呼唤构成的声浪一直传到副院长居所的厅堂这儿，此时戈德温和格利高里正对坐在餐桌的两侧。

菲利蒙坐在侧面的条凳上，对格利高里说：“或许你能对副院长大人说说你是如何得出这一悲观的结论的？”他已经练就了一种听起来半谄媚半轻蔑的口气。戈德温不能说他很喜欢这样。

格利高里对那口气没有反应。“当然，”他说，“国王在法国。”

戈德温说：“他已经在那儿待了几乎一年了，但也没发生什么大事。”

“你今年冬天就会听到行动了。”

“为什么？”

“你大概听说了法国人袭击了我们的南方港口。”

“听说了，”菲利蒙说，“他们说法国的水兵在坎特伯雷强奸了我们的修女。”

“我们总是宣称敌军强奸了修女，”格利高里用一种纡尊降贵的口吻说，“这就激励了普通百姓支持战争。不过他们确实烧了朴次茅斯，这就对造船业造成了严重的损失。你可能注意到了你收购羊毛的价格下跌了。”

“我们当然注意到了。”

“部分原因在于向佛兰德的海运困难了。而你购买波尔多葡萄酒的价格，出于同样的理由，也上升了。”

戈德温心想，照旧的价格我们已经买不起酒了，但他没这样说。

格利高里继续说："这些袭击看来不过是前奏。法国人在集结一支入侵的舰队。我们的间谍说，他们已然在兹文河口停泊了二百多艘舰船。"

戈德温注意到格利高里讲到了"我们的间谍"，那口吻像是他是政府的一部分。事实上他不过是在零售一些道听途说的消息。然而，听起来还是令人信服的。"可是，与法国人的战争与王桥是否成为自治市又有什么关系呢？"

"税收啊。国王需要钱。教区公会争辩说，要是商人们从修道院的控制中解放出来，这个镇子就会更繁荣，因此也就能交更多的税。"

"而国王相信了？"

"此前就已经证明了。所以国王才创建了自由市。自由市制造了贸易，而贸易则产生了税收。"

又是钱，戈德温厌恶地思忖："我们就无能为力了吗？"

"在伦敦是不成了。我建议你把注意力集中在王桥这一头上。你能劝说教区公会收回申请吗？那位老会长怎么样？能向他行贿吗？"

"我舅舅埃德蒙吗？他现在健康不佳，而且在迅速地衰弱下去。不过他的女儿，我表妹凯瑞丝倒是这件事背后的推动力量。"

"啊，对了，我想起她在法庭上的样子了，相当自负，我觉得。"

有一种乌鸦落在猪身上的感觉，戈德温心里酸溜溜的。"她是个女巫。"他说。

“是吗？那倒有用了。”

“我这是比喻。”

菲利蒙说：“事实上，副院长大人，可是有传闻的。”

格利高里扬起了眉毛：“有意思！”

菲利蒙接着说：“她是一个叫作玛蒂的女巫的至交，那女人配些药骗镇上的人。”

戈德温准备对这种巫术的说法嗤之以鼻，但他随即决定闭口不谈。只要能打掉自治特许的念头，那武器一准是上帝送来的。或许凯瑞丝确实使用巫术，他想：谁知道呢？

格利高里说：“我看出你在犹豫。当然，如果你喜欢你表妹的话……”

“我们小的时候我喜欢过她。”戈德温说着，心中感到一阵对旧日天真无邪的悔意，“但我要遗憾地说，她没有长成一个敬畏上帝的女人。”

“既然是这样……”

“我该调查一下这件事。”戈德温说。

格利高里说：“我能提个建议吗？”

戈德温已经听够了格利高里的建议，不过他没勇气这么说。“当然啦。”他用稍稍夸张的口吻说。

“调查异端可能……很肮脏。你可不能让你的手沾上土。而且人们会对同一位副院长谈话而感到紧张的。把这件任务交给一个不那么吓人的人。比如说，这位年轻的见习修士。”他指指菲利蒙，那人高兴得眉飞色舞，“他的态度让我觉得……很机灵。”

戈德温回想起来，正是菲利蒙发现了理查主教的弱点——他和玛杰丽的私情。他当然是干脏活的合适人选啦。“好吧，”他说，“看看你能发现什么，菲利蒙。”

“谢谢您，副院长大人，”菲利蒙说，“没有别的事让我更乐于干的了。”

礼拜天上午，人们还在涌进王桥。凯瑞丝站在一旁观看着人流走过梅尔辛修建的两座宽大的桥梁，他们有的步行，有的骑马，有的赶着两轮或四轮的马车或者牛车，车上满载着为集市所需的货物。那景象让她心情愉悦。没有盛大的通车典礼——两桥并未彻底竣工，不过由于铺了临时木头桥面已经可用——但人们照样争相通告：桥已通行，路上也没了强盗。连博纳文图拉·卡罗利都来了。

梅尔辛曾经提出了收取过桥费的不同办法，教区公会热切地采纳了。取代造成瓶颈堵塞的桥头单一设亭收费的，是他们在麻风病人岛上各临时岗亭中驻有十个人，分散在大路和两桥之间。大多数人都交上一便士而不必逗留。“连排队的现象都没有。”凯瑞丝出声地自言自语。

那天风和日丽，没有下雨的迹象。集市会是一场胜利。

随后，再过一个星期，她就要嫁给梅尔辛了。

她依旧心怀疑虑。觉得失去了独立成为他人财产的念头，还在继续恐吓着她，哪怕她明知梅尔辛不是那种对妻子恃强凌弱的人。偶尔她也会承认这种感情——比如说，跟格温达或者跟“智者”玛蒂——她们就说她的思维像个男人。唉，由它去吧，她就是这么想的。

但若是失去他看来会益发黯淡。除去并没有激励她的织布业之外，她还会留下什么呢？当他终于宣布他要离开镇子的想法时，前景刹那间像是一片空白。当时她意识到，比起嫁给他，唯一更糟的结局可能就是不嫁给他了。

至少，在她情绪好的时候她就是这样告诉自己的。有时候，她在半夜醒来时，会看到自己在最后时刻又反悔了，常常是在婚礼进行当中，拒绝婚誓，冲出教堂，引起全体教众的惊愕。

在此刻的白昼阳光下，一切都进展得如此顺利，她觉得那些想法都是荒唐的。她要嫁给梅尔辛，幸福地生活。

她离开了河岸，穿过镇子，走向大教堂，那里已经挤满了等待晨祷的信众。她记起了梅尔辛在一根支柱背后触摸她的情景。她对他俩早年关系中毫无顾忌的激情很是留恋：那种长时间的探讨式的谈话和一次次的偷吻。

她看到他在前排信众附近，正在琢磨唱诗席的南甬道，两年前，那地方就在他们的眼前垮塌了。她回想起和梅尔辛一起爬到拱顶上的空处，偷听到了托马斯兄弟和他疏远了的妻子之间可怕的交流，那番谈话凝聚了她的全部恐惧并使她拒绝了梅尔辛。她把那念头排除出脑海。“这次修复看来撑住了。”她猜测着他的想法说。

他面露疑虑：“两年对于大教堂的寿命来说只是一段短暂的时间。”

“并没有恶化的迹象啊。”

“这才使问题难办了。一处看不见的弱点可以在几年之间坚持着不被怀疑，直到有什么东西垮下来。”

“也许没有弱点呢。”

“应该有，”他稍有些不耐烦地说，“两年前那次坍塌是有理由的。我们从来都没找到原因，也就一直没有补救。要是没有补救，终归还是弱点。”

“也许会自动得到纠正。”

她只是要争辩一下，他却认真对待了。“建筑物通常不会自己修补自己的——不过你说得有道理，这是可能的。比如说，说不定有什么从封闭的滴水口渗出的水，变成了一种没什么妨害的通道。”

修士们开始列队边走边唱地进来，信众安静了下来。修女们则从另一个入口出现。一个见习修女抬眼观看，那是从兜头帽边中露出的一张美丽而苍白的面孔。她就是伊丽莎白·克拉克。她看到了梅尔辛和凯瑞丝站在一起，她眼中突然露出的怨恨让凯瑞丝身体一战。随后伊丽莎白就低下头，背影消失在她那身和别人千篇一律的袍服中。

“她恨你。”梅尔辛说。

“她认为是我制止了你娶她。”

“她想得没错。”

“不对，她想错了——你可以想娶谁就娶谁！”

“可我只想要你。”

“你要弄了伊丽莎白。”

“她会这么想，”梅尔辛悔歉地说，“而我只是爱和她聊天。尤其是在你变得冷若冰霜之后。”

她觉得不自在了：“我知道。可伊丽莎白觉得受了骗。她看我的眼神让我紧张。”

“别怕。她如今是修女了。她不会伤害你的。”

有一阵子他俩都沉默着并肩而立，肩膀亲密地紧挨着，一起看着仪式在进行。理查主教坐在东端的席位上主持晨祷。凯瑞丝知道，梅尔辛喜欢这类事情。过后他就会感觉良好，而且还会说，这就是到教堂去的好处。凯瑞丝去教堂是因为若是不去就会引人注目，但她对教堂那一套心存疑虑。她信仰上帝，但她不敢说，上帝把他的希冀偏偏要揭示给她表兄戈德温这样的人。比如说，一个天神为什么要祈祷呢？国王和伯爵需要别人崇拜，而且地位越显赫，就越需要别人尊从。在她看来，一个全能的上帝应该不在意王桥的民众用何种方式赞颂他，就像她不在意林中的鹿怕不怕她是一样的。她偶尔把这些想法讲出来，但没人拿她的话当真。

她的思绪飘向了未来。各种迹象都不错，国王会颁给王桥自治特许令的。她父亲只要能够康复，大概会成为第一任市长。她的布匹生意将会持续增长。马克·韦伯会致富。随着日益繁荣，教区公会就能修建一个羊毛交易厅，这样，即使天气恶劣时，大家也能舒舒服服地做生意了。梅尔辛可以设计这座建筑。连修道院也会中兴，哪怕戈德温不会感谢她。

晨祷到了尾声。修士和修女们开始鱼贯而出。一名见习修士走出行列，进到信众当中。他就是菲利蒙。凯瑞丝没想到，他竟然朝她走来。“我可以说句话吗？”他说。

她控制住自己没有打战。格温达的哥哥身上有些让人恶心的东西。“什么事？”她只是出于礼貌才回答他。

“我想向你讨教，真的。”他说，竭力做出一副迷人的笑脸，“你认识‘智者’玛蒂吧？”

“认识。”

"你觉得她的方法怎么样？"

她使劲瞪了他一眼。他这么做为的是什么？她决定无论如何也要捍卫玛蒂。"她当然从来没有钻研过古代典籍。尽管如此，她的治疗——有时还胜过修士。我认为这是因为她把她的疗法建立在先前成功的基础上，而不是靠什么体液的理论。"

站在附近的人们好奇地听着，一些人这时不请自来地加入了谈话。

"她给了我家的诺拉一剂药，让她退了烧。"玛奇·韦伯说。

治安官约翰说："我的胳膊断了的时候，她的药止住了痛，而理发师马修把骨头接好了。"

菲利蒙说："她在配药时嘴里念的什么咒语？"

"没有咒语！"凯瑞丝气恼地说，"她告诉人们吃药时要祈祷，因为只有上帝才能治好病——她总这么说。"

"她会不会是女巫呢？"

"不！这种念头太可笑了。"

"只是有人向教会法庭投诉了。"

凯瑞丝身上一冷："谁告的？"

"我不能说，但我受命调查。"

凯瑞丝觉得这事有点蹊跷。玛蒂的敌人可能是谁呢？她对菲利蒙说："好嘛，在所有的人当中你了解玛蒂的作用——她在你妹妹生萨姆时救了她一命。多亏了玛蒂，要不格温达就会出血过多而死掉的。"

"好像是这么回事。"

"好像？格温达活得好好的，对吧？"

“是的，当然啦，所以你敢说玛蒂没有召唤魔鬼？”

凯瑞丝注意到他问这个问题稍稍提高了调门，仿佛他想让周围的人一定要都能听到。她有点困惑，但她对自己的回答毫不怀疑。“我当然敢说啦！你要是想听，我可以发个誓。”

“不必啦，”菲利蒙顺势说，“谢谢你的忠告。”他像是鞠躬似的低了下头，就溜开了。

凯瑞丝和梅尔辛朝出口走去。“真是废话！”凯瑞丝说，“玛蒂会是女巫！”

梅尔辛满脸费解的样子：“你认为菲利蒙想要与她作对的证据，是吗？”

“是的。”

“那他为什么来找你？他能猜得出，你在所有的人当中是最会否认这种起诉的。他为什么会热衷于澄清她的名声呢？”

“我不知道。”

他们穿过了西大门，来到外面的绿地上。阳光照射在堆满五光十色货物的成百个摊位上。“说来没什么道理，”梅尔辛说，“可这事让我心烦。”

“为什么？”

“就像南侧弱点的原因。你要是看不出来，就可能会不为人见地慢慢地暗中害你——而且直到周围的一切全都垮掉之前，你并不知晓。”

凯瑞丝市场摊位上的猩红绒布不如劳若·菲奥伦蒂诺卖的红布好，虽说你要对羊毛有犀利的目光才能看出其中的差别。织得不那么坚密，因为意大利的织机要更优越些。颜色同样亮丽，但就整捆的长度来看，就不那么完美了，无疑是因为意大利的染匠技术更娴熟。结果，她开始就比劳若的便宜了十分之一。

尽管如此，这毕竟是王桥集市上从来没见过的最好的英格兰红绒布了，因此生意很兴隆。马克和玛奇按码零售，为个体顾客量着剪着，而凯瑞丝则应付批发的买主，和来自温彻斯特、格洛斯特，甚至伦敦的布商为一捆或六捆布的降价商讨着。到星期一的中午时分，她知道在周末之前她就会卖光了。

当生意走缓准备吃饭休息时，她到市场四下漫步。她有一种十分满意的感觉。她战胜了逆境，梅尔辛也一样。她在珀金的摊位前停下来，和韦格利的乡亲聊天。连格温达也胜利了。她就在这儿，嫁给了伍尔夫里克——本来是不可能的事——那儿地上还坐着她的婴儿萨米，已经一岁了，胖乎乎的，玩得正高兴。安妮特像往常一样卖着托盘里的鸡蛋。拉尔夫已经到法国去为国王作战，也许永远回不来了。

再往远处，她看到了格温达的父亲乔比，出售着他的松鼠皮。他是个心肠恶毒的人，不过他似乎失去了伤害格温达的权力。

凯瑞丝在她自己父亲的摊位前站住脚。她曾劝说他今年买进少量的羊毛。在法英双方互相袭击对方港口和烧毁船只的时候，国际羊毛市场不可能兴旺。“生意怎么样？”她问他。

“很稳定，”他说，“我觉得我判断得没错。”他忘了那原本是她的判断而不是他的，才得出谨慎从事的结论。不过这样就好。

他们的厨师塔蒂给埃德蒙送饭来了：一锅炖羊肉、一条面包和一罐淡啤酒。重要的是看着丰盛而并不过分。多年以前，埃德蒙就曾对凯瑞丝解释：虽说顾客需要相信他们在购买一个成功的商家的东西，但他们绝不高兴为某个财源滚滚而来的人再增添财富。

“你饿吗？”他问她。

“饿极了。”

他伸手去拿那锅炖肉。只见他踉跄了一下，发出又像呻吟又像叫喊的一声怪叫，就倒在了地上。

厨师尖叫了一声。

凯瑞丝高喊：“爸！”但她知道他不会回答她了。她看得出来，他这么沉重地像一袋洋葱似的突然倒地，已经失去了知觉。她强迫自己没有尖叫。她跪在他身边。他还活着，粗声地喘着气。她握住他的手腕，试着脉搏：强而缓。他的面孔泛红。平时就是红红的，现在就更红了。

塔蒂说：“这是怎么的了？怎么的了？”

凯瑞丝强迫自己平静地说话。“他中风了。”她说，“把马克·韦伯找来。他能把父亲抬到医院。”

厨师跑走了。邻近摊位的人围拢过来。酿酒师迪克出现了，他说：“可怜的埃德蒙——我能帮什么忙？”

迪克年纪太大，身体又胖，抬不起埃德蒙。凯瑞丝说：“马克就要来送他到医院去了。”她的泪水流了下来，“我希望他没事。”

马克来了。他轻松地举起埃德蒙，用他那双强劲的双臂轻柔地抱起他，边向医院走去，边对人群叫着：“闪开点！让让路，劳驾了！病人，病人。”

凯瑞丝心慌意乱地跟着走。泪水使她几乎看不清路，她就紧随着马克宽阔的后背。他们来到医院，径直进去。凯瑞丝谢天谢地地看到了老朱莉那张熟悉的小圆脸。“快叫塞西莉亚嬷嬷来，越快越好！”凯瑞丝对她说。那个老修女匆匆走了，马克把埃德蒙放到圣坛近旁的一个地铺上。

埃德蒙依旧昏迷不醒，双目紧闭，粗声喘着气。凯瑞丝摸摸他的额头，既不热也不冷。这是怎么造成的呢？来得太突然了。刚刚还在正常地讲话，紧跟着就倒地不省人事了。怎么会发生这种事呢？

塞西莉亚嬷嬷来了。她那种忙碌的效率让人放心。她跪在地铺旁边，摸着埃德蒙的心脏，再摸他的脉搏。她听着他的呼吸，又触触他的面孔。“给他拿枕头和毯子来，”她对朱莉说，“然后再叫个修士医生来。”

她站起身，看着凯瑞丝。“他中风了，”她说，“他可以康复的。我们只能让他舒服。医生可能主张放血，但除此之外唯一的办法就是祈祷了。”

这对凯瑞丝还不够好。“我要去请玛蒂。”她说。

她跑出房子，一路穿过集市，想起一年前她曾做过完全一样的事，在格温达失血致命时跑去请玛蒂。这次是救她父亲，她感到了不一样的极度痛苦。她曾经为格温达担心至极，但此刻像是这个世界要坍塌了。担心她父亲可能会一命呜呼，使她有了那种在梦境中会有的恐惧：梦中她发现自己在王桥大教堂的屋顶上，除去向下跳，再也无路可走。

沿街跑动的拼尽全力使她心情平静了一些，等到来到玛蒂的住所时，她已经控制住了自己的感情。玛蒂会有办法的。她会说：“我以前见过这种症状，我知道接着会发生什么情况，这种治疗会有益的。”

凯瑞丝使劲砸门。没有听到马上的回应，她连忙试着打开门闩，发现是开着的。她冲进室内，嘴里说着：“玛蒂，你得立刻到医院去，是我父亲病了！”

前室是空的。凯瑞丝拉开遮挡厨房的帘子。玛蒂并不在那儿。凯瑞丝高声说：“噢，在这种时候，你为什么偏偏不在家呢？”她四下张望寻找玛蒂可能到什么地方去的踪迹。这时她才注意到屋里看着已经空空的了。所有的小瓶小罐都已搬走，只留下了空架格。玛蒂用来研磨配药的钵和杵都没有了，溶煮用的小锅没有了，切草药的刀也没有了。凯瑞丝回到了房子的前半部分，发现玛蒂的私人用品——她的针线盒、她精致的木制酒杯、她挂在墙上当装饰的绣花围巾、她珍惜的雕刻骨梳——也消失了。

玛蒂打点了一切，走掉了。

凯瑞丝能够猜到原因。玛蒂准是听到了昨天菲利蒙在教堂里的问话。按照传统，教会法庭在羊毛集市那一星期的星期六开庭。就在两年之前，修士们借此机会以荒谬的异教罪名对疯子尼尔进行了审判。

玛蒂当然不是异教徒，但恰如许多老妇人听说的那样，这一点很难证实。她曾经推算过她从审判中活命的机会，结果令人害怕。她跟什么人都没打招呼，就收拾起她的东西，离开了镇子。大概她遇上了一个卖完东西回家的农人，劝说他把她带上牛车。凯瑞丝想象着她天刚亮就走了，她的箱子就在她身边，放在牛车上，她的斗篷的兜头帽向前拉着，遮住她的脸。哪怕她去了什么地方都没人猜得出来。

“我该怎么办呢？”凯瑞丝对着空屋子说。玛蒂比王桥的任何人都更懂得如何帮助病人。她在埃德蒙躺在医院里昏迷不醒的这种时刻走掉，真是再糟不过了。凯瑞丝感到绝望了。

她坐到玛蒂的椅子上，仍然因为跑了一路而喘着气。她想跑回医院去，但那样做毫无意义。她没法帮助她父亲了。谁也不能了。

她心想，这镇上应该有个治病的人；一个不靠祈祷和圣水或者放血，而是使用已经证明行之有效的简单疗法治病的人。这时，她坐在玛蒂的空屋子里，意识到有一个人可以补上这个空缺，一个了解玛蒂的方法而且相信她的疗效的人。那人就是凯瑞丝自己。

这念头如同使人一时眼前昏黑的灵光乍现似的在她心头闪过，她呆呆地坐在那里一动不动，她完全被其含义攫住了。她知道玛蒂处方的主要成分：一种止痛的，一种造成呕吐的，一种洗伤口的，一种降烧的。她知道一切普通草药的用途：莳萝治消化不良，茴香治发烧，芸香治肚胀，水田芥治不育。她还知道玛蒂从来不用的处方：用粪做的泥罨敷剂，含有金银的药物，用写在羔皮纸上的韵文缠在疼痛的部位。

她在这方面有一种天赋。塞西莉亚嬷嬷曾经这样说过，实际上还求过凯瑞丝当修女。哼，她可不打算进修道院，但或许她可以取代玛蒂的位子。为什么不呢？布匹生意可以交给马克·韦伯去管理——何况他已经在做大部分工作了。

她还要找出别的聪明妇女——在夏陵，在温彻斯特，或许在伦敦——并且询问她们的方法，有什么成功的和有什么失败的。男人们对他们的手艺都讳莫如深——他们管他们的诀窍叫作“神秘”，好像在鞣制皮革或打造马掌上有什么超自然的东西——但妇女通常都愿意分享知识。

她甚至还可以阅读修士们的一些古老典籍。其中说不定还有真理呢。或许塞西莉亚赞赏她的天赋会帮她从教士的迷信崇拜的谷壳中筛选出实用疗法的种子呢。

她起身离开了那栋房子。她慢慢地往回走，不敢去想在医院里会看到什么情况。她此刻觉得像个听天由命的人了。她父亲要么会恢复健康，要么不成。她能做的只能是实现她的决心，这样，有朝一日她热爱的人生病时，她就会知道如何尽可能地帮助他们了。

她在穿过集市走向修道院的路上流下了泪水。当她走进医院时，简直不敢看她父亲。她走近了人们围住的地铺，那些人是塞西莉亚嬷嬷、老朱莉、约瑟夫兄弟、马克·韦伯、彼得拉妮拉、艾丽丝、埃尔弗里克。

她心想着这是怎么回事，怎么回事。她碰了碰她姐姐艾丽丝的肩膀，艾丽丝往侧面一闪，让出了位置。凯瑞丝终于看到了她父亲。

他还活着而且清醒了，只是样子苍白而疲惫。他的眼睛睁着，紧盯着她，勉强笑了一下。“恐怕我把你吓坏了，”他说，“对不起，亲爱的。”

“噢，谢天谢地。”凯瑞丝说完就哭了。

星期三上午，梅尔辛满脸惊愕地来到凯瑞丝的摊位跟前。“面包师贝蒂刚刚问了我一个怪问题，”他说，“她想知道是谁在会长的推选中反对埃尔弗里克。”

“什么推选？”凯瑞丝问，“我父亲是会长嘛……噢。”她恍然悟到出什么事了，埃尔弗里克在四处对人说，埃德蒙年事已高又体弱多病，无法尽职了，镇上需要一个新人了，他还自我举荐当候选人，“我们应该马上告诉我父亲。”

凯瑞丝和梅尔辛离开集市，横穿主街来到家中。埃德蒙昨天就离开医院了，他说——对极了——修士们除去给他放血什么也不能给他做，可一放血他觉得更糟了。他是被抬回家的，底层的客厅中已经给他安置好了一张床。

这天早晨，他斜靠在临时床榻的一摞枕头上。他的样子极其虚弱，凯瑞丝迟疑着是不是该用那消息打搅他，但梅尔辛坐在了他身边，把事情照实说了。

“埃尔弗里克是对的，”梅尔辛讲完之后，埃德蒙说道，“看看我这样子。我简直都坐不直了。教区公会需要坚强的领导。那不是一个病人干得了的。”

“可是你不久就会好起来的。”凯瑞丝叫着。

“也许吧。但我越来越老了。你们应该注意到我已经变得多么没法集中精力。我忘事。而且我还对生羊毛市场下跌的反应要命地迟钝——去年我赔了许多钱。感谢上帝，我们依靠猩红绒布才又振兴家业——但那是你，凯瑞丝，办成的，而不是我。”

她当然了解这一切，不过，她依旧愤愤不平：“你打算让埃尔弗里克接手吗？”

“当然不啦。他是个祸精。他对戈德温太言听计从了。即使我们成了自治市，我们也需要一个能和修道院分庭抗礼的会长。”

“还有谁能做这件事呢？”

“和酿酒师迪克谈谈吧。他是镇上最富有的人之一，而会长应该有钱，有其他商人的尊重。迪克不怕戈德温或任何修士。他会是个出色的领导人的。”

凯瑞丝发现自己不情愿照他说的去做。那简直就像承认了他就要离世了。在她的记忆中，她父亲从来就是会长。她不想让她的世界有所改变。

梅尔辛理解她的不甘心，但仍催促她行动。“我们得接受这一现实，”他说，“要是我们忽略了正在发生的事情，最终就会让埃尔弗里克得逞。他是个祸害——他甚至可能撤回自治特许的申请。”

这下让她定下了决心，“你讲得对，”她说，“咱们去找迪克。”

酿酒师迪克在集市的不同地点有好几辆大车。每辆车上都载着一个大桶。他的儿女、孙儿女和儿媳、女婿们，都在尽快地卖着大桶里的淡啤酒。凯瑞丝和梅尔辛看到他正在喝一大罐自酿的酒做着示范，同时盯着他的家人为他挣钱。他俩把他叫到一边，向他解释了事情的原委。

迪克对凯瑞丝说：“你父亲去世后，我估摸他的财产应该由你和你姐姐均分吧？”

“是的。”埃德蒙已经告诉了凯瑞丝，这是他遗嘱的内容。

“当艾丽丝继承到的遗产加到埃尔弗里克现有的财富中时，他就非常富有了。”

凯瑞丝明白了，她从猩红绒布中挣到的钱，有一半要分到她姐姐手中。她原先还没想过这个，因为她没想过她父亲去世的事。这事让她突然一惊。钱对她没什么重要的，但她不想帮埃尔弗里克成为会长。“这不仅仅是个谁最富有的问题，”她说，

“我们需要一个肯为商人挺身而出的人。”

“那你还得推出一个候选对手。”迪克说。

“你肯站出来吗？”她直截了当地问。

他摇摇头：“别费事劝说我了。这个礼拜天，我就要让我的大儿子接手了。我打算用喝啤酒而不是酿啤酒来度过我的晚年。”他从他的连盖单柄大酒杯中鲸吸了一阵，还满意地打了个嗝。

凯瑞丝感到她必须接受这一点：他像是打定了主意。她说：“你看我们该去找谁呢？”

“只有一个真正的可能性，”他说，“你。”

凯瑞丝大吃一惊：“我！为什么？”

“你是争取自治特许运动的背后推动力量。你未婚夫修的桥挽救了羊毛集市，而你的布匹生意也在很大程度上在羊毛生意不景气之后恢复了镇子的繁荣。你是现任会长的孩子，虽说这种职务不是世袭的，人们还是认为领导生养领导。他们没错。自从你父亲的权力开始不中用以来，你实际上已经在一年的大部分时间里，起着会长的作用了。”

“这镇上有过女会长的先例吗？”

“就我所知还没有过，也没有一个你这样年轻的人，这两条都会构成对你严重的不利。我并没有说你会获胜，我只是在告诉你，没有别人在战胜埃尔弗里克上有更好的机会了。”

凯瑞丝稍稍有些晕眩的感觉。这可能吗？她能胜任这一工作吗？她要做医生的誓言怎么办呢？镇上当真没有许多比她更强的人当会长吗？“马克·韦伯怎么样？”她问。

“他是不错，尤其是身边有个精明的妻子。但这镇上的人依旧认为马克是个穷织工。”

“他现在发财了。”

“那是由于你的猩红绒布。但人们对新赚到的钱心中没底。他们就会说马克是个暴发的织工。他们需要的是来自基础良好家庭的会长——一个父亲就富有，最好是祖父就富有的人。”

凯瑞丝想击败埃尔弗里克，但她对自己的能力没信心。她想到了她父亲的耐心和精明，他的乐天态度，他的无穷的精力。她有任何一种这样的品质吗？她看着梅尔辛。

他说：“你会成为这镇上前所未有的最好的会长的。”

他毫不犹豫的信心使她打定了主意。“好吧，”她说，“我来干。”

戈德温在集市的星期五那天邀请埃尔弗里克与他共同进餐。他吩咐了一顿耗费的午餐：姜和蜜炖天鹅。菲利蒙随侍在侧，并和他们一起用餐。

市民们决定推举一位新会长，在极短的时间内就产生了两名主要竞争的候选人：埃尔弗里克和凯瑞丝。

戈德温并不喜欢埃尔弗里克，不过他还有用。他不是个特别出色的建筑师，但他曾成功地巴结了安东尼副院长，从而赢得了大教堂修葺的合同。当戈德温就职时，他在埃尔弗里克身上看到了当今的奴性，就保留下来了这种关系。埃尔弗里克人缘并不好，但他要么雇用要么转包了镇上的大多数建筑工匠和材料，众人也就反过来巴结他，指望有活可干。他们既赢得了他的信任，就都愿意他继续留在可以为他们创利的岗位上。这就给了他一个权力的基础。

“我不喜欢不确定性。”戈德温说。

埃尔弗里克尝了块天鹅肉，哼哼唧唧地赞赏了两句：“您指的是哪方面？”

“推举新会长的事。”

“从本质上说，推举就是不确定的——除非只有一个候选人。”

“那正是我所推崇的。”

“我也一样，只要候选人是我就行。”

“我正在提这样一个建议。”

埃尔弗里克从盘子上抬起头来：“真的？”

“告诉我，埃尔弗里克——你想当会长，到底有多迫切？”

埃尔弗里克吞下嘴里的食物。“我想得到这个职务。”他说。嗓音有些嘶哑，赶紧猛灌了一口葡萄酒。“我也该得到这个职务。”他接着说，一种义愤之气溜进了他的声腔，“我不比任何人差，不是吗？我为什么不能当会长？”

“你还会继续自治特许的申请吗？”

埃尔弗里克盯了他一眼。他深思着说：“您是不是要我撤销申请？”

“要是你当选了，就是的。”

“那您会不会帮我当选呢？”

“会的。”

“怎么帮呢？”

“撤掉你的候选对手。”

埃尔弗里克面露疑色：“我看不出您怎么能够做到这一点。”

戈德温向菲利蒙点了下头，菲利蒙便说：“我相信凯瑞丝是个异教徒。”

埃尔弗里克放下了餐刀：“您打算把凯瑞丝当女巫来审判？”

“这事可不能告诉任何人，”菲利蒙说，“要是她提前听到了，她可能就逃走了。”

“像‘智者’玛蒂一样？”

“我已经让一些镇上人相信，玛蒂已经被抓住了，星期六在教会法庭上要审的是她。不过，到最后一刻，是另一个人被指控。”

埃尔弗里克点点头。“而且，由于是教会法庭，也就自然用不着起诉书或陪审团了。”他转向戈德温，“您就是法官。”

“不幸的是，我不是，”戈德温说，“理查主教会主持审判，所以我们要证明我们的观点。”

“您有什么证据吗？”埃尔弗里克怀疑地说。

戈德温答道：“有一些，不过我们希望更多些。要是被指控的人是个没有亲友的老妇人，如疯子尼尔那样，我们已经有的证据就会更多。可是凯瑞丝是大家所熟知的，又来自一个富裕并且有影响力的家庭，这些我就用不着跟你说了。”

菲利蒙插话说：“我们十分幸运的是，她父亲已经病重得下不了床啦——上帝这样安排，他就无法为她辩护了。”

戈德温点点头：“然而，她有许多朋友，所以我们的证据必须有力。”

“你们想好的有什么？”埃尔弗里克问。

菲利蒙回答说：“要是有她家的一个人出面说，她曾经召唤过魔鬼，或者把一个十字架倒着放，或者在一间空屋子里对某个精灵说话，那可就大有帮助了。”

一时间，埃尔弗里克像是没有听明白；后来他恍然大悟，“噢！”他说，“你指的是我？”

“回答之前先好好想想。”

“您在要求我帮您把我的小姨子送上宗教绞架啊。”

戈德温说：“你的小姨子，我的表妹。没错。”

“好吧，我在想。”

戈德温在埃尔弗里克的脸上看到了野心、贪婪的虚荣，他也惊诧，上帝居然利用人的弱点来为他的神圣目的服务。他猜得出埃尔弗里克在想些什么。会长的职务对于像埃德蒙这样不谋私利的人是个负担，因为他要行使职权为镇上的商人们谋利益；但对于眼睛盯着主要运气的人，这个职务却为自我扩张和私利提供了无限的机遇。

菲利蒙用平稳、肯定的语气继续说：“要是你从来没见过什么可疑的情况，当然，这事也就到此为止了。但我请你仔细动脑筋回忆一下。”

戈德温再一次注意到，菲利蒙在这两年当中学到了多少东西。那个笨手笨脚的修道院佣仆已经消失了。他说起话来俨然一位副主教。

“可能会有些事情，一时看来完全无害，但对于你今天被告知的事情来说，可能就投射出罪孽的阴影，用成熟的反思再看，你可能就会感到这些事情并不像初次出现时那样无辜了。”

“我懂你的意思啦，兄弟。”埃尔弗里克说。

有很长一段时间沉默。他们谁也没吃东西。戈德温耐心地等候埃尔弗里克的决定。

菲利蒙说：“当然，要是凯瑞丝一死，埃德蒙的全部家产就会留给另一个女儿艾丽丝……你妻子了。”

“是啊，”埃尔弗里克说，“我已想过了。”

“啊？”菲利蒙说，“你还能想出什么事情来帮助我们吗？”

“噢，有，”埃尔弗里克终于说，“我能想出不少呢。”

42

凯瑞丝无法找出“智者”玛蒂的真实下落。有人说她被捕了，关进了修道院的一个地下室里。别人则认为，她会被缺席审判。第三种看法则宣称，完全是另一个人会经受异教徒罪名的审判。戈德温拒绝回答凯瑞丝的询问，而其余的修士说他们一无所知。

凯瑞丝星期六一早去了大教堂，打定主意不管玛蒂到不到场都要为她辩护，也要为其他遭到这种荒谬指控的可怜的老妇人挺身而出。修士和教士们为什么对妇女恨之入骨？他们崇拜他们的圣母，却把其他女性都看作魔鬼的化身。他们这是怎么的了？

在世俗法庭上，会有一个起诉的陪审团和一个预审听证会，那样，凯瑞丝就能提前发现指控玛蒂的可能是什么证据。但教会有其自己的规矩。

不管他们如何断定，凯瑞丝都会明晰地高声宣布：玛蒂是个地道的医生，她用草药和片剂治病，并告诉人们要向上帝祈祷以求平安。许多接受过玛蒂救治的镇上人当中，肯定会有一些为她说话的。

凯瑞丝和梅尔辛一起站在北交叉甬道，想起了两年前那个星期六，当时疯子尼尔受到了审判。凯瑞丝告诉法庭，尼尔疯疯癫癫但不会加害于人，结果是一场徒劳。

今天和当年一样，大教堂里挤满了大群的镇上居民和访客，他们都希望看到一场好戏：起诉、抗辩、争论、发狂、咒骂和一名妇女一路挨着鞭打穿过街道，然后在宗教绞架上被绞死的景观。托钵修士默多来了。他总是在耸人听闻的审判中露面。他们为他提供了一个他最擅长的表现的机会：煽起信众的狂热情绪。

他们等着教士出场时，凯瑞丝开始了遐想。明天，就在这座教堂里，她将嫁给梅尔辛。面包师贝蒂和她的四个女儿已经为婚宴忙着制作面包和糕点了。明天晚上，凯瑞丝和梅尔辛就要在麻风病人岛上他的住宅里同眠共枕了。

她已经不再为结婚忧虑了。她做出了决定，就要承担后果。事实上，她感到非常幸福。有时候她纳闷自己何以会这么担惊受怕。梅尔辛不会让任何人做他的奴隶的——这不合他的本性。他甚至对他的童仆吉米都关怀备至。

最主要的，她热爱他们亲密的性关系。那是她经历过的最美好的事情了。她最为期盼的是他们有自己的家，自己的床，可以随心所欲地，在上床和醒来时，在半夜甚至在正午，共效于飞之欢。

终于，在理查主教和他的助手劳埃德副主教的率领下，修士和修女们步入了大厅。他们就座之后，副院长戈德温起身说道：“我们今天在这里审判犯有异教徒罪名的凯瑞丝，羊毛商埃德蒙的女儿。”

人群透不过气来了。

梅尔辛高叫：“不成！”

大家都转过脸来望着凯瑞丝。她吓得直恶心。她一直没猜到这个，就如同黑暗里挨了一拳。她发狂地说：“凭什么？”没人回答她。

她记起来她父亲警告过她，戈德温会采用极端的手段来应对自治特许的威胁。“你知道他不讲情面，哪怕是为小事争吵，”埃德蒙曾经说，“这样的事会导致全面战争的。”凯瑞丝此时一震，想起了她当时的答复：“打就打吧——全面战争。”

即使如此，若是她父亲身体健康的话，戈德温成功的机会也会微乎其微。埃德蒙会把戈德温打得没有还手之力，可能会把他彻底打垮呢。可凯瑞丝孤军奋战就是另一种局面了。她没有她父亲那种力量、那种权势或群众支持——目前还没有。没有他，她变得脆弱了。

她注意到她姑母彼得拉妮拉也在人群中，她是为数不多的不看着凯瑞丝的人之一。她怎么会默默地站在那里呢？她当然总的说来会支持她的儿子戈德温——但她一定会尽力阻止他把凯瑞丝判处死刑吧？她曾经说过她想像母亲一样对待凯瑞丝。她还记得这话吗？不知为什么，凯瑞丝觉得她不会记得了。她对她儿子太尽心尽力了，所以她才不敢正视凯瑞丝的眼睛。她已经打定主意不挡戈德温的路。

菲利蒙站起身。“我的主教大人。”他很正式地对着法官开了口。但他马上就面向了人群。“大家都知道，‘智者’玛蒂那女人逃走了，因为所犯罪孽深重，不敢受审。凯瑞丝好几年来时时造访玛蒂的住所。仅仅几天之前，她还在这座大教堂里面对证人们，为那女人辩护。”

看来这就是菲利蒙向她询及玛蒂的原因了，凯瑞丝恍然大悟。她看到了梅尔辛的目光。他一直忧心忡忡，因为他弄不清菲利蒙到底要达到什么目的。他的担心是有理由的。现在他们都清楚了。

与此同时，她的部分思绪对菲利蒙的转变感到惊讶。那个笨手笨脚、不开心的男孩，如今成了充满自信、伶牙俐齿的男人，站在主教、副院长和镇上人面前，满腔怨恨，如同一条就要出击的蛇。

菲利蒙说：“她不惜发誓说，玛蒂不是女巫。她为什么要这样做呢？除非是为了掩盖她自己的罪孽。”

梅尔辛高叫：“因为她无辜，玛蒂也无罪，你这个信口胡言的伪君子！”

他可能是把满腔怒火都发泄了出来，别人也同时高喊，他那番侮辱性的言辞没人评论就过去了。

菲利蒙继续说：“最近，凯瑞丝神奇地把羊毛染得和意大利的猩红一模一样，这是王桥的染匠们从来做不到的。这是怎么成功的呢？靠的是一种魔咒！”

凯瑞丝听到马克·韦伯的男低音嗓子咕哝说：“这是瞎话！”

“她当然不能在光天化日之下这么做啦，她在家中后院里黑夜点起一把火，这是住在附近的人都看到的。”

凯瑞丝已经预见到，菲利蒙倒是蛮勤奋刻苦的。他事先已经探访了邻居。

“她还唱起奇特的韵文。为什么？”凯瑞丝曾经在煮染料和浸绒布时为了解除烦闷自言自语地唱过歌，但菲利蒙却有本事把无辜的琐事变成邪恶的证据。这时他把嗓门压到一种惊怵的低语，说：“因为她在召唤黑王子的私密援助……”他随即把嗓音提到叫嚷，“……撒旦啊！”

人群吓得呻吟起来。

“那些绒布是撒旦的猩红！”

凯瑞丝看了看梅尔辛。他已惊得目瞪口呆了。“那些蠢货开始相信他了！”他说。

凯瑞丝的勇气开始恢复了。“别没信心，”她说，“我还没说话呢。”

他握住她的手。

“这还不是她用过的唯一符咒，”菲利蒙用更普通的嗓音继续说，“‘智者’玛蒂还制造情药。”他用非难的目光看着人群，“此刻可能就有歹毒的姑娘们服用过玛蒂的魔力去迷惑男人。”

凯瑞丝心想，其中就有你自己的妹妹。菲利蒙知道那件事吗？

他说：“这位见习修女会做证。”

伊丽莎白·克拉克站起身来。她用平和的语调说话，眼睛低垂着，一副修女的谦卑样子。“我是起了誓说这番话的，因为我希望得到拯救，”她开口说，“我想和梅尔辛建筑匠师订婚。”

梅尔辛喊出来：“撒谎！”

“我们恋爱并且非常幸福，”伊白莎白接着说，“他突然变了心，对我像是陌生人。他变冷淡了。”

菲利蒙问她：“你注意到什么不寻常的事了吗，姐妹？”

“是的，兄弟。我看到他左手握着一把刀。”

人群透不过气了。这是众所周知的中了魔法的征候——尽管就凯瑞丝所知，梅尔辛是左右手都能用的。

伊丽莎白说：“随后他就宣布他要娶凯瑞丝。”

凯瑞丝想，这太惊人了，实情怎么会稍加歪曲，听起来就像是罪孽了。她清楚当时的情况。梅尔辛和伊丽莎白一直是朋友，直到伊丽莎白明确地说，她想比朋友更进一步，正是在这时候，他告诉她无法分享她的感情，所以就分手了。当然，魔咒的杜撰给这个故事增辉添色了。

伊丽莎白可能自认为她说的是实情，不过菲利蒙明知这是假话，而菲利蒙不过是戈德温的工具，戈德温怎么能用这样的恶毒手段来平息自己的良心呢？他是不是在对自己说，只要有利于修道院，怎么做都是没错的呢？

伊丽莎白结束了她的话："我再也不会爱另一个男人了。所以我才决定把自己的一生奉献给上帝。"说完她就坐下了。

凯瑞丝意识到，这是十分有利的证词，她的伤心如同冬天的天空一样阴沉了。伊丽莎白成了修女这一事实，使她的证言增加了可信度。她上演的是一种温情的讹诈：我已经做出了如此的牺牲，你们还能不相信我吗？

镇上的人这时更静默了。这可不是给一个疯疯癫癫的老妇人定罪的那种欢闹的场面。他们正在观看的是一个镇上同胞为生命的战斗。

菲利蒙说："指责最有力的，我的主教大人，是最后的证人，这个犯妇家中的亲密成员：她的姐夫埃尔弗里克建筑匠师。"

凯瑞丝透不过气了。她已经遭到她的表兄戈德温、她最好的朋友的哥哥菲利蒙和伊丽莎白的指控——但现在才是最坏的。由她的姐夫指责她，是令人瞠目的背叛。肯定再没人会尊重埃尔弗里克了。

埃尔弗里克站了起来。他脸上的那种对抗的表情告诉凯瑞丝，他自惭形秽了。"我是起了誓说这番话的，因为我希望得到拯救。”他开口说。

凯瑞丝四下张望找她的姐姐艾丽丝，但没见到她。要是她在这儿，她一定会阻止埃尔弗里克的，埃尔弗里克准是找了什么借口，吩咐她留在了家里。她可能对此一无所知。

埃尔弗里克说：“凯瑞丝在空屋子里与看不见的精灵说话。”

“是精灵吗？”菲利蒙在一旁提醒。

“恐怕是的。”

从人群中传出一阵恐怖的嘟囔声。

凯瑞丝知道自己时常自言自语。她一向认为这是个无害的，最多是有点令人尴尬的习惯。她父亲说，所有想象力丰富的人都会这样。此时却用来指控她了。她咽下了一声抗议。最好是让这场诉讼按程序进行下去，然后再对指控一一批驳。

“她什么时候这样做的？”菲利蒙问埃尔弗里克。

“在她觉得独自一人的时候。”

“她说些什么呢？”

“词句难以听清，她可能在说一种外国话。”

人群对此也有反应：女巫和她们的熟人据说有她们自己的语言，别人是听不懂的。

“她像是说什么呢？”

“从她的语调判断，她是在求人帮助，祈求好运，诅咒造成她不幸的人，这类话吧。”

梅尔辛高叫：“这不是证言！”大家都向他望过来，他补充说：“他已经承认他听不懂那些话——他只是在捏造！”

从普通百姓那里发出了支持的声浪，但不如凯瑞丝所喜欢的那样气愤的高声。

理查主教第一次开了腔。“请安静，”他说，“干扰进程的要由治安官逐出。请说下去吧，菲利蒙兄弟，不过不要请证人在承认不知实情时杜撰证据。”

凯瑞丝想，这至少算是一碗水端平了。理查和他的家人在为玛杰丽的婚礼争吵之后，对戈德温没了好感。另一方面，身任教职的理查常住的镇子不在修道院的控制之下。或许他在这件事情上至少能保持中立。她的希望又上升了一些。

菲利蒙对埃尔弗里克说：“你认为和她谈话的熟人以什么方式帮助了她吗？”

“肯定的，”埃尔弗里克答道，“凯瑞丝的朋友，她喜欢的那些人，是走运的。梅尔辛尽管始终没有学木匠满师，却成了成功的建筑匠师。马克·韦伯是个穷汉，但现在富裕了。凯瑞丝的朋友格温达嫁给了伍尔夫里克，虽说伍尔夫里克原先和别人订了婚。要不是有非自然力的帮助，这些事情是怎么成功的呢？”

“谢谢你。”

埃尔弗里克坐下了。

在菲利蒙总结他的证明时，凯瑞丝按捺下一股恐惧的感情，她想从脑海里抹掉疯子尼尔在车后遭鞭打的情景。她竭力集中注意力去思考她应该说些什么来为自己辩护。她可以嘲笑涉及她的一切说法，但那不一定充分。她需要解释人们为什么在她身上撒谎，并指出他们的动机。

当菲利蒙说完之后，戈德温问她是不是有话要说。她用一种听起来比她的感觉还要自信的高声回答道：“我当然有。”她穿过人群走到前面：她不愿意让起诉她的人独霸权威的位置。她从容地拖延了一会儿，让他们都等着她。她踏上圣坛，正视着理查。“主教大人，我发誓说这番话，因为我希望得到拯救……”她转向人群接着说，“我要说的是我注意到菲利蒙并没有发誓。”

戈德温打断说：“他是个修士，不需要发誓。”

凯瑞丝提高了嗓音：“这对他是好事，不然的话，他就会因为他今天说的谎话在地狱中遭到火焚！”

她心想，我得了一分，而她的希望又升了一筹。

她面对着人群发言。虽然判决将由主教做出，但他会深受镇上人的反应的影响。他不是那种原则性极强的人。

“‘智者’玛蒂医好了这镇上的好多人，”她这样开始发言，“就在两年前的今天，旧桥坍塌的时候，她是最先救护伤者的人之一，与塞西莉亚和修女们并肩工作。今天我环顾教堂，看到了许多在那个可怕的时刻受过她护理而获益的人。有谁在那天听到她召唤魔鬼了？要是有的话，请现在就出来讲话。”

她停顿了一下，让沉默本身给她的听众增加印象。

她指着玛奇·韦伯：“玛蒂给了你一剂药让你的孩子退烧，她怎么跟你说的？”

玛奇有点惊惧。被点名做证为一个女巫开罪，谁都不会舒服的。但玛奇欠凯瑞丝太多了。她挺直了肩膀，一副挑战的神气，说：“玛蒂对我说：‘祈祷上帝吧，只有他才能治好病。’”

凯瑞丝又指着治安官：“约翰，理发师马修给你接骨时，她给你止痛。她怎么跟你说的？”

约翰习惯了站在执法的一方，他也面露不安，但他用有力的声音说出了实情：“她说：‘祈祷上帝吧，只有他才能治好病。’”

凯瑞丝转向人群：“人人都知道玛蒂不是女巫。菲利蒙兄弟说，既然是这样，她为什么逃走呢？这是很容易回答的问题。她担心谎言会中伤她——就像他们编造了话害我一样。在座的妇女们，有谁要是被诬陷为异教徒，会有信心向一个教士和修士的法庭证明你的无辜呢？”她的目光巡视四周，一一落在镇上知名的妇女们身上：车夫莉比、开小店的萨拉、苏珊娜·切波斯托夫。

“我为什么要在夜晚配染料？”她接着说，“因为白天太短！和你们许多人一样，我父亲去年没能卖掉他的全部羊毛，我想把生羊毛变成有市场的东西。配方很难弄上来，可我试成了，通过日以继夜的努力——不过并没有撒旦的帮助。”她停下来换了口气。

她重新开始讲的时候，换了一种不同的声腔，更顽皮一些：“我被指控迷住了梅尔辛。我不得不承认，这对我是个很有力的起诉。瞧瞧伊丽莎白姐妹吧。请站起来，姐妹。”

伊丽莎白不情愿地站了起来。

“她长得很美，是吧？”凯瑞丝说，“她也很聪明。而且还是一位主教的女儿。噢，原谅我，主教大人，我没有不尊敬的意思。”

人群为这样无顾忌的说法窃笑了。戈德温满脸怒气，但理查主教憋住了没笑。

“伊丽莎白姐妹不明白为什么某个男人会喜欢我胜过喜欢她。其实我也不懂。真是说不出道理，尽管我长相平常，可梅尔辛偏偏爱我。我解释不了。”这时有了更多的咯咯笑声。“伊丽莎白这么生气，我很难过。要是我们生活在《旧约》的时代，梅尔辛就可以有两个妻子，大家都会很幸福的。”听到这里人们放声大笑了。她等着笑声平息下去，然后正色说：“我最感到难过的是，一位失望的女性很平常的嫉妒心竟然在一个见习修士信口胡言的嘴里成为口实，用在严肃如异教徒的指控中。”

菲利蒙站起来抗议对他信口胡言的指责，但理查主教向他挥了挥手，说：“让她讲话，让她讲话。”

凯瑞丝认为她已经把伊丽莎白的事情澄清了，就继续讲下去。“我承认在我独自一人时有时会用一些粗俗的字眼——尤其是在我犯下错误的时候。但是你们可以问一问我姐夫为什么会指证我，还告诉你们，我低声自言自语是召唤妖魔精灵。恐怕我能回答这个问题。”她顿了顿，然后郑重地说，“我父亲病了。要是他有个三长两短，他的财产就要由我和姐姐均分。但是，如果我先死了，我姐姐就会得到全部。而我姐姐是埃尔弗里克的妻子。”

她停下来，探询地看着人群。“你们吃惊吗？”她说，“连我都吃惊。可是为了比这少的钱杀人的事是有的。”

她走开两步，像是讲完了，菲利蒙从板凳上站了起来。凯瑞丝转过身来，用拉丁语对他说：“Caput t u u min a n o est。”

修士们放声大笑，菲利蒙面红耳赤。

凯瑞丝转向埃尔弗里克：“你听不懂，是吧？埃尔弗里克？”

“不。”他愠怒地说。

“正因为这个你可能会认为我在使用什么罪恶的巫术语言。”她又转过头来对着菲利蒙，“兄弟，你知道我用的是什么语言，是吧？”

“拉丁语。”菲利蒙回答。

“也许你愿意把我刚才对你讲的话告诉大家。”

菲利蒙用求告的目光看着主教。但理查觉得很开心，就说：

“回答这问题嘛。”

菲利蒙满脸困惑地服从了：“她说的是‘你把你的脑袋放到你的屁股上了’。”

镇上人哄堂大笑，凯瑞丝走回到她的地方。

嘈杂声平息下去了，菲利蒙开始讲话，但理查打断了他。“我不需要听你再讲什么了，”他说，“你制造了控告她的大案，她却提出了活力四射的辩护。别人对这一诉讼还有什么要说的吗？”

“我有，主教大人。”托钵修士默多走上前来。镇上的人有的欢呼，有的嘟囔：默多引起了截然相反的反应。“异教徒是一种邪恶，”他这样开始，他的声音调成了洪亮的布道口吻，“腐蚀着男男女女的灵魂——”

“谢谢你，兄弟，不过我知道异教徒的所作所为，”理查说，“你还有别的话要说吗？要是没有——”

“就这些了，”默多答道，“我同意，并且重申——”

“若是先前已经说过——”

“——您自己的评论：这是大案，辩护也有力。”

“在这种情况下——”

“我有个办法要提出。”

“好吧，默多兄弟，是什么？用最简洁的话说吧。”

“要检查她的魔鬼印痕。”

凯瑞丝的心像是要停止跳动了。

“当然啦，”主教说，“我好像记得在早些时候的审判中你提过同样的建议。”

“是这样的，大人，因为魔鬼用他自己特殊的口喙贪婪地吸他助手的热血，就像新生婴儿吸吮丰满的乳房——”

“好啦，谢谢你，托钵修士，没必要再进一步讲细节了。塞西莉亚嬷嬷，请你和另外两位修女把被告妇女带到一处地方去检验，好吗？”

凯瑞丝看着梅尔辛，他吓得脸色煞白，他俩想到一处去了。

凯瑞丝有一颗痣。

那痣很小，但修女们不会找不到的——而且就在他们认为魔鬼最感兴趣的那种地方：在她阴门的左侧，就在裂口旁边。痣呈深棕色，周围金红色的阴毛挡不住的。梅尔辛第一次注意到时，曾经对她开玩笑说：“托钵修士默多会叫你女巫的——你可千万别让他看见。”而凯瑞丝却笑着说：“哪怕他是世上最后一个男人呢。”

他们怎么会用这种满不在乎的态度说这件事呢？此时她可要为这颗痣被判死刑了。

她绝望地四下张望。她若是跑的话，周围有几百人，一些人会拦住她的。她看到梅尔辛的手放到腰带上别的刀子上；但即使那是一支长剑，他又是个伟大的战士的话——他当然不是——他也不可能在人群中杀出一条血路。

塞西莉亚嬷嬷来到她跟前，拉起她的一只手。

凯瑞丝决定，她一到外边，马上就逃跑。只要横穿回廊，她就很容易冲出去获得自由了。

这时戈德温发话了：“治安官，叫上你的一个助手，押解这女人到检验的地方去，在门外守着到检验完毕。”

塞西莉亚控制不住凯瑞丝，但两个男人能够。

约翰看着马克·韦伯，在助手中他总是第一人选。凯瑞丝感到尚有一丝希望：马克是她的忠实的朋友。但治安官显然也想到了这一点，因为他从马克转过来指着铁匠克里斯托弗。

塞西莉亚轻轻地拉着凯瑞丝的手。

凯瑞丝梦游似的听凭人家拽着她走出了教堂。他们走的北门，塞西莉亚和凯瑞丝身后跟着梅尔姐妹和老朱莉，紧随其后的是治安官约翰和铁匠克里斯托弗。他们横穿回廊，进入修女区，一来到她们的住处，两个男人就待在门外。

塞西莉亚关上了门。

"不用检验我了，"凯瑞丝干巴巴地说，"我有个记号。"

"我们知道。"塞西莉亚说。

凯瑞丝皱起眉："怎么知道的？"

"我们给你净过身子。"她指着梅尔和朱莉，"我们三个。你两年前圣诞节时在医院。你吃了什么东西中了毒。"

塞西莉亚不知道，或者假装没有猜到：凯瑞丝吃了药为了结束怀孕。

她接着说："你又吐又泻，满地都是，下边还流血。得给你洗好几次呢。我们全都看到那颗痣了。"

绝望如不可遏止的潮水一般流过凯瑞丝全身。她闭上了眼。

"这样你们就要可以判我死刑了。"她说话的声音低得像耳语。

"不一定，"塞西莉亚说，"还有另一条路。"

梅尔辛感到方寸已乱。凯瑞丝被拘押了。她会被判处死刑，而他却无能为力。即使他是拉尔夫，肩宽体壮，手中有剑，又酷爱打斗，也无法解救她。他心怀畏惧地盯着她将要出现的门洞，他知道凯瑞丝那颗痣的位置，肯定那些修女会看到的——那种地方是她们看得最仔细之处。

他被人群中升起的激动的叽叽喳喳的嘈杂声包围着。人们为即将重新启动的审判争论着，有人支持也有人反对凯瑞丝，但他似乎身陷旋涡之中，难以听清别人说的是些什么。在他的耳朵里，人们的纷纷议论听着就像有一百张鼓在乱敲乱打。

他在盯着戈德温，不知道那家伙在想些什么。梅尔辛能够理解其他人——伊丽莎白被嫉妒吞噬了，埃尔弗里克被贪婪所攫获，而菲利蒙则纯粹是用心歹毒——但副院长却让他难以捉摸。戈德温是和他表妹凯瑞丝一起长大的，明知她不是巫婆。然而他却准备好看着她死掉。他怎么干得出这种恶毒的事呢？他为自己找了什么样的借口？他是不是告诉自己，这一切都是为了上帝的荣光？戈德温一度像是个循循善诱的正人君子，是对安东尼副院长狭隘的保守主义的一服解毒剂。结果却比安东尼还要糟糕：为了谋求同样的陈腐的目的更不择手段。

梅尔辛心想：要是凯瑞丝死了，我就要杀掉戈德温。

他的父母来到他跟前。在审判的全过程中，他们始终都在大教堂里。他的父亲说了些什么，但梅尔辛没能明白。“什么？”他说。

这时，北门打开了，人群一下子静了下来。塞西莉亚嬷嬷独自一人走了进来，随手关上了身后的大门。人们好奇地低声议论着，现在有了什么结果了。

塞西莉亚走到了主教座位的跟前。

理查问道：“怎么，副院长嬷嬷？你要向法庭报告什么呢？”

塞西莉亚缓缓说道：“凯瑞丝已经忏悔——”

人群中发出惊诧的一阵吼声。

塞西莉亚提高声音说:"……忏悔了她的罪孽。"

大家又安静下来。这话是什么意思呢?

"她已接受了赦免——"

"从谁那里得到的?"戈德温打断了她的话,"一名修女是不能给予赦免的!"

"从乔夫罗伊神父那里。"

梅尔辛认识乔夫罗伊。他是圣马可教堂的教士,梅尔辛曾为那座教堂修过屋顶。乔夫罗伊不喜欢戈德温。

可事情的原委是怎么回事呢?大家都等着塞西莉亚的解释。

她说道:"凯瑞丝请求在这座修道院中当一名见习修女——"

她又一次被聚集在这里的镇上人吃惊的叫喊声所打断。

她用压倒他们叫嚷的声音说:"——而且我接受了她!"

庭中一片吼叫。梅尔辛看得见戈德温在可着嗓子高叫,但他的话语被淹没了。伊丽莎白勃然大怒;菲利蒙怀着毒恨瞪着塞西莉亚;埃尔弗里克满脸困惑;理查感到开心。梅尔辛自己的脑海中翻腾着其中的含义。主教会接受吗?这是否意味着审判结束了呢?凯瑞丝已经得免一死了吗?

混乱终于平息了。他刚能听到,戈德温就气得面色发白地说话了:"她是不是承认了她是异教徒?"

"忏悔是一种神圣的信任,"塞西莉亚沉着冷静地回答,"我不知道她对那位神父说了些什么,而即使我知道,我也不能告诉你或任何人。"

"她有没有撒旦的痕迹?"

"我们没有检验她。"这一答复在闪烁其词,梅尔辛明白,但塞西莉亚很快就补充说，“她既然已得到赦免，也就无须检验了。”

“这是不可接受的！”戈德温怒吼道，他已经放下了菲利蒙是起诉人的矫饰，“女修道院的副院长不能这样打乱法庭的进程。

理查主教说：“谢谢你，副院长神父——”

“法庭的秩序应该执行！”

理查提高了嗓音：“这是可以的！”

戈德温已经张开嘴要进一步抗议，随后又改变了主意。

理查说道：“我不必再听取更多的争论了。我已经做出了我的决定，现在我就来宣布我的判决。”

一片沉寂。

“凯瑞丝请求获准进入女修道院是件有意思的事。她若是个女巫，她就无法在神圣的氛围中做任何有害之举。魔鬼是进不到这里的。另一方面，她若不是女巫，我们就会从指责一名无辜女性的错误中解救出来。或许女修道院不一定是凯瑞丝生活方式的选择，但她的慰藉将存在于奉献给服务上帝之中。这样，两相权衡，我认为这是一个令人满意的解决办法。”

戈德温说：“她要是离开女修道院呢？”

“说得好，”主教说道，“所以我要正式宣判她死刑，但只要她仍是修女，这一判决就要缓期执行。若是她放弃了她的誓言，该判决便要执行。”

梅尔辛在绝望中自忖，就是这样了，一个死刑判决；他听凭悲愤的泪水夺眶而出。

理查站起了身。戈德温说：“休庭！”主教离去，后面跟着列队而行的修士和修女。

梅尔辛心神恍惚地走着。他母亲用宽慰的口气和他说着话，但他没有理睬她。他让人群裹挟着出了大教堂的西门来到绿地。商贩们正在打点没销出去的货物并拆卸着他们的摊位：羊毛集市要再等明年了。他意识到，戈德温是如愿以偿了，随着埃德蒙的卧病不起和凯瑞丝被排除出去，埃尔弗里克就会成为会长，而对自治特许的申请也将撤回。

他望着修道院的灰色实墙：凯瑞丝就在里面的什么地方。他转向那条路，横穿人流，朝医院走去。

那地方空无一人。那里已被打扫干净，过夜的客人使用过的草荐已经整齐地码放在墙根。东端的圣坛上燃着一支蜡烛。梅尔辛缓缓地从这头走到那头，不知道下一步该做什么。

他想起《蒂莫西书》中提到，他的祖上建筑师杰克曾经短期当过见习修士。该书作者暗示，杰克是不情愿被召进去的，而且很难知适应修道院的纪律；反正，他在蒂莫西讳莫如深的特定环境中突然中止了他的见习修士生涯。

但理查主教已经声明，凯瑞丝一旦离开女修道院，就要被处以死刑。

一名年轻修女走了进来，她认出梅尔辛后满脸惊恐。“你想干吗？”她说。

“我得和凯瑞丝说说话。”

“我去问问吧。”她说完就匆匆出去了。

梅尔辛看着圣坛，十字架和墙上的三扇屏，画的是医院的保护圣者，匈牙利的伊丽莎白。一扇上画着的圣者原是一位公主，头戴王冠，正在给穷人喂饭；第二扇画着她修建她的医院；第三扇图示了她在斗篷下携带的食物变成玫瑰花的奇迹。凯瑞丝在这种地方该做些什么呢？她是怀疑主义者，对教会教导的一切都不轻信。她不相信一位公主能把面包变成玫瑰。“他们怎么知道的？”她会对大家都无异议地接受的故事——亚当和夏娃、诺亚方舟、大卫和歌利亚，乃至耶稣降生说这样的话。她在这里不啻是笼中猞猁。

他得和她谈谈，弄清她的想法。她一定有什么他猜不出的安排。他不耐烦地等着那修女回来。她并没有返回，倒是老朱莉出现了。“感谢上天！”他说，“朱莉，我得见见凯瑞丝，赶快！”

“很抱歉，年轻的梅尔辛，”她说，“凯瑞丝不想见你。”

“别开玩笑了，”他说，“我们已经订婚了——我们原订明天就结婚的。她得见我！”

“她现在是见习修女了。她不会结婚的。”

梅尔辛提高了声音：“果真如此的话，你难道不觉得她要亲口告诉我吗？”

“我不该说的。她知道你在这儿，可她不肯见你。”

“我不信你。”梅尔辛推开老修女，穿过她进来的那道门。他发现门后是一个小门厅。他此前从未到过这里：没什么男人进过修道院的修女区。他穿过另一道门，来到了修女的回廊。好几名修女都在那里，有的在阅读，有的在周围边散步边思考，有的悄声交谈。

他沿着连拱廊奔跑。一名修女看到他的身影，尖叫起来。他不顾忌她。他看到一段楼梯，便跑上去，进了第一个房间。他发现自己来到了一处宿舍，有两排草席，上面整齐地叠放着毛毯。那里没人。他沿走廊走了几步，试着打开另一座门，门锁着。

“凯瑞丝！”他叫道，“你在这里边吗？跟我说话啊！”他用一只拳头使劲砸门。他擦着指关节处的皮肤，那里开始流血了，但他觉不出痛来。“让我进去！”他叫着，“让我进去！”

他身后一个声音说道：“我来让你进去吧。”

他转过身来看到是塞西莉亚嬷嬷。

她从腰带上拿出一把钥匙，平静地打开了房间的锁。梅尔辛一把推开门。门后是一间小屋，只有一个窗户，沿墙一周是摆满了卷卷布匹的架子。

“这里是我们保存冬季袍服的地方，”塞西莉亚说，“这是间储藏室。”

“她在哪儿？”梅尔辛高喊。

“她在的那个房间按她自己的要求锁上了。你找不到那间屋子，就算你找到了，你也进不去。她不会见你的。”

“我怎么能知道她还活着呢？”梅尔辛听到自己的嗓音由于激动而嘶哑了，他并不在意。

“你了解我，”塞西莉亚说，“她活着。”她看了看他的手。“你把自己弄伤了，”她同情地说，“跟我来，我给你的伤口敷些药膏。”

他看了看自己的手，又看了看她。“你是个魔鬼。”他说。

他从她身边跑开，沿来路出去，返回医院，经过满脸惊惧的朱莉，出门来到户外。他在大教堂前面集市收摊的混乱中夺路而行，出现在主街上。他想到要和埃德蒙谈一谈，又决定不谈为妙：别人会告诉凯瑞丝病魔缠身的父亲这一可怕消息的。他能信任谁呢？他想到了马克·韦伯。

马克一家已经搬进了主街上的一座大房子里，底层是石头砌的布匹储藏室。如今在他们的厨房中没有织机了，所有织布的活计都由他组织的其他人干了。马克和玛奇正表情凝重地坐在一条板凳上。梅尔辛走进去的时候，马克一跃而起。“你见到她了吗？”他大声问。

“她们不让我见。”

“这是不讲理！”马克说，“她们没有权力不让她见本来要嫁的男人！”

“修女们说，她不想见我。”

“我不相信她们。”

“我也不信。我进去找她，可找不到。那里有许多锁了门的房间。”

“她一定在里面的什么地方。”

“我知道。你愿不愿意带上锤子和我一起回去，帮我砸开每扇门，直到我们找到她？”

马克显得很不自在。他虽然强壮有力，但他痛恨暴力。

梅尔辛说：“我得找到她——她可能已经死了！”

马克还没回答，玛奇就说：“我倒有个好主意。”

两个男人看着她。

“我到女修道院去，”玛奇说，“修女们不会为了一个女人大惊小怪的。也许她们会劝说凯瑞丝跟我见面的。”

马克点着头：“至少我们会知道她还活着。”

梅尔辛说：“可是……我要知道更多。她在想什么？她是不是要等到这场风波平息了，然后逃跑？我要不要设法把她从那里救出来？要不，我就一直干等下去——要是那样的话，要等多久呢？一个月？一年？七年？”

“要是她们让我进去，我会问她的。”玛奇站起身，“你在这儿等着。”

“不，我要和你一起去，”梅尔辛说，“我在外面等着。”

“既然这样，马克，你干吗不一起去，陪陪梅尔辛呢？”

她的意思是，让梅尔辛别惹事，但他没反对。他来求他们帮忙。有两个信得过的人在他身边，他感激不尽呢。

他们匆匆赶回修道院大院。马克和梅尔辛在医院外面候着，玛奇便进去了。梅尔辛看到了凯瑞丝的老狗“小不点儿”卧在门口，等着她再露面。

玛奇进去半小时之后，梅尔辛说：“我觉得她们准是让她进去了，不然的话这会儿她该回来了。”

“我们等等看吧。”马克说。

他们望着最后一批商贩打点好物品走了，把大教堂的绿地搅成了一片泥浆。梅尔辛来回踱着，马克则端坐在那里如同力士参孙的雕像，一个小时又一个小时。梅尔辛虽然心如火焚，却高兴有这样的拖延，因为几乎可以肯定，玛奇在和凯瑞丝谈话。

太阳已经落下镇子的西边，玛奇终于出来了。她的表情庄重，脸上挂着泪水。“凯瑞丝活着，”她说，“她的一切都好，身体、精神都没毛病。她的头脑也正常。”

“她怎么说的？”梅尔辛急不可耐地问。

“我来一五一十地告诉你。来，咱们到花园里坐下。”

他们到了菜畦，坐到了石凳上，眼睛望着落日。玛奇的沉着让梅尔辛有些不快。他巴不得她会气得吐口水呢。她的态度告诉他消息不妙。他感到了无望。他说：“她是当真不想见我吗？”

玛奇叹了口气：“是的。”

“可为什么呢？”

“我问她这个。她说那会让她伤心透顶的。”

梅尔辛哭了出来。

玛奇用低沉又清晰的声音说下去：“塞西莉亚嬷嬷留下我俩单独谈，所以我们可以畅所欲言，不必担心有人听见。凯瑞丝相信，戈德温和菲利蒙一心要除掉她，就是因为自由市特许的申请。她在女修道院里是安全的，但要是她一离开，他们就会找到她，杀死她。”“她可以逃出来，我能带她去伦敦！”梅尔辛说，“戈德温休想在那里找到我们！”

玛奇点点头：“我也跟她这么说了。我们商量了好长时间。她觉得你们俩后半生会像逃犯一样了。她不肯为这事责备你。你的命运应该成为你这一代最伟大的建筑匠师。你会出名的。可是，要是她和你在一起，你只好永远隐瞒你的真实身份而且还要在光天化日下东躲西藏。”

“我不在乎那样！”

“她跟我说你会这样讲的。但她相信你实际会在乎的，更主要的是，她认为你应该出名。反正这么说吧，她在乎这个。她不会夺走你的前途，哪怕你让她这么做。”

“她可以亲口对我说这番话的！”

“她怕你会说服她回心转意。”

梅尔辛知道玛奇说的是实情。塞西莉亚说的也是真话。凯瑞丝不愿见他。他感到伤心得透不过气来了。他咽下一口气，用袖子抹去脸上的泪水，勉强开了口：“可她要怎么办呢？”

“充分利用现在的情况，好好当一个修女。”

“她痛恨教会呢！”

“我知道她从来对教士不大尊敬。在这座镇子上，这没什么可惊奇的。但她相信她能在将生命奉献给治愈她的男女乡亲中找到某些安慰。”

梅尔辛想着这种情况。马克和玛奇默默地看着他。他能够想象凯瑞丝在医院中工作着，照看着病人。可她会在花费半个夜晚的时间唱颂歌和做祈祷中如何感受呢？“她会杀死她自己的。”他停顿了好长时间之后说。

“我不这么看，”玛奇蛮有信心地说，“她伤心至极，但我看不出她会走那条路的。”

“她会杀死另一个人的。”

“那倒更可能。”

“照这么说，”梅尔辛不情愿地慢慢说，“她可能找到一种幸福。”

玛奇什么也没说。梅尔辛目光严峻地看着她，她点了点头。

他意识到，这是可怕的事实。凯瑞丝可能会幸福的。她失去了她的家、她的自由和她的未婚夫；但她最终还可能是幸福的。

再也无话可说。

梅尔辛站起身。“感谢你们做我的朋友。”他说完，转身就要走。

马克问：“你到哪儿去？”

梅尔辛站住脚，转过身。他的脑海里转动着一个念头，他在等着那念头清晰起来。待到那念头明晰之后，他自己都感到惊诧了。但他立即看清，这念头是正确的，不仅正确，而且完美。

他抹去脸上的泪水，在夕阳的红光中，看着马克和玛奇。

“我要去佛罗伦萨，”他说，“再见吧。”

第五部分

*1346*年*3*月至*1348*年*12*月

43

凯瑞丝姐妹离开女修道院，步履轻快地走进医院。床上躺着三位病人。老朱莉如今老态龙钟，无法照料病员或爬上楼回修女宿舍了；酿酒师迪克之子丹尼的媳妇贝拉刚从难产中康复；银匠家十三岁的利基断了的臂骨由理发匠马修给接上了。另有两个人坐在一边的板凳上聊天：一名见习修女叫内莉，还有修道院的仆人鲍勃。

凯瑞丝用老练的目光环顾了一下房间。在每张床边都有一张脏兮兮的饭桌。就餐时间早已过去了。“鲍勃！”她说。他一跃而起。“把这些盘子收走。这里是修道院，清洁卫生是一定要保持的。赶快干吧！”

“对不起，姐妹。”他说。

“内莉，你带老朱莉去厕所了吗？”

“还没呢，姐妹。”

“她饭后总要去的。我母亲原先就这样。赶快带她去，免得出事。”

内莉伸手搀扶着老修女起身。

凯瑞丝一直在培养自己的耐心，但是当了七年修女，她依旧不那么成功，而且由于要一次次地反复吩咐而感到灰心。鲍勃明知道，就餐完毕他就该马上清扫——凯瑞丝已经给他讲过多次了。内莉也清楚朱莉的需要。可是他俩都坐在板凳上闲聊，直到凯瑞丝突然到来巡视，才惊散他们。

她拿起洗手用的脸盆，穿过房间，把水泼到外面。一个她不认识的男人正在外墙边解手。她估摸他是个过路人，想找张床休息。“下次要用马厩后的厕所。”她厉声说。

那人手里握着他的小便，斜睨了她一眼。“你是什么人？”他侮慢地说。

“我是这所医院的负责人，你要是今晚想在这里过夜的话，你的举止就该检点些。”

“噢！”他说，“那就是管事的一级喽？”他利用这时间甩净滴答下来的尿。

“把你那可怜的家伙收起来吧，不然的话，就不准你在这镇上过夜，更不消说在修道院里求宿了。”凯瑞丝把那盆水朝他裤裆泼过去。他吃惊地向后一跳，一条裤腿湿了。

她回到医院里，接满一盆泉水。有一条地下水管贯穿修道院，从镇上游引来清水，供应修道院、厨房和医院。另有一条支线把这股地下水流用来冲刷厕所。有一天，凯瑞丝想挨着医院另建一间新厕所，这样，像朱莉这样年老体弱的病人就不必走那么远了。

那陌生人跟着她走了进来。“把你的手洗洗。”她边说边把盆递了过去。

他迟疑一下，然后接过了盆。

她打量着他。他与她年龄相仿，二十多岁的样子。“你是什么人？”她问。

“希尔福特的吉尔伯特，一个朝圣的人，”他说，“我来瞻仰圣·阿道福斯的遗骨。”

“如此说来，欢迎你在医院这儿过一夜，不过你对我说话要放尊重些——对这里别的人也一样，不然就别住。”

“是，姐妹。”

凯瑞丝回到了修道院。这是春季里一个风和日丽的日子，阳光照射在院子光滑的石头地面上。在西边的走道处，梅尔姐妹正在教女子学校的学生们一支新圣歌，凯瑞丝驻足观看。人们都说梅尔生就一副天使的模样：皮肤晶莹，眼睛明亮，嘴形似弓。说起来，守护这座学校也是凯瑞丝的职责——她是兼职校长，负责教育从外界进入女修道院的人。她自己就曾在此受教，那几乎是二十年前的事了。

目前有十名学生，年龄从九岁到十五岁。有些人是王桥商人的女儿，其余的则是贵族家的孩子。那首赞美上帝的圣歌接近结束了，一个女孩问道：“梅尔姐妹，既然上帝这么好，为什么要让我的父母死掉？”

这是孩子气的以个人方式提出的经典问题，是动脑筋的少年迟早总要问的：坏事怎么会发生？凯瑞丝本人就问过这样的问题。她蛮有兴趣地看着那个发问的人。她是蒂莉·夏陵，罗兰伯爵十二岁的侄女，那副顽皮的样子很招凯瑞丝喜欢。蒂莉的母亲在生下她之后大出血而死，而她父亲不久后又在狩猎时摔断了脖子，所以她是在伯爵家长大的。

梅尔对上帝的神秘行事方式给出了温和的答案。蒂莉显然并不满意，但也说不清她的疑虑，就闭口不语了。凯瑞丝肯定地知道，这个问题还会提出来的。

梅尔又带她们唱起那支圣歌，随后便走过来跟凯瑞丝说话。

“一个聪明姑娘。”凯瑞丝说。

“是班上最出色的。在一两年之内，她就会跟我激烈争论了。”

“她让我想起了一个人，”凯瑞丝皱起眉头说，“我在竭力记起她母亲……”

梅尔轻轻触了一下凯瑞丝的胳膊。在修女之间是禁止亲密的举动的，但凯瑞丝在这类事情上并不严格。“她让你想起了你自己。”梅尔说。

凯瑞丝笑了：“我可从来没这么漂亮过。”

但梅尔是对的：凯瑞丝还是孩子的时候，就已经问一些有疑虑的问题了，在她成为见习修女之后，在每一堂神学课上都要发动一场争论。没过一周，塞西莉亚嬷嬷只好命令她上课时不许说话了。后来，凯瑞丝开始违反女修道院的规矩，要是纠正她，她就会质询这些纪律背后的原则。她再次被责令不许说话。

不久，塞西莉亚嬷嬷给她提出了一个条件。凯瑞丝可以在医院里度过她的大部分时间——那是她认为属于修女的一部分工作——并且在需要的时候可以不参加礼拜。作为交换，凯瑞丝必须停止藐视纪律，而且要她把她的神学观念埋藏于心。凯瑞丝违心地、郁闷地同意了，但塞西莉亚心知肚明，她的安排得以付诸实施，而且现在已经执行，因为凯瑞丝如今把她的大部分时间都用来管理医院了。她缺席了半数以上的礼拜，而且在言行上鲜有公开的反叛了。

梅尔微笑着。“你现在挺好看的，”她说，“尤其在你笑的时候。”

凯瑞丝一时被梅尔的蓝眼睛迷住了。跟着她听到了一个孩子的尖叫。

她转身走开。那尖叫声不是来自修道院的那伙学生，而是来自医院。她匆忙穿过小小的厅堂。铁匠克里斯托弗正抱着一个大约八岁的小女孩进了医院。凯瑞丝认出来那是他的女儿米妮，就是她在疼得直叫。

“把她放到床垫上。”凯瑞丝说。

克里斯托弗放下了孩子。

“怎么回事？”

克里斯托弗本是条强壮汉子，这时却惊慌失措，用莫名其妙的扯破嗓子的声音讲着：“她在我的作坊里绊了一跤，摔倒时胳膊碰上了烧红的铁块。赶紧给她想点办法，姐妹，她疼得要命呢！”

凯瑞丝摸了摸孩子的脸蛋：“好啦，好啦，米妮，我们很快就让你不疼啦。”她想，罂粟籽药力太猛，说不好会把小孩子弄死的。她需要一种平和的药。“内莉，到我的药房去，取一个标有‘大麻精’的罐子。快走，但是别跑——你要是绊倒了药罐，要花好几个小时才能再配制一批呢。”内莉赶紧去了。

凯瑞丝察看了米妮的胳膊。烫伤很严重，还好只限于胳膊，没有危险到人们在家中失火时那种全面烧伤。但有些布满前臂的大面积的肿疱，在中间部位，皮肤烧光，露出皮下烧焦的嫩肉。

凯瑞丝抬头寻找帮手，一眼看到了梅尔。“到厨房去，弄上半品脱的葡萄酒和同等数量的橄榄油，放在两个罐子里，请吧。两样东西都要加温，但不要太烫。”梅尔去了。

凯瑞丝对那孩子说：“米妮，尽量忍着别叫。我知道挺疼，可你要听我的话。我正在让人给你拿药来，药会止痛的。”哭叫声减退了些，开始变成抽泣了。

内莉拿着大麻籽来了。凯瑞丝倒了些在一个匙子里，再把匙子塞进米妮张开的嘴里，捏住她的鼻子。那孩子吞了下去，她又尖叫起来，但过了一会儿就开始安静了。

“给我一条干净毛巾。”凯瑞丝对内莉说。她们在医院要用很多毛巾，按照凯瑞丝的吩咐，祭坛背后的橱柜里，总是装满了干净毛中。

梅尔从厨房拿着油和酒回来了。凯瑞丝在米妮床垫旁的地板上放了一条毛巾，把烧伤的胳臂在毛巾上方移动着。“感觉怎么样？”她问。

“疼。”米妮抽咽着说。

凯瑞丝满意地点点头。这是病人第一次说出了清晰的话。最坏的状态已经过去。

随着大麻籽的效用，米妮露出瞌睡的样子。凯瑞丝说：“我要在你的胳膊上涂些东西，让你感觉更好些。尽量别动，好吗？”

米妮点点头。

凯瑞丝把少量温酒倒在米妮的手腕上，那里的伤最轻。那孩子抖缩了一下，但没有把胳膊抽回去。凯瑞丝心中有了底，就把罐子慢慢地向上移，把酒洒到烧得最重的地方消毒。随后，她用橄榄油照样敷了一遍，既可减轻伤痛，又可保护嫩肉不致在空气中受感染。最后，她取过一条新毛巾，把胳膊那儿轻轻包住，以免苍蝇落上。

米妮呻吟着，但已渐渐入睡了。凯瑞丝焦虑地看着她的面容。她的脸蛋绯红，绷得紧紧的。这样就好，若是她变得苍白，就表明药力太强了。

凯瑞丝在用药上始终很紧张。剂量稍变，药效也就不同，而她又没有精确的测量方法。弱了，药力无效；强了，又有危险。她尤其害怕给孩子用药过量，尽管家长总是给她施压，要她用猛药，因为他们看着孩子痛苦实在难过。

这时，约瑟夫兄弟进来了。他如今老了——应该快六十岁了——他的满口牙齿都掉光了，但他仍是修道院里最好的修士医生。铁匠克里斯托弗马上一跃而起。“噢，约瑟夫兄弟，感谢上帝，你来了，”他说，“我的小女孩烫坏了。”

“咱们来看一看。”约瑟夫说。

凯瑞丝往后退下，掩藏着她的恼怒。人人都相信修士是主管的医生，能够近乎奇迹地治病，而修女只配喂病人吃喝和做做清洁卫生。凯瑞丝早就不向这种态度争斗了，但仍惹她恼火。

约瑟夫解下毛巾，观察着病人的伤臂。他用手指戳了戳烧伤的皮肉。米妮在药力催眠的状态下呜咽着。“烧得很重，但没有生命危险。”他说。她转脸对着凯瑞丝。“用三成鸡油、三成羊羹和一成白铅配成泥罨，敷在伤口上，会让脓早点出来。”

“是的，兄弟。”凯瑞丝对这种泥罨的疗效将信将疑。她早已注意到，修士们认为出了脓就是治愈的迹象，其实许多外伤没有出脓也愈合了。据她的经验，在这种药膏下面伤口有时会腐烂。但修士们不同意——只有托马斯兄弟例外，他相信，差不多二十年前，由于安东尼副院长给他敷了泥罨，他才失去了一条胳膊。然而，这正是凯瑞丝不得不让步的另一场战斗。修士的技术有希波克拉底和盖伦所写的古希腊医学著作充当权威，人人都同意他们正确无误。

约瑟夫走了。凯瑞丝证实了米妮不再痛苦而她父亲也安心了。“她醒来时会口渴，一定要让她多喝——冲淡的淡啤酒或加水的葡萄酒。”

她不急于配泥罨。她要给上帝容留几个小时让伤口自愈，然后再采用约瑟夫的疗法。修士医生再来检查病人的可能性很小。她打发内莉到大教堂西边的绿地上去捡羊粪，然后她就到自己的药房去了。

她的配药房紧挨着修士的图书馆。可惜，她没有和图书馆匹配的大窗户。这房间又小又黑。不过，房间里有一张工作台，几个架子可以给她放瓶瓶罐罐，还有一个小壁炉加热药剂。

在一个橱柜里，她存放着一个小笔记本。羊皮纸很贵，成叠的统一尺寸的纸张只能用来抄写《圣经》。不过，她已经搜集了不同规格的边角料，缝在了一起。她给每一个极度痛苦的病人做了记录。她记下日期、病人的名字、症状和采取的治疗手段；过后，她还要补充上效果，总要准确地记下病人经过多少小时或日子之后病情是见好了还是恶化了。她时常翻阅以往的病例，以巩固记忆，看看不同的疗法各有什么效果。

当她写下米妮的年龄时，忽然想到，若是她没有服“智者”玛蒂的药，她自己的孩子今年也该八岁了。她毫无根据地觉得，她那个胎儿准是个女儿。她不知道，要是她自己的女儿出了事故，她会做何反应。她能不能如此冷静地处理这种紧急情况呢？她会不会像铁匠克里斯托弗一样吓得几乎神经错乱呢？

她刚刚记完这一病例，晚祷的钟声响了，她就去做礼拜了。之后是修女的晚餐时间。然后她们就寝，在凌晨三点的晨祷之前睡上一会儿。

凯瑞丝没有上床，而是回到她的药房去配泥罨。她倒不在乎羊粪——在医院工作的人都见过比这还糟的东西。但她想不通，约瑟夫怎么能想得出这是敷在烧伤的皮肉上的好东西。

现在她在天亮之前不可能给那孩子上这种药了。米妮是个健康孩子，到那时她的恢复会大大提前的。

她在工作的时候，梅尔进来了。

凯瑞丝好奇地看着她："你干吗不待在床上？"

梅尔挨着她站在工作台边："我来帮你。"

"配泥罨用不着两个人。娜达莉姐妹怎么说的？"娜达莉是女副院长助理，主管纪律，没有她的允准，谁也不能在夜间离开宿舍。

"她睡得死着呢。你当真认为你不漂亮吗？"

"你从床上爬起来就为问我这个？"

"梅尔辛一定觉得你美。"

凯瑞丝面带笑靥："是的，他是这么看的。"

"你想他吗？"

凯瑞丝配完了泥罨，转身到一个盆里去洗手。"我每天都想着他，"她说，"如今他已经是佛罗伦萨最富有的建筑师了。"

"你怎么知道的？"

"每次羊毛集市我都能从博纳文图拉·卡罗利嘴里听到他的消息。"

"梅尔辛能听到你的消息吗？"

"什么消息？这里的事没什么可说的。我是个修女。"

"你思念他吗？"

凯瑞丝转过脸去，瞪了梅尔一眼："修女是不准思念男人的。”

“但思念女人可以。”梅尔说着，凑上前来亲吻了凯瑞丝的嘴唇。

凯瑞丝大吃一惊，一时间僵在了那里。梅尔依旧不放口地亲吻着。女性的嘴唇是柔软的，和梅尔辛的不一样。凯瑞丝震惊了，不过没有害怕。已经七年没人亲吻过她了，她突然醒悟到，她有多么思念这一吻。

在静谧之中，隔壁的图书馆里发出了很响的声音。

梅尔负罪般跃开了：“那是什么响声？”

“听起来像是一个盆子掉在了地上。”

“会是谁呢？”

凯瑞丝皱起了眉头：“半夜这般时分，图书馆里是不该有人的。修士和修女都上床了。”

梅尔吓坏了：“我们该怎么办？”

“我们最好过去瞧瞧。”

她们离开了药房。虽然图书馆就在隔壁，她们得走过修女的回廊，再进入修士的回廊，才能到图书馆的门口。那是没有星光的黑夜，但她俩都已住在这里多年，摸黑也能找到路程。她们来到目的地的时候，看到高窗里有闪亮的光。通常在夜里要上锁的门，半开着。

凯瑞丝把门推开。

有好一会儿，她都不知道自己要看什么。她看到了一个柜橱的门敞开着，桌上有一个匣子，旁边是一支蜡烛，映出一个人的背影。过了片刻，她想起来，那柜橱是藏宝之处，里面存放的是证书和其他值钱的东西，那匣子里盛的是大教堂遇到特殊活动才动用的镶有珠宝的金银饰品。那人影正在从匣子里把东西取出来放到一只袋子里。

那人影一抬头，凯瑞丝认出了那张面孔。是希尔福特的吉尔伯特，当天早些时候才来的朝圣人。他不但不是朝圣人，甚至他不是来自希尔福特的。他是个窃贼。

他们的互相盯视了一会儿，谁也没动弹。

这时，梅尔尖叫了一声。

吉尔伯特吹灭了蜡烛。

凯瑞丝把门关紧，以便耽搁他一些时间。然后她就拽着梅尔沿回廊飞奔，又躲起来喘口气。

她们待的地方是通向修士宿舍的楼梯底部，梅尔的尖叫准是惊动了宿舍里的男人，不过他们一时反应不过来。“告诉修士们出了什么事了！”凯瑞丝冲着梅尔高叫，“快跑着去，快！”梅尔快步冲上了楼梯。

凯瑞丝听到了吱嘎一声，推测是图书馆的门打开了。她想要听踩在回廊石板地上的脚步声，但吉尔伯特大概是个惯窃，因为他走路没有声音。她屏住呼吸再去听。这时楼上传来一阵骚动。

那窃贼大概意识到了，他只有片刻可以逃脱，因为这时他拔腿跑开了，这下凯瑞丝听到了他的脚步。

她并不太关注大教堂珍贵的饰物，因为她相信这些金银珠宝更能取悦主教和副院长而不是上帝；但她恼恨吉尔伯特，而且她不愿意他盗窃了修道院而致富。于是她就从藏身之地迈步出来了。

她看不见，但毫无疑问，那猛跑的脚步是向她而来的。她伸出双臂护住自己，他一头撞到了她身上。她身体摇晃了一下，但抓住了他的衣服，结果两人都摔到了地上。他那装十字架和圣餐杯的口袋掉在石板地上砰地一响。

摔倒一疼更激怒了凯瑞丝，她松开他的衣服，朝她觉得是他脸的地方抓去。她碰到了他的皮肉，便用指甲深深地抓着。他痛得一声吼叫，她感到指甲下边流出了血。

但他更身强力壮。他紧紧拽住她，一下把她摔倒，顺势压在她身上。修士楼梯的上方亮起了灯光，她一下子看到了吉尔伯特——他当然也看到了她。他双腿叉开，跨在她身上，挥拳揍她的脸，先是用右拳，然后用左拳，再换成右拳。她痛得高声喊叫。

灯光更多了。修士们跌跌撞撞地冲下楼梯。凯瑞丝听到梅尔尖叫："别碰她，你这恶魔！"吉尔伯特跳起身来，去抓他的口袋，但为时已晚：梅尔突然向他扔来一件钝物。他头上挨了一记，就转身去还手，却被潮水般涌来的修士们扑倒了。

凯瑞丝爬起身来。梅尔来到她跟前，两人拥抱在一起。

梅尔问："你做了什么？"

"先绊了他一个跟头，又抓破了他的脸。你拿什么砸的他？"

"从宿舍墙上取下来的木头十字架。"

"好啦，"凯瑞丝说，"用不着转过另一边脸了。"

44

吉尔伯特·希尔福特在教会法庭受到审判，被认定有罪，并由戈德温副院长判为按抢劫教堂罪量刑：活剥皮。即在他完全有意识的情况下，剥下他的皮，最终流血致死。

在剥皮那天，戈德温同塞西莉亚嬷嬷举行每周例行的会面。他们各自的助手也要出席：副院长助理菲利蒙和女副院长助理娜达莉。戈德温在副院长大厅里等候修女们到来时，对菲利蒙说：“我们应该尽量说服她们修建一座新的库房。我们不能再在图书馆中的柜子里保存我们珍贵的物品了。”

菲利蒙深思着说：“是一座共有的建筑吗？”

“只能如此了。我们花不起那份钱。”

戈德温想到他年轻时要改善修道院的财务，使之重新富有的抱负，追悔莫及。他未能成功，而且不明白其究竟。他一直强硬，曾迫使镇上人有偿使用修道院的磨坊、鱼塘和猎物，但他们似乎找到了绕过他规定的方法——比如在邻村里修建磨坊。他曾对在修道院的林地中偷猎或非法伐树的男女人等处以苛刑。他也曾抵制一些讨好他的人，他们想诱使他用建磨坊的办法花掉修道院的钱，或者靠向烧炭人和炼铁匠发执照来浪费修道院的林木。他自信他的办法是正确的，却没有像他理应的那样增加收入。

"所以你要找塞西莉亚要钱了，"菲利蒙若有所思地说，"把我们的钱财和修女们的存放在同一处地方可能有好处。"

戈德温看出来了，菲利蒙的坏主意在向何处引他。"不过我们不会对塞西莉亚这么说。"

"当然不啦。"

"好吧，我就这么提议吧。"

"在我们等候……"

"嗯？"

"在长镇村那儿有个问题你需要知道。"

戈德温点点头。长镇村是要对修道院效忠和缴封建贡赋的十多个村庄之一。

菲利蒙解释说："这事和玛丽—林恩寡妇的所有土地有关。她丈夫死后，她同意一个邻人耕种她的土地，那人叫约翰·诺特。如今那寡妇再嫁了，想收回土地，由她后夫耕种。"

戈德温摸不着头脑了。这纯粹是农民的争议，琐碎至极，不值得他插手。"那村长怎么说？"

"他说，土地应该归还给寡妇，原先的安排始终就是临时性的嘛。"

"这么说，就该是这样了。"

"还有些复杂的情况。伊丽莎白姐妹有一个同母兄弟和两个同母姐妹在长镇村居住。"

"啊。"戈德温大概猜到了菲利蒙的关注必有其理由。伊丽莎白姐妹原名是伊丽莎白·克拉克，是修女中的执事，负责营建。她年轻又聪明，会进一步提升，可能是个有价值的盟友。

"除去她在贝尔工作的母亲，他们是她仅有的亲人了，"菲利蒙接着说，“伊丽莎白对她的农民家人很有感情，他们反过来也把她当作家中的圣女来敬重。他们每到王桥来，都要给女修道院带来礼物——水果、蜂蜜、鸡蛋之类的东西。”

“还有……”

“约翰·诺特正是伊丽莎白姐妹的同母兄弟。”

“伊丽莎白要求你过问了吗？”

“是啊。她还要我别把这一要求告诉塞西莉亚嬷嬷。”

戈德温深知，这类事正是菲利蒙爱管的。他乐意被人看作有权势的人，可以在争议中利用其影响力偏袒其中的一方。这类事成了他的本性，永远满足不了。而且他对任何小集团的利益都很热衷。而伊丽莎白叮嘱他不要让她的上峰知道她的要求一事，更让菲利蒙欣喜。这就是说，他掌握了她羞于为人知的秘密。他将会如同守财奴的藏金一样深藏这份情报。

“你想怎么办？”戈德温问道。

“这当然要由你来说啦，但我建议让约翰·诺特保有那片土地。伊丽莎白就欠了咱们的情，这一条有朝一日就会派上用场。”

“这对那寡妇可就太狠了点。”戈德温不安地说。

“我同意。可这会从修道院的利益上取得平衡的。”

“上帝的工作当然更重要了。好吧，就这么告诉那村去吧。

“寡妇会在来世得到回报的。”

“这倒是。”曾经有过一段时间戈德温对菲利蒙这种见不得人的诡计有所迟疑，但那是好久以前的事了。事实证明，菲利蒙太有用了——堪与戈德温的母亲彼得拉妮拉相比，能够预知几年后的事情。

有敲门的声音，恰是彼得拉妮拉走了进来。

她如今住在紧邻主街的蜡烛院中一所舒适的小房子里。她弟弟埃德蒙留给了她一笔不小的遗赠，足够她度过余生。她已五十八岁，高高的身材已经躬腰驼背，身体也弱不禁风了，走路时虽离不开拐杖，但头脑依旧清晰如前。和往常一样，戈德温既高兴见到她，又担心自己可能做了什么让她不痛快的事。

彼得拉妮拉如今是一家之主了。安东尼死于塌桥事件，埃德蒙也于七年前故去，因此她成了那一辈人中硕果仅存的人物了。她毫不犹豫地对戈德温指手画脚。她对侄女艾丽丝也是一样。艾丽丝的丈夫埃尔弗里克已经是教区公会会长了，但她对他同样颐指气使。她的权威甚至延伸到了继侄孙女格丽塞尔达，还威吓着格丽塞尔达八岁的儿子小梅尔辛。她对事情的判断依旧一如既往地言之成理，所以大多数时候大家对她俯首听命。若是出于某种原因，她没有主动指示，他们通常也都会请示她。戈德温说不清，如若没有她，他们该怎么办。在鲜见的几次他们没有听从她的吩咐时，他们都竭力隐藏真相。只有凯瑞丝跟她针锋相对。“你怎么敢对我指手画脚？”她不止一次地驳斥彼得拉妮拉，“你会让他们杀了我的。”

彼得拉妮拉坐下来，打量着房间。“这地方可不算好。”她说。

她往往让人摸不着头脑，反正她这么说话时，戈德温也照例随口反问：“你这话是什么意思？”

“你应该有处更好的住所。”

“我知道。”早在八年之前，戈德温就曾试图说服塞西莉亚嬷嬷出钱建一座新居。她当时曾允诺三年以后把钱给他，待到三年已过，她却说她改变了主意。他觉得肯定是因为他对凯瑞丝下手太狠。在那次异教审讯之后，他再无力对塞西莉亚施展魅力了，要想让她出钱也就困难了。

彼得拉妮拉说："你需要有一座宫殿来接待主教和大主教，男爵和伯爵。"

"这年月，我们没有许多这样的客人了。罗兰伯爵和理查主教过去几年里大多在法兰西。"爱德华国王于1339年入侵法兰西东北部，并且整个1340年都待在了那里；后来在1342年，他又移师到法兰西西北部，转战于布列塔尼。1345年，英军在葡萄酒产区加斯科涅的西南部打了一仗。如今爱德华回到了英格兰，又在聚集另一支侵略军了。

"罗兰和理查并不是唯一的贵族。"彼得拉妮拉发火道。

"别人从不光顾这里。"

她的声音严厉起来了："说不定就是因为你不能按照他们期待的规格招待他们。你需要一座宴会厅，一处私人祈祷室和几间宽敞的卧室。"

他揣度，她大概一夜没合眼净想这事了。这就是她的做派：她在深思熟虑之后，就把主意像连珠箭似的射出来。他不清楚是什么引起了她这次的抱怨。"那种规模听起来过分奢侈了。"他这样说着，拖延着时间。

"你难道不明白？"她厉声说，"修道院的影响已经低于应有的水准，就是因为你见不到这个国家里的权势人物。你要是有了漂亮房间的宫殿，他们就会来了。"

她可能是对的。像杜尔罕姆和圣·奥尔本斯那样的修道院都在抱怨他们理应招待的贵族和皇室访客的人数大减呢。

她继续说下去："昨天是我父亲的死忌。"戈德温心想，这就是引发的原因了：她在追忆外祖父光辉的一生。“你在这儿当副院长都快九年了，”她说，“我不想你就此止步。大主教们和国王应该考虑给你个主教职位，主持杜尔罕姆那样的大修道院，或者出使教皇那里的差事。”

戈德温始终设想，王桥是他进身的跳板，但他如今意识到，他的抱负已经付诸东流。他当选副院长似乎只是片刻之前的事。他觉得就像刚刚登上这一高位，但她说得对，时间已经过去了八年多了。

“他们为什么没想到提升你到更重要的位置上呢？”她雄辩地问，“因为他们根本不知道有你这么一号人！你是一座大修道院的副院长，但你并没有对人讲起这事。没有展示你的才华！建一座宫殿；邀请坎特伯雷大主教做你的第一位客人；把祈祷室献给他最敬重的圣者；告诉国王你已造好一间皇家卧室，希望他御驾光临。”

“稍等一下，一次就这一件事，”戈德温争辩道，“我倒想建一座宫殿呢，可我没钱啊。”

“那就去弄钱嘛。”她说。

他正想问她怎么弄，但这时女修道院的两位领导人走了进来。彼得拉妮拉和塞西莉亚谨慎地相互致意后，彼得拉妮拉就离开了。

塞西莉亚嬷嬷和娜达莉姐妹就座了。塞西莉亚如今已经五十一岁，头发中已有灰绺，视力也衰退了。她依旧像一只忙碌的鸟一样在她的院内到处巡视，把长喙伸进每个房间，对修女、见习修女和仆人们发号施令；但岁月使她老成，还要走很长一段路才能避免一场冲突。

塞西莉亚拿着一卷东西。“女修道院得到了一笔捐赠，”她边说边坐得舒服些，“来自桑别里一名虔诚的妇女。”

戈德温说：“有多少？”

“一百五十镑金币。”

戈德温惊呆了。这可是个大数目，足够修造一座普通的宫殿了。“是女修道院接受呢——还是修道院？”

“女修道院，”她坚定地说，“这卷羊皮纸就是她遗嘱的我们那份副本。”

“她何以留给你们这么多钱呢？”

“显然是因为她在从伦敦回家的路上病倒了的时候，我们护理了她。”

娜塔莉说话了。她比塞西莉亚还要大几岁，是个脾气温和的圆脸妇女。“我们的问题是，该在哪里保存这笔钱呢？”

戈德温看了看菲利蒙。娜塔莉给了他们要引出的话题一个开口。“你们眼下拿那钱怎么办的？”

“放在副院长的卧室，要进到那里只能穿过修女们的宿舍。”

戈德温像是头一次想到似的，说：“或许我们应该把这笔捐赠花一点在建个新库房上。”

“我觉得这很必要，”塞西莉亚说，“一座简朴的石砌建筑，不要窗子，只要一扇结实的橡木大门。”

“建起来不用很长时间的，”戈德温说，“而且只消花上五镑到十镑。”

“为了安全起见，我们认为应该建成大教堂的一部分。”

“啊。”原来是因为这个修女们才和戈德温讨论这项计划。她们若是在她们女修道院的辖区内修建是没必要和他商议的，但教堂是修士和修女共有的。他说："可以在此十字通道和唱诗班席的角落里，抵着大教堂的墙向上修，但只能从教堂里边进去。"

"对——这也正是我的想法。"

"你要是愿意，我今天就和埃尔弗里克谈，要他给我们评估一下。"

"请吧。"

戈德温很高兴从塞西莉亚的意外之财中分上一杯羹，但他并不满足。在和他的母亲谈话之后，他渴望着伸手再多拿一些。他巴不得把那笔钱全弄到手呢。可是怎么才能办到呢？

大教堂的钟声响了，他们四人纷纷起身，走了出去。

那个罪犯在大教堂两端的外侧。他赤裸着全身，手脚紧紧地捆在像门那样垂直竖着的木柱上。有一百名左右的镇民站在那里观看行刑。普通的修士和修女没有得到邀请，让他们看这样血淋淋的剥皮被认为是不妥的。

刽子手是鞣皮匠威尔，他有五十岁上下，由于他的行业，皮肤呈棕色。他套着一件干净的帆布围裙。他站在一张小桌旁边，上面放着他的几把刀。他正在磨石上磨着一把刀，钢刀在磨石上发出的嘶啦声让戈德温心惊胆战。

戈德温说了几句祷词，结束时临时用英语即席提出，窃贼之死通过警示犯有同样罪行的人来祭献上帝。随后他向鞣皮匠威尔点了点头。

威尔站在捆绑着的窃贼身后。他拿起一把有尖刃的小刀，一下捅进吉尔伯特的后颈中间，然后往下直直地划到脊椎骨的底部。吉尔伯特疼得狂吼，血液从伤口涌出。威尔的第二刀横向划过那人的肩头，两个刀口形成了一个T字。

这时威尔换了一把刀，挑的是刀刃又长又薄的。他仔细地把刀嵌入前两刀的交界点上，扯开一角皮肤。吉尔伯特又叫喊起来。然后，威尔用左手的指头拽住那角皮肤，开始小心地把吉尔伯特后背的皮肤剥离他的身体。

吉尔伯特开始尖叫。

娜达莉姐妹喉头响了一下，赶紧转身，跑回了修道院。塞西莉亚闭上双眼，开始祈祷。戈德温感到一阵恶心。人群中有人倒地昏死过去。只有菲利蒙似是无动于衷。

威尔迅速地开剥着，他的利刃划穿皮下脂肪，露出了下面的肌腱。血流如注，他每隔一会儿就要停下来在围裙上揩抹双手。每割一刀，吉尔伯特就痛苦倍增地厉声尖叫。不久，他背部的皮肤就呈两大片耷拉着了。

威尔跪在地上，膝头浸在有一英寸深的血泊中，开始在腿上剥皮。

尖叫声戛然而止，显然吉尔伯特已经失去了知觉。戈德温松了一口气。他本意是想要这个盗窃教堂的人吃尽苦头——也想要别人目睹窃贼的酷刑——然而，他还是觉得听着那种尖叫是太残忍了。

威尔冷漠地继续剥皮，显然已对那人有无知觉置若罔闻，直到后部的全部皮肤——躯干的、双臂的和两腿的——都已剥离。然后，他转到前面。他从脚踝和手腕周围割起，然后将皮肤向上剥开，这样还连着的皮肤就吊在肩头和臀部了。他从骨盆向上剥去，戈德温明白了他是要把全身的皮肤完整地剥成一张。不久，除去头部之外，全部皮肤都已剥离了。

吉尔伯特还有呼吸。

威尔沿着头颅小心地连续割了几刀。这时他放下刀具，又一次揩抹了双手。最后，他从吉尔伯特的双肩上抓住他的皮肤向上猛地一拽。脸皮和头皮从脑袋上剥离，但与其余部分的皮肤还连在一起。

威尔高举着吉尔伯特血淋淋的皮肤，如同狩猎的成果，围观的群众欢声四起。

凯瑞丝对于和修士的共有新金库深感不安。她纠缠着贝丝，对她们钱财的安全提出许多问题，最后，贝丝只好带她去看那地方。

这时戈德温和菲利蒙正在大教堂里，像是碰巧似的，他们看见了两位修女，便尾随着她们。

他们穿过唱诗班席南墙中的一座新拱门，进入了一个小厅堂，站在了一个令人望而生畏的饰有大头钉的门前。贝丝掏出了一把大个的铁钥匙。她和大多数修女一样，是位谦恭的女性。“这就是我们的金库，”她对凯瑞丝说，“我们随时都能进去。”

“我也该这么认为，我们已经交了钱嘛。”

她们走进了一个小方房间。屋里有一张账桌，上面有一摞羊皮纸卷，两三条凳子和一个带铁箍的柜子。

“这柜子尺寸很大，不能从门口搬出去。”贝丝说。

凯瑞丝问：“那你们又是怎么把它搬进来的呢？”

戈德温回答说：“零碎搬进来的，再由木匠在这里拼装起来。”

凯瑞丝冷冷地看了戈德温一眼。这个人曾想杀死她。自从审理巫术案以来，她都厌恶地看着他，而且只要可能，就要避免和他说话。这时她断然说道："修女们需要一把开柜的钥匙。"

"没必要吧，"戈德温当即回答，"里面装着大教堂镶珠宝的饰物，由管圣器的司铎照管，从来都是由修士担任的。"

凯瑞丝说："给我看看。"

她看得出来，他被她的语气触怒了，有心拒绝她，但他想表现出坦然无愧的姿态，所以就同意了。他从腰包里取出一把钥匙，打开了柜子。与大教堂饰物在一起的，还有几十卷羊皮纸，修道院的证书。

"这么说，不仅有饰物嘛。"凯瑞丝说，她的怀疑得到了证实。

"还有记录。"

"也包括修女们的证书。"她坚持说。

"对。"

"既然这样，我们就该有一把钥匙。"

"我的想法是，我们把所有的证书誊录下来，把抄件保存在图书馆，这样珍贵的原件就能锁在这里保存了。"

贝丝不喜欢争吵，就紧张地插嘴说："这主意听起来很敏感，凯瑞丝姐妹。"

凯瑞丝勉强地说："只要修女们始终有某种办法能够接触她们的文献就成。"证书其实是次要的问题。她不理睬戈德温，而是直接对贝丝说："更重要的是，我们在哪里存放那些钱呢？"

贝丝说："在地面中隐藏的拱室中。一共有四个——两个给修士用，两个给修女。你要是仔细观察，就能看到松动的石头。"

凯瑞丝琢磨着地面，过了一会儿，她说："你要是不告诉我，我还真注意不到呢，不过现在我能看出来了。能加锁吗？"

"我觉得能，"戈德温说，"但那样一来，所在的位置就显而易见了，也就失去藏在地面石板下的意义了。"

"但照这样，修士和修女就可以接触彼此的钱了。"

菲利蒙开口了。他非难地看着凯瑞丝，说："你到这儿来干吗？你是首座知客——与金库没有关系嘛。"

凯瑞丝对菲利蒙的态度只有厌恶。她觉得他就不是个地道的人。他似乎没有正误感，既无原则又无顾忌。她鄙视戈德温的为人恶毒，做邪恶的事情时他心中是明白的，而她认为菲利蒙更像个恶兽、一条疯狗或一头野猪。"我的眼睛明察秋毫。"她告诉他。

"你挺多疑的。"他怨气十足地说。

凯瑞丝冷冷地大笑："从你嘴里说出来，菲利蒙，倒是蛮有讽刺意味的。"

他装出受到伤害的样子："我不明白你打算说什么。"

贝丝又说话了，竭力打圆场："我只是想带凯瑞丝来看看，因为她问了我没想到的问题。"

凯瑞丝说："比如说，我们怎么才能有把握，让修士们不会取出修女们的钱呢？"

"我来给你看看。"贝丝说。墙上一只钩子上挂着一根结实的橡木长棍。她用它做撬棍，撬起了一块地板石。底下是一个洞，藏着一只箍铁皮的匣子。"我们有一只带锁的匣子，可以刚好放进这样的拱室中。"她说。她伸手进去，拿出了那个匣子。

凯瑞丝检查了一下，那匣子看来做得很结实。顶盖装着合页，扣子由铁制的环箍扣锁加了保险。“我们在哪儿弄到的锁？”她问。

“铁匠克里斯托弗做的。”

这样就好。克里斯托弗是个信誉卓著的王桥居民，他不会把复制的钥匙卖给窃贼来毁掉自己的名声的。

凯瑞丝对这种安置挑不出毛病。她的忧虑或许是多余的。她转过身要走。

埃尔弗里克出现了，还有一个提着一只口袋的学徒跟着。“把这个警告挂起来没事吧？”埃尔弗里克问。

菲利蒙答道：“没事，请动手吧。”

埃尔弗里克的助手从他的口袋里取出了像一大块皮革似的东西。

贝丝问：“那是什么？”

菲利蒙说：“等一下你就明白了。”

那名学徒举着那东西抵在门上。

“我一直在等着这东西干透，”菲利蒙说，“这是吉尔伯特·希尔福特的人皮。”

贝丝吓得叫出了声。

凯瑞丝说：“太恶心了。”

那张人皮已经发黄，头发从头皮上向下掉，但还可以看出面貌：耳朵、两个眼洞和一张嘴的口子，像是狞笑。

“这就可以把盗贼吓跑了。”菲利蒙满意地说。

埃尔弗里克取出一把锤子，动手把人皮钉在金库的门上。

两位修女走了。戈德温和菲利蒙等着埃尔弗里克干完那项可憎的任务，然后他俩就回到了金库里边。

戈德温说："我认为，我们现在就安全了。"

菲利蒙点点头："凯瑞丝是个多疑的女人，但她的一切问题都得到了满意的回答。"

"这么说……"

菲利蒙关上门，上了锁。然后他抬起修女的两个拱室之一上面的石板，把匣子取了出来。

"贝丝姐妹在修女区的某处地方存放着少量的现金，供平日之需，"他向戈德温解释，"她来这儿只是为存或取大笔的款子。她总去另一个拱室，那里存的主要是银便士。她几乎从来不开这个放这笔捐资的匣子。"

他把匣子转过来，看着背面的合页。合页由四根钉子固定在木头上。他从衣兜里取出一只扁扁的钢凿和一把钳子。戈德温想不出他从哪儿弄来的这些工具，但没有打听。有时候，最好还是别知道许多细节。

菲利蒙把钢凿的薄刃插进合页的边下，用力撬着。合页稍稍松动了，他再向里伸进凿子。他耐心而精巧地干着，小心地不让损伤随便一眼就看出来。合页的平面渐渐松动了，钉子随之凸了出来。当钉子突出到足够长度，他就用钳子夹住钉头，把钉子一个个拔了出来。这时他就取下合页，掀起了匣盖。

"这就是桑别里那个虔诚的妇女捐的钱了。"

戈德温往匣子里看着，那些钱全是威尼斯金币。金币的一面是威尼斯的总督跪在圣马可面前的形象，另一面是被群众簇拥的圣母玛利亚，表示她在天上，金币是可以用来与佛罗伦萨的金币交换的，大小、重量和含金量都一样。一枚金币值三先令，或三十六个英格兰便士。英格兰此时已经有了自己的金币，是爱德华国王——以及贵族、半贵族、四分之一贵族——的发明，不过刚刚流通了不足两年，还没有取代外国金币。

戈德温取出了五十枚威尼斯金币，价值七英镑十先令。菲利蒙合上匣盖，用一块薄皮裹住每一根钉子，钉回去时不至松动，然后装好合页。他把匣子放回拱室，放下石板，扣严洞孔。

“她们迟早一定会注意到丢了钱的。”他说。

“也许好几年都发现不了呢，”戈德温说，“事到临头时，我们已经过完桥了。”

他们走了出去，戈德温锁好了门。

戈德温说：“把埃尔弗里克找来，和我在墓园见面。”

菲利蒙走了。戈德温来到了副院长现有住所外面的墓园东端。那是五月中多风的一天，清新的风卷起他衣服的下摆裹住他的双腿。一只迷途的山羊在墓碑间吃草。戈德温沉思地瞅着那只羊。

他明知，他在冒着风险，会和修女们大吵一架的。他相信她们在一年之内或者更长的时间里不会发现她们丢了钱的，但他并不敢肯定。当她们果真发现时，就要付出可怕的代价了。可话说回来，她们又能怎么样呢？他跟吉尔伯特·希尔福特不同，他偷钱不是为了自己。他只是拿了一位虔诚妇女的捐资用于神圣的目的。

他把自己的忧虑置之度外。他母亲是对的：要是他还打算有新的前程，就需要给他这个王桥副院长的角色增辉添色。

当菲利蒙带着埃尔弗里克回来的时候，戈德温说：“我想在这儿建一座副院长的寝室，就在现有住所的东边。”

埃尔弗里克点点头：“如果要我说的话，这是极好的选址，副院长老爷——靠近修士会议厅和大教堂的东端，但与市场又有墓园相隔，因此你会有安静的私人空间。”

“我想在楼下有一座大餐厅供宴会之用，”戈德温继续说，“大约要一百英尺长。一定要建成令人起敬、难以忘怀的厅堂，用来招待贵族，甚或王室成员。”

“好极了。”

“底层东头是一个小型教堂。”

“可是离大教堂才走不了几步啊。”

“贵宾们并不想总在百姓跟前露面。要是他们愿意，就能私下里做礼拜。”

“楼上呢？”

“当然是副院长的房间啦，要留有放圣坛和写字台的地方。另外要为宾客设三个大房间。”

“真棒。”

“这要花多少钱呢？”

“要一百多镑——也许二百镑。我要画一张图，然后给你报个准价。”

“不要超过一百五十镑。我只能出这么多了。”

就算埃尔弗里克奇怪戈德温突然间从哪儿弄来了一百五十镑，他也没问出来。“我最好尽快把石料备齐，”他说，“你能不能给我些钱做启动资金？”

“你要多少呢——五镑？”

“最好十镑。”

“我给你七镑十先令，是威尼斯金币。”戈德温说着，递过去五十枚金币，就是从修女们存钱中取出来的那些。

过了三天，在五月七日饭后礼拜之后，修士和修女们在大教堂外面列队时，伊丽莎白姐妹跟戈德温说话了。

修女和修士是不准彼此闲谈的，所以她得编个借口。刚好那天有条狗进了中殿，还在礼拜时吠叫。总有狗进到教堂里来，惹点小麻烦，不过通常没人理会。然而，正赶上伊丽莎白离队把狗轰开时，她必须穿过修士的队伍，她把握着时间刚好走在戈德温的前面。她抱歉地对他一笑，说：“我请你原谅，副院长神父。”然后她压低声音又说：“跟我在图书馆会面，装作碰巧。”她追着狗，把它赶出了西门。

戈德温心怀鬼胎地取路来到图书馆，坐下来阅读圣·本笃的规章。没过多久，伊丽莎白出现了，并且取出了圣·马修的福音书。在戈德温掌管了副院长的大权后，修女们修建了自己的图书馆，以便加强男性和女性隔离的措施；但在她们把她们的书全都从修士的图书馆搬走之后，这里便凋零了，戈德温只好把决定改回。修女的图书馆如今在寒天用作教室。

伊丽莎白背对着戈德温而坐，这样，即使有人进来，也不会有他们在策划阴谋的印象，不过她坐得很近，使他可以清楚地听到她的话。“有些事我觉得需要告诉你，”她说，“凯瑞丝姐妹不喜欢把修女的钱存在新金库里。”

“这我已知道了。”戈德温说。

“她已说服贝丝姐妹清点那笔钱，以证实依旧一文不少地收在那里。我认为你可能愿意知道这件事，万一你要是已经……从中借了些。”

戈德温的心咯噔一下。一次审查会发现存金少了五十威尼斯金币。而且他还要用其余的建造他的宅院呢。他没料到会如此之快。他诅咒着凯瑞丝。她怎么会猜到他如此秘密的勾当的呢？

“什么时候？”他说，声音中有些哽塞。

“今天。我不知道在什么时候——随时都可能。但凯瑞丝十分强调不要跟你提前打招呼。”

他打算把那些金币再补回去，而且要快。“多谢你，”他说，“我感谢你告诉我这件事。”

“因为你对我在长镇村的家人表现出了好意。”她说。说完就起身走了出去。

戈德温紧跟着她也走了。伊丽莎白觉得欠了他的情，真是莫大的幸运。菲利蒙惯使阴谋诡计的本能不可估价。就在这一念头闪过脑海之际，他看到菲利蒙正在回廊里。“拿上那些工具，跟我在金库会合！”他悄声说。随后就离开了修道院。

他匆匆穿过绿地，走上了主街。埃尔弗里克的妻子艾丽丝继承了羊毛商埃德蒙的住宅——镇上最大的住宅之一——和凯瑞丝在染布中赚到的全部钱财。埃尔弗里克如今过着极其奢侈的生活。

戈德温敲了敲门就进了厅堂。艾丽丝坐在桌旁，桌上摆着午餐的残羹剩饭。和她在一起的是她的继女格丽塞尔达及其儿子小梅尔辛。如今没人相信梅尔辛·菲茨杰拉德是这小男孩的父亲了——小孩的模样完全像格丽塞尔达那跑掉的男友瑟斯坦。格丽塞尔达已经嫁给了她父亲的一名雇工——石匠哈罗德。客气的人称这个八岁的男孩梅尔辛·哈罗德森（即哈罗德之子），其余的人则叫他野种梅尔辛。

艾丽丝看到戈德温，就从座位上赶紧起身。“啊，副院长表哥，你光临寒舍，让我们这里蓬荜生辉！要不要来一点葡萄酒？”

戈德温顾不上她这番客套的殷勤：“埃尔弗里克在哪里？”

“他在楼上，趁回去干活之前午睡一小会儿。在客厅里就座吧，我去叫他。”

“请你赶快。”戈德温走进了隔壁的房间。屋里有两把安乐椅，但他只是踱来踱去。

埃尔弗里克揉着眼睛，走了进来。“很抱歉，”他说，“我刚刚在——”

“我三天前给你的那五十枚威尼斯金币，”戈德温说，“我要收回。”

埃尔弗里克吃了一惊：“可那钱是买石头的。”

“我当然知道是干什么用的！我现在就要收回。”

“我已经花掉了一些给车夫，把石料从采石场运回来。”

“多少？”

“大概一半吧。”

“好吧，你从自己的钱里把那份补足，行吗？”

“你不想要宅院了？”

“我当然想要，但我得要回那钱，别废话，把钱还给我就是了。”

“我已经买下的石头怎么办？”

“先存着好了。你还会再拿到钱的，我只在这几天里需要那笔钱。赶紧！”

“好吧，在这儿等一等，要是你愿意的话。”

“我哪儿都不会去的。”

埃尔弗里克出去了。戈德温想不出他把钱收在哪里了。通常的藏钱之处是在壁炉的炉石之下。身为建筑匠师，埃尔弗里克可能有一个更机密的藏钱处。别管他藏在什么地方，反正他没过多久就回来了。

他数出了五十枚金币，放进戈德温的手里。

戈德温说："我给你的是威尼斯金币——这里边可有些是佛罗伦萨金币。"佛罗伦萨金币有同样的大小，但铸有不同的图案：一面是洗礼者约翰，另一面是一朵花。

"我没有同样的金币了！我告诉了你，我已经花掉了一些。两种金币的价值是一样的，对吧？"

是这样的。修女们会注意到两者的区别吗？

戈德温把钱塞进他的腰包里，二话没说就离开了。

他急忙赶回大教堂，发现菲利蒙已经在金库了。"修女们就要进行一次清点了，"他上气不接下气地解释着，"我已经从埃尔弗里克那儿把钱取回来了。把匣子打开，赶快。"

菲利蒙打开了石地板下的拱室，取出匣子，卸下钉子。他抬起了匣盖。

戈德温把金币逐个验看了一遍。全都是威尼斯金币。

已经没有别的办法了，他在金币中往下掏着，把他的佛罗伦萨金币放到最底下。"盖上盖，放回去。"他说。

菲利蒙照做了。

戈德温感到了片刻的宽心，他的罪行部分地得到了掩饰。至少目前不那么显而易见了。

"她来计数的时候，我要待在这儿，"他对菲利蒙说，"我在担心，她会不会注意到，在她的威尼斯金币中混进了一些佛罗伦萨金币。"

“你知道她们打算什么时候来吗？”

“不知道。”

“我要安排一个见习修士打扫唱诗班席。贝丝露面时，他可以来找我们。”菲利蒙有一伙对他敬佩的见习修士，巴不得照他的吩咐干事。

然而，见习修士已经不需要了。就在他俩刚要离开金库时，贝丝姐妹和凯瑞丝姐妹到了。

戈德温假装正在谈论账目的事。“我们必得去查一查早一些的账卷了，兄弟，”他对菲利蒙说，“噢，日安，姐妹们。”

凯瑞丝打开了修女的两间拱室，取出了两个匣子。

“我能给你帮点什么忙吗？”戈德温说。

凯瑞丝没有理睬他。

贝丝说：“我们只是查看一些东西，谢谢你，副院长神父。我们用不了很久的。”

“请便，请便。”他笑吟吟地说，其实他的心在胸口里怦怦直跳。

凯瑞丝烦躁地说：“不用因为我们的到来而感到抱歉，贝丝姐妹。这是我们的金库，我们的钱。”

戈德温随手翻开了一卷账，他和菲利蒙假装研究着。贝丝和凯瑞丝数着第一个匣子中的银币：四分之一便士的，八分之一便士的，一便士的，以及几枚卢森堡币——制作粗糙的非纯银伪币，用来做零钱的。还有一些混杂的金币：佛罗伦萨金币，威尼斯金币，以及类似的金币——来自热那亚和那不勒斯的——外加一些稍大的法兰西和英格兰金币。贝丝对照着一个小笔记本，核对着总数。清点完毕之后，她说：“一点没错。”

她俩把所有的银币都收回匣子中，锁好，再放回到地下的拱室中。

她们开始清点另一个匣子中的金币，十个一堆地放好。她们拿到匣底的时候，贝丝皱起眉头，发出了困惑的咦声。

“怎么回事？”凯瑞丝说。

戈德温感到了愧疚的心惊胆战。

贝丝说：“这个匣子里只盛的是桑别里那位虔诚妇女的捐赠，我是单独收放在里边的。”

“嗯……”

“她丈夫跟威尼斯做生意。我敢说，全部捐赠都是威尼斯金币。可这里还有一些佛罗伦萨金币呢。”

戈德温和菲利蒙僵僵地听着。

“这就怪了。”凯瑞丝说。

“也许是我弄错了。”

“这事有点可疑。”

“也不一定吧，”贝丝说，“窃贼是不会往你的金库里放钱的，是吧？”

“不错，不会放的。”凯瑞丝不得已地说。

她们清点完毕了。总共有一百摞十枚一堆的，总值是一百五十英镑。“这是我账上记的准确数目。”贝丝说。

“这么说所有的钱分文不差。”凯瑞丝说。

贝丝说：“我跟你说过的嘛。”

45

凯瑞丝花了许多时间思考梅尔姐妹的举动。

她曾经为那一吻吃了一惊，但更令她惊异的是她自己对那一吻的反应：她觉得很让她激动。直到目前，她也没觉得自己对梅尔或其他女性有什么吸引力。事实上，世上只有一个人使她渴望着被他触摸，被他亲吻和进入，那个人就是梅尔辛。在女修道院里，她已学会了没有身体接触的生活。唯一性感地触摸她的那只手，却是她自己的，在宿舍的黑暗中当她想起她被追求的日子时，就把脸埋在枕头里，以免别的修女会听到她的气喘吁吁。

梅尔并没有让她感受到由梅尔辛在她心里激起的那种情欲的快感。但梅尔辛远在千里之外，而且那是七年之前了。她喜欢梅尔。可能与她那天使般的面孔、她那蓝色的明眸有关，是对她在医院和学校里的温情脉脉的呼应吧。

梅尔跟凯瑞丝说话总是甜蜜蜜的，没人看着的时候，就碰碰她的胳膊或肩膀，有一次还摸了她的脸蛋。凯瑞丝没有断然拒绝她，但她控制着自己没有做出呼应。倒不是因为她觉得那是一种罪孽。她肯定地感到，上帝极其明智，不会制定规矩不准妇女无害地自娱或互娱。但她担心会使梅尔感到失望。本能告诉她，梅尔的感情既强烈又专注，而她自己却不那么肯定。凯瑞丝心想：

她是爱上我了，可我并没有爱恋她。要是我再吻她，她就会希望我们俩成为终身的心灵伴侣，而我没法向她承诺这一点。

因此，她什么也没表示，直到羊毛集市那个星期。

王桥集市已经从1338年的衰退后复苏了。生羊毛的交易依旧受到国王的干扰，而且意大利人只是隔一年才来一次，不过所幸织染业做出了补偿。这个镇依然没有达到应有的繁荣，由于戈德温副院长禁止私人磨坊，已经把那个行业从城里逐到周围的乡村，不过，大部分绒布都在市场上出售，实际上“王桥红”的品牌已经为人所知。梅尔辛的大桥由埃尔弗里克接替完成，人们赶着他们的驮马和大车，涌过宽阔的双车道进入城里。

因此，在集市正式开幕之前的星期六夜间，医院已因客人而爆满。

而其中一个客人却病了。

他名叫莫尔德温，是个厨师。他的工作就是用面粉和肉末或鱼末制成咸味的小丸子，放在黄油里迅速煎熟，六个卖四分之一便士。他到后不久，就染上了突然的剧烈腹痛，随后便是上吐下泻。凯瑞丝除去给他一张靠门的床外，就无能为力了。

她早就想给医院修一个自用的厕所，以便她可以监督其清洁卫生。但这只是她所希望的改进之一。她需要一间紧挨医院的药房，一个她可以用来配药和记录的宽敞、明亮的房间。她还是在设想给病人更多的私密空间的途径。目前，房间里的每个人都可以看到妇女临产，男人发病，小孩呕吐。她认为，处于心境恶劣的人们应该有他们独自的小房间，就像在一座大型教堂中有侧面的小祈祷室一样。但她不清楚如何才能达到这一切：医院地方有限啊。她曾经和建筑匠师杰列米阿——多年前，他曾是梅尔辛的徒弟吉米——讨论过多次，但他还没有拿出令人满意的方案。

次日上午，又有三个人出现了和厨师莫尔德温相同的症状。

凯瑞丝为客人们提供了早餐，并且劝说他们出医院去了市场。只有病人获准留下来。医院的地面比平素要脏，她就扫擦一净。然后她到大教堂做礼拜。

理查主教没有出席。他追随着国王，准备再次入侵法兰西——他一向认为他的主教职位主要是支撑他的贵族生活方式的手段。在他缺席期间，教区由副主教劳埃德管理：收取什一税和租金，给儿童施洗礼，以墨守成规的成效指导礼拜活动——这一特点，他是在做乏味的布道时表现出来的：为什么上帝比钱财更重要，这种怪论是在论述开办英格兰的商业大集市时发表的。

然而，大家都精神抖擞，开始一如往常的第一天集市。羊毛集市对于镇上居民和周围村庄的农人来说，是一年中最重要的日子。人们在集市上赚了钱，又在客栈赌输。壮实的村姑听凭油滑的城里小子诱惑自己。富裕农民在镇上的妓女身上花钱，要她们做他们不敢让自己老婆干的勾当。通常还有杀人凶手，而且不止一个。

凯瑞丝在礼拜的人群中瞥见了衣着奢华的博纳文图拉·卡罗利的沉重身躯，她的心颤了。他可能有梅尔辛的消息呢。她心不在焉地应付着礼拜，嘴里咕哝着赞美诗。在出门的时候，她总算让博纳文图拉看到了她。他对她微微一笑。她用一个歪头的动作暗示他，她想一会儿和他会面。她不敢说，他是不是领会了这一信息。

她还是去了医院——那是修道院中修女唯一可以同外来的男性见面的地方——没过多久博纳文图拉也进来了。他穿着一件昂贵的蓝外衣和一双尖头鞋。他说："上次我见到你的时候，你才刚刚被理查主教认可为修女。"

"我现在是首座知客了。"她说。

"祝贺你！我从来没想到你在修道生活中会有如此进展。"博纳文图拉从她小时候就认识她了。

"我也没想到。"她笑了。

"修道院看来干得不错。"

"你根据什么这样说？"

"我看到戈德温在建新宅院。"

"是啊。"

"他准是发财了。"

"我想是吧。你怎么样？生意好吗？"

"我们有些问题。英法之间的战争阻断了运输，而你们的爱德华国王的赋税，使英格兰的羊毛比西班牙产的要贵。不过质量要好。"

他们总要抱怨赋税。凯瑞丝引到了她真正感兴趣的问题上："有什么梅尔辛的消息吗？"

"哎，还真有，"博纳文图拉说，尽管他的举止一如既往地彬彬有礼，她却觉察到了一丝迟疑。"梅尔辛结婚了。"

凯瑞丝觉得像是挨了一拳。她从未预料过这种事，甚至连想也没想过。梅尔辛怎么会做这种事呢？他是……他们是……

当然，他没有理由不结婚。她不止一次地回绝了他，最后一次，她以进入女修道院而彻底与他决绝。值得一提的只是他已经等待了这么久了。她没有权利感到受了伤害。

她强笑了一下。"太好了！"她说，"请转达我对他的恭喜。那姑娘是什么人？”

博纳文图拉装作没注意到她的沮丧。“她叫西尔维娅。”他说，那种轻描淡写的态度犹如在传播什么流言，“她是城里最杰出的一位市民阿莱桑德罗·克里斯蒂的次女，阿莱桑德罗是做东方香料生意的，拥有好几艘商船呢。”

“多大岁数了？”

他诡笑了一下：“阿莱桑德罗？他应该和我年纪相仿……”

“别拿我开心！”她对博纳文图拉把语气化得轻松而心怀感激，“西尔维娅多大了？”

“二十三岁。”

“比我小六岁。”

“一个漂亮姑娘……”

她感到了说不出口的资格认定：“可是……？”

他歪了下头表示歉意：“她有个伶牙俐齿的名声。当然，人们就是好说长道短……不过，大概这正是她这么大还没出嫁的原因了——佛罗伦萨的姑娘们一般都在十八岁以前就出嫁了。”

“我敢说这是真的，”凯瑞丝说，“梅尔辛在王桥喜欢的唯一两个姑娘是我和伊丽莎白·克拉克，我们俩都够厉害的。”

博纳文图拉放声大笑：“不是这么回事，不是这么回事。”

“什么时候办的婚礼？”

“两年前，就在我上次见你之后不久。”

凯瑞丝明白了，梅尔辛一直未娶，直到她被批准为修女为止。他一定是通过博纳文图拉听说，她已经迈出了最后一步。她想到，他在异域他乡抱着希望苦守了四年多；她那高高兴兴的脆弱的表面，开始破裂了。

博纳文图拉说：“他们有了个孩子，一个叫作洛拉的小女婴。”

这就太过分了。七年前凯瑞丝感到的一切哀痛——她原以为那痛苦已经一去不复返了——一下子涌上心头。她意识到，她在1339年时并没有真正失去他。他多年来始终对她的忆念忠贞不渝。但她现在失去了他，最终地、永远地失去了他。

她像是发病一样浑身一震，而且她也清楚，她无法坚持太久了。她战栗着说：“见到你又听到这消息真是太高兴了，可我得回去工作了。”

他露出关切的神情：“我希望没有让你太伤心。我原以为你愿意知道呢。”

“别对我太心善了——我受不了这个。”她转过身就匆匆走开了。

她在从医院进回廊的路上，一直低着头，藏着脸。她想找个可以独自待着的地方，就跑上楼梯，进了宿舍。白天宿舍里是没人的，她在穿过空荡荡的房间时开始抽泣。尽头是塞西莉亚嬷嬷的寝室，未经邀请，谁也不准走进那里，但凯瑞丝不顾一切地闯了进去，把门在身后砰地关上。她趴倒在塞西莉亚的床上，连她的修女帽落下去都顾不上了。她把脸埋在草垫上失声恸哭。

过了一会儿，她感到有一只手放到了她的头上，抚摩着她剪得短短的头发。她没听到有人进来，她也不管那人是谁，反正她在缓慢地逐渐地受到安抚。她的抽泣不那么强烈了，她的泪水干了，她那场情感的风暴开始平息。她翻身爬起，抬头看着安慰她的人。是梅尔。

凯瑞丝说：“梅尔辛结婚了——还生了个小女孩。”她又哭了起来。

梅尔躺到床上，把凯瑞丝的头搂在怀里。凯瑞丝把脸埋进梅尔柔软的乳房中，听凭她的泪水浸透那毛织袍服。“好啦，好啦。”梅尔说。

过了一会儿，凯瑞丝平静了下来。她已经心衰泪竭，感受不到哀伤了。她想到梅尔辛抱着一个黑发的意大利婴儿，看到了他是多么幸福。她为他的幸福而高兴，她飘进了精疲力竭的睡梦之中。

从厨师莫尔德温开始的病症，如同夏日的烈火一般传遍了羊毛集市的人群。星期一，从医院跳到了客栈，然后在星期二又从外来客人传到了镇上居民。凯瑞丝在她的本子上记下了其病症：开始是胃疼，很快就转为上吐下泻，持续发病在一昼夜至两昼夜之间。对成年人危害不大，但老年人和婴儿会因此致死。

星期三，疫症传到女子学校的修女和儿童。梅尔和蒂莉都受到了感染。凯瑞丝在贝尔客栈找到了博纳文图拉，忧心忡忡地问他，意大利医生对这种疫病有没有什么治疗方法。“没有药方，”他说，“反正没有一种是管用的，尽管医生几乎总在开出什么药方，只是让人们掏更多的钱罢了。但一些阿拉伯医生相信，这种病是可以防止传染的。”

“噢，真的？”凯瑞丝很感兴趣。商人们说，穆斯林医生比他们的基督教同行高明，不过教士医生对此极力否认。“怎么办的？”

“他们认为，这种病是病人看你而传染的。视觉效应是由眼睛里发出的光束触到东西，我们就看到了——很像伸出一根手指去感觉什么东西是不是温的、干的或硬的。但眼中的光束也会射出疾病。因此，只要不和病人待在同一个房间，就能避免害病。”

凯瑞丝并不相信，疾病可以由目光来散发。倘若那是真的，大教堂中一次重要礼拜之后，教众中每一个人都会患上主教的病了。而若是国王病了，他就会感染看到他的周围的人。这是肯定要引起一些人注意的。

然而，不要和病人同住一室的说法似乎令人信服。就在这医院里，莫尔德温的病似乎从患者传到了近旁的人：病人的妻子和家人是最先得病的，随后便是邻床住的人。

她还观察到，某些类型的疾病——胃绞痛、咳嗽和感冒，以及各种疱疹——似乎常在集市和市场期间发作；看来，这种病显然是通过某种方式，从一个人传给另一个人的。

星期三晚上晚饭时分，医院中的半数客人都已患上这种病；随后到了星期四上午，所有的客人都病了。好几名修道院的仆人也病倒了，所以凯瑞丝缺少了做清洁的人手。

塞西莉亚嬷嬷看到了早餐时刻的混乱，便提议关闭医院。

凯瑞丝对什么主意都加以考虑。她对自己无力战胜疫病，对她医院中的脏乱，感到意志消沉。“可是让人们睡哪儿呢？”她说。

“把他们送到客栈去。”

“客栈也有同样的问题。我们可以把他们安置在大教堂里。”

塞西莉亚摇起头：“在唱诗班席有礼拜活动时，戈德温是不会让农民们在中殿里呕吐的。”

“不管他们睡在什么地方，我们都得把病人和健康人隔离开来。这是阻止疫病蔓延的办法，这是博纳文图拉说的。”

“有道理。”

凯瑞丝又想起一个新招，虽然她先前没有想到，但那件事似乎一下子显而易见了。“也许我们不该只是改善医院，”她说，“也许我们该建一所新医院，专收病人，而把原有的留给朝圣者和其他健康的客人。”

塞西莉亚思虑着：“会花很多钱的。”

“我们有一百五十镑呢。”凯瑞丝的想象力开始活跃了，“新医院应该包含一个新药房。我们还可以有单独的房间给慢性病人。”

“弄清需要多少钱。你可以去问问埃尔弗里克。”

凯瑞丝恼恨埃尔弗里克。早在他做伪证陷害她之前，她就不喜欢他。她不想由他来建她的新医院。“埃尔弗里克正忙着建戈德温的新宅院呢，”她说，“我宁可找杰列米阿商量。”

“随便你。”

凯瑞丝对塞西莉亚涌起一阵温情。虽说她是个原则性很强的人，在纪律上严格要求，但她总给手下留出余地，让她们自行决定。她一向都很理解凯瑞丝的内心冲突。塞西莉亚并没有设法压抑凯瑞丝的那些激情，而是加以利用。她分配给凯瑞丝工作，让她投入其中，并为她的叛逆能量提供宣泄的途径。凯瑞丝自忖，此时我显然不能应付我面临的危机，但我的上司却平静地告诉我，要用一个新的长期项目努力向前。“谢谢你，塞西莉亚嬷嬷。”她说。

那天下午，她和杰列米阿一起绕过修道院的地界，并向他解释她的希望。他还像先前一样迷信，把日常琐事也要看成是圣哲和魔鬼的作为。然而，他毕竟是个充满想象力的建筑匠师，对新观念很开放：他是跟梅尔辛学的嘛。他们很快就定下了新医院的地址：紧靠现有的厨房区的南缘。这里远离其余的建筑物，所以病人与健康人接触少，而食物又不必运得太远，况且新建筑依旧很方便地就可以从女修道院过来。新医院有药房、新厕所，楼上则是单独的房间，杰列米阿认为要花费大约一百镑——那笔捐赠的大部分。

凯瑞丝和塞西莉亚嬷嬷讨论选址一事。那块地既不属于修士，也不属于修女，于是她们去见戈德温商谈。

她们发现他正在他自己的建筑项目，就是那座新宅院的工地。外墙已经竖起，屋顶也装上了。凯瑞丝已经有几个星期没来看这工地了，她对其规模大为吃惊——和她的新医院一样大。她明白了博纳文图拉之所以称之为印象难忘了：那餐厅就比修女的食堂都大。工地上拥挤着工匠，仿佛戈德温要急于完工。石匠在铺设构成几何图案的彩色石板地面，好几名木匠在制作门，一位玻璃匠师在砌炉子，准备为窗户装玻璃。戈德温在大笔花钱。

他和菲利蒙正在把新建筑指给主教的代理——副主教劳埃德看。修女们走近时，戈德温停下了介绍。塞西莉亚说："别让我们打扰了你们——不过，等你们完了事，你到医院外面和我见面好吗？我有些东西要给你看。"

"没问题。"戈德温说。

凯瑞丝和塞西莉亚穿过大教堂前的市场向回走。星期五是羊毛集市的成交日，这一天，商人们减价出售他们剩余的货物，以免再把货运回去。凯瑞丝看到了马克·韦伯，他如今脸也圆了，肚子也大了，穿的是他自己的亮红色外衣。他的四个孩子在摊位上帮着他。凯瑞丝特别喜欢朵拉，现在十五岁了，她有她母亲那种活跃的自信，只是身材要苗条。

“看来你生意不错。”凯瑞丝微笑着对马克说。

“财富应该归你，”他回答，“你发明那种染法。我不过是照你说的做罢了。我简直觉得像我欺负了你。”

“这是你勤奋的报酬。”她说。她并不计较马克和玛奇运用她的发明干得这样出色。虽然她始终享受做生意的挑战，但她从没有金钱欲——或许她生长在她父亲的富裕家庭，始终认定这是理所当然。无论出于什么原因吧，她对韦伯一家挣下了本来该属于她的钱财，无怨无悔。在修道院不名一文的生活看来挺适合她。她看到韦伯家的孩子们健康成长，衣着光鲜，心中激动不已。她记得他们全家六口不得不在一个单间房屋的地板上寻找睡觉的空间，因为房间的大部分都被一台织机占满了。

她和塞西莉亚来到修道院地界的南端。马厩周围的土地看上去就像是一个农场。那里有几处小房子：一间鸽舍、一座鸡棚和一处放工具的棚子。鸡在土里刨食，猪在厨房的垃圾中拱着。凯瑞丝恨不得马上就把这儿归整一下。

戈德温和菲利蒙很快就来到她们跟前，劳埃德紧随在后。塞西莉亚指着靠近厨房的那片地，说：“我打算建一座新医院，就建在这儿。你觉得怎么样？”

“一座新医院？”戈德温问，“为什么？”

凯瑞丝认为他样子有些忧虑，让她不解。

塞西莉亚说：“我们想给病人一座医院，与供健康的来客用的客房隔开。”

“这是多么非同寻常的主意啊。”

“这是因为由厨师莫尔德温引起的胃病。这是一个致命的特殊病例，但是市场上常常出现疾病，而传染如此之快的原因可能就是我们把病人和健康人吃、睡、便都混在一起了。”

戈德温露出了怒气。“嗯！”他说，“这么说，修女们如今成了医生了，是吧？”

凯瑞丝皱起了眉头。这种轻蔑不是戈德温的作风。他用魅力来谋求出路，尤其是和塞西莉亚这样有权势的人谈事的时候。如此发泄不满是在掩饰什么隐情。

“当然不是，”塞西莉亚说，“不过我们都懂得一些疾病是从一个患者传给别人的——这是显而易见的。”

凯瑞丝插嘴说：“穆斯林医生相信，疾病是由看病人的眼睛而传播的。”

“噢，他们这么说？这倒有趣！”戈德温带着强烈的讽刺口吻说，“我们那些在大学里学了七年医学的人，总是很高兴能够听听刚结束见习期的年轻修女讲疾病的课呢。”

凯瑞丝丝毫不受恫吓。她不打算对一个想谋害她而撒谎的伪君子表示尊重。她说：“要是你不相信病能传染，何不在今夜到医院来，和上百个上吐下泻的病人睡在一起，来证明你的真诚呢？”

塞西莉亚说：“凯瑞丝姐妹！这就够了。”她转过去面对着戈德温，“请原谅她吧，副院长神父。我本意并不想让你来同一位修女讨论疾病的事。我只想弄清你不反对我选择的地址。”

“反正你们不能现在就建，”戈德温说，“埃尔弗里克正忙着盖宅院呢。”

凯瑞丝说：“我们不想要埃尔弗里克——我们要用杰列米

阿。”

塞西莉亚转过脸来对着她：“凯瑞丝，别说了！记着你的地位。再别打断我和副院长神父的谈话了。”

凯瑞丝意识到，她不是在帮塞西莉亚，于是便——违心地——低下头，说：“对不起，副院长嬷嬷。”

塞西莉亚对戈德温说：“问题不在于我们什么时候修建，而在于在什么地方修建。”

“恐怕我不赞成这个。”他态度生硬地说。

“你愿意这新建筑在什么地点呢？”

“我认为你们根本没必要建一座新医院。”

“请原谅，但我是负责女修道院的，”塞西莉亚板起面孔说，“你用不着告诉我，我该怎么花我们的钱。不过，我们在兴建新房子之前，通常都是互相通气的——虽然应该指出，当你策划你的宅院时，你忘记了这一小小的礼数。然而，我还是和你来商量——只是就建筑物的地点问题。”她看着劳埃德，“我相信副主教在这一点上会同意我的。”

“应该有协议。”劳埃德含糊其词地说。

凯瑞丝困惑地皱起了眉头。戈德温在计较什么呢？他正在大教堂北侧建他的宅院。若是修女们在南端建一座新房，对他有什么妨碍呢？这地方修士们几乎不来的，他在担心什么呢？

戈德温说：“我现在告诉你们，我既不同意这地址，也不同意这建筑，所以这事就到此为止了！”

凯瑞丝在灵机一动中突然看出了戈德温如此表现的原因。她震惊之下脱口而出：“你偷了我们的钱！”

塞西莉亚说：“凯瑞丝！我告诉过你——”

“他偷了桑别里那妇女的捐赠！”凯瑞丝愤怒之中打断了塞西莉亚的话，“就是靠了那笔钱造起他的宅院，没错。现在他竭力阻止我们建医院，因为他知道，我们要去金库，会发现我们的钱不见了！”她感到自己都快气炸了。

戈德温说：“别瞎说。”

作为应答，其实这是回避正面回答，凯瑞丝知道，她已触到了一根神经。她越肯定就越气愤。“来证明吧！”她高叫道，她迫使自己更平静地谈话，“我们现在就到金库去，察看一下拱室。你不会反对吧，嗯，副院长神父？”

菲利蒙赶紧插话：“这完全是一种不体面的做法，不该要副院长屈从于这种要求。”

凯瑞丝不理睬他：“在修女的储蓄中应该有一百五十镑金币。”

“不用说了。”

凯瑞丝说：“好吧，既然已经提出了责问，修女们显然无论如何都要查一下拱室了。”她看了看塞西莉亚，嬷嬷点头表示同意。“嗯，要是副院长不想出面，副主教肯定会乐于去现场做证人的。”

劳埃德的表情像是他宁愿不卷入这场纠纷，但他又难以拒绝出任仲裁的角色，于是便咕哝说：“要是我能帮助双方，当然……”

凯瑞丝迅速动着脑筋。“你是怎么打开匣子的？”她说，“铁匠克里斯托弗制作的锁，他这人诚实正直，不会给你复制一把钥匙，帮你偷我们的钱的。你们一定是撬开了匣子，随后再设法恢复其原状。你们是怎么拆下合页的？”她看到戈德温不自主地瞥了他的助理一眼。“啊，”凯瑞丝胜券在握地说，“所以嘛，是菲利蒙取下了合页。但是副院长拿了钱，交给了埃尔弗里克。”

塞西莉亚说：“推测到此为止吧。咱们就来办这件事。我们全都去金库，打开匣子，这样就算是个了结了。”

戈德温说：“那不是偷窃。”

大家都瞪着他。震惊之下一片沉寂。

塞西莉亚说：“你现在承认了！”

“那不是偷窃，”戈德温又重复了一遍，“那笔钱用于修道院的利益和上帝的荣光。”

凯瑞丝说：“并没什么两样。那不是你的钱！”

“是上帝的钱。”戈德温一口咬定说。

塞西莉亚说：“那是留给女修道院的。你明明知道。你看过遗嘱的。”

“我根本不知道遗嘱的事。”

“你当然知道。我给了你，要做一份抄件……”塞西莉亚穷追不舍。

戈德温又说了一遍：“我根本不知道什么遗嘱的事。”

凯瑞丝说：“他毁掉了遗嘱。他说过他要做一份抄件，把原件放进匣子，存在金库……但他把原件毁了。”

塞西莉亚张着嘴盯视着戈德温。“我早该想到的，”她说，“在你打算对凯瑞丝下手之后——我就不该再信任你了。可我以为你的灵魂还可能会得到拯救。我铸下了大错。”

凯瑞丝说：“幸好，我们在交出遗嘱之前，我们自己做了一份抄件。”她在绝望中信口捏造了这件事。

戈德温说："显然是伪造。"

凯瑞丝说："首先，那笔钱要是你的，你就没必要撬开匣子去拿。所以，咱们还是去看看吧。总会把事情弄个水落石出的。"

菲利蒙说："合页受损的事实证明不了什么。"

"看来我是对的！"凯瑞丝说，"可你是怎么知道合页的事的呢？自从清点以来，贝丝姐妹再没有开过拱室，而且当时那匣子还是好好的。要是你知道匣子被人动过，那就是你自己把匣子从拱室中挪了出来。"

菲利蒙样子惊慌，但没有回答。

塞西莉亚转脸对着劳德埃："副主教，你是主教的代表。我认为你有责任命令副院长把钱还给修女们。"

劳埃德面露难色。他对戈德温说："那笔钱还有剩余吗？"

凯瑞丝怒气冲冲地说："你抓住窃贼的时候，你是不问他能不能把他的不义之财补上的！"

戈德温说："一大半已经花在宅院上了。"

"建宫应该立即停止，"凯瑞丝说，"工人们今天就要遣散，把建成的拆毁，把材料卖掉。你要一分不少地把钱全部归退。你不能还现金的部分，要在拆完宅院之后，用土地或其他财产补齐。"

"我拒绝。"戈德温说。

塞西莉亚再次对劳埃德发话："副主教，请尽你的职责。你不能允许主教的一个下属窃取另一个下属，哪怕双方都在做上帝的事情。"

劳埃德说："我本人无法对这样的纠纷加以仲裁。问题太过于严重了。"

凯瑞丝对劳埃德的懦弱又气恼又沮丧，一时竟说不出话来了。

塞西莉亚抗争说：“可是你应该仲裁！”

他看来陷入了困境，但他固执地摇着头说：“指控盗窃钱财、毁掉遗嘱，罪涉伪造……这都得由主教本人裁决！”

塞西莉亚说：“可是理查主教在去法兰西的途中——而且没人知道他什么时候才会回来。可就在此时此刻，戈德温正在花掉偷去的钱！”

“恐怕我无能为力，”劳埃德说，“你们应该向理查诉告。”

“那好吧，”凯瑞丝说，她话中的口气使别人全都看着她，“既然这样，就只有一件事可做了。我们去找我们的主教好了。”

46

1346年7月，爱德华三世国王在朴次茅斯聚集起英格兰空前的最大的攻击舰队，足有一千艘。逆风拖延了这只庞大的舰队，但他们终于在七月十二日扬帆起航，目的地则属机密。

凯瑞丝和梅尔两天后到达朴次茅斯，刚好错过了随国王出航的理查主教。

她俩决定追随着大军前往法兰西。

当初哪怕是前往朴次茅斯的行程得到赞同都不容易。塞西莉亚嬷嬷曾在会议室邀请修女们讨论这一提议，会上有些人认为，凯瑞丝出行在道德和身体上都有危险。不过，修女们也确实离开过她们的女修道院，不仅是为了朝圣，也为了生意之故，去过伦敦、坎特伯雷和罗马。何况王桥的修女姐妹们还想把她们被窃的钱讨回来呢。

然而，凯瑞丝没有把握她能否获准渡过英吉利海峡。所幸，她无法去请示。

她和梅尔即使知道国王的去向，也不能马上追随大军，因为英格兰南岸的每一艘能够航海的船只，都被征作入侵之用了。于是，她们只好在朴次茅斯城外的一座女修道院中心烦意乱地等候消息。

凯瑞丝后来得知，爱德华国王及其大军，在巴尔夫勒附近的法兰西北部海岸的圣—瓦斯特—拉—奥格的广阔海滩上登陆。可是舰队并没有当即返航，而是沿海岸向东前进了两个星期，追随着入侵大军直达卡昂。他们在那里把战利品装进船舱：珠宝、值钱的布匹和金银盘碟，都是爱德华的军队从诺曼底的富裕市民手中掠夺来的。这时这些船才返回。

第一批返航的船只中有一艘叫“优雅”号的供应船——一艘有浑圆的船艏和船尾的建构宽敞的货船。船长是个长着皮革面色的老练水手，名叫罗洛，他满口都是对国王的赞誉之词，他的船只和船员都没有拿到应有的报酬，不过他本人却从掠夺中得到了很大的一份。“我所见过的最庞大的军队。”罗洛津津有味地说。他认为至少有一万五千人，大约一半是弓箭手，马匹也在五千匹左右。“你们得停下你的活儿去追上他们，”他说，“我可以把你们送到卡昂，那是我最后见到他们的地方，你们在那儿可以得知他们的去向。不管他们朝哪个方向走，都要先于你们一星期的路程。”

凯瑞丝和梅尔同罗洛谈妥了船费，就带着两匹健驹“小黑”和“印记”登上了“优雅号”。凯瑞丝分析着，她们不可能比军马还快，但军队要时时停下来作战，这样她们就可能追上了。

她们抵达法兰西一侧并驶入奥尔纳河的入海口之时，是八月份一个阳光明媚的清晨，凯瑞丝嗅着微风，注意到了灰尘的不愉快气味。她浏览着河两岸的风光，看到农田成了一片焦土，像是庄稼被烧毁了。“标准的行径，”罗洛说，“军队带不走的一概摧毁，不然就便宜了敌人。”当她们接近卡昂时，经过了好几条烧毁船只的残骸，大概就是出于这同一原因遭焚的。

“谁也不晓得国王的计划，”罗洛告诉她们，“他可能南行向巴黎挺进，或许挥师东北去加莱，以期在那里与他的佛兰德斯盟友会师。不过你们能追随他的踪迹。只要路两边都是焦土就没错。”

她们上岸之前，罗洛给了她们一只火腿。“谢谢你了，我们在鞍袋里带了些熏鱼和干酪，”凯瑞丝跟他说，“而且我们还有钱——可以买我们需要的东西。”

“钱可能对你们没什么用，”船长回答说，“可能没有东西可买。军队就像一群蝗虫，把所到之处劫掠一空。拿上火腿吧。”

“你心眼真好。再见。”

“愿意的话，为我祈祷吧，姐妹。我活这么大，犯下了些重罪呢。”

卡昂是个有好几千户人家的城镇。像王桥一样，其旧城和新城两部分，由奥登河隔开，上面跨着一座圣彼得大桥。靠近桥的河岸上，几个渔民在卖鱼。凯瑞丝询问一条鲤鱼的价格。她发现答话难懂：渔民说的是她从未听过的法兰西的一种方言。她终于弄明白了他在说些什么时，那价格让她张口结舌。她明白了，食物奇缺，所以比珠宝还珍贵。她对罗洛的慷慨感激不尽。

她俩决定，若是有人问起，她们就说是爱尔兰的修女，前往罗马。此时，她俩骑马离开河岸时，凯瑞丝紧张地嘀咕，不知本地人会不会从她的口音听出来她是英格兰人。

其实她们看不到几个本地人。倒地的门扇和破损的百叶窗露出了空无一人的家宅。四下里死一般沉寂——没有小贩叫卖他们的货物，没有儿童的吵嚷，没有教堂的钟声。唯一可做的事情就是埋葬。仗刚在一个星期前打完，但一小伙面目狰狞的男人，还在从房子里抬出尸体，装上大车。看似英格兰军队就是屠戮了男女和儿童。她俩经过了一座教堂，墓地里已挖好了一个大坑，她们看到死尸被抛进群葬墓，既没有棺材，也没有裹尸布，一名教士不停地低诵着安魂的祷文。那股恶臭难以名状。

一个穿着体面的男人向她们鞠躬致意，问她们是否需要帮助。他那彬彬有礼的举止表明，他是个头面人物，要确保来访的宗教人士平安。凯瑞丝谢绝了他的主动帮助，注意到他的诺曼法语和英格兰贵族讲得毫无二致。她想，或许下层人都有不同的地方话，而统治阶层则用国际口音来讲话。

两名修女取道出城向东的大路，为脱离开那些鬼魂出没的街道感到高兴。城外也是一片荒芜。凯瑞丝的舌头始终都有灰烬的苦味，路两旁的许多田地和果园都经火烧过。每隔几英里，她们就要骑过一个烧成灰堆的村庄。村民们不是在军队到来之前就出逃了，就是死于战火之中；四下里看不到生命的迹象：只有鸟，偶尔有一只被军队劫后残存的猪或鸡，有时有疯疯癫癫地在瓦砾堆中嗅来嗅去的一条狗，想在变冷的灰烬堆中找到主人的气味。

她们最近的目的地是距卡昂半日骑程的一座女修道院。只要可能，她们就会在宗教住地——女修道院、修道院或医院——投宿，如同她们从王桥到朴次茅斯一路上过夜的办法一样。她们知道从卡昂到巴黎间五十一个这类机构的名称和地址。在她们匆忙地追寻着爱德华国王的焦黑的踪迹的一路上，如果能找到这样的所在，她们的食宿就会免费，而且也安全地避开盗贼——犹如塞西莉亚嬷嬷要补充叮嘱的，也就避开了像烈酒和男性伙伴这样的肉体诱惑。

塞西莉亚的本能十分敏锐，却没有察觉到在凯瑞丝和梅尔之间存在着另一种不同的诱惑。正因此，凯瑞丝起初拒绝了梅尔要陪她上路的要求。她一心要加快行程，并不想陷入——或者拒绝激情的纠缠而使她的使命变得复杂起来。另外，她需要陪她的人智勇双全。现在她对自己的选择感到高兴：在所有的修女中，梅尔是唯一一个有勇气在法兰西境内追踪英格兰军队的人。

她本来打算在她们出发前和梅尔开诚布公地谈一次，说明在她们外出时，不该有身体上的爱抚。别的且不说，若是被人发现，她们就会陷入可怕的麻烦。可是她始终未得到机会坦诚地一谈。因此，她们来到法兰西之后，这个问题依旧悬而未决，就像有一个看不见的第三者，一直骑着一匹无声无息的马匹，行进在她俩之间。

正午时分，她们在一座树林边的一条溪水旁停了下来，那里有一片未烧过的草地可以牧马。凯瑞丝从罗洛送的火腿上切下几片，梅尔从她们的鞍袋中取出了在朴次茅斯买到的一长条陈面包。她们喝了溪水，不过带点灰渣味。

凯瑞丝按捺下自己要马上上路的急切心情，让马在一天里最炎热的时刻休息休息。后来，就在她们准备出发的时候，她吃惊地看到有人在盯着她。她一手拿着火腿，一手握刀，僵在了那儿。

梅尔说："怎么了？"紧跟着，她循着凯瑞丝的目光望过去，就明白了。

几码之外，在树荫里站着两个男人，正瞪着她们。他们的样子很年轻，但也说不准，因为他们的脸污黑，他们的衣服很脏。

过了一会儿，凯瑞丝用诺曼法语对他们开口说："上帝保佑你们，我的孩子们。”

他们没有作答。凯瑞丝推测，他们不知如何是好。他们在考虑什么呢？抢劫？强奸？他们有一种掠夺成性的样子。

她心中害怕了，但她让自己冷静地思考。不管他们要干什么，她估摸他们一定是饿了。她对梅尔说：“赶快，给我两块那种面包。”

梅尔从那条大面包上切下了厚厚的两块。凯瑞丝也从火腿上切下了相应的两片。她把火腿放到面包上，然后对梅尔说：“给他们一人一份。”

梅尔露出了畏惧的样子，但她迈着稳健的步伐，走过草地，把食物送给了他们。

他俩一把抓过去，开始狼吞虎咽起来。凯瑞丝感谢她的司命星，她没猜错。

她迅速地把火腿装进她的鞍袋，把刀子别在腰上，然后爬上“小黑”。梅尔也照着样子，收好面包，跨上“印记”。凯瑞丝觉得骑在马上要安全多了。

那两人中个子高的一个，动作很快地朝她们走来。凯瑞丝本想一踢马就赶紧走开，但她已来不及了；这时那人伸手握住了她的马缰。他满嘴塞着食物就开了腔。“谢谢你。”他带着浓重的当地口音说。

凯瑞丝说：“感谢上帝吧，不必谢我。是他派我来帮助你们的。他在盯着你。他看得见一切的。”

“你袋子里还有吃的。”

“上帝会告诉我要给谁。”

一阵停顿，这时那人想了想，然后说道：“把你的祝福给予我吧。”

凯瑞丝不情愿按照传统的祝福姿势伸出她的右手——那样右手就离腰带上的刀太远了。那只是一种每个男女都会带的短刃的餐刀，但足以在握她马缰的手背上划个口子，让他松手。

这时她灵机一动。“好极了，”她说，“跪下去。”

那人迟疑着。

“你应该跪下来接受我的祝福。”她悄悄提高声音说。

那人缓缓地跪了下去，一只手仍拿着吃的。

凯瑞丝把目光转向他的同伴。过了片刻，第二个人也跪了下去。

凯瑞丝为他俩祝了福，然后一踢“小黑”就迅速疾驰而去。过了一会儿她回头去看，梅尔紧随着她，那两个饥饿的男人站在原地傻瞪着她们。

当天下午她们骑行的路上，凯瑞丝忧虑地把事情回想了一遍。阳光欢快地照着，如同地狱里的一个晴好天气。在一些地方，一股股浓烟从林中空地或闷烧的仓房中升起。她逐渐明白，乡下并不完全荒无人烟。她看到一名孕妇在逃过英军纵火的地里收割豆子；两个儿童惊惧的面孔从一座大宅熏黑的石头间向外张望；几小伙男人，通常都是掠过林地边缘的，此时却用警觉的带有搜索的目的走动着。这些人让她担惊受怕。他们面带饥色，而饥饿的男人是危险的。她不知道应该为速度犯愁，还是该为安全担心。

要找到计划中安歇的宗教处所的路程也比凯瑞丝设想得困难得多。她事先没有想到，英格兰的军队在其所过之处，留下了如此惨遭蹂躏的荒芜景象。她原以为周围会有农人为她指路。即使在平时，要从那些从来没到过比最近的集市乡镇要远的地方的人们嘴里打听到路程的消息，都是很困难的。何况现在她要找人问个话，对方都要害怕得躲躲闪闪，或者怒目而视，似要饿虎扑食。

她从太阳判断，她在向东行进，她想，从晒干的泥地中深陷的车辙来看，她是在主路上。今晚的目的地是以位于其中心的女修道院命名的村落苏厄尔医院。随着夕阳西斜，她身前的身影加长，她也越来越心焦地四下张望，想找一个可以问路的人。

孩子们在她们走近时都吓得跑开了。凯瑞丝还没有绝望到要冒险靠近形容饥饿的男人的地步。她指望着能遇上一位妇女。四处都不见有年轻妇女，凯瑞丝有一种关乎她们命运的惨淡的担忧：她们可能落入了英格兰强盗的魔掌之中。她偶尔能看到在远处有几个孤独的身影在收割没烧毁的庄稼；但她不肯离开大路太远。

她们终于找到了一个满脸皱纹的老妇人，她坐在一座结实的石头住房旁边的一棵苹果树下，正在啃着还没熟就从树上生掰下来的一个小苹果。她满脸惊恐。凯瑞丝下了马，尽量做出和蔼的样子。那老妇人一劲儿要把她那不作数的食物藏到她衣裙的皱褶中，她看来是没力气跑开了。

凯瑞丝客客气气地跟她打招呼："晚安，老妈妈。我想问一下，这条路能把我们引到苏厄尔医院吗？"

老妇人像是恢复了镇定，很理智地做出了回答。她指着她们正走着的方向，说："穿过这个树林，再翻过那座山。"

凯瑞丝看到她没了牙齿。只靠牙床来啃生苹果简直不可能了，她心怀怜悯地想道。"有多远呢？"她问。

"很长的路。"

在她那把年纪，什么距离都是长的。“我们在天黑以前能赶到吗？”

“骑马嘛，还成。”

“谢谢你，老妈妈。”

“我有过一个女儿，”老妇人说，“还有过两个外孙。一个十四岁，一个十六岁。都是好孩子。”

“我听到这个很难过。”

“那些英格兰人，”老妇人说，“但愿他们都在地狱挨火烧。”

显然，她没把凯瑞丝和梅尔当成英格兰人，这就回答了凯瑞丝的问题：当地人分不清陌生人的国别。“两个男孩都叫什么？”

“吉尔斯和让。”

“我要为吉尔斯和让的灵魂祈祷。”

“你有面包吗？”

凯瑞丝环顾四周，看准没有别人跳出来趁火打劫，只有她们三人。她向梅尔点头示意，梅尔就从她的鞍袋里取出剩余的面包，送给了老妇人。

那老妇从她手里抓过面包，立刻送进嘴里，用牙床啃起来。

凯瑞丝和梅尔骑马走开了。

梅尔说：“要是我们不停地把吃的送人，我们就要挨饿了。”

“我知道，”凯瑞丝说，“可你怎么好拒绝呢？”

“我们要是死了，就完成不了我们的使命了。”

“可我们终归是修女啊，”凯瑞丝严肃地说，“我们应该帮助有需要的人，至于我们什么时候该死，还是让上帝去决定吧。”

梅尔感到惊异：“我以前从来没听过你说这种话。”

“我父亲讨厌那些进行道德说教的人。他常说，道德适合我们的时候，我们都是好样的，可那是不作数的。只有在你一心要做错事的时候——当你要靠不光彩的交易挣钱的时候，或者亲吻你邻居的妻子可爱的嘴唇的时候，或者靠说谎来摆脱可怕的困境的时候——那才是你需要守规矩的时候。他会说，你的道德就像一把剑，除非你要来试验一下，你是不该挥舞它的。这并不是说，他深谙剑的一切。”

梅尔一时沉默不语了。她可能在回味凯瑞丝说的话，或许是她干脆放弃了争论，凯瑞丝说不准。

谈到埃德蒙，总是让凯瑞丝意识到她有多么思念他。她母亲去世之后，他就成了她生活中的主心骨。他总是在那儿，具体地说，就是站在她身边，在她需要同情和理解，或者精明的忠告或准确的消息时，他随时都会给予：他对世事了解太深透了。如今，当她转而向他求助时，那地方却是空荡荡的。

她们穿过一块林地，然后爬上一个高地，一切都如那老妇人所指点的。她们俯视一道浅谷时，看到了又一座焚毁的村庄，与先前所见的一样，但有一组石头建筑，看着像一座小修道院。

“这里应该就是苏厄尔医院了，”凯瑞丝说，“感谢上帝。”

在她走近时才意识到，她已经多么习惯女修道院的生活了。当她们策马下山时，她发现自己竟然期盼着典礼仪式的洗手，默默地就餐，天黑就上床，甚至凌晨三点晨祷时那种睡眼惺忪的宁静。经过这样一天的经历，那些灰色石墙的安全感真诱人极了，她踢着疲惫的“小黑”一路小跑起来。

那地方毫无动静，但这并没什么可奇怪的——那是村落中的一栋小房子，你不能指望那里有王桥那样大型修道院里所见的熙熙攘攘。不过，在一天的这种时刻，总会有准备晚餐的一缕炊烟从厨房升起吧。然而，当她走近时，便看到了更不祥的兆头，一种沮丧感渐渐吞噬了她。最近的一处看似教堂的建筑，已经没了屋顶。窗户成了空空的框子，既没有百叶窗，也没有玻璃。一些石墙发黑，像是烟熏的。

那地方一片死寂，没有钟声，没有马夫或厨师助手的喧闹。这里一派荒凉，凯瑞丝在勒马走进去时，失望地明白了。这里和村中一切别的建筑一样遭到了火焚。大多数石墙还挺立着，但木质屋顶已经坍下，门及其他木件全都烧光了，玻璃窗都烧散了架。

梅尔不敢相信地说："他们居然烧了女修道院？"

凯瑞丝的惊愕不在她之下。她曾经相信，入侵的大军对宗教建筑会秋毫无犯的。人们都说，这是铁的规定。一个士兵若敢破坏一处圣地，指挥官会毫不犹豫地将他处以死刑的，她对此曾毫不怀疑地接受过。"骑士品质至此为止吧。"她说。

她们下马步行，绕过烧焦的梁柱和烫脚的碎石，小心翼翼地迈步走向生活区。她们走近厨房门时，梅尔发出一声惊叫，说："噢，上帝，那是什么？"

凯瑞丝知道答案。"那是一名死去的修女。"躺在地上的尸体是赤裸的，但剪着修女的平头，那尸体不知怎么没有被火烧到。那修女死了有大约一个星期了，鸟儿已经啄去了她的双眼，部分脸蛋也被某个食腐尸的野兽啃过了。

她的双乳也被刀子割掉了。

梅尔惊慌地说："是英格兰人干的吗？"

"唉，反正不是法国人。"

"我们的士兵中有外国人和他们并肩作战，是吧？威尔士人、日耳曼人什么的，也许是他们干的。”

“他们都听命于我们的国王，”凯瑞丝极不赞成地说，“是他把他们带到这里来的，他们做什么他是要负责的。”

她们看着骇人的景象。就在她们正看着的时候，一只老鼠从尸体的嘴里爬了出来。梅尔尖叫一声，转过身去。

凯瑞丝搂住她。“镇定些。”她坚定地说，一边抚摩着梅尔的后背安慰她。“好啦，”过了一会儿她说，“咱们躲开这儿吧。”

她们回到了马匹旁边。凯瑞丝遏制下一股要埋葬那死去的修女的冲动：她们再耽搁下去，天黑便走不了了。可是她们该到哪儿去呢？她们原计划在这里过夜的。“我们回到苹果树下的老妇人那儿去吧，”她说，“自我们离开卡昂以来，她的家是我们所见到的唯一完整的房子了。”她焦虑地瞥了一眼落日，“要是我们催马疾行，在天黑透以前，我们还能赶到那里。”

她们催促着疲惫的坐骑向前赶，沿来路往回走。就在她们前方，太阳一下子就落到了地平线之下。她们回到苹果树旁的房子时，最后一道夕阳已经暗淡了。

老妇人见到她们很高兴，希望她们一起吃她们留下的干粮，她们便在黑暗中吃了晚饭。老妇人叫让娜。屋里没火，但天气暖和，三个女人就裹起毯子，挨着睡下了。凯瑞丝和梅尔信不过女主人，便手里抓着装了她们食物的鞍袋。

凯瑞丝睁眼躺了一会儿。她很高兴在朴次茅斯拖了那么久之后又上路了，而且在过去的两天里前进了不少路程。若是她能找到理查主教，她觉得他肯定会迫使戈德温偿还修女们的钱。他不算是正人君子，但他心胸豁达，会以他那种漫不经心的方式公平地主持正义。戈德温即使在巫术审判中也未能为所欲为。她觉得有把握说服理查给她一封信，命令戈德温出售修道院的财产，还清偷去的现金。

但是她担心她和梅尔的安全。她那种士兵不骚扰修女的假定是大错特错了，她们在苏厄尔医院目睹的一切已经再清楚不过了。她和梅尔需要化装一下。

她在第一道曙光中醒来时，对让娜说："你的外孙——你还有他们的衣服吗？"

老妇人打开了一只木箱。"随便拿吧，"她说，"我也没人可给了。"她提起一只桶，便出门打水去了。

凯瑞丝开始在箱子里翻找着衣服。让娜并没有要钱。她猜想，死了这么多人之后，衣物不值几个钱了。

梅尔说："你要干吗？"

"修女不安全，"凯瑞丝说，"我们要装成一个小地主——布列塔尼朗尚的皮埃尔老爷的跟班。皮埃尔的名字很普通，而且有很多地方都叫朗尚。咱们的老爷被英格兰人抓了去，咱们的女主人打发我们去找他，谈判赎金的事。"

"好极了。"梅尔热切地说。

"吉尔斯和让是十四岁和十六岁，走运得很，他们的衣服合我们的身。"

凯瑞丝挑了一件束腰外衣、一双护腿和一件带兜头帽的斗篷，都是未经染过的暗褐色毛织品。梅尔找到一件类似的绿色外衣，还是短袖的，另有一件衬衫。妇女通常不穿内衣，倒是男人要穿。所幸让娜珍重地把死去的家人的亚麻衣物都洗净了。凯瑞丝和梅尔可以依旧穿自己的鞋：修女务实的鞋子和男人穿的没什么两样。

“我们要穿起来吗？”梅尔说。

她们脱下了修女的袍服。凯瑞丝从来没见过梅尔不穿衣服，忍不住偷觑了一眼。她这同伴的赤裸身躯让她透不过气来。梅尔的皮肤像是粉色的珍珠一样闪亮。她的乳房丰满，姑娘式的乳头淡淡的，她还长着浅色的浓密阴毛。凯瑞丝突然意识到她自己的身体可没这么美。她掉过脸去，迅速把挑好的衣服穿起来。

她把那件束腰外衣从头上套下去，那衣服和女式的很像，只是下及膝盖而不是垂到脚踝。她套上亚麻裤子和护腿，然后再穿上她的鞋子，扎好腰带。

梅尔说：“我这打扮怎么样？”

凯瑞丝打量着她。梅尔在她的金色短发上扣了一顶帽子，还向一侧歪着一个角度。她在怪笑。“你看上去挺高兴的！”凯瑞丝惊讶地说。

“我一向喜欢男孩的衣服。”她在那间小屋大摇大摆地走来走去。“他们就是这样走路的，”她说，“总是要迈着用不着的大步子。”她学得很逼真，凯瑞丝哈哈大笑起来。

凯瑞丝忽然想到一件事情。“我们要不要站着小便呢？”

“我能成，但得不穿内裤——尿不准地方的。”

凯瑞丝咯咯笑着。“我们不能不穿裤子的——一阵疾风会露出我们的……伪装的。”

梅尔笑了。随后她开始打量凯瑞丝，那目光很古怪，但不完全陌生，她就这样上上下下地看着，遇到了凯瑞丝的目光，便盯着看了。

“你在干什么？”凯瑞丝说。

"这是男人看女人的方式，好像我们属于他们。可是要当心——要是你这样看一个男人，他可就想生事了。"

"这比我想得可要难呢。"

"你太漂亮啦，"梅尔说，"你得有一张脏脸。"她走到壁炉跟前，用煤烟把一只手涂黑，然后抹到凯瑞丝的脸上。她的触碰如同爱抚。凯瑞丝心想，我的脸蛋算不上漂亮；没人这样评论过——梅尔辛当然要除外……

"太多了。"梅尔过了一会儿说，用另一只手擦掉一些。"这样好多了。"她抹着凯瑞丝的手，说，"现在给我抹吧。"

凯瑞丝在梅尔的下颏和颈部淡淡地抹了一些煤烟，像是她有些浅髭。这么近地盯着她的脸看，又轻柔地触摸她的肌肤，显得很亲密。她把梅尔的前额和双颊弄脏。梅尔看上去像个俊俏的小伙子——可她不像女人了。

她们互相端详着。梅尔嘴唇红红的弧线上泛起了一丝笑意。凯瑞丝有一种预感，像是就要发生什么重大事情。这时一个声音响起："修女们哪儿去了？"

她俩负疚地转过身去。让娜提着沉重的一桶净水站在门口，样子很害怕。"你们把那两个修女怎么样了？"她问。

凯瑞丝和梅尔爆出了笑声，随后让娜也认出了她们。"你们怎么变成了这模样！"她惊叫。

她们喝了些水，凯瑞丝拿出来剩下的熏鱼，大家分着吃了当早餐。她们边吃边想，让娜认不出她们，倒是个好迹象。若是她们谨慎些，说不定她们可以这样走掉的。

她们向让娜告了辞，就上马走了。她们在登上苏厄尔医院前的高岗时，太阳已经升上头顶，向女修道院投下一道红光，使那片废墟看上去像是还在火中。凯瑞丝和梅尔疾驰过那村子，尽量不去想那躺在瓦砾堆中残破的修女尸体，向着太阳升起的方向骑去。

47

八月二十二日星期二那天，英格兰军队开始溃逃。

拉尔夫·菲茨杰拉德不清楚这是怎么发生的。他们曾从西到东横扫诺曼底，一路烧杀抢劫，无人能敌。拉尔夫得心应手。在行军时，士兵可以看到什么拿什么——食品、珠宝、女人——并且杀死阻挡他们的任何男人。日子就是该这么过的。

国王是拉尔夫心仪的人。爱德华三世喜欢打仗。他不打仗的时候，就把大部分时间花在精心安排的比赛上，那是一种耗资巨大的假想战斗，参赛的骑士大军都穿着专门设计的军装。在战场上，他随时都会不惜生命危险，亲率一支突击部队，就像王桥的商人一样，从不停止为利益铤而走险。老成的骑士和伯爵对他的残忍评头品足，还抗议过类似在卡昂连续奸淫妇女的事件，但爱德华依然故我。当他听到卡昂的一些市民向掠夺他们家宅的士兵投掷石头时，他曾下令将该城的人斩尽杀绝，只是在哈考特的高德夫雷爵士和其他人的有力抗争下才收回成命。

当英军来到塞纳河时，形势开始急转直下。在鲁昂他们发现桥已被毁，对岸的镇子严密设防，法兰西的菲利普六世国王率大军亲临前线。

英军进军上游，想寻找地方渡河，但他们发现菲利普已先期到达，一座又一座的桥，不是严密防守就是拆毁一空。他们一直来到距离巴黎仅有二十英里的布瓦塞，拉尔夫还以为他们肯定会进攻首都了——但年长的人却审慎地摇着头，说是根本不可能。巴黎是一座有五万居民的城市，他们如今一定听到了卡昂的消息，因此，知道无法指望幸免，便准备血战到死。

拉尔夫问，既然国王无意进攻巴黎，那他的计划又是什么呢？谁也不知道，拉尔夫怀疑，爱德华除去大肆劫掠之外，其实也没有计划。

布瓦塞镇已经撤离，英军的工兵得以重修大桥——同时击退法军的进攻——所以大军终于渡过了河。

此时已经弄清，菲利普业已集结了一支远远多于英军的大军，爱德华遂决定突击北上，以期与从东北方入侵的一支盎格鲁-佛兰芒军队会师。

菲利普在后面穷追不舍。

今天，英军在另一条大河奈默河的南岸宿营，法军则将塞纳河上的防御手段故伎重施。突击和侦察部队报告：每一座桥梁都已拆毁，每一座沿河城镇都已重兵布防。更不祥的消息是，一支英军小分队已经看到对岸飘扬着菲利普最著名和骇人的联盟，波希米亚国王约翰的旗帜。

爱德华出兵之时总兵力达到一万五千人。经过六个星期的战斗，其中的许多人倒下了，另外一些人开了小差，携带着满鞍袋的金子，取道回家。拉尔夫估算，大约还剩下一万人。间谍的报告表明，在上游几英里处的亚眠，菲利普如今拥有六万名步兵和一万两千名骑马的骑士，在人数上大占优势。自从第一次涉足诺曼底以来，拉尔夫从来没这样忧心过。英军陷入了困境。

第二天，他们沿河而下，来到阿本维尔，那里是索姆河变成三角洲入海口之前最后一座桥梁的所在地；但镇上的居民多年来花钱加固了城墙，英军看出那里牢不可破。镇上的人把握十足，甚至派出一支骑士大军出击英军的先头部队，经过一场小规模的激战，当地人才龟缩回他们的城墙之内。

当菲利普的军队离开亚眠，从南向北前进时，爱德华发现自己处于三面包围的顶端——右翼是河口，左翼是大海，背后是法军，准备对野蛮的入侵者进行一场喋血大战。

那天下午，罗兰伯爵来见拉尔夫了。

拉尔夫已在罗兰的麾下战斗了七年。伯爵不再把他看作不谙世事的男孩子。罗兰依旧给人一种印象，他不大喜欢拉尔夫，不过倒是尊重他，总是把他放到战线上的薄弱环节上，让他率队突围或组织袭击。拉尔夫的左手失去了三个指头，而且自从1342年在南特郊外被一名法军士兵的长矛柄击碎他的胫骨以来，他走起路来都是一瘸一拐的。然而，国王还是没有封拉尔夫为骑士，这种忽略使拉尔夫愤愤不平。尽管有积累下的赃物——大多由伦敦的一位金匠负责保管——拉尔夫尚未满足。他知道，他父亲也同样不会满意。拉尔夫像杰拉德一样，是为荣誉而不是金钱而战的；可是征战多年，他在贵族的台阶上还没有攀上一步。

罗兰到来的时候，拉尔夫正坐在由军队把成熟的小麦踏成碎屑的地里。他和阿兰·弗恩希尔同六七名战友吃着一顿乏味的午餐，洋葱豌豆汤；食物奇缺，而且肉也吃光了。拉尔夫和众人一样，因不断地行军而疲惫不堪，因反复遇到断桥和严密防守的城镇而士气消沉，而且还为法军一旦追上的情景担惊受怕。

罗兰如今已是老人了，他的须发皆灰，但他依旧挺胸走路，带着权威的口气讲话。他学会了保持面无表情，这样，别人就难以发现他的右脸麻痹了。他说："索姆河口的潮水定时涨落。在低潮时，有些地方水会很浅。但河底是厚泥，无法涉河。"

"这么说我们就不能渡河了。"拉尔夫说。但他清楚，罗兰来这里不光是给他坏消息的，他的精神一振，乐观起来。

"可能有一个渡口——那里的河床比较实，"罗兰继续说，"真有的话，法军会知道的。"

"你想让我弄清楚？"

"请你尽快吧。在下一个战场上会有些囚犯。"

拉尔夫摇着头："在法兰西，随处都有当兵的过来，恐怕到别的国家也一样。只有当地人会知道情报。"

"我不管你跟谁打探，傍晚时到国王的营帐去报告就是了。"罗兰说完就走了。

拉尔夫喝光碗里的水，一跃而起，他为有些攻击性的事情可做而雀跃。"上好马鞍，小伙子们。"他说。

他还骑着"怪兽"。说来奇怪，他这匹爱马居然活过了七年，"怪兽"比战马多少小一点，但比多数骑士挑中的军马精神要强。它如今饱经战阵，钉了铁掌的四蹄给拉尔夫增加了混战中的武器。拉尔夫对这匹坐骑的喜爱超过了对他多数战友的感情。事实上，他备感亲切的唯一活物便是他哥哥梅尔辛。他们已经七年未见——也许永远见不到了，因为哥哥去了佛罗伦萨。

他们向东北方向，朝着河口奔去。拉尔夫估摸，在半日行程之内的每个农人都会认识那渡口的——只要真有。他们该时常使用那个渡口，过河去买卖家畜、出席亲戚的婚丧礼仪、赶集和参加宗教节庆。他们当然不肯把这条情报告诉入侵的英格兰人——

但他知道该怎么办。

他们离开大军，驰进一片尚未受到数千人劫难的土地，羊在草地上放牧，庄稼在地里成熟。他们来到一个村庄，从那里可以眺望远方的河口。他们策马小跑，沿着草径进入了村落。牧民们的一室或两室的茅舍，使拉尔夫想起了韦格利。不出他所料，农人们四散而逃，妇女们抱着婴儿和孩童，大多数男人都手握斧头或镰刀。

在过去的几周内，拉尔夫和他的伙伴已经上演过二三十次这种戏剧了。他们是搜集情报的专家。通常，军队的头目都想知道当地人的存货藏在什么地方。机智的农人听说英军到来时，都把牛羊赶进树林，把成袋的面粉藏进地窖，把成捆的干草放到教堂的钟楼上。他们知道若是暴露了他们藏食物的地点，就会饿死，但他们迟早会说出来。还有的时候，军队需要指路，前往重要的镇子、有战略地位的桥梁、一座设防的教堂。农人通常对这种询问答得很爽快，但必须弄清他们是不是在撒谎，因为他们当中的精明人可能会欺骗入侵的军队，而且知道士兵们不可能回过头来惩治他们。

拉尔夫和他的部下追逐着在园子和田野里逃跑的农人，不去管那些男人，而是集中在妇女和儿童身上。拉尔夫明了，只要抓住他们，做丈夫和父亲的自会回来。

他抓住到了一个大约十三岁的女孩。他在她身边骑行了片刻，盯着她那惊恐的表情。她长着黑头发、深皮肤，模样一般，年纪虽然不大，却长就了浑圆的女性身材——正是他喜欢的那种类型。她让他想起了格温达，环境只要稍有不同，他就会享受她的肉体，在过去的几个星期里，他已经有过好几个类似的女孩了。

但是今天，他另有要优先考虑的事。他让“怪兽”掉转过来，拦住她的去路。她想躲开他，却自己绊倒了，摔在了一块菜地里。拉尔夫跳下马来，在她爬起来时抓住了她。她尖叫着，还抓他的脸，于是他就给了她肚子一拳，让她别出声。随后他抓住了她的长发。他牵着马，把她拖回村子。她磕磕绊绊地跌倒在地，但他继续向前走，拽着她的长发往前拖；她挣扎着站起身，疼得直哭。在那之后，就再没跌倒了。

他们在木头小教堂里会合。八名英军士兵抓了四个妇女，四个孩子和两个怀抱的婴儿。他们让这些人坐在圣坛前的地面上。过了一会儿，一个男人跑了进来，用当地的法语唠叨着，求告着。跟着又进来了四个人。

拉尔夫高兴了。

他站在只是漆成白色的木桌充当的圣坛旁边。“安静点！”他高叫着，同时挥着剑。人们全都噤声不语了。他指着一个小伙子。“你，”他说，“你是干什么的？”

“一个皮匠，老总。求你别伤害我老婆孩子，她们没对你们做错事啊。”

他又指着另一个男人：“你呢？”

他抓的那姑娘喘起粗气，拉尔夫推断出他们是一家子；他猜是父女关系。

“就是个放牛的，老总。”

“放牛的？”这太好了，“你多久赶着牛过一次河？”

“一年一两次吧，老总，我去赶集的时候。”

“渡口在哪里？”

他迟疑着：“渡口？没有渡口，我们得在阿比维尔过桥。”

"你敢肯定？"

"是的，老总。"

他巡视了一圈。"所有的人——这是真的吗？"

他们点了头。

拉尔夫琢磨着。他们害怕了——吓坏了——但仍可能在撒谎。"要是我找来教士，他拿来《圣经》，你们会以你们永生的灵魂起誓，在河口这儿没有渡口吗？"

"会的，老总。"

但那样太费时间了。拉尔夫看着她抓来的那个女孩子："过来。"

她往后缩了一步。

那放牛的扑通跪下了："求你们，老总，别伤害一个无辜的孩子吧，她才十三岁——"

阿兰·费恩希尔提起那女孩，好像她是一袋洋葱，把她扔给了拉尔夫，拉尔夫接住她，拽紧了。"你们在跟我撒谎，你们所有的人，我敢肯定有渡口。我只是想确切地知道在哪儿。"

"好吧，"放牛人说，"我来告诉你们，但放下那孩子。"

"渡口在哪儿？"

"从阿比维尔向下一英里的地方。"

"那个村子叫什么？"

放牛人被这问题一时蒙住了，随后才说："没有村子，但你可以看见对岸有个客栈。"

他在说谎。他没出过远门，所以他没意识到，渡口附近总有一个村子。

拉尔夫抓过那女孩的一只手放在圣坛上。他抽出了刀子，用一个飞快的动作，剁下了她的一根手指。他那把厚刃刀很容易切断她的小骨头。那女孩疼得直叫，鲜血涌出，把圣坛的白漆喷上了一层红色。所有的农人都惊呼起来。放牛人气呼呼地往前迈了一步，但被阿兰·弗恩希尔的剑尖抵住了。

拉尔夫仍有一只手抓着那女孩，用刀尖挑起那根惨不忍睹的指头。

“你就是魔鬼。”放牛人说，气得直抖。

“我不是。”拉尔夫以前听过有人这样骂他，但还是刺激了他。“我在拯救几千名男人的性命，”他说，“要是再逼我，我就一个接一个地砍掉她剩下的手指。”

“别，别！”

“那就告诉我，渡口到底在哪儿。”他挥着刀子。

放牛人高叫：“布朗谢塔克，那地方叫布朗谢塔克，请你放了她吧！”

“布朗谢塔克？”拉尔夫说。他装出怀疑的样子，但实际上这地名倒像是真的。这是个不熟悉的字眼，但听起来仿佛是个白色平台，一个吓坏了的人当场编不出来这种玩意儿。

“是啊，老总，人们这么叫，是因为河底的白色石头，可以让人踩着走过泥泞。”他已经吓慌了神，泪水流下他的面颊。所以他大概是说了实话，拉尔夫满意地盘算着。放牛人又唠叨着说：“人们说，那些石头是早年间由罗马人放下去的，请放了我的小女孩吧。”

“在什么地方？”

“从阿比维尔向下游十英里。”

“不是一英里？”

“我这次说的是实话，老总，我希望得救！”

“那村子叫什么？”

“塞因维尔。”

“那渡口是常年能过，还是只在低潮时候？”

“只在低潮时候，老总，尤其是赶着牲口或大车的时候。”

“你知道潮水？”

“知道。”

“现在，我只有一个问题要问你了，这可是个非常重要的问题。要是我怀疑你对我撒谎，我就砍掉她的整只手。”女孩尖叫起来。拉尔夫说：“你知道我说话是当真的，懂吗？”

“懂，老总，我全告诉你！”

“明天什么时候是低潮？”

放牛人脸上掠过一道惊恐。“啊——啊——让我来推算一下！”那人太难受了，脑子运转不灵了。

那皮匠说：“我来告诉你。我兄弟昨天刚过的河，所以我知道。明天的低潮时间是在上午的中间，正午前两个小时。”

“对！”放牛人说，“这就对了！我正要算呢。上午中间或稍迟一点。再一次是在晚上。”

拉尔夫一直握着那女孩流血的手：“你敢肯定？”

“噢，老总，就像我的名字那样千真万确，我发誓！”

那人这会儿大概都不知道自己的名字了，因为他已吓得六神无主。拉尔夫看着那个皮匠。他的脸上没有欺骗的迹象，他的表情中也没有挑战或急于讨好的流露；他只是有点愧疚，仿佛他是被迫的，违背了他的意志，做出了错事。拉尔夫狂喜地想着，这次是真的了；我办成了。

他说："布朗谢塔克。从阿比维尔向下游十英里，在塞因维尔村。河底上垫的白石头。低潮在明天半上午的时候。"

"没错，老总。"

拉尔夫松开那女孩的手腕，她哭泣着跑向她的父亲，放牛人用双臂搂住了她。拉尔夫低头看着白色圣坛桌上的那摊血。对一个小姑娘来说，是够多的。"好吧，汉子们，"他说，"我们在这儿的事干完了。"

号声在第一道曙光时叫醒了拉尔夫。已经来不及点火或吃早餐了：队伍马上要拆掉营帐了。到半上午时，一万人的队伍要行军六英里，多数人是步行。

威尔士亲王的部队率先出发，接着是国王的队伍，然后是辎重队，最后是殿后的队伍。侦察兵已被派出，弄清法军还有多远。拉尔夫在前锋的队列中，追随着十六岁的亲王，亲王和他父亲有着同样的名字：爱德华。

他们希望在渡口涉过索姆河来使法兰西人大吃一惊。昨夜里国王说："干得好，拉尔夫·菲茨杰拉德。"拉尔夫早已知晓，这种话没什么意思，他曾经为爱德华国王、罗兰伯爵及其他贵族完成了众多有用或勇敢的任务，但他仍未被封为骑士。在今天这场合，他感到有些怨恨。今天他的生命和以往一样都处于危险之中，他为自己找到了一条逃跑之路实在高兴，已经不在意别人是否把拯救了全军的功劳归于他了。

在他们行进之中，十多名指挥官和副指挥官不停地巡逻：率队走向正确的方向，保持队形完整，维系队伍之间的距离，收集掉队的散兵。指挥官都是贵族，这样才有权威下命令。爱德华国王对于有序的行军十分认真。

他们向北行进。地面缓缓地上坡，到了一处可以遥望河口的闪光的高岗。从那里下坡，穿过一片庄稼地。当他们走过村庄时，指挥官们都确保没有抢劫现象，因为他们不想携带多余的行李渡河。他们还控制着不准放火烧庄稼，担心浓烟将他们的确切位置暴露给敌人。

当先头部队到达塞因维尔时，太阳刚要升起。村庄坐落在一处陡岸上，高出水面三十英尺。拉尔夫从岸边望过去，是一片令人生畏的障碍：河水和泥滩足有一英里半那么宽。他能够看到河底上白花花的石头，标出了渡河线路。河口对岸是一座青山。当太阳从他右面升起时，他看到对岸的堤坡有金属的闪光和颜色的晃动。他的心一下子沉下去了。

越来越亮的阳光证实了他的疑虑：敌人正在守候着他们。法兰西人当然知道渡口的所在，一位明智的指挥官预见到了英格兰人可能会找到渡口。双方都准备着出奇制胜。

拉尔夫看着水面。河水向西流去，露出潮水渐退的势头；但人要涉水过河还是太深。他们只好等待。

英军继续在岸边集结，每时每刻都有上百人到来。若是国王这会儿打算让队伍掉头返回，混乱将是一场梦魇。

一名侦察兵回来了，拉尔夫听着他向威尔士亲王陈述消息。菲利普国王的军队已经从阿比维尔出发，向河的这一岸推进。

那名侦察兵又受命去确定法军移师的速度。

拉尔夫心怀恐惧地想，已经无路可退了；英格兰人只有过河一条路了。

他打量着对岸，想估计一下北岸驻有多少法军。他想，不止一千人吧。但更大的危险来自从阿比维尔跟踪而至的几万大军。拉尔夫从与法军的多次遭遇中体会到，他们是十分勇敢的——有时是蛮干——却纪律松弛。他们行军时没有队形，他们不服从命令，有时候守候才更加明智时偏要进攻，以显示勇气。但是他们如果能够克服散漫的习惯，并于几小时后赶到这里的话，他们就会在爱德华国王的队伍半渡之时抓住战机。英军遭到两岸夹击，就要被消灭光。

由于过去六个星期中他们犯下的罪行，是无法指望宽恕的。

拉尔夫想到了铠甲。他有一身精美的铠甲是七年前在康布兰从一名法军尸体上扒下来的，可惜放在了辎重队的一辆车上了。再者，他没有把握能够穿着那样的拖累蹚过一英里半宽的河水和泥滩。他此时头戴钢盔，身穿短款的披肩锁子甲，行军时他只能如此了。这是不得已的办法。别的人也都穿着类似的护具。大多数步兵却把头盔吊在腰带上，在与敌人近距离交锋前才戴上；没有人在行军时穿全套铠甲的。

太阳在东方高高升起。水面下降到只齐膝盖深了。从国王的随从中赶来的贵族传令开始渡河。罗兰伯爵的儿子，卡斯特的威廉，带来了给拉尔夫小队的指令。“弓箭手走在前面，一接近对岸时，马上放箭。”威廉告诉他们。拉尔夫冷冷地看着他。拉尔夫没有忘记威廉曾经为了在过去六周中半数英军都曾干过的类似行为要把他绞死。“等你们上岸之后，弓箭手分散到左右两翼，让骑士和士兵通过。”拉尔夫心想，这事听着简单；命令总是这样。但这将是一场血战，敌军在对岸的陡坡上布下了完美的阵地。瞄准正在挣扎着渡河而毫无抵抗力的英军士兵。

休·迭斯潘萨的人马，扛着他醒目的白地黑图号旗，担任前锋。他的弓箭手蹚进了河里，把弓举在水面之上，骑兵和步兵随后纷纷下水。罗兰的队伍紧随其后，拉尔夫和阿兰很快就骑马过河了。

一英里半的路程走起来不算远，但拉尔夫此刻才认识到，蹚起水来，哪怕对马匹来说，也是长路了。水深不定：一些地方，他们走在水面上的松软的泥地上，另一些地方，水要没到步兵的腰部，很快就人困马乏了。八月份的太阳照在他们头顶，而他们精湿的双脚冻得发麻。整个涉渡期间，他们只要向前望，就能越来越清楚地看到，敌人正在北岸守候他们。

拉尔夫打量着对方的军力，心里益发惊惶了。沿岸的第一线布防中，有弩矢手。他知道他们不是法军而是意大利雇佣军，通常管他们叫热那亚人，其实来自意大利各地。弩矢发射起来速度低于长弓，但热那亚人会有充裕的时间趁他们的目标在水中跌跌撞撞时，重新装填。在弩矢手身后的绿色高坡上，站着步兵和骑在马上的骑兵，随时准备冲锋。

拉尔夫回头望去，看到他身后有上千的英军在渡河。掉头再次成为不可取的；事实上，后续部队还在向前挤压着前锋部队。

此时，他已经能够看清敌人的队伍了。沿河岸排开的是重型木盾，由弩矢手使用。只要英军一进入射程，热那亚人就会开始射击。

在三百码的距离上，目标不会准确，以强弩之末之势落地。无论如何，总有少数的人和马被击中。伤者倒下，顺水漂流，直至淹死。受伤的马匹则在水中翻腾，鲜血染红了河水。拉尔夫的心怦怦直跳。

随着英军接近河岸，热那亚人的命中率提高了，弩矢以更大的力量中的。弓弩一排排射得不快，但射出的钢尖铁箭力量极大。拉尔夫周围已是人仰马翻。有些中矢的当即阵亡。空气中充满了可怕战斗的嘈杂声：致人死命的箭矢的飞鸣，伤者的咒骂，痛极的马匹的尖嘶。

英军阵容前列的弓手向敌人反击了。六英尺的长弓下端拖在水里，他们只好把弓举成一个不熟悉的角度，加之他们脚下的河床湿滑，但他们都尽力而为。

弩矢能够在近距离射穿甲片，但没有一名英军身披重甲。除去头盔，他们几乎毫无保护地暴露在致人死命的箭阵之下。

拉尔夫要是能够，早就掉头跑了。然而，他身后是上万的人和五千匹马在向前追迫，他如果回撤，就会被踩倒、淹死。他别无选择，只能低头伏在“怪兽”的颈部，催马前进。

英军前锋部队中活下来的弓箭手终于抵达水浅之处，开始更有效地发挥长弓的战斗力了。他们射出弧线，越过木盾的上端。英军的长弓只要一开始射箭，就可一口气连射十二支。箭杆是木制的——通常都是桉木——但箭镞则是钢的，当箭如雨下时，还是很有杀射力的。敌方发出的箭矢突然减少了。一些木盾也倒了。热那亚人被逼后退，英军开始上岸。

弓箭手一在坚实的地面上站稳脚跟，立即向左右展开，把河滩腾出来给骑兵——他们从浅水扑向敌人的防线，发起了冲锋。还在涉水的拉尔夫久经战阵，深知法军此时的战术是：守住防线，由弓弩手继续杀戮上岸的和水中的英军。但骑士条令不准许法兰西贵族躲在出身底层的弓弩手背后，于是他们硬冲出阵地，与英格兰骑兵厮杀在一起——这样就失去了他们据守阵地的大部优势，拉尔夫感到了一丝希望。

热那亚人后退了，河滩上一片混战。拉尔夫的心因畏惧和兴奋而狂跳不已。法军仍有居高临下俯冲的优势，而且他们都顶盔擐甲：他们把休·迭斯潘萨的人马成建制地屠戮。冲锋的先头部队在浅滩中溅起水花，挥刀砍倒还未上岸的人。

罗兰伯爵的弓手就在拉尔夫和阿兰眼前登上岸边。活下来的人抢占了滩头，向两翼分开。拉尔夫感到英军末日已到，自己定死无疑，但除去向前已无路可走，突然间他就冲杀起来了：头还俯在“怪兽”的颈部，剑举在空中，向着法军的阵线直冲过去。他避开了横下挥来的一剑，就踏上了干岸。他徒劳地向一个钢盔劈去，这时“怪兽”一头撞上另一匹马。法兰西人那匹马高大但年轻，它蹄子一绊，把骑者摔到了泥地里。拉尔夫掉转“怪兽”，回过头来准备再次冲锋。

他的剑对付重甲难有作为，但他身材高大，坐骑又亢奋异常，他只希望能够把敌兵从马上击倒在地。他又冲上去了。战斗到了这个当口，他已无所畏惧了。相反，他被一种昂扬的斗志所支使，一心要杀死尽可能多的敌人。双方一交手，时间就凝固了，他只是打了又打。后来，战斗接近尾声，要是他还活着，他会惊愕地发现，太阳已经西落，整整一天就这样过去了。这时他向敌人一次又一次冲去，躲闪着他们的剑锋，一有机会就刺出一剑；由于这是你死我活的战斗，绝不可放松速度的。

在一个时刻——可能只过了一会儿，或许过了小半天——他不敢相信地意识到，英军不再被杀戮了。事实上，他们似乎占了上风，赢得了希望。他从混战中抽身出来，停下来喘口气，清点着战场。

河滩上铺满了死尸，英法双方大体持平，拉尔夫才看出法军冲锋的愚蠢之处。双方的骑兵一交手，热那亚的弓弩手就停止了发射，唯恐会伤到自己人，这样，敌人就再也无法像瓮中捉鳖一样射杀英军了。从那一刻起，英军就成群结队地涉过河口，他们保持着同样的序列，弓箭手向左右两翼展开，骑兵和步兵无情地向前推进，以致法军数量上的唯一优势反倒被淹没了。拉尔夫回望水中，看到潮水此时已经回涨，因此，还在河中的英军拼命向前，顾不上岸上等待着他们的是何等命运了。

就在他喘过气的时候，法军精神崩溃了。他们被迫撤离河滩，向山上跑去，他们被敌人踏出涨潮的河水的气势所压倒，开始退却了。英军则向前紧逼，难以相信自己的好运；恰如时常发生的那样，退却在刹那间变成了溃逃，人人都自顾自了。

拉尔夫回头望过河口。辎重队行进到了河中间，马和牛拉着沉重的大车涉过渡口，赶车人发狂似的挥鞭赶车，与潮水争抢时间。这时对岸出现了零星的战斗。菲利普国王的前锋部队大概已经赶到，和少数掉队的英军交上了手，拉尔夫觉得，在日光中他认出了波希米亚轻骑兵的旗幡。可惜他们为时已晚。

他在马鞍上瘫软了，由于松了一口气而突然全身乏力了。战斗结束了。出乎一切预料，英军不可思议地溜出了法军的包围圈。

今天，他们算是平安了。

48

凯瑞丝和梅尔在八月二十五日到达了阿比维尔的近郊，却沮丧地发现法军已然在那里驻扎了。数万名步兵和弓箭手在镇子周围的田野里宿营。她们在路上听到的不仅是方言法语，而且有遥远地方的语言：佛兰芒语、波希米亚语、意大利语、萨瓦语、马略卡语。

法兰西人和他们的盟友——同凯瑞丝及梅尔一样——都在追赶英格兰的爱德华国王及其军队。凯瑞丝想不出，她和梅尔如何才能赶在法军前面。

她们在黄昏时分穿过城门进入镇子时，街道上挤满了法兰西的贵族。即使在伦敦，凯瑞丝也未曾见过如此昂贵的服装、精美的武器、高大的马匹和崭新的靴鞋的展示。简直像是全法兰西的贵族全都聚集在此了。镇上的客店主、面包师、沿街卖艺的和妓女们，都忙不迭地满足他们的客人的需要。每一座客栈都挤满了伯爵，每一栋房子里都有骑士睡在地上。

圣彼得修道院列在凯瑞丝和梅尔事先计划要投宿的宗教住地的名单上。但即使她们依旧是修女装束，也难以进入客房区了，法兰西国王在此驻跸，他的随从人员把所有的地方都占满了。这两位如今化装成朗尚的克里斯托弗和米歇尔的王桥修女，被指点到大修道院的教堂去，那里中殿冰冷的石头地面上有数百名国王的扈从、跟班和其他仆役下榻过夜。然而，负责的指挥官告诉她们，那里已经没有地方，她们只能像地位低下的所有人一样，在田野里露宿了。

北十字甬道是救治伤员的医院。在她俩向外走的时候，凯瑞丝停下脚步看一名外科医生给一个呻吟的士兵缝合面颊上的一道深口。那位外科医生动作麻利又熟练，他做完之后，凯瑞丝佩服地说："你做得棒极了。"

"谢谢你。"他说。他瞥了她一眼，又补充说："你怎么懂这一行，小伙子？"

她之所以懂得，是因为她曾看过理发师马修做外科手术，但她必须马上编个故事，于是她便说："在朗尚，我父亲给老爷做外科医生。"

"现在你和你的老爷在一起吗？"

"他被英军俘虏了，我的夫人打发我和我兄弟去谈他赎金的事。"

"嗯。你最好还是直接到伦敦去吧，就算他现在没到那里，不久就会的。不过，既然你来到这里，可以帮帮我，借此弄到一张床过夜。"

"乐于从命。"

"你见过你父亲用温酒洗伤口吗？"

凯瑞丝就是在睡梦中也会洗伤口。没过多久，她和梅尔就干起了她们拿手的活计：看护病人。大多数伤号都是前一天在索姆河上一处渡口的战斗中受的伤。受伤的贵族已经得到优先救治，此时那位外科医生在围着普通士兵忙碌了。他已经手不停歇地工作了好几个小时。漫长的夏日傍晚只剩下了夕阳的微光，蜡烛被拿来了。最后，所有的断骨已经接好，重伤的已经截肢，伤口也已缝合；那位外科医生马尔丁·希鲁尔让，带她俩去食堂吃晚餐。

他们受到了和国王的随从一样的款待，吃的是洋葱炖羊肉。她们已经有一星期没尝到肉的滋味了。她们甚至还喝到了美味的红葡萄酒。梅尔津津有味地喝着。凯瑞丝很高兴她们有机会补充精力，但仍为追上英军一事忧心忡忡。

一名和她们同桌的骑士说道："你们注意到没有，就在隔壁，修道院的食堂里，有四位国王和两位大主教在吃晚餐？"他掰着指头数出他们的名字："法兰西、波希米亚、罗马和马略卡的国王，以及鲁昂和桑斯的大主教。"

凯瑞丝决定去看上一看。她从一扇像是通向厨房的门走了出去。她看见仆人们端着盛得满满的大浅盘进入了另一个房间，便从门缝中偷觑。

围坐在桌旁的人显然都是上层的——桌上摆满了烤鹅、大块的牛排和羊排，丰盛的布丁，堆得高高的蜜饯水果。坐在首席的大概是菲利普国王，有五十三岁，金黄色胡须中夹杂着一些灰色的杂毛。他身边是一个长得像他的青年，正在讲话。"英格兰人不是贵族。"他说，面孔气得绯红，"他们就像窃贼，夜里偷盗，完事就跑掉。"

马尔丁出现在凯瑞丝的背后，在她耳畔咕哝说："那就是我的主子——查理，阿朗松伯爵，国王的弟弟。"

一个新的声音说："我不同意。"凯瑞丝马上看出来，说话的人是瞎子，就得出结论：他准是波希米亚国王让。"英军不可能跑得很久。他们缺少食物，而且疲惫不堪。"

查理说：“爱德华想和已经从佛兰德斯入侵法国东北部的盎格鲁–佛兰芒军队会师。”

让摇起了头：“我们今天听说，英军已经撤退了。我认为爱德华不得不站住脚作战。而且，从他的角度来说，速战速决才好。因为随着时日的推移，他的队伍只会越来越士气低落。”

查理激动地说：“这样我们明天就能追上他们，由于他们在诺曼底的所作所为，每个人都该杀无赦——骑士、贵族，甚至爱德华本人！”

菲利普国王用一只手按住查理的胳膊，让他别说话。“我兄弟的愤怒是可以理解的，”他说，“英军的暴行令人发指。但是要记住：当我们与敌人遭遇时，最重要的事情是把我们之间可能存在的任何分歧都放在一边——忘掉我们的争吵与猜忌——彼此信任，至少在作战过程中不要分裂。我们在数量上超过了英军，我们消灭掉他们并不困难——但我们一定要像一支军队那样共同作战。让我们为团结干杯。”

凯瑞丝在谨慎地后撤时认定，这样的祝酒倒是蛮有意思。显而易见，这位国王不能理所当然地相信，他的联军会像一支队伍那样行动。但从这些谈话中让她忧虑的是，很可能又快作战了，说不定就在明天。她和梅尔务必多加小心，不要卷进去。

她们返回食堂时，马尔丁谦和地说：“跟国王一样，你也有个不听话的弟弟。”

凯瑞丝看到梅尔已经要醉了。她扮演男孩子的角色有些过分了：劈开两腿坐着，两肘撑到桌子上。“以圣者的名义，这酒真不错，可是让我像魔鬼一样放屁，”这位穿男装的容貌姣好的修女说道，“为这臭味抱歉啦，小伙子们。”她又斟满了她的酒杯，一饮而尽。

男人们纵情地笑着她，为一个男孩第一次醉酒的样子感到开心，无疑是想起了自己以往的尴尬事。

凯瑞丝拽住她的胳膊。“你该上床了，小弟弟，”她说，“我们走吧。”

梅尔乖乖地走了。“我哥哥的做派就像个老妇人，”她跟同桌的人说，“可是他爱我——是不是啊，克里斯托弗？”

“是啊，米歇尔，我爱你。”凯瑞丝说，男人们又是一通哄堂大笑。

梅尔紧紧地抓着她。凯瑞丝搀扶她回到教堂，找到中殿中她们留下毯子的地点。她帮梅尔躺下，用毯子给她盖上。

“吻我一下，祝我夜安吧，克里斯托弗。”梅尔说。

凯瑞丝吻了她的唇，然后说：“你喝醉了。睡吧。我们明天一大早就要出发呢。”

凯瑞丝躺在那里，醒了好一会儿，心里惦记着事。她觉得自己的运气真是糟透了。她和梅尔眼看着就要追上英军和理查主教了——却几乎就在同时，法军也追了上来。她完全可以远离战场。可是，若是她和梅尔一直跟在法军屁股后面，她们也就永远无法追上英军了。

左右权衡，她认为她最好一早就出发，设法赶到法军前面。这么庞大的一支军队不可能动作很快的——只是编好行军序列就很需要些时候。她和梅尔要是麻利的话，她们是可能赶在前面的。这有些冒险——可是自从离开朴次茅斯以来，不是一路都在冒险吗？

她渐渐入睡了，在凌晨三点做晨祷的钟声响起时醒了过来。

她叫起梅尔，梅尔抱怨头疼时她也不予同情。修士们在教堂里唱颂诗时，凯瑞丝和梅尔到了马厩，找到了她们的马匹。天空晴朗，她们能够看到满天星光。

镇上的面包师们彻夜都在工作，所以她俩能够买到几条大面包供路上食用。但城门还关着，她们只好心烦意乱地等着天亮，在清冷的空气中浑身颤抖着，吃着新买来的面包。

大约凌晨四点半的时候，她们终于离开了阿比维尔，沿着索姆河右岸向西北前进，据说那是英军要走的方向。

她们刚走出四分之一英里，城头上就响起了起床号。和凯瑞丝一样，菲利普国王也决定早早出发。田野中的士兵开始活动起来。指挥官们大概昨天晚上就得到了命令，因为他们似乎对该做什么心中有数，没过多久，一部分军队就在大路上和凯瑞丝及梅尔交会了。

凯瑞丝依旧希望能在这些队伍之前赶上英军。法军显然要在投入战斗之前停下来重新编队。这就会使凯瑞丝和梅尔有时间赶上自己的同胞，且找到战场之外的某个安全地方。她开始琢磨，她出来干这件差事实在愚蠢。由于对战争一无所知，她就无法设想困难和危险。但现在已后悔莫及。而她们到此为止尚未受到伤害。

行进在大路上的士兵不是法军而是意大利人。他们携带着钢弩和箭袋。他们很友好，凯瑞丝用混杂着诺曼法语、拉丁语和她从博纳文图拉·卡罗利那里学来的意大利语同他们聊天。他们告诉她，在战斗中，他们总是构成第一线，从沉重的木盾后面发射箭矢，那些盾牌此刻就在他后面一段距离的车辆上。他们抱怨着他们的早餐吃得太匆忙，看不起法国骑士易冲动和爱吵架，对他们自己的头领奥顿·多利亚却佩服得五体投地——他就在前面几码的地方。

太阳爬上天空，大家都感到了热。因为那些弓弩手知道他们今天可能要作战，他们就穿戴起沉重的绗缝的衲袄和护膝，拿着铁盔和弓箭。接近正午时分，梅尔宣称，若是再不休息，她就要晕倒了。凯瑞丝也感到疲惫不堪——她俩从天刚亮就一直骑马到现在——而且她们知道她们的马匹同样需要休息。因此，她只好放弃原先的意图，被迫停了下来，让成千的弓弩手越过她们而去。

凯瑞丝和梅尔在索姆河中饮马，自己又吃了些面包。她们重新出发后，发现已经和法国的骑兵和战士同行了。凯瑞丝认出了菲利普那位脾气暴躁的兄弟查理骑行在队伍前面。她的前后左右都是法军，只有随着前进，希望能有机会跑到前面去，此外便无计可施了。

刚刚过午，就下来了一道命令。英军并非如先前所相信的那样是在从这里向西，而是向北；且法兰西国王已经命令其军队向那个方向掉转——不是依编队次序，而是同时向北。凯瑞丝和梅尔周围的人，在查理伯爵的率领下，离开河道大路，踏上一条田间小路。凯瑞丝心往下一沉，只好跟着改道。一个熟悉的声音招呼着她，原来是马尔丁·希鲁尔让来到了她身边。“这是一场混乱，”他阴沉着脸说，“行军序列完全给打乱了。”

一小伙骑着快马的人越过田野出现了，并向查理伯爵敬礼。“侦察兵。”马尔丁说着，就到前面去听他们说些什么。凯瑞丝和梅尔的坐骑出于扎堆的本性，也跟了上去。

“英军已经停下了，”她们听到，“他们在克雷西附近的一道高岗上筑起了防御工事。”

马尔丁说："那是亨利·勒·穆瓦涅，波希米亚国王的老战友。"

查理听到这消息很高兴。"那我们今天就有仗打了！"他说，他周围的骑士们都喧闹地欢呼着。

亨利谨慎地举起一只手。"我们正在建议，全体部队停下来，重新组合。"他说。

"现在停下来？"查理吼着，"就在英格兰人终于愿意站住脚跟我们打一仗的时候？咱们向他们冲杀过去就是了。"

"我们的人和马需要休息，"亨利平静地说，"国王远在后队，给他个机会让他赶上来并且看看战场。他今天可以部署明天的进攻，到那时候人们也就恢复精力了。"

"让部署见鬼去吧，英军只有几千人，我们会荡平他们的。"

亨利做了个无可奈何的姿势："不是我要指挥你，殿下。但是我要请示你哥哥国王陛下来下达命令。"

"请示他！请示他！"查理说着，就骑马前行了。

马尔丁对凯瑞丝说："我不明白我的主人干吗这么大脾气。"

凯瑞丝想了想说："我琢磨他是想证明，他有足够的勇气来统治，哪怕由于出生的偶然，他没能当上国王。"

马尔丁目光犀利地打量着她："你虽然只是个孩子，可真够聪明的。"

凯瑞丝避开他的目光，心中牢记着她的伪装身份。马尔丁的语气里并没有敌意，但他已经起疑心了。作为一名外科医生，他应该熟知男女之间骨骼结构上的微妙差别，他可能已经注意到了朗尚兄弟俩克里斯托弗和米歇尔有些不正常。所幸，他没有追着不放。

天上开始蒙上云朵，但空气依旧温暖湿润。左方出现了一片林地，马尔丁告诉凯瑞丝这是克雷西的森林。他们可能离英军不远了——但凯瑞丝此刻想不好她如何才能离开法军并加入英军，而不致被任何一方杀死。

由于有了森林，行军的左路拥挤起来，因此，凯瑞丝骑行的大路被队伍堵塞了，不同的队伍都无奈地混在了一起。

传令兵们带着国王的新命令来到队伍跟前，部队受命停止前进，就地宿营。凯瑞丝的希望升起来了，这下她就有机会赶到法军前边去了。查理和一名传令兵之间意见不和，马尔丁就到查理身边去聆听。他返回时满脸难以置信的神色。“查理伯爵拒绝服从命令！”他说。

“为什么？”凯瑞丝情绪低沉地问。

“他认为他哥哥过于谨慎了。他，查理可不会胆小到对如此的弱敌止步不前的。”

“我认为在战场上人人都得服从国王。”

“是应该啊。但对于法兰西的贵族来说，骑士准则是胜过一切的。他们宁死也不做懦夫。”

队伍不顾命令继续前进。“我真高兴有你俩在这儿，”马尔丁说，“我又需要你们帮忙了。不管打胜还是打败，到日落时伤员少不了。”

凯瑞丝意识到她不能跑了。而且她也不想跑了。事实上她有一种奇怪的急切感。若是这些男人气概十足的人以剑和矢相互伤害，她至少可以帮助那些伤者。

不久，弓弩手的头领奥顿·多利亚骑马穿过人群赶了回来——一路推推搡搡的，不无困难——跟阿朗松的查理说话。

“让你的人停止前进！”他对伯爵高叫。

查理当即驳斥：“你怎么敢给我下命令！”

“命令是国王下的！我们得停止前进——可是我的部下没法停步，因为你的人在后面推进！”

“那就让他们继续前进吧。”

“我们已经进入了敌人的视界之内。如果我们再向前进，我们就得交战了。”

“打就打呗。”

“但是士兵们已经走了一整天了。他们饥渴疲惫，而且我的弓弩手还没拿到重盾。”

“你们难道胆小得没有盾牌就不能打仗了？”

“你管我的人叫胆小鬼吗？”

“要是他们不作战，就是的。”

奥顿一时没有吭声。然后他低声开了口，凯瑞丝只能勉强听到他的话。“你是个蠢材，阿朗松。到天黑你就要进地狱了。”说完就掉转马头，走开了。

凯瑞丝感到脸上有水，她抬头看天。开始下雨了。

49

那是一阵暴雨，很快就雨过天晴了，拉尔夫低头望着谷底，看到敌人已经到达，不由得感到一阵恐惧。

英军占据着一条从西南到东北的山岗。他们背后，西北方是一片树林。在面前，山坡在两侧缓缓下降。他们的右侧俯瞰着蓬底昂上的克雷西镇，坐落在玛耶河谷之中。

法军从南方接近上来。

拉尔夫位于右翼，和他在一起的是年轻的威尔士亲王麾下的罗兰伯爵的人马。他们采取已证明对付苏格兰人十分有效的耙形阵容向前推进。左右两翼，弓弩手呈三角阵形，如同耙的两齿。两齿之间远远布置在后面的是下了马的骑兵和步兵。这是个根本性的发明，很多骑士对此依然抵制，他们喜欢他们的坐骑，觉得不骑马容易受伤。但王命不可违，所有的人一概要步战。他们在骑兵前方的北面挖下了陷阱——一英尺深、一英尺宽的地坑——专门对付法军的战马。

在拉尔夫的右侧山岗的尽头处，有个新鲜东西：三台叫作射石炮的新机器，用火药发射圆形石弹。这些大炮从诺曼底一路拖到这里，始终还没有上过阵，谁也不知道能不能起作用。今天，爱德华国王要使出全部的看家招数，因为敌军在数量上的优势在四对一或七对一之间。

在英军的左翼，诺桑普顿伯爵的人马摆下了同样的耙形阵容。在第一条防线之后，由国王亲率的第三营作为预备队。在国王身后是两道退却阵地。辎重车队构成了第一道，围成一条弧线将非战斗人员——厨师、工程师和维修人及马匹围在圈内。第二道就是树林本身，那里作为一条通道，可以让剩余的英军逃跑，而法军的骑兵却难以追赶。

他们从大清早就到了这里，除去洋葱豌豆汤没有其他食物。拉尔夫穿着他的铠甲，在热天中汗流浃背，因此有了那阵暴雨倒还清爽许多。暴雨也使上坡路泥泞了，那是法军冲锋的必由之路，要想接近英军阵地可就湿滑不堪了。

拉尔夫猜得出法军的战法。热那亚弓弩手会在重盾后发射，遏制英军防线。然后，经过他们的足够的射杀之后，弓弩手就让开中路，由骑在战马上的骑兵冲锋。

对于那种冲锋倒是没什么可怕的。这种“纯法兰西式疯狂”，已经是法兰西贵族的最后一招。他们的骑士准则使他们不顾个人安危。那些高头大马上乘着全副武装的骑士，看上去不啻是些铁人，能够轻易地掠过弓箭手、盾牌、刀剑和步兵。

当然，他们也并非无往不胜。冲锋可能受阻，尤其在有利于防守的地形上——就像这里这样。然而，法军是不容易气馁的，他们会再次冲锋。何况他们具备巨大的数量优势，因此拉尔夫看不出英军如何能够抵挡他们。

他心惊胆战，但他并不后悔身处军旅之中。七年来，他过着始终向往的战斗生活，其中强者为王，弱者如草芥。他现年二十九岁，行伍之中很难活到老年。他曾经犯下过弥天大罪，但都得到了赦免，其中最近的一次便是今天上午被夏陵主教赦免。主教这时站在他的伯爵父亲身旁，手握着一柄样子狰狞的权杖——神职人员是不该流血的，他们认可这一规矩的奇特做法是在战场上只使用钝器。

身穿白袍的弓弩手到达了山坡脚下。英军的弓弩手本来都坐着休息，箭矢都插在跟前的地上，此刻纷纷站立起来，上紧弓弦。拉尔夫推测，他们的大多数人同他的感觉一样，既因长时间的守候终于过去而舒了一口气，又因想到厄运可能临头而畏惧。

拉尔夫认为时间很充裕。他能看到热那亚人并没有他们作战要素之一的木制重盾。他有把握，盾没送到之前，战斗不会开始。

在弓弩手身后，数以千计的骑兵从南面涌入山谷，在弓弩手背后向左右两翼展开。太阳又出来了，照亮了他们旗号的鲜明色彩和军马的披挂。拉尔夫认出了菲利普国王的兄弟——阿朗松伯爵查理的号衣。

弓弩手在山坡脚下停止了前进。他们的人数足有几千。仿佛是听到了一声信号，他们全都骇人地呐喊起来。有的人还跳跃着。军号吹响了。

这是他们呐喊的方式，意在吓唬敌人，这一招对某些敌人管用，但英军都由身经百战的士兵组成，在长达六周的战斗之后，不是这样的呐喊能够震慑得住的。他们无动于衷地等着瞧。

随后，完全出乎拉尔夫所料，那些热那亚人举起钢弓发射起弩箭。

他们这是在做什么？他们没有盾牌啊。

那声响突然又恐怖，五千支铁箭在空中飞鸣。但这些弓弩手完全没了章法。他们大概是忽略了他们在向山上射箭这一事实，而且英军防线背后的午后骄阳一定晃得他们花了眼。不管是什么原因，他们的弩矢全都无所作为地在近处落了地。

这时从英军第一道防线的中间发出了火光和雷鸣般的轰响。拉尔夫吃惊地看到从新机器所在的地方升起了硝烟。那声响震耳欲聋，当他再向敌群看去时，发现实际伤亡不大。不过，许多弓弩手惊恐得停止了将箭矢重新上弦。

就在这时，威尔士亲王高声下达要他的弓箭手射箭的命令。

两千名弓箭手站起身来。他们知道距离太远，不能用与地面平行的直线射箭，便瞄向空中，靠直觉让箭矢飞出一道浅浅的弧形轨道。所有的长弓同时拉弯，如同田里的麦叶受到一阵夏风的劲吹；随后箭便同时射出，其鸣镝之声如同教堂响钟。箭矢飞行的速度快过最迅疾的飞鸟，先是腾空升起，继而转向，如同冰雹一般落到弓弩手头上。

敌军的队形十分密集，热那亚人的衲袄只有些许的保护作用。他们没有盾牌遮护，是极容易受伤的。数百名弓弩手就此倒地，或死或伤。

但这只是开始。

就在活着的弓弩手正在搭箭上弦之时，英军发射了一排又一排箭矢。一名弓箭手只消眨眼之间就可从地上捡起一支箭，搭上弦，拉开弓，瞄准好，射出去，再捡起下一支箭。有经验的娴熟弓箭手做这一套连续动作可以做得更快。不出一分钟的时间，两万支箭飞向了毫无保护的弓弩手。

这是一场屠杀，其后果是必然的，热那亚人纷纷掉头逃跑了。

在他们跑出射箭范围之后，英军停止了发射，欢笑着这场意外的胜利，嘲弄着他们的敌人。那些弓弩手又遭遇了一场灾难。

法兰西骑兵此时已经向前运动。逃窜的弓弩手的密集人群当头遭到了成群结队的骑兵逼近的冲锋。一时之间乱作一团。

拉尔夫惊讶地看到敌人在自相残杀。骑兵们抽出剑，开始向弓弩手劈杀，弓弩手则向骑兵射去箭矢，再拔刀奋战。法兰西骑兵本来该设法停止这场杀戮的，但就拉尔夫所见，那些身穿最昂贵铠甲、骑着最高大战马的骑士，却冲在战斗的第一线，以空前未有的怒火进攻着自己人。

骑兵们把弓弩手赶回了山坡，直到再次落入长弓的射箭范围。威尔士亲王又一次下令要英军的弓箭手放箭。这一次箭阵射向了弓弩手，也射向了骑兵。拉尔夫在七年的阵仗中还没见过这种场面。成百的敌军死伤倒地，而英军没有一个人哪怕受点擦伤。

最后，法兰西骑兵撤退了，残余的弓弩手四散奔逃。在英军阵地前的山坡上，丢下了许多尸体。威尔士和康沃尔的刀手，从英军阵地跑到战场上，把受伤的法军结果了性命，搜集折损的箭矢给了弓箭手再用，无疑也劫掠了那些尸体。与此同时，少年运输兵从供应车辆上取来一束束的新箭，送到英军阵地上。

有一段战斗间隙，但并没有持续多久。

法军骑兵重新集结，由新到的成百上千的生力军予以加强。拉尔夫向他们望去，可以看到阿朗松的旗号中又增添了佛兰德斯和诺曼底的旗号。阿朗松宫廷的大旗走在最前面，军号随之吹起，骑兵们开始运动。

拉尔夫拉下他的面部护具，拔出了他的剑。他想起了他的母亲，他知道她每次到教堂去都要为他祈祷，他一时间感到对她的温暖的感念之情。随后他便注视着敌人。

庞大的马匹加上身负重铠的骑兵，起动时很慢。落日的余晖在法军盔甲上反射着，旌旗在晚风中猎猎飘扬。马蹄的敲地声越来越响，冲锋逐渐提速了。骑兵吆喝着鼓励他们的坐骑，也相互激励着斗志，挥舞着他们的剑和矛。他们如同涌向海滩的浪头，随着他们的逼近，似乎队形越来越大，速度也越来越快了。拉尔夫口中发干，心跳如擂鼓。

他们进入了弓箭的射程，亲王再一次下令放箭。箭矢又一次升上天，如致命的雨一般落下。

冲锋的骑兵全身掼甲，只有碰巧的一箭会射进甲片之间的缝隙。但他们的坐骑只有护面具和锁子颈罩。因此马匹才是弱点。当箭射穿它们的肩胛或腰臀时，有些当场毙命，有的受伤倒地，有的则掉头想逃。马匹的痛苦嘶叫响彻云霄。马匹间的冲撞造成了更多的骑兵跌落在地，混在热那亚弓弩手的尸体之中。跟在后边的骑兵由于速度太快，已经勒不住马，便继而马翻人仰。

不过，骑兵总数在数千，仍在继续涌来。

弓手的射程缩短了，他们便把射箭的轨迹调平。当敌军的冲锋到一百码开外时，他们把尖头箭换成了狼牙箭，以便穿透铠甲。这一下他们就可以射杀骑兵了，当然射中马匹同样奏效。

地面上已经被雨水淋湿了，这时冲锋的骑兵又遭遇英军事先挖好的陷坑。马匹的运动使它们难有几匹能够进入一英尺的坑里而不被绊倒的，随着许多马匹倒下，许多骑兵就被摔到地面，落在其他骑兵的道路上。

后来的骑兵竭力避开了箭手，于是，一如英军所料，冲锋部队呈漏斗状进入了一个狭窄的屠场，遭到左右两侧的射击。

这是英军战法的要点。到这时候，要求英军骑兵下马的聪慧之处就显现出来了。若是他们还在马上，就难以遏制做冲锋的迫切——那样一来，弓箭手就只好停止放箭，以免伤到自己人。但是，由于骑兵和步兵都待在自己的阵地上，敌人就可以成批地遭到射杀，而英军自己则无一伤亡。

这当然还不够。法军人数众多而且英勇异常。他们仍在继续冲锋，终于抵达了两群弓箭手构成的叉形中间、下马的骑兵和步兵的阵地跟前，真正的厮杀开始了。

敌军的马匹踏过英军的最前面的阵地，但却受阻于泥泞的上坡，在密集排列的英军防线前停了下来。拉尔夫突然陷入了重围。拼死躲避着骑兵向下的劈刺，挥剑向他们马匹的腿部砍去，想用这种最简便可行的办法砍断马匹的筋腱，将其致残。战斗十分激烈：英军没有转寰的余地，而法军也明白，他们若是一退，就还要骑马穿过那致命的箭阵。

拉尔夫周围的人纷纷倒下，被剑和战斧砍倒，然后又被战马的铁蹄有力地踩踏着，他看到罗兰伯爵在一支法军的剑下倒地。罗兰之子理查主教，挥舞着权杖保护着他倒下的父亲，但一匹战马把理查顶到一旁，伯爵被践踏了。

英军被迫后退，拉尔夫意识到法军有一个目标：威尔士亲王。

拉尔夫对那个享尽特权的十六岁的王位继承人并无感情，但他清楚，若是亲王被俘或被杀，对英军的士气将是沉重打击。拉尔夫向后移动，来到亲王左侧，与亲王周围加强的战斗人员保护圈的几个人会合。但法军加强了攻击力，而且他们还在马上。

此时，拉尔夫发现他在与亲王并肩作战，拉尔夫是靠他四等分的战袍而认出他的：蓝地上的百合花纹饰和红地上的狮形纹饰。不久，一名法军骑兵向亲王挥起战斧，亲王倒在了地上。

这是个糟糕的时刻。

拉尔夫跃身冲向那名敌军，把长剑刺进那人的腋窝，那里刚好是铠甲的接口处。他心满意足地感到剑尖穿透了肌肤，看到伤口涌出了血。

还有一个人跨在倒地的亲王身上，用双手挥舞长剑不分人马地砍去。拉尔夫认出那是亲王的旗手理查·费茨西门，他把号旗抛在了仰卧的主人身上。一时之间，理查和拉尔夫狂杀着保护国王之子，而且不知道他是死是活。

这时援军到了。阿兰代尔伯爵带着大队人马出现了，他们可都是生力军。新来的人精力饱满地投入战斗，扭转了战局。法军开始退却了。

威尔士亲王跪了起来。拉尔夫掀起护面，扶着亲王站起身。那男孩似乎受了伤，但并不严重，于是拉尔夫转身去继续战斗。

不久，法军便崩溃了。尽管他们战法混乱，但凭借勇气几乎突破了英军的阵战——所幸未获成功。现在他们溃逃了，在穿越弓箭的交叉箭阵中倒下了更多的人，在血漫的小坡上跌跌撞撞地返回了他们自己的阵地；英军中升腾起一片欢呼声，他们虽然疲惫，但毕竟胜利了。

威尔士部队再次投入战场，切断了法军伤员的喉咙，并搜集了数以千计的箭矢。弓箭手也捡回了用过的箭，放回箭袋。厨师们从后面带着一桶桶啤酒和葡萄酒到来，外科医生也跑上前来看护受伤的贵族。

拉尔夫看到卡斯特的威廉向罗兰伯爵俯下身去。罗兰还在喘息，但眼睛闭着，样子像是垂死了。

拉尔夫在地上抹了抹他那血淋淋的长剑，然后掀起护面，足足地喝了一罐淡啤酒。威尔士亲王走过来问：“你叫什么名字？”

“韦格利的拉尔夫·菲茨杰拉德，殿下。”

“你作战很勇敢。若是国王听到了我的意见，你明天就会是拉尔夫爵士了。”

拉尔夫高兴得脸上放光：“谢谢你，殿下。”

亲王优雅地点了下头，走开了。

50

凯瑞丝从河谷的对岸观望着初期的战场。她看到了热那亚弓弩手试图逃跑，结果却被自己的骑兵砍杀。随后她又看到了第一次大冲锋，由阿朗松的查理的号旗率领着数千骑兵和步兵。

她从来没见过打仗，感到实在太恶心了。几百名骑兵倒在英军的箭矢下，继而被庞大的战马的铁蹄践踏。她身在远处，无法用目光追随近身搏斗，但她看得到长剑闪烁，战士倒地，她真想放声大哭。身为修女，她曾亲见过重伤——从脚手架上跌下，被利器伤了自己，在狩猎事故中受伤——她总是感受到那种痛苦：失去一只手、断掉一条腿、伤及头脑的残疾。看到人们彼此间有意地造成这样的伤害，激起了她的厌恶。

在很长的一段时间里，谁胜谁负都有可能。若是她待在家里，听到远方传来的消息，她或许会希望英军获得一场胜利；但是在近两周来她所目睹的一切之后，她感到了一种对双方都很厌恶的中立。她无法确定哪一个英军士兵杀了农民，烧了庄稼，但对她而言，这已无关紧要，反正是英军在诺曼底犯下了这些滔天罪行。当然，他们会说，法兰西人是活该倒霉，谁让他们烧了朴次茅斯呢，不过这是一种愚蠢的思维方式——愚蠢得导致了如今这种令人发指的场面。

法军撤退了，她估计他们会重新集结，等候国王到来之后部署新的作战计划。他们在数量上依旧占有压倒性优势，她可以看出，河谷中有数万人马，而且还有军队继续到来。

但法军并未重新集结。相反，所有新到的部队都直接投入了进攻，傻乎乎地冲向了英军阵地所在的山坡。第二次和随后的几次冲锋比第一次还要糟糕。一些人甚至在到达英军防线之前就已被弓箭手射杀，余下的则被步兵击退。山岗下的坡道上因数以百计的人马涌出的鲜血而闪着红光。

在第一次冲锋之后，凯瑞丝只是偶尔瞥一眼战场。她忙着护理那些侥幸得以离开战场的伤员，顾不上多看了。马尔丁·希鲁尔让已经看出来，她是和他一样好的外科医生。他让她随便使用他的工具，便让她和梅尔独立工作了。她们不停地连续洗啊，缝啊，包扎啊。

从前线传来消息，一些地位显赫的伤员送回来了。阿朗松的查理是第一名高级的倒霉蛋。凯瑞丝不由得认为他活该遭此厄运。她曾目睹了他愚蠢的热情和目无纪律。几小时之后，报告了波希米亚国王让已经不治身亡，她真想不通，是何等的疯狂驱使一个盲人投入战斗。

“以上帝的名义，他们为什么不停止战斗呢？”马尔丁给她端来一杯淡啤酒提精神时，她问他。

“畏惧，”他回答，“他们害怕丢人。没有打一下就撤离战场是可耻的。他们宁可去死。”

“他们好多人都认为这是理所当然。”凯瑞丝阴沉着脸说，她喝光那杯淡啤酒，就又回去干活了。回想起来，她对人体的知识和理解有了长足的进步。她看到了一个活人体内的所有部分：

开裂的头颅下的脑子，喉咙中的气管，划开的胳膊的肌肉，撕破的胸腔里的心和肺，大小肠的粘连，臀部、膝盖和脚踝的骨骼关节。她在战场上一个小时的发现比起在修道院医院里一年的发现还要多。她这才恍然大悟，理发师马修何以会如此博学。难怪他那么自信呢。

战场上的大屠杀持续到夜幕降临。英军点起了火把，担心夜幕掩盖下的偷袭。凯瑞丝其实可以告诉英军，他们平安无事了。法军已经上路回撤。她能够听到招呼那些在战场上搜寻倒地的战友的士兵的声音。及时到来的国王参加了其中一次最后的徒劳冲锋，便离开了。之后，撤退便成普遍行为了。

河上飘来了浓雾，填满了河谷，使远处的火光模糊不清。凯瑞丝和梅尔又一次靠火光一直工作到入夜，给伤员敷药包扎。所有能够走路或跛行的都尽快离开了，尽量让自己远离英军，指望得以逃避次日难免的嗜血和歼灭性的行动。凯瑞丝和梅尔对伤者尽了一切努力之后，便悄悄溜走了。

这是她们的机会。

她们找到了自己的马匹，便靠火把的亮光牵着它们向前走。她们来到谷底，发现那里是一个无人之地。她们靠浓雾和黑夜的遮掩，脱下男孩的装束。一时之间，她们变得十分脆弱：在战场中间的两个赤身裸体的妇女是最易受到攻击的。但没人看得见她们，她们很快就从头上套下了她们的修女袍服。她们把她们的男装打进行李，以防再有需要：回家还有好长一段路程呢。

凯瑞丝决定扔掉火把，万一哪个英军弓箭手脑子一热向火光射箭并随后盘问呢。她俩拉着手向前走，唯恐失散，另一只手仍牵着马。她们面前一团漆黑，浓雾已经遮住了所有的月光和星光。她们一路上坡向英军的阵地走去。空气中弥漫着一股类似屠宰场的味道。这么多人和马的尸体布满了地面，她们简直绕都绕不开了。她们只好咬紧牙关踩到尸体上去。不久她们的鞋子就沾满了血和泥的混合物。

地面上的尸体逐渐稀少，很快就没有了。凯瑞丝在接近英军时才开始有了长长舒一口气的感觉。她和梅尔经过几百英里的长途跋涉，两周来吃尽了苦头，甚至冒了生命危险，为的不就是这一刻嘛。她几乎已经忘记了戈德温副院长从修女的金库中盗窃了一百五十英镑的蛮横行为——那才是这次行程的起因啊。在经历了这一次流血的战争之后，那简直显得不值一提了。不过，她还是要向理查主教申诉，为女修道院赢得公正。

当凯瑞丝在曙光中越过河谷向对面眺望时，才发现那路程比她原先想象得要长。她紧张地猜想，她是不是弄错了方向。也许她走错了路，竟然越过了英军。说不定军队如今在她身后呢。她竖起耳朵想听到什么声音——上万人马不会悄无声息的，哪怕大多数人已陷入酣睡状态——但浓雾连声响都闷住了。

她坚持认为，既然爱德华国王把他的军队部署在最高处的地面上，只要她在爬坡向上走，就一定是越走越接近他的。但是这种盲目劲儿，还是让她内心紧张。要是有一道悬崖，她肯定会跨步迈进去的。

清晨的曙光把雾气染成了珍珠色，这时她终于听到了说话声。她站住了脚。那是一个男声在低声咕哝什么。梅尔紧张地攥紧了她的手。另一个男人也说话了。她分辨不清那是什么语言。她担心自己会走了一大圈，又回到了法军的一方。

她朝那声音转过去，依旧握着梅尔的手。透过灰色的雾霭，红色的火光依稀可见，便满心欢喜地朝那个方向走去。随着她越走越近，那谈话的声音也就越来越清晰了，原来他们讲的是英语，这让她大大地松了口气。过了不久，她就看清了一伙人围着一堆火。好几个人裹着毯子躺着睡觉，有三个人盘着腿，坐得直直的，眼睛看着火苗在聊天。又过了一会儿，凯瑞丝看到一个人站在一边，向白雾中张望，大概是在放哨——从他没注意到她在走近这一事实，证明他没有尽到自己的职责。

为了引起他们的注意，凯瑞丝压低声音说："上帝祝福你们，英格兰人。"

她惊动了他们，一个人吓得叫出了声。哨兵迟迟地问道："谁在那儿？"

"两个从王桥修道院来的修女。"凯瑞丝说，那些人惊惧地瞪着她，她意识到他们可能以为她是个幽灵呢。"别担心，我们是有血有肉的人，还有这两匹实实在在的马。"

"你刚才说王桥？"一个人惊愕地说。"我认识你，"他说着，便站起身，"我以前见过你。"

凯瑞丝也认出了他。"卡斯特的威廉老爷。"她说。

"我如今是夏陵伯爵了，"他说，"我父亲不久前因伤致死了。"

"愿他的灵魂安息吧。我们来这里是要见你弟弟理查主教，他是我们的院长。"

"你们来晚了。"威廉说，"我弟弟也死了。"

上午过了些时候，雾退去了，整个战场就像是阳光下的屠宰场，威廉伯爵带着凯瑞丝和梅尔去见爱德华国王。

人人都对两位修女追随着英军走过整个诺曼底的故事惊叹不已，昨天还面对死亡的士兵们对她们的冒险经历更是着迷。威廉告诉凯瑞丝，国王会想听她亲口讲讲这故事。

爱德华三世已经当了十九年国王，其实不过只有三十三岁。他身高肩宽，仪表堂堂，面孔岂止是英俊，还生就一副威严的模样：大鼻子、高颧骨，浓密的长发刚开始从高高的额头上退去。凯瑞丝明白了，为什么人们都称他“狮子”。

他坐在他营帐前面的一个凳子上，穿着时髦的双色裤，戴着有扇形边缘的便帽。他没有穿铠甲，也没有佩武器：法军已经溃逃，何况还派出了一支复仇心切的队伍去搜寻和杀死掉队的法军呢。一小伙伯爵围着他站立。

凯瑞丝叙述她和梅尔在一片废墟的诺曼底找寻食物和住所时，她不知道国王是不是从她的艰苦经历中感到了批评。然而，他似乎没有去想人民的苦难要他反思。他对她的英勇行为听得津津有味，如同在听人讲海难中勇敢者劫后余生的故事。

她讲完后告诉他，经历这一场历程，却得知理查主教已死，她原指望由他来伸张正义的，如今只感到失望。“我请求陛下命令王桥的修道院副院长把他窃取的钱财归还给修女。”

爱德华苦笑了一下。“你是个勇敢的妇女，但你一点不懂政治，”他纡尊降贵地说，“国王是不能卷入这类教会内部的争论的，否则我们就要听所有的主教拍我们的门诉苦了。”

凯瑞丝思虑着，可能是这样，但这并不妨碍国王在符合他自己的目的时干预教会。不过，她并没有说话。

爱德华继续说：“而且那样会对你的事不利。教会就会不服，我国土上的每一个宗教人士都会反对我们的统治，而不论其功过。”

她判断，这话可能有些道理。但国王绝不像他装的那样无权过问。“我知道陛下会记住受冤的王桥修女们，”她说，“到你任命王桥的新主教时，请把我们的事情告诉他。”

“当然。”国王说，凯瑞丝已经感到他会忘到脑后的。

这次接见眼看就要结束了，这时威廉却说：“陛下，既然你已经仁慈地将我晋升到先父的伯爵地位，就有个问题：谁来接任卡斯特领主呢？”

“啊，对了。吾子威尔士亲王提议了拉尔夫·菲茨杰拉德爵士，他因救下了亲王性命，已于昨日被封为骑士了。”

凯瑞丝嘟囔着：“噢，可别！”

国王并没有听见她的话，但威廉听到了，他显然也有同感。他掩饰不住他的义愤，便说：“拉尔夫是一名强盗，犯有众多的抢劫、谋杀和强奸罪，直到他因参加陛下的大军才获得王家赦免。”

国王并没有像凯瑞丝预期的那样被这番话所打动。他说：“不管那些吧，无论如何，拉尔夫至今已和我们一起打了七年仗。他已经赢得了第二次机会。”

“这倒属实，”威廉以外交口吻说，“但是，由于以往他给我们惹的麻烦，我倒愿意看到他安安静静地过上一两年，然后再授予他贵族称号。”

“好吧，你就是他的监管嘛，所以你就得对付他，”爱德华恩准说，“我们不会不顾你的意愿把他强加于你的。不过，亲王很急切地要给他一些更多的奖励。”国王想了片刻，然后说：

“你是不是有个堂妹待嫁呢？”

“是的，她叫玛蒂尔达，”威廉说，“我们都叫她蒂莉。”

凯瑞丝认识蒂莉。她在修女学校。

“这就对了，”爱德华说，“你父亲罗兰是她的监护人。她父亲在夏陵附近有三座村庄。”

“陛下对细节有极好的记忆力。”

“把玛蒂尔达女士嫁给拉尔夫，并且把她父亲的三座村庄赐予他。”国王说。

凯瑞丝大吃一惊。“可她才十二岁！”她脱口说出。

威廉对她说：“嘘！”

爱德华国王冷冷地瞥了她一眼：“贵族家的孩子应该成长很快的，姐妹。菲莉帕王后嫁给我时才十四岁。”

凯瑞丝明知她该闭嘴，但她做不到。要是她生下和梅尔辛的那个孩子的话，蒂莉只比她那女儿大四岁。“十二岁和十四岁可是有很大差异呢。”她绝望地说。

年轻的国王面如严霜了：“在国王面前，人们只有在问到时才准发表意见。而国王是几乎从不征询妇女们的意见的。”

凯瑞丝知道她的方法错了。她反对这一婚姻的基点不在蒂莉的年龄，而在拉尔夫的人品。“我认识蒂莉，”她说，“你不能把她嫁给残忍的拉尔夫。”

梅尔惊惧地耳语说：“凯瑞丝！别忘了你在和谁说话！”

爱德华看着威廉：“把她带走吧，夏陵，别等她说出什么不可饶恕的话。”

威廉拽住凯瑞丝的胳膊，坚定地把她从国王眼前拖走。梅尔紧随在后。在他们身后，凯瑞丝听到国王说：“这下我明白了她是怎么在诺曼底活下来的了——当地人该是被她吓坏了。”国王周围的贵族哄堂大笑。

“你准是疯了！”威廉悄声说。

“我疯了？”凯瑞丝说，此时他们已经来到国王听不到的地方，她便提高了声音，“在过去的六个星期里，国王造成了数以千计的男女老幼的死亡，还烧毁了他们的庄稼和住房。而我却在尽力拯救一个十二岁的女孩不要嫁给一个杀人魔王。再跟我说一遍，威廉大人，我们俩哪一个是疯子？”

51

1347年，韦格利的农民遭遇了歉收。村民们像以往这种时候一样：减少吃的东西，推迟帽子与腰带的购买，挤在一起睡觉来保暖。老寡妇赫伯茨早于预料地死了；简妮・琼斯死于咳嗽，若是在好年景，她完全可以挺过来的；而乔安娜・大卫的新生婴儿没能活到他的周岁，其实他原来是有一线生机的。

格温达忧虑地瞅着她的两个小儿子。八岁的萨姆就他的年龄来说长得高大健壮：人们都说他有伍尔夫里克的身板，不过格温达知道，他实际上像他的亲生父亲拉尔夫・菲茨杰拉德。即使如此，到了十二月，萨姆也明显地瘦了。大卫是照伍尔夫里克在塌桥中死去的兄弟取名的，现在六岁。他长得像格温达，又小又黑。营养不良的饮食使他的体质衰弱了，整整一个秋天，他都病患不断，先是感冒，后是皮疹，跟着又咳嗽。

然而，她跟伍尔夫里克在珀金的地里播完冬小麦的种子时，还照旧把两个孩子带在身边。刺骨的寒风掠过空旷的田野。她往犁沟里撒种，萨姆和大卫就轰走那些大胆的鸟——它们想趁伍尔夫里克还没有把土翻过来盖住种子之前抢着啄食。两个孩子又跑又跳又喊，格温达简直不敢相信，这两个功能齐全的小人儿竟然是从她体内生出的。他们追完鸟又做起竞赛的游戏，她看着他们想象力的奇特，感到心花怒放。他们本来是她身体的一部分，如今却有她所不知的奇思异想。

他们活蹦乱跳，弄得满脚都是泥。一条湍急的溪流紧靠这一大片土地的边界，对岸则矗立着九年前由梅尔辛修建的漂坊水磨。从那里传来木锤的沉重的敲打声，伴随着他们干的农活。磨坊由两个性情古怪的兄弟杰克和伊莱管理——他们都没有娶妻，也没有土地——还有一个学徒是他们的侄子。他们是村里唯一没有因歉收而倒霉的人：马克·韦伯整个冬天都照数发给他们工钱。

这是仲冬的一个短暂的白昼。格温达全家撒完种的时候，灰色的天空刚刚暗下来，远处的树林中聚集着雾蒙蒙的落日余晖。他们全都累了。

还剩下了半口袋种子，因此要送回珀金家中。他们快走到的时候，看到珀金本人从对面走来。他走在一辆大车旁边，车上坐着她的女儿安妮特。他们到王桥去出售珀金树上结下的最后一批苹果和梨。

安妮特保持着少女的身材，虽说如今她已经二十八岁并且生有一个孩子。为了显示她的青春气息，她穿了一件过于短小的衣裙，头发还迷人地蓬松着。格温达心想，她这样子有点冒傻气。她的这种看法为村中所有妇女所共有，而男人则没一个有这样的判断。

格温达惊讶地看到，珀金的大车上仍满载着水果。“怎么回事？”她问。

珀金的脸阴沉沉的。“王桥的百姓和我们一样，这个冬天很难熬，”他说，“他们没有钱买苹果。这么多苹果，我们只好酿苹果酒了。”

这可是坏消息，格温达从来没见过珀金从市场上回来剩这么多没卖出去的东西。

安妮特看上去无忧无虑。她把一只手伸给伍尔夫里克，让他帮她下车。她站到地面上时，脚步不稳，向他倒过去，用一只手按住他的胸脯："哎哟！"她叫着，在站稳后向他嫣然一笑。伍尔夫里克兴奋得脸都红了。

格温达心想，你这瞎了眼的白痴。

他们一起进了门。珀金坐到了桌边，他妻子佩姬给他端来了一碗浓汤。他从餐桌上的大面包上切下了厚厚的一片。佩姬接下来又给家里的其他人盛了汤：安妮特、她丈夫比利·霍华德、安妮特的兄弟罗勃和罗勃的妻子。她也把一些汤给了安妮特四岁的女儿阿玛贝尔和罗勃的两个小男孩，然后她才请伍尔夫里克和他一家坐下。

格温达饥渴地用勺子舀着喝光了汤。这汤比她做的要浓：佩姬在汤里加了陈面包，而在格温达的家中，面包从来不会放到发陈。佩姬家中有几杯淡啤酒，而格温达和伍尔夫里克根本买不起：到了苦日子也就谈不上热情好客了。

珀金时常和他的顾客说笑打趣，但平素却是个不苟言笑的人，他家中的气氛也总是多少有些阴沉。他伤心地谈起王桥市场。大多数做买卖的都经历了难熬的一天。唯一做成了生意的人是那些出售必需品的，诸如粮食、肉类和食盐的人。如今已经出名的王桥猩红绒布也是无人问津。

佩姬点亮了一盏灯。格温达想回家了，但她和伍尔夫里克在等着领工钱。两个儿子开始淘气，在屋里跑来跑去，撞到大人身上。"你们该上床了。"格温达说，其实不见得。

伍尔夫里克终于开了口："你把我们的工钱给了我们吧，珀金，我们这就走。"

"我一点钱都没有。"珀金说。

格温达瞪着他。她和伍尔夫里克给他干活的九年中，他还从来没有说过这类话。

伍尔夫里克说："我们得领到我们的工钱。我们得吃饭啊。"

"你们不是喝过一些浓汤了吗，是吧？"珀金说。

格温达发怒了："我们干活是要挣钱，不是为了一口汤！"

"哎，我一点钱也没有啊，"珀金重复说，"我到市场上去卖我的苹果，可是没人买，这样我们的苹果就多得吃不了啦，却没有钱。"

格温达震惊得一时不知说什么了。她从来没想到珀金赖着不给他们工钱。她意识到她对此无能为力，便感到一阵惧怕。

伍尔夫里克慢吞吞地说："那该怎么办呢？我们要不要到长地去把种子从地里再刨出来？"

"这一周的工钱我得欠着你们的。"珀金说，"等事情好转以后我再给。"

"那下周呢？"

"下周我还是没钱——你认为钱该哪里来呢？"

格温达说："我们要到马克·韦伯那儿去，说不定他能雇我们当漂染工呢。"

珀金摇起头："我昨天在王桥跟他聊天，问他能不能雇用你。他说不行。他没有卖出去足够数量的布。他还得继续雇用杰克和伊莱还有那个男孩，把布存下来等着市场回升，他无力雇用多余的人手了。"

伍尔夫里克没了主意："我们该怎么活呢？你的春耕打算怎么办？"

"你们可以为吃喝干活。"珀金提议说。

伍尔夫里克看着格温达。她压下了反唇相讥的念头。她和家人正处于深深的困境之中，这不是自相埋怨的时候。她脑子飞快地转着。他们别无选择：要么吃饭，要么挨饿。"我们就干活吃饭，而你欠着我们工钱。"她说。

珀金摇起头："你的建议可能是公平的——"

"就是公平的！"

"好吧，是公平的，可是我照样办不到。我不知道我什么时候有钱。唉，到圣灵降临节我就欠你们一镑了！你们可以为吃饭干活，要不就什么也别干。"

"你得管我们四口人的饭。"

"可以。"

"可是只有伍尔夫里克一个人干活。"

"我不清楚——"

"一个家庭需要的不光是吃饭。孩子们要穿衣服。男人要穿靴子。如果你不给我工钱，我就得找别的办法来满足这些需要。"

"怎么？"

"我说不上。"她顿了顿，事实上她还没有主意，她强压下慌乱的情绪，"我可以请教我父亲看看有什么办法。"

佩姬插话说："我要是你，我就不这么做——乔比会教你去偷。"

格温达被刺痛了。佩姬她有什么权利采取如此高傲的态度？乔比绝不会雇了人到周末时却对人家说没法开工钱。但她强咽下那口气，和蔼地说："他养了我十八个冬天，虽说最后把我出卖给了强盗。"

佩姬歪了下头，突然收拾起桌上的碗碟。

伍尔夫里克说："咱们走吧。"

格温达没有起身。不管她占了什么上风，现在必须有个胜局。她一离开这房子，珀金就会认为已经谈妥了协定，而且不会再谈了。她苦苦思索着。她想起了佩姬如何只把淡啤酒分给她自家的人，便说："你可不许用陈鱼和掺水的淡啤酒糊弄我们。你给我们的吃喝要和给你自己和你一家人的完全一样——肉、面包、淡啤酒，不管是什么。"

佩姬发出了不赞成的声音。看来，她本来想的正是格温达担心的。

格温达补充说："这就是我，如果你想要伍尔夫里克同你和罗勃干同样的活计。他们都知道，伍尔夫里克比罗勃干得多，更是珀金的两倍。

"好吧。"珀金说。

"这仅仅限于非常时期的安排。只要你一有了钱，你就要按老规矩给我们工钱——每人每天一便士。"

"好吧。"

有一阵短暂的沉默。伍尔夫里克随后说："就这样了？"

"我看就这样了，"格温达说，"你和珀金为这个条件握握手吧。"

他俩握了手。

格温达和伍尔夫里克带上孩子走了。这时天已完全黑了。云层遮住了星光，他们只好靠着百叶窗和门缝中透出的点点光亮往家走。所幸他们从珀金家到他们自己家已经走过上千遍了。

伍尔夫里克点着了灯，烧起了火，格温达则安排孩子上床。虽然楼上有卧室——他们依旧住在伍尔夫里克父亲原先的大房子里——然而为了暖和，他们全都睡在厨房里。

格温达在把孩子们安置在壁炉边并给他们裹上毯子时，感到心酸。她长大以后就决心不像她母亲那样在时时缺这少那和犯愁中过日子。她期盼着独立自主：一块土地，一个勤劳的丈夫，一个讲理的东家。伍尔夫里克渴望着拿回他父亲原先的土地。他们的这些希望全都破灭了。她是个贫民，丈夫是个无地的雇农，而他们的东家甚至不能付给他一天一便士的工钱。她这种境况和她母亲简直一模一样，她这么思虑着，觉得心酸得欲哭无泪了。

伍尔夫里克从一个架子上取下一个陶罐，往一只木碗里倒了淡啤酒。“开开心吧，”格温达酸酸地说，“这一阵子你就不必自己买淡啤酒了。”

伍尔夫里克拉家常似的说：“说来奇怪，珀金居然会没钱。他是全村最富的——不算内森总管。”

“珀金当然有钱，”格温达说，“在他家壁炉的下面有一罐银便士呢。我见过的。”

“那他凭什么不给我工钱呢？”

“他舍不得动他的储蓄呗。”

伍尔夫里克吃了一惊：“这就是说，只要他愿意，是付得起我们的工钱的？”

“当然啦。”

“那我何必要干活吃饭呢？”

格温达不耐烦地咕哝了一声。伍尔夫里克领悟得太慢了。

“因为不这样我们就没活儿干。”

伍尔夫里克觉得他们受了骗：“我们应该坚持要他付工钱。”

“那你为什么不坚持呢？”

“我不知道壁炉下有一罐便士的事。”

“看在上帝的分儿上，你当真认为，一个像珀金那样的有钱人会因为没卖出去一车苹果就穷了吗？自从他十年前把你父亲的田亩弄到手以来，他就一直是韦格利村里土地最多的人。他当然有存钱啦！”

“是啊，我明白了。”

他喝光淡啤酒的当儿，她一直盯着炉火，随后他们就上床了。他用双臂搂住她，她把头靠在他胸前，但她不想做爱。她气愤难平。她告诉自己不该把气撒到她丈夫身上：是珀金而不是伍尔夫里克让他们如此潦倒。但她也确实生伍尔夫里克的气——他可真气人。她感到他渐渐地入睡了，她才意识到，她的气愤并非因为工钱。这种不幸是不时地会降临到每一个人头上的，就像天气不好和大麦发霉一样。

那又是怎么回事呢？

她想起了安妮特下车时摔到伍尔夫里克身上的样子。她一想起安妮特的媚笑，还有伍尔夫里克兴奋得脸都红了的情景，她真想扇他一耳光。她心想，我生你的气，是因为那个不值分文、头脑空空的骚娘儿们还能让你这么傻呆。

圣诞节前的那个礼拜天，礼拜过后在教堂里举行了一次采邑法庭活动。天气严寒，村民们都裹着外衣或毯子，扎堆站着。内森总管在主持。采邑的地主拉尔夫·菲茨杰拉德已经多年没在韦格利露面了。格温达心想，这样更好。何况，如今他是拉尔夫爵士，他的采邑中另有了三座村庄，因此对牛群和牧场兴趣不大了。

阿尔弗里德·肖特豪斯这个星期里死了。他是无嗣的鳏夫，却有十英亩土地。“他没有自然继承人，”内特总管说，“珀金愿意接手他的土地。”

格温达吃了一惊。珀金怎么能想到再弄些土地呢？她惊讶之下没有当即做出反应，而吹风笛的亚伦·阿普尔特里第一个发言了。“阿尔弗里德从夏天以来身体一直不好，”他说，“没有秋耕，也没有播种冬小麦。这些活儿都得干。珀金的两只手是忙不过来的。”

内特咄咄逼人地说：“你自己是不是想要这块地？”

亚伦摇摇头。“再过上几年，等到我的儿子们长到可以帮忙的时候，我会对这样的机会试一试的，”他说，“现在我还干不成。”

“我能干好。”珀金说。

格温达皱起了眉头。内特显然是想要珀金占有那土地。不消说，准是有了贿赂的承诺。她早就知道，珀金有钱。但她对揭发珀金的两面派不感兴趣，她盘算的是，怎么把这一局面转向对自己有利的方向，从而让她家摆脱贫困。

内特说：“你可以再雇一个人嘛，珀金。”

“等一等，”格温达说，“珀金对现有的雇工都付不起工钱呢。他怎么能要更多的地呢？”

珀金大惊失色，但他难以抵赖格温达所说的事情，只好保持沉默。

内特说："好吧，还有谁能对付那块地？"

格温达应声说道："我们来种。"

内特面露惊惶。

她马上补充说："伍尔夫里克干活是为了吃饭。我又没活干。我们需要土地。"

她注意到好几个人都点着头。但村里人不喜欢珀金的行为。大家都害怕有朝一日他们会遇到相同的局面。

内特看出来他的打算有泡汤的危险。"你们交不起启用的费用。"他说。

"我们可以一次交上一点。"

内特摇着头。"我想要一个能够马上交钱的佃户。"他环顾了一圈聚集在这里的村民，然而没有一个人主动上前，"大卫·琼斯呢？"

大卫是个中年人，他的儿子们都各有自己的土地。"要是一年以前我就说要了，"他说，"但收获季节的雨把我打退了。"

这样一块十英亩的富余出来的土地，若是在平时，早就有雄心勃勃的村民争着抢着想要了，但这是个糟糕的年景。格温达和伍尔夫里克却不同。一来，伍尔夫里克一直在期盼着有他自己的地。对阿尔弗里德的土地，伍尔夫里克并没有生来就有的权利，但总还是聊胜于无吧。再者，格温达和伍尔夫里克已经走投无路了。

亚伦·阿普尔特里说："给伍尔夫里克吧，内特。他干活勤快，他会及时把地耕完的。再说，他和他妻子也该有点好运气了——他们已经够倒霉的了。"

内特满脸怒容，但是从农人中发出了大声赞同的咕哝。伍尔夫里克和格温达虽然贫苦，但很受尊重。

这是个难得的异口同声的场面，可能会让格温达和她的一家从此踏上好日子的大道，她从初显的可能性中感到越来越激动了。

但内特依旧面带迟疑的神色。“拉尔夫爵士痛恨伍尔夫里克。”他说。

伍尔夫里克的一只手去摸自己的面颊，他触到了拉尔夫的剑留下的疮疤。

“这我知道，”格温达说，“可拉尔夫不在这里。”

52

罗兰伯爵在格雷希战役次日死去之后，好几个人都在梯子上又爬了一步。他的长子威廉成了伯爵，成为夏陵郡的领主，可以直接对国王负责了。威廉的一个表弟爱德华·柯特豪斯爵士当上了卡斯特的地主，作为伯爵的承租人，接管了那些采邑的四十座村子，并且搬进了威廉和菲莉帕在卡斯特罕姆的旧宅。而拉尔夫·菲茨杰拉德爵士则成了天奇的领主。

在随后的一年半中，他们谁都没有回家。他们都忙于追随着国王杀害法兰西人民。之后，于1347年，战争形成了僵持状态。英军夺取并占据了有价值的港口城市加来，但除此之外，十年征战没有什么结果——当然，大量的掠夺要除外。

1348年一月，拉尔夫接管了他的新领地。天奇是个有上百家农户的大村落，庄园包括附近的两个小村庄。他仍保有韦格利村，到那里需要骑马走半天时间。

拉尔夫骑马走过天奇时，感到一阵得意。他一直期盼着这一时刻。佃农们向他鞠躬，他们的小孩子都直愣愣地瞅着他。他是这里每一个人的主子，也是每一件东西的所有者。

宅邸设在一座院子里。拉尔夫骑行而进，尾随着一辆装满来自法兰西的战利品的大车，他当即看出，防护墙早已年久失修，坍塌一片。他想不好要不要加以修复。诺曼底人总的来说忽略了他们的防御。这就使爱德华三世相对容易地横扫而过。另外，类似的对英格兰南部的入侵，如今却不大可能。战争初期，法兰西舰队之大部已在斯吕港被消灭，从那时起，英格兰人便控制了分隔两国的海上通道。除去自由海盗的小规模偷袭之外，斯吕海战之后的所有战斗都是在法兰西的领土上进行的。权衡起来，重修院墙似乎没有多大价值。

好几个马夫走来，牵走了马匹。拉尔夫留阿兰·弗恩希尔监督卸车，自己则走向他的新住所。他有些跛，那条伤腿经过长时间骑行之后，总会作痛。天奇厅是一座石砌的领主宅邸。他满意地注意到，这里颇有气势，只是尚须修理——这没什么奇怪的，因为自从玛蒂尔达女士的父亲去世以来，这里一直无人居住。然而，房子的设计却很现代。在旧式住宅里，主人的私人房间都是事后添加在最重要的大厅的尽头的，但拉尔夫从外面就看出来，家居部分占据了整座建筑物的一半。

他走进大厅，却发现威廉伯爵待在那里，心中顿感不悦。

在大厅的尽头是一把用乌木做的大椅子，上面精心雕刻着权力的象征：椅背和扶手上是天使和狮子，椅腿上是蛇和妖魔。这把椅子显然是领主的座椅。但现在却是威廉坐在上面。

拉尔夫的大部分兴致一下子烟消云散了。他充任新采邑的领主却要受到他自己上司的监视，让他高兴不起来。犹如同一个女人上床，而她丈夫却在门外监听。

他掩饰起自己的不快，正正经经地向威廉伯爵致意。伯爵向他介绍了站在身旁的一个人。“这是丹尼尔，当总管二十年了，在蒂莉还小的时候，代表我父亲，把这儿治理得井井有条。”

拉尔夫僵僵地算是认识了这位总管。威廉的意思很清楚：他想要拉尔夫继续留用丹尼尔任职。但丹尼尔原是罗兰伯爵的人，如今则是威廉伯爵的人。拉尔夫无意由伯爵的人来替他管家。他的总管应该只忠于他本人。

威廉期待着拉尔夫说两句有关丹尼尔的话。然而，拉尔夫并不打算讨论这件事。放在十年以前，他会当时就跳着脚争吵一番，但他在追随国王的这段时间里，学到了不少东西。他没有必要由伯爵批准他挑选的总管，因此也就不会谋求这种批准。在威廉离开之前，他什么也不想说，然后他再告诉丹尼尔已经另有安排。

威廉和拉尔夫都一语不发地僵持了几分钟，然后才打破了沉默。大厅的家居一端的一扇大门打开了，菲莉帕夫人高大优雅的身影走了进来。拉尔夫已经多年没见过她了，他感到如同挨了一拳似的一惊，青春热情全都回到了身上，一时竟呼吸不畅了。她老了一些——他猜想她该四十岁了——但风韵依旧。她或许比他印象中的要稍稍发福，她的臀部更浑圆，她的乳房更丰满，但这只会增加她的诱惑力。她走起路来仍旧像位女王。她的出现一如既往地使他怨恨地自问：他何以不能有这样一位夫人。

过去，她干脆不会屈尊注意到他的存在，但今天，她笑容可掬地和他握了手，并且说："你打算认识认识丹尼尔吗？"

她也想让他继续任用伯爵的家臣——所以她才彬彬有礼。他暗中打定主意，这就更有理由摆脱那人了。"我刚刚才到。"他含糊其词地说。

菲莉帕解释了他们在此的原因："我们想在你与年轻的蒂莉相会时在场——她是我们家族的成员啊。"

拉尔夫已经吩咐王桥修道院的修女们把他的未婚妻今天送到这里与他见面。那些爱管闲事的修女准是把这事禀报了威廉伯爵。“玛蒂尔达女士是由罗兰伯爵监护的，愿他的灵魂安息吧。”拉尔夫说，强调随着罗兰之死，这种监护关系就结束了。

“是啊——我本来希望国王会把监护权移交给我丈夫，他是罗兰的继承人嘛。”菲莉帕显然乐于那样。

“可是他没有，”拉尔夫说，“他把她赐给我成婚。”虽然还没有举行婚礼，那姑娘当时就成了拉尔夫分内要监护的人。严格地说，威廉和菲莉帕今天没必要像是蒂莉的父母似的不请自来。但威廉是拉尔夫的上司，因此可以在高兴的时候想来就来。

拉尔夫无意和威廉争论。威廉可以轻而易举地让拉尔夫的日子不好过。另外，这位新伯爵在这里也把手伸得太长了——或许是在他妻子的压力之下吧。但拉尔夫是不会听那一套的。过去的七年已经给予了他捍卫自己应有的独立的信心。

无论如何，他还是很享受与菲莉帕对话的。这给了他对她直视的机会。他把目光落在她下颏的果断线条和丰满的嘴唇上。尽管她无比高傲，还是不得不同他周旋。这是他跟她从未有过的最长的一次交谈。

“蒂莉还很小。”菲莉帕说。

“今年她就十四岁了，”拉尔夫说，“我们的王后就是在这个年龄嫁给我们的国王的——这是在克雷西战役之后，国王亲口对我和威廉伯爵指出的。”

“刚刚作战结束不一定是决定一个少女命运的最佳时刻。”菲莉帕把声音放低了一些说。

拉尔夫不想就此罢休：“谈到我本人，我觉得必须服从国王陛下的旨意。”

“我们都这样。”她咕哝着说。

拉尔夫感到他已经镇住了她。这是一种性欲的感觉，仿佛他已经睡了她。他心满意足地转向丹尼尔。“我的未婚妻要在午餐前到达，”他说，“一定要为我备好一桌宴席。”

菲莉帕说：“我已经关照过了。”

拉尔夫慢慢地扭回头，目光再次落到她身上。她竟然到他的厨房里下起命令，实在是超越了礼数的界线。

她明白这个，脸有些红了。“我事先不知道你什么时候会到。”她说。

拉尔夫没有说话。她是不会道歉的，但他迫使她自我解释就已经满足了——那是她这样一位高傲的女性的屈尊。

没过多久，外面传来了马嘶，跟着，拉尔夫的父母进来了。他已有几年没见到他们，赶紧走过去跟他们拥抱。

他们都已年过五旬，但在他看来，他母亲老得快一些。她头发已白，脸上有了皱纹，已稍显老妇的躬腰驼背。他父亲似乎更有活力。一方面是由于此刻的激动：他得意地面放红光，握住拉尔夫的手像是从井里向上抽水。他的红胡须没有发灰，他的瘦削身材仍然显得动作麻利。他俩都穿着新衣服——拉尔夫已经送去了钱。杰拉德爵士穿的是一件厚实的毛制外套，而莫德夫人则套着一件毛皮大衣。

拉尔夫朝着丹尼尔打了个响指。“拿葡萄酒来。”他说。总管的样子一时间像是要分辩，这是在拿他当仆妇看待；随后他咽下了傲气，匆匆去了厨房。

拉尔夫说：“威廉伯爵，菲莉帕夫人，请允许我介绍一下我父亲杰拉德爵士和我母亲莫德夫人。”

他担心威廉和菲莉帕会看不起他的父母，但他们礼数周到地见了面。

杰拉德对威廉说：“我和你父亲是老战友，愿他安息。事实上，威廉伯爵，从你小时候我就认识你，不过你可能不记得我了。”

拉尔夫唯恐他父亲大谈他的光荣历史，那样只会突出他已经落魄得有多快。

但威廉似乎并没注意。“啊，你知道吗，我实际上还真记得。”他说。他大概只是顺情说好话罢了，但杰拉德却很高兴。“当然，”威廉补充说，“我记得你是个大个子，至少有七英尺高。”

杰拉德其实个子不高，但他开心地笑了。

莫德四下打量了一番，说：“嘿，这房子真不错，拉尔夫。”

“我想用从法兰西带回来的所有珍宝把这里好好装饰一下，”他说，“可是我刚到这儿。”

一个厨房侍女用托盘端来一罐葡萄酒和几只杯子，他们都喝酒助兴。拉尔夫注意到，那是上好的波尔多葡萄酒，清澈甘美。起初他想，这都多亏丹尼尔保证了这里的供应；随后便反应过来，这里多年来没人饮用这种佳酿——当然，只有丹尼尔。

他问他母亲：“有我哥哥梅尔辛的消息吗？”

“他干得很不错，”她骄傲地说，“结了婚，有了个女儿，而且很富有。他正在给博纳文图拉·卡罗利一家修建一座大宅邸。”

“可是他们还没让他当上伯爵，是吧？”拉尔夫本想开个玩笑，但他在指明，梅尔辛尽管这么成功，却没有得到一个贵族头衔；倒是他拉尔夫，把家庭带回到贵族阶层，成全了他们父亲的希望。

“还没有。”他父亲快活地说，仿佛梅尔辛当真有可能当上意大利的伯爵似的；这让拉尔夫感到不快，不过一会儿就过去了。

他母亲说：“我们能看看我们的房间吗？”

拉尔夫迟疑了。她说的“我们的房间”是什么意思？他的父母可能以为他们就要在这里住下来了的念头，掠过他的脑海。他不能让他们住在这里：那样的话，他们就会让他想起他们家那些羞辱的岁月。再者，他们还会束缚他的生活方式。可另一方面，他此刻认识到：一位贵族让他的父母作为修道院的食客住在单间的房子里同样不光彩。

他要再好好想一想。于是他当场回答说：“我自己还没来得及看一眼居住区呢，我希望我能让你们舒舒服服地过上几宿。”

“几宿？”他母亲迅即说道，“你是不是打算把我们送回王桥那间小破屋去？”

拉尔夫听到她当着威廉和菲莉帕的面提这事感到很受伤害。“我觉得这里没有你们住的地方。”

“你要是还没看过那些房间，怎么知道的呢？”

丹尼尔插话了：“从韦格利来了个村民，拉尔夫老爷——他叫珀金。他打算向你致意，并商量一桩紧急事情。”

在一般情况下，拉尔夫会因为多嘴让这人走开的，但在这个场合，他反倒为可以岔开话题而心存感激了。“把那些房间看一看，母亲，”他说，“我去应付一下那个农民。”

威廉和菲莉帕随着他的父母去察看家居部分，丹尼尔把珀金带到桌边，珀金像往常一样一副谄媚像。“看到老爷平安无事，毫发无损地从对法战争中回来，我真是高兴呢。”他说。

拉尔夫看了看自己的左手，三个指头已经没了。“是啊，就算毫发无损吧。”他说。

“韦格利的全体村民都为你的伤感到难过呢，老爷，可是得到了回报！骑士身份，又多了三个村子，还要娶玛蒂尔达女士！”

“谢谢你的好话，你要讨论的急事是什么？”

“老爷，几句话就可以说清楚。阿尔弗里德·肖特豪斯死了，没有天生子嗣继承他那十英亩土地，虽说经过了今年八月的暴风雨，日子很不好过，我还是提出来要接过那块地——”

“甭管天气的事。”

“当然，简而言之，内森总管做了个决定，我觉得你不会同意的。”

拉尔夫感到不耐烦了。他实在不想操心哪个农民种阿尔弗里德那十英亩地。“不管内森怎么决定——”

“他把那块地给了伍尔夫里克。”

“啊。”

“有些村民说，伍尔夫里克没有地，理应给他；但他交不起入门费，而且——”

“你用不着说服我，”拉尔夫说，“我不会允许那个捣蛋鬼在我的领地上拥有土地的。”

“谢谢你，老爷。我要不要告诉内森总管，你愿意由我来拥有那十英亩地？”

“好吧。”拉尔夫说。他看到伯爵和伯爵夫人从私宅部分走出来，他的父母跟在后边。“我会在两个星期之内到那里去亲自落实这件事。”他挥手让珀金退下去。

就在这时，玛蒂尔达女士到了。

她由一边一个修女陪着，走进了大厅。其中一个修女是梅尔辛旧日的女友凯瑞丝——她曾告诉国王：蒂莉太小，不能成婚。另一侧的是随凯瑞丝到过克雷西的那名修女，她长着天使般的面孔，名字拉尔夫不知道。在她们身后，大概是当她们保镖的独臂修士托马斯兄弟，他在九年前曾智擒拉尔夫。

走在中间的是蒂莉。拉尔夫当即明白了，修女们何以要反对她成婚。她有着一张童稚无邪的脸。她的鼻子上长着雀斑，两颗门牙之间还有一个缝隙。她用惊惧的目光环顾四周。凯瑞丝给她穿上了一件普通的修女白袍，戴了一顶简单的帽子，更增加了她的几分稚气，但那袍服仍没有遮住里面女性躯体的曲线。凯瑞丝显然想让蒂莉显得太小不能成婚，可惜这一意图在拉尔夫眼里适得其反。

拉尔夫在随国王征战中学到了一招，那就是在许多情况下，一个人要率先讲话来显示其地位。于是他高声说：“过来，蒂莉。”

那少女向前迈步，来到他跟前。护送她的人迟疑了一下，还是待在了原地。

“我是你丈夫，”拉尔夫对她说，“我是拉尔夫·菲茨杰拉德爵士，是天奇的领主。”

她面带惊恐地说：“我很高兴与你见面，老爷。”

“如今这里就是你的家了，如同你小时候，你父亲是这儿的老爷的时候一样。你现在是天奇夫人了，跟你母亲当年一样。回到你的家宅你高兴吗？”

“高兴，老爷。”她流露出的只有高兴。

“我敢说，修女们一定已经告诉你了，你要当一个顺从的妻子，尽一切努力让你丈夫满意，因为你的丈夫就是你的老爷和主人。”

“是的，老爷。”

“这是我的父母，现在他们也是你的父母了。”

她向杰拉德和莫德行了小小的屈膝礼。

拉尔夫说：“到这儿来。”他伸出了双手。

蒂莉呆板地伸出了双手，这时她看到了他缺了手指的左手。她发出了一声厌恶的叫唤，马上缩了回去。

一句气恼的咒骂涌到了拉尔夫的嘴边，但他咽了下去。他费了好大的劲儿才轻声说出了话。“别怕我这只伤手，”他说，“你应该为此骄傲。我是在为国王服役时失去三根手指的。”他仍期待地伸出双臂。

她努了把力，拉住了他的双手。

“现在你可以吻我了，蒂莉。”

他坐在椅子上，她站在他面前。她向前弯下身子，把面颊凑上去。他把他那只伤手放到她的脑后，扭过她的脸，然后吻了她的嘴唇。他觉察到她的慌乱，猜想她还从来没被男人亲吻过。他让自己的嘴唇一直贴在她的嘴上，一来因为她的嘴着实甜蜜，一来他也想让那些看的人恼火。随后，他慢慢想好，就把他那只完好的右手按在她的胸前，摸着她的乳房。那双乳房鼓鼓的，圆圆的，她不算是孩子了。

他放开她，满意地出了口气。“我们应该早早结婚。”他说。他转脸面对着凯瑞丝，凯瑞丝明显地在压下怒火。“从礼拜天起四个星期，就在王桥大教堂。”他说。他望着菲莉帕，却对威廉说话：“由于我们是奉爱德华国王之命成婚，如果你肯赏光出席，威廉伯爵，我将不胜荣幸。”

威廉稍稍点了下头。

凯瑞丝这时才第一次开口：“拉尔夫爵士，王桥修道院副院长向你致意，他说他将十分荣幸地举行结婚典礼，当然，除非新主教要亲自主持。”

拉尔夫礼貌地点了点头。

她接着补充说：“但我们这些负责照顾这孩子的人相信，她依旧太小，无法和她丈夫过夫妻生活。”

菲莉帕说：“我赞成。”

拉尔夫的父亲说话了：“你知道的，儿子，我等待了多年才与你母亲成婚。”

拉尔夫不想再从头听那旧话重谈：“我和你不一样，父亲，我是奉王命娶玛蒂尔达女士。”

他母亲说：“也许你该等一等，儿子。”

“我已经等了一年多了！国王把她许给我时，她是十二岁。”

凯瑞丝说：“举行一切应有的仪式与这孩子结婚，对——不过，之后让她回到女修道院待上一年，让她充分发育成妇人，然后再把她带回你家。”

拉尔夫轻蔑地哼了一声：“我可能在一年之内死掉呢，尤其要是国王决定再回法兰西去的话。再说，菲茨杰拉德家需要继承人呢。”

“她还是个孩子——”

拉尔夫打断了她的话，提高声音说：“她不是孩子了——瞧瞧她嘛！那件蠢笨的修女袍服也没能遮掩她的乳房。”

“少年的发胖——”

“她长出阴毛了吗？”拉尔夫逼问。

蒂莉对他粗鲁的直言喘着粗气，她的双颊当即羞红了。

凯瑞丝迟疑着。

拉尔夫说：“也许让我母亲代表我检查一下她，再告诉我。”

凯瑞丝摇起头：“不必了，蒂莉长着妇女有而小孩没有的毛。”

“我完全清楚，我看见过——”拉尔夫收住了话头，意识到他不想让在场的所有的人都知道，他在什么情况下看到的蒂莉这年龄的女孩的裸体的，“从她的身材，我就猜出来了。”他修正说，回避着他母亲的眼睛。

一个勉强能听到的请求语气进入了凯瑞丝的声音：“可是，拉尔夫，她还是个孩子的头脑啊。”

拉尔夫心想，我才不在乎她的头脑呢，但他没有这样说。“她还有四个星期学会她不懂的东西。”他说，他给了凯瑞丝一个会意的眼色，“我有把握你能教她一切。”

凯瑞丝脸红了。修女们当然是不该懂得男女亲昵之事的，可她本来是他哥哥的女友啊。

他母亲说：“也许，调和一下——”

“你根本不懂，母亲，是吗？”他粗暴地打断她，说，“没有谁真正关心她的年龄。要是我打算娶的是王桥一个屠夫的女儿，就算她九岁，他们也不会在乎的。是因为蒂莉的贵族出身，你难道没看出来吗？他们认为他们比我们高贵！”他明知道他在高声叫嚷，而且能够看出周围每个人吃惊的表情，但他不在乎。

“他们不愿意让夏陵伯爵的一个堂妹嫁给一个穷困骑士的儿子。他们想推迟这场婚姻，是指望在成婚之前我死在战场上。”他抹了下嘴唇，“但这个穷困骑士的儿子在克雷西的战场上打了仗，救下了威尔士亲王的性命。这才让国王另眼相看。”他依次瞅着他们每一个人：高傲的威廉，轻蔑的菲莉帕，愤怒的凯瑞丝，还有他那惊讶的父母，“所以你们就得承认这些事实：拉尔夫·菲茨杰拉德是骑士和领主，是国王的战友；他要娶伯爵堂妹玛蒂尔达女士为妻——不管你们喜欢不喜欢！”

好长一段时间，人们都惊得作不出声。最后，拉尔夫转向丹尼尔。“你现在可以上菜了。”他说。

53

1348年春天，梅尔辛似乎从一个梦魇中醒来，却记不大清是怎么回事了。他感到惊惧与虚弱。他睁开眼，看到的是明亮的阳光透过半开的百叶窗形成的一条条光柱照亮的房间。他看到了高高的天花板、白墙和红瓦。空气很温和。现实缓缓地回归了。他是在佛罗伦萨家中的卧室里。他一直在生病。

最初回想到的是他身患的疾病。开始是疱疹，黑紫色的脓包出现在他胸口上，继而在两条胳膊上，随即是全身。不久之后，就在腋下发展成肿块。他发烧，在床上遍身汗湿，扭着被子折腾。他呕吐，咯血。他当时觉得就要死了。最糟不过的是口渴难忍，恨不得张着嘴一下子扎进阿尔诺河里。

他不是唯一患病的人。数万名意大利人都患上了这种黑死病。在他的建筑工地上半数的工人都不见了，他家中的仆人大半数也遭遇一样。几乎所有患病的人都不出五天就死了。人在大量死亡。

可是他还活着。

他病中有一种模糊的感觉，像是做出了一项重大决定，但他记不清了。他集中精力苦苦思索，可越想，记忆就越含混，直到全部消失。

他在床上坐了起来。一时之间他感到四肢无力，头晕目眩。他穿着一件干净的亚麻睡衣，他想不出是谁给他穿上的。过了一会儿，他站起了身。

他的住宅有四层，外面还有一个院子，是他自己设计和建造的。住宅的外立面是平的，而不是传统的突出的楼层，其建筑特色是圆形窗拱和传统立柱。邻居们都称之为小型宫殿。这还是七年前的事。好几位生意兴隆的佛罗伦萨商人请他为他们建这种小型宫殿，他在这里的生涯就此起步。

佛罗伦萨是个共和国，没有亲王或公爵统治，而是由一伙争吵不休的商人家族的精英来治理。城市里有几千织工，但赚钱的却是商人。他们花钱建造大型住宅，成为年轻有为的建筑师兴旺发达的理想之地。

他来到卧室门口叫他的妻子：“西尔维娅！你在哪儿？”时过九年，如今他自然讲的是托斯卡纳的方言。

这时他才想起来，西尔维娅也病了。他们那个三岁的女儿也未得幸免。她名叫劳拉，不过都按她那孩童式的发音，叫她洛拉。他的心被一阵恐惧揪住了。西尔维娅还活着吗？洛拉呢？

家里静静的。他突然意识到，城里整个都是一片死寂。阳光斜射进房间的角度告诉他已经是正午了。他该听到城里小贩的叫卖声，马蹄的嘚嘚声，木质车轮的隆隆声，和无数人喃喃说话的背景声——可是什么声音都没有。

他走上楼去。由于身体虚弱，他使一点力就气喘吁吁。他推开婴儿室的门。房间里空荡荡的。他惊出一身冷汗。这里有洛拉的小床、一个装她衣物的小柜橱、一盒子玩具、一张小桌和两把小椅子。随后他听到一声响动。洛拉就在角落里，身着一件干净的衣裙，坐在地板上玩一个有活动腿的小木马。梅尔辛发出了闷声闷气的舒心的叫喊。她听到了他的声音，抬头看着。“爸爸。”她平静地叫了一声。

梅尔辛把她举起来，抱在怀里。“你活着。”他用英语说。

隔壁房间传来响声，玛丽亚走了进来。她是洛拉的保姆，五十多岁，头发灰白。“老爷！”她说，“你起来啦——好些了吗？”

“你的女主人在哪儿？”他问。

玛丽亚的脸沉了下来。“对不起，老爷，”她说，“太太死了。”

洛拉说：“妈妈走了。”

梅尔辛如同挨了一击似的惊住了。他一阵晕眩，赶紧把洛拉交给玛丽亚。他缓慢又小心地转过身，走出了房间，然后下楼，来到主层。他盯着那张长桌，几把空椅子，地板上的毯子和墙上的图画。看着像是别人的家。

他站在圣母玛利亚及其母亲的画作前。意大利画家比英格兰或其他地方的画家出色，这位画家把西尔维娅的面貌赋予了圣安妮。她是个骄傲的美人儿，有着无瑕的橄榄色皮肤和高贵的五官，但画家观察到了那双高傲的棕色眼睛中隐忍着的性欲。

西尔维娅不在人世了，这简直不可思议。他回想起她苗条的身材，记忆起他如何一次次地惊叹她完美的乳房。他曾经如此贴胸交媾过的那个躯体，如今却在一处地下了。当他想象着的时候，终于泪水盈眶，难过地抽泣了起来。

她的坟墓在哪里？他在悲痛中想着。他记起在佛罗伦萨已经停止了葬礼：人们都不敢离家出门了。他们干脆把尸体拖出门外，抛在街上。城里的盗贼、乞丐和醉汉熟悉了一种新职业，叫作抬尸人，他们收取昂贵的费用把尸体抬走，扔到群墓中。梅尔辛可能永远无法晓得西尔维娅躺在何处了。

他们结婚四年了。看着她那幅身穿圣安妮红色便装的画像，梅尔辛由衷地感到痛苦，并自问他是否真正爱她。他很喜欢她，但那并不是舍弃一切的爱。她有一种独立精神和伶牙俐齿，而尽管她父亲十分富有，他却是佛罗伦萨唯一敢于向她求婚的男人。反过来，她也全身心地回报了他。但她准确地判断着他爱的质量。“你在想什么呢？”她有时会这样问，他只好含糊其词，因为他在思念王桥。不久她又换了问法：“你在想谁呢？”他从来没说过凯瑞丝的名字，但西尔维娅说：“我能从你脸上的表情看出来，那准是个女人。”最后她开始谈起“你的英格兰姑娘”。她会说：“你在想起你的英格兰姑娘。”而且她总是说到点子上。但她似乎认可了这一点。梅尔辛对她忠贞不渝，而且还疼爱着洛拉。

过了一会儿，玛丽亚给他端来了汤和面包。“今天星期几？”他问她。

“星期二。”

“我在床上躺了多少天？”

“两个星期。你病得很重。”

他奇怪自己何以能活下来。有些人根本就没染上病，仿佛他们有天生的抵抗力；可是那些得了病的差不多都死掉了。然而极少数康复的人却特别幸运，因为他们再不会第二次得这种病了。

他吃过东西，感到有力气多了。他要再造他的生活，他这样想着。他怀疑在他生病期间，就已经做出过一次决定了，但他再一次被从他掌握中溜走的记忆的丝线惹得干着急。

他的第一件事是弄清家里人还活下来几个。

他端着盘子进了厨房，玛丽亚正在喂洛拉蘸了羊奶的面包。他问她："西尔维娅的父母怎么样了？还活着吗？"

"我不知道。"她说，"我没听说。我出门只为了买吃的。"

"我最好去看看。"

他穿好衣服，走下楼去。房子的底层是一间作坊，屋后的院子用来存放木材和石料。里里外外都没人干活。

他离开了家门。周围的房子大多数是石砌的，有些十分宏伟，王桥的住房没法与之相比。王桥最富的是羊毛商埃德蒙，住的也是木头房子。而在佛罗伦萨这里，只有穷人才住那种房子。

街上很荒凉。这番景象是他从来没见过的，原先哪怕是半夜也还有过往的人。其结果令人惴惴不安，他不清楚究竟死了多少人：三分之一的居民？一半？他们的灵魂是不是还在小巷和暗角里徘徊，嫉妒地瞅着侥幸活下来的人？

克里斯蒂家在邻街。梅尔辛的岳父阿莱桑德罗·克里斯蒂是他在佛罗伦萨最早也是最好的朋友。阿莱桑德罗是博纳文图拉·卡罗利的同学，他给了梅尔辛第一件委托：修造一个简单的仓库。他当然是洛拉的外祖父啦。

阿莱桑德罗的家锁着门。这就有些不寻常了。梅尔辛拍着木门，等待着。最后由伊莎贝塔开了门，这位矮胖的妇女是阿莱桑德罗家的洗衣妇。她惊愕地瞪着他。"你还活着！"她说。

"你好，贝塔，"他说，"我很高兴你也活着。"

她转身向屋里喊着："是英格兰老爷！"

他曾告诉他们，他不是老爷，但仆妇们都不相信。他迈步走了进去。“阿莱桑德罗？”他问。

她摇着头，哭了起来。

“你家太太呢？”

“他俩都死了。”

楼梯从门厅通到主屋。梅尔辛慢慢向上走去，对自己依旧这么虚弱感到吃惊。在主厅里他坐下来喘口气。阿莱桑德罗一向富有，房间成了地毯和壁挂、绘画和珠宝装饰品以及书籍的展览室。

“这儿还有谁？”他问伊莎贝塔。

“只有莉娜和她的孩子们。”莉娜是个亚细亚的奴仆，虽然不寻常，但在富裕的佛罗伦萨家绝非绝无仅有。她有两个和阿莱桑德罗生的一男一女，他待他们如同他的合法子嗣；事实上，西尔维娅曾经酸溜溜地说，他给他们的比给她和她兄弟的还要多。在世故的佛罗伦萨人看来，这种安排有些偏心倒不令人反感。

梅尔辛说：“吉安尼先生怎么样了？”吉安尼是西尔维娅的兄弟。

“死了。他妻子也死了。婴儿在这儿跟着我呢。”

“亲爱的上帝啊。”

贝塔试探着问：“你家呢，老爷？”

“我妻子死了。”

“我很难过。”

“可洛拉还活着。”

“感谢上帝！”

“玛丽亚在照顾她。”

“玛丽亚是个好人。你想吃点什么吗？”

梅尔辛点点头，她便走开了。

莉娜的孩子们走来瞪着他看：一个七岁的黑眼睛男孩，模样像阿莱桑德罗，另一个四岁的漂亮小女孩，长着她母亲的亚细亚的眼睛。这时莉娜走了进来，她是个二十岁出头的美貌女子，皮肤金黄，颧骨高耸。她给他端来一银杯深红色的托斯卡纳葡萄酒，还有一托盘杏仁和橄榄。

她说：“你愿意来这里住吗，老爷？”

梅尔辛一惊：“我没想住这儿——怎么？”

“如今这房子是你的了。”她挥了下手，指的是克里斯蒂家的财产，“所有的都是你的。”

梅尔辛意识到她是对的。他是阿莱桑德罗·克里斯蒂家唯一活下来的成年人。这就使他成了继承人——以及洛拉外加三个孩子的监护人。

“一切。”莉娜又说了一遍，直视着他。

梅尔辛与她坦诚的目光相遇，明白她也把自己奉上了。

他掂量着前景。房子很漂亮。这里是莉娜孩子的家，对洛拉也是熟悉的地方，甚至对吉安尼的婴儿也一样：所有的孩子在这儿都会很幸福。他已经继承了足够的钱财可以安享余生。莉娜是个智慧又练达的女子，他已经完全能够想象和她亲密的乐趣。

她琢磨着他的思绪。她拉起他的一只手按到自己的胸脯上。透过薄薄的毛料裙袍，她的乳房摸起来柔软而温暖。

但这不是他所向往的。他把莉娜的一只手拉过来，亲吻了它。“我会供养你和孩子们的，”他说，“不用忧心。”

“谢谢你，老爷。”她说，但她样子很失望，她眼睛里有一种东西告诉梅尔辛，她的主动并不单单是务实。她真心实意地希望，他对她远不止是个新主人。但这也恰恰是问题的部分所在。他无法设想与他拥有的奴仆发生性关系。这样的念头对诱惑力而言是不合时宜的。

他啜吮着葡萄酒，感到体力恢复了不少。若是他不被奢侈的生活和肉体的满足所吸引，那他到底想要什么呢？他的家几乎不复存在，只留下了洛拉。但他仍有他的工作。在这座城市的里里外外还有他设计的三处工程在施工。他不打算放弃他所热爱的工作。他从众多人的死亡中逃过一劫，可不是要当闲人的。他忆起要建英格兰最高建筑物的青春抱负。他要重整旗鼓。他要投身于他的建筑工程，从失去西尔维娅的悲痛中振作起来。

他起身准备离开，莉娜扑出双臂搂住了他。“谢谢你，”她说，“谢谢你说要照料我的孩子。”

他轻拍着她的后背。“他们是阿莱桑德罗的子孙。”他说。在佛罗伦萨，奴隶的孩子不再被奴役。“他们长大了会富有的。”他轻柔地分开她的胳膊，走下楼去。

所有的住宅都锁门闭户了。在某处门阶上，他看到有裹着尸衣的东西，估摸是死尸。街上行人稀少，而且大多是穷人。那种凄凉令人惶悚。佛罗伦萨是基督教世界里最大的城市，也是喧嚣的商贾云集的大都会，每天都生产着数千码的优质羊毛布料，在那里的市场上，只凭来自安特卫普的一封信或某位亲王的口头承诺，就可付出大宗款项。在这些寂静空荡的街道上行走，如同看到一匹伤马倒地不起：巨大的力量瞬间化为乌有。他没遇到一个他熟识的圈子里的人。他揣摩，他的朋友们——那些还有一息尚存的——都闭门不出了。

他先到了附近的一处广场，在这座古罗马时代留下的城市中，他正在为城市修建一座喷泉。他已经设计出了一个精妙的体系，在佛罗伦萨漫长而干燥的夏季，对几乎全部的水实现再循环。

但当他来到那广场时，马上就发现没有一个人在工地上班。在他病倒之前，地下水管已敷好并回填完毕，而且环池台阶的底座的第一道石料也已砌就。然而石件上那种积满灰尘的没人光顾的样子告诉他，已经多日没人干活了。更糟的是，一个木板上堆的小山形的灰浆已经干硬成一堆固体，他抬脚一踢，就扬起一股尘土。地面上甚至还散放着一些工具。没被人偷走也算是奇迹了。

喷泉会是令人叹为观止的。在梅尔辛的作坊里，城里最杰出的石匠正在雕刻或者说已经在雕刻那个中心部件。梅尔辛因被迫停工而感到失望。不会所有的匠师都死光了吧？或许他们在观望，梅尔辛会不会康复。

这在他的三项工程中虽然名声最大，却是最小的。他离开广场，向北走去，打算看看另一处工地。但他一路走，却忧心忡忡。他还没遇到一个了解情况的人足以给他更多的展望。城市政府剩下什么了？这场疫病是正在缓解还是益发严重了？意大利其余地方又怎么样了？

他告诉自己，一次就做一件事吧。

他在为博纳文图拉的哥哥久列莫·卡罗利建造住宅。那是一座地道的大宅邸：高大的双正面住宅，周围设有宽大的台阶——比某些街巷还要宽。底层的墙壁已经竖起。其表面向外倾斜，那种稍稍的突出给人一种城堡的印象；上面是常有三叶草装饰的优美的尖拱双面采光窗。设计表明，主人家既有权势又有修养，这正是卡罗利一家要显示的。

脚手架已经搭到了二层楼，但没人工作。应该有五名石匠砌石料的。现场唯一的一个人是位上年纪的安全员，他就住在背后的一座木屋内。梅尔辛找到了正在火上炖鸡的他。这蠢材竟然使用昂贵的大理石条砌他的炉子。“人都跑哪儿去了？”梅尔辛出其不意地发问。

那安全员一跃而起。“卡罗利先生死了，他儿子阿格斯蒂诺不肯付工钱，所以人们都走了，当然是那些本人没死的人。”

这可是个打击。卡罗利一家是佛罗伦萨最富的人家之一。若是他们觉得不再付得起建筑费，这危机就确实严重了。

“这么说阿格斯蒂诺还活着了？”

“是的，师傅，今天早晨我还看到他呢。”

梅尔辛认识年轻的阿格斯蒂诺。他不如他父亲或博纳文图拉叔父精明，所以花起钱来极其谨慎保守。他在对家庭财务确实从疫病的恶果中复苏有把握之前，是不会重新开工的。

然而，梅尔辛对他的第三项也是最大的工程会继续进行感到信心十足。他接受了城里商人十分青睐的一个托钵修士的订单，要修建一座教堂。地点设在河南，所以他就走过新桥。

这座桥两年前刚刚竣工。事实上，梅尔辛曾在首席设计师画家塔狄奥·加迪手下，参与了部分工作。该桥要在冬雪融化时经得起湍急的水流，梅尔辛正是在桥墩的设计上出了一把力。如今在他过桥时却沮丧地看到，桥上的全部小型金匠店铺都关闭了——这又是个不祥之兆。

百花圣母教堂是他迄今为止最富雄心的工程。这座教堂很大，更像是一座大教堂——那些托钵修士都很富有——当然还远比不上王桥的大教堂。意大利也有哥特式大教堂，米兰那座是其中最大的，但具有现代头脑的意大利人不喜欢法兰西和英格兰的建筑，他们认为硕大的窗户和飞拱是外国的崇拜物。在天气阴沉的西北欧颇有道理的对采光的着迷，在阳光明媚的意大利却有悖常情，因为人们要找的是阴凉。意大利人崇尚古罗马的传统建筑，遗址废墟比比皆是。他们偏好三角山墙和围拱，而抵制以不同色彩的石材构成装饰性图案的华丽的外部雕饰。

但梅尔辛打算以这座教堂震惊佛罗伦萨人。他的计划是一系列的方形，每个上面都有一个穹顶——五个一排，十字交叉甬道的每一侧各有两个。他还在英格兰时就听说过穹顶，但直到参观锡耶纳大教堂之前却从未得见。在佛罗伦萨还没有实例。长廊是一排圆窗。这座教堂没有采用高耸入云的窄柱，而是本身周而复始的圆形，以不脱离地面的自足的外观取代对上天的渴望，体现了佛罗伦萨的商人特色。

他看到脚手架上没有石匠，没有搬运料石的壮工，没有用大型搅拌器和灰浆的妇女，只感到失望而没有惊讶。这处工地和前两处一样杳无人迹。不过，他觉得还有信心在这里重新动工。宗教的秩序有其自身的生命，有异于个人。他在周围转了一圈，便进了修道院。

里面鸦雀无声。修道院当然理应如此，但这种静谧却让他毛骨悚然。他从前厅进入了休息室。这里通常有一个修士兄弟值班，在接待来访者的间隙中研读《圣经》，但今天房间却不见人影。梅尔辛怀着忐忑的心情穿过另一道门，来到了回廊。四方形院落中一片荒芜。“喂！”他大声叫道，“这儿有人吗？”他的话音在石砌连拱廊中回响。

他四下搜寻，所有的托钵修士全都不在了。在厨房里，他发现了三个人坐在桌旁，吃着火腿，喝着红酒。他们身穿昂贵的商人服装，但须发蓬乱，双手脏污：原来是身穿死人袍服的穷汉。他走进时，他们神色既愧疚又挑衅。他说："修士兄弟们呢？"

"全都死光了。"其中一个人说。

"全部？"

"一个没剩。他们看护病人，你知道，结果自己就染上了病。"

梅尔辛看出来，那人喝醉了，但是他像是讲的实情。这三个人可真够舒服的：坐在修道院里，吃着托钵修士的东西，还喝着他们的葡萄酒。他们显然知道，这里没剩下一个人会出头反对。

梅尔辛返回新教堂的工地。唱诗班席和交叉甬道的墙都已竖起，长廊上的圆窗也已可见。他坐在交叉甬道中间的石料堆当中，观看着他的作品。这项工程要搁置多久呢？要是所有的托钵修士全死了，谁来凑钱呢？就他所知，他们还不是更大的出资人。主教可能要接手，甚至还会是教会。其中有些法律纠葛可能需要几年才能解决。

今天上午，他已决心以投入工作来医治西尔维娅之死所造成的伤痛。眼下已经清楚，至少在目前，他是无事可干的。自从他着手修复王桥的圣马可教堂的屋顶以来，他始终至少有一项工程在进行。如今一项工程都没有，他感到了失落，并且极度痛苦。

他一从床上爬起来，就发现他的整个生活全都坍塌了。他一时暴富的现实只能加强那种梦魇感。他生活中仅余的只有洛拉了。

他甚至不清楚下一步到哪里去。他最终是要回家的，可他不能整天待在家里逗他的三岁女儿和跟玛丽亚闲谈啊。于是他还待在原地，坐在准备做柱子的一块雕好的圆形石头上，望着未来的中殿。

太阳落下午后的弧线时，他开始想到自己生病的事。他当时一心以为自己要死了。幸存者之少使他没指望自己能有幸活下来。在他比较清醒的时刻，他曾回顾自己的一生，仿佛生命已到尽头。他知道，他已渐趋某种大彻大悟的境界，但痊愈以来，他又想不起来那是怎么回事了。此时，在这座未完工的教堂的静谧中，他回忆起他曾得出的结论，他在生活中犯下了一个大错。但那是什么呢？他和埃尔弗里克吵过架，他和格丽塞尔达发生过关系，他拒绝了伊丽莎白·克拉克……那些做法都惹出了麻烦，但没有一个算得上终生失误。

他病时躺在床上，出汗、咳嗽、口渴难忍，他几乎都想死了；但那也不是什么了不起的错误。有一种力量让他活了下来——如今又回到了他身上。

是他要再见到凯瑞丝。

这就是他要活下去的理由。

他在谵妄中曾经看到她的面容，并且为自己可能死在离她远及数千英里的异国他乡而悲伤落泪。他的终生大错就是离开了她。

随着他最终回想起那梦幻般的记忆，并且领悟到这一启示的迷乱的真理，他心中充满了一种奇妙的幸福感。

他反思起来，这事没什么现实意义。她已进了女修道院。她曾拒绝见他并自我表白。但他的灵魂不是理性的并且告诉他，他应该在她身旁。

他不清楚，他坐在一座几乎毁于黑死病的城市中的一个建到一半的教堂里的时候，她此刻在做着什么。他最后一次听到的消息是她被主教委以圣职。该决定是不可挽回的——所以他们都说：凯瑞丝从来不接受别人告诉她的那些规矩。而她一旦有了自己的决定，通常也是无法改变她的想法的。无疑，她一定全力投入她的新生活了。

其实这并没有什么不同。他还是想要再见见她。不去见她就会铸成他终生的第二次大错。

而且现在他已经自由了。他与佛罗伦萨的系带都已断掉。他的妻子死了，除去三个孩子，他的全部姻亲也都死光了。他在这里的唯一的家人，就是他的女儿洛拉，而他是要带上她的。她还这么小，他觉得她几乎注意不到家人已死。

这是一步重大的行动，他这样告诉自己。他首先要证实阿莱桑德罗的遗嘱，为孩子们做出安排——阿格斯蒂诺·卡罗利可以在这方面助他一臂之力。然后他要把他的财产都换成金子，再安排好运到英格兰。若是卡罗利家族的国际联络网络还能起作用的话，这件事也可以由他们来办。最犯难的是，他要从佛罗伦萨经过上千英里的行程，穿越欧洲，抵达王桥。而这一切都要在毫不了解当他终于到达时凯瑞丝会如何接待的情况下去完成的。

显然，这是需要长期缜密思考的决定。

他在几分钟之内就打定了主意。

他就要回家了。

54

梅尔辛和来自佛罗伦萨和卢卡的十来个商人搭伴，离开了意大利。他们从热那亚乘船驶抵法兰西的古老港口马赛。他们从那里走陆路到达阿维尼翁，那是欧洲最奢侈的教廷的四十多年来在位教皇的家乡——也是梅尔辛所知的最小的城市。他们在那里跟上了一大群教士和返回北方的朝圣者，一路同行。

人人都结队而行，而且队伍越大越好。商人们都携带着现金和贵重的贸易商品，而且还有武装人员保护，抵御不法之徒。他们很高兴路上有伴：教士的袍服和朝圣者的徽记可以阻止强盗，哪怕像梅尔辛这样的普通旅客也增加了人数，壮大了声势。

梅尔辛已经将他的大部分财产托付给佛罗伦萨的卡罗利家族。他们在英格兰的家人会给他付现金。卡罗利一家一直经营这种国际汇兑，实际上，梅尔辛九年前就利用他们的服务把他的一小笔财产从王桥转到了佛罗伦萨。他也同样清楚，这一体系并非万无一失——这样的家族有时会破产，尤其在他们把钱贷给国王和亲王这类不可信的人的时候。所以他把一大笔佛罗伦萨金币缝进了内衣。

洛拉一路上很高兴。由于是一行人中唯一的小孩子，大家都对她倍加关照。白天长时间骑行在马背上，梅尔辛让她坐在他身前，他用两手握着缰绳，双臂护着她挺安全的。他给她唱歌，反复背诵童谣，讲故事，还讲沿途看到的东西——树啦，磨坊啦，桥啦，教堂啦。他说的这些，她大概有一半不明白，但他的话音就让她始终高高兴兴。

他从来没有和女儿一起度过这么多时间。父女俩整天，每天，一周接一周地形影不离。他希望这样亲热可以部分弥补她的丧母之痛。这对他当然也一样：要是没有女儿，他会万分孤独的。她不再提起妈妈了，可时不时地会搂住他的脖子，无助地贴着他，像是生怕他离开。

他只是站在巴黎市外六十英里处沙特尔那座宏伟的大教堂前的时候，感到怨悔。大教堂的西端有两座高塔，北边的一座尚未完工，但南边的那座足有三百五十英尺高。这勾起他曾经立志要修造这样的建筑物的宏愿。在王桥，他不大可能实现那个抱负了。

他在巴黎盘桓了两个星期。黑死病还没传到这里，他很舒心地观察着一座大城市的日常生活：人们走来走去，做着买卖，而不是门阶上躺着死尸的那种空荡荡的街道。他的精神振奋起来了，只有这时他才意识到，他抛在身后的佛罗伦萨，曾经多么可怕地打击了他。他观看着巴黎的大教堂和宫殿，对感兴趣的地方画出细部的草图。他有一个小笔记本，是用意大利刚刚普及的新型材料——纸订起来的。

离开巴黎后，他搭上了返回瑟堡的一家贵族。人们听到洛拉说话，都以为梅尔辛是意大利人呢，而他也没纠正他们，因为在法兰西北部，人们对英格兰人怀着深仇大恨。跟随着那家贵族及其扈从，梅尔辛悠然地穿过诺曼底。洛拉坐在他怀里，一根缰绳牵着跟在后面的驮马，东张西望着差不多两年前由爱德华国王的入侵劫后幸存的教堂和修道院。

他本来可以走得快些的，但他告诉自己，他在充分利用这可能不会再有的机会，观察各色各样的建筑。然而，当他诚心自问时，就不得不承认，他对到达王桥后可能见到的情况惴惴不安。

他在回家去见凯瑞丝，但她或许与他九年前撇下的那个凯瑞丝已经判若两人了。她在身心两方面都会变化的。一些修女因为生活中唯一的欢乐就是食物而长出一身肥肉。凯瑞丝则由于迷恋于自我克制而饿着自己，变得精瘦了。不过如今她可能入了宗教的道，成天祈祷，并为想象中的罪孽自鞭。说不定她已不在人世了呢。

这些都是他最发狂的梦魇。在他的内心里，他知道她不会胖得不像样或迷恋于宗教。而如果她死了，他也会听到的，她父亲埃德蒙去世，他就听说了嘛。她还会是那个同样的凯瑞丝，小巧济楚，敏锐聪慧，有条有理，坚定不移。但他认真关注的是，她会怎样接待他。时隔九年之后，她会对他有什么感觉呢？由于她的过去已经遥远得不值一提，就像，比如说吧，他对格丽塞尔达一样，从而对他无动于衷呢？或许她仍然在内心深处渴盼着他呢？他想不清楚，这也正是他焦虑的真正原因。

他们渡海到达朴次茅斯，并和一队商旅同行。他们在穆德福德渡口脱离了那伙人——那伙人去了夏陵，而梅尔辛和洛拉则骑马涉过浅河，踏上了王桥的大路。梅尔辛深感遗憾，因为看不到去王桥的路上有印迹。他不知道有多少商人由于没认识到王桥更近而直奔夏陵了。

那是夏季一个和暖的日子，当他们走进目的地的视界时，太阳晒着大地。他看到的第一个东西便是大教堂的塔尖高耸于树上。梅尔辛心想，至少那塔还没倒：埃尔弗里克的修复维持了十一年。遗憾的是，从穆德福德路口看不到那座塔——这可是在关乎来王桥镇的人数上大不相同的。

他们走近的时候，他开始受到激动和畏惧的奇怪混杂感情的折磨，简直让他胃里上下翻腾了。一时之间，他担心自己会下马呕吐了。他竭力镇定自己。会发生什么事呢？即使凯瑞丝对他不理不睬，他也不会死嘛。

他看到新城的郊外竖起了好几栋新房。他为酿酒师迪克修建的辉煌的新宅，已经不在王桥的外缘上了，因为镇子的扩展早已越过了那里。

当他看到他的桥梁时，一时忘记了他的忧虑。大桥从河边呈精美的弧线升起，优雅地落在河心岛上。在岛的另一端，大桥再次跃起，跨过第二条河道。桥的白石在阳光中熠熠闪光。人与车正在双向过桥。这景象使他自豪得心潮澎湃。那正是他当年所希望的一切：美丽、实用而坚固。他心想，是我做的，而且很好。

但再向近处走，却大吃一惊。最近一处墩距靠近中央桥墩的石工已经损毁。他看出了石件上的裂缝，裂处用铁箍修补，那种笨拙的手段一看就知是埃尔弗里克的特点。他感到沮丧。把难看的铁箍固定在石件上的钉子向下淌着褐色的锈迹。这景象将他带回到十一年前，埃尔弗里克修复旧木桥的时刻。他认为，人人都可能犯错误，但不能从错误中吸取教训的人只能重犯同样的错误。“十足的蠢货。”他脱口说道。

“十足的蠢货。”洛拉学舌说。她在学英语。

他催马上桥。路基完成得很妥善。他看了很高兴，而且他对护栏的设计也很满意：带有雕刻的拱顶石的牢固的栏杆让人想起大教堂的模式。

麻风病人岛依旧遍地跑着野兔。梅尔辛仍然持有岛上的租用权。在他外出的时期，马克·韦伯一直替他收租，并且每年交付修道院一笔微不足道的租用费，再减掉商定的收租劳务费，按年通过卡罗利家族把余额交到佛罗伦萨的梅尔辛手中。经过一减再减，余额只是一笔小款，但每年都稍有增长。

梅尔辛在岛上的住房像是有人居住：百叶窗开着，门阶打扫过。他早先安排吉米住在这儿，那孩子如今该长大成人了，他揣摸着。

在第二处墩距的近端，一个梅尔辛没认出的老人坐在太阳下收取过路费。梅尔辛给了他一便士。那人死盯着他看，仿佛在努力回忆先前在哪里见过他，但他没有说话。

这镇子在他眼里既陌生又熟悉。因为还是一副原样，而变化则如奇迹震撼着梅尔辛，犹如一夜之间发生的：一排茅屋被拆除，代之以精美的住宅；原先由一个富有的寡妇所有的阴沉沉的大宅如今成了忙碌的客栈；一座枯井被铺平了；一所灰宅子涂成了白色。

他来到主街上与修道院大门紧邻的贝尔客栈。那里没什么变化，一个位置这样好的酒馆也许能开上好几百年呢。他把马和行李交给了一名马夫，就拉着洛拉的手走了进去。

贝尔客栈像各地的酒馆一样：一间宽大的前室里摆着粗糙

的桌凳，后面的地方是摆放啤酒桶和红酒桶的架子和制作食品的厨房。由于这里生意兴隆又有利可图，地面上铺的草倒是常换，墙壁也是粉刷一新，到了冬天，大壁炉里的火烧得很旺。眼下，在盛夏酷暑中，所有的窗户一概敞开，和煦的微风吹过前室。

过了一会儿，贝茜·贝尔从后面走了出来。九年前她还是个卷毛丫头，如今已成了丰满的妇人。她打量了一下他，没有认出来，但他看出她很赞赏他的衣服，把他当成富裕的顾客了。“日安，旅客，”她说，“我们能做点什么让您和您的孩子感到舒适吗？”

梅尔辛咧嘴一笑：“我愿意用一下你们的单间，好吗，贝茜。”

他一开口，她就认出了他。“我的天！”她叫道，“是造桥的梅尔辛！”他伸手要和她握手，但她张开双臂搂住他，紧紧地拥抱着。她一向对他另眼相看。她放开他，端详着他的面孔。“你长出了这么一副胡子！不然的话，我早就认出你了。这是你的小女孩吗？”

“她叫洛拉。”

“嘿，多漂亮的小家伙！她母亲准是个美人！”

梅尔辛说：“我妻子已经死了。”

“太伤心了。不过洛拉还小，会忘记的。我丈夫也死了。”

“我不知道你结婚了。”

“我在你走后遇见了他。从格洛斯特来的理查·布朗。一年前我失去了他。”

“听到这个我很难过。”

“我父亲到坎特伯雷去朝圣了，因此，这会儿就靠我自己来经营这客栈了。”

“我一向喜欢你父亲。”

“他也喜欢你，他总爱和有点气概的男人打交道。他对我的理查从来不热情。”

“啊。”梅尔辛感到谈话过于迅速地就如此亲切了，“有什么我父母的消息吗？”

“他们不在王桥这儿了。他们住在你弟弟在天奇的新家。”

梅尔辛从博纳文图拉嘴里听说了，拉尔夫成了天奇的领主。“我父亲该心满意足了。”

“像孔雀一样骄傲呢。”她莞尔一笑，然后露出关切的神情，“你准是又饿又累了。我要吩咐伙计们把你的行李拿到楼上去，然后我就给你端来一大罐淡啤酒和一些浓汤。”她转身进了后室。

“太周到了，可是……”

贝茜在门口停下了脚步。

“你要是给洛拉一些汤，我就太感激了。我还有些事要做。”

贝茜点点头。“当然。”她弯腰凑近洛拉，“你愿意跟贝茜阿姨来吗？我想你能吃一块面包。你喜欢新面包吗？”

梅尔辛把她的问话译成意大利语，洛拉愉快地点着头。

贝茜看着梅尔辛：“去看凯瑞丝姐妹，对吧？”

他莫名其妙地感到愧疚。“是的，”他说，“这么说，她还在这儿？”

“噢，是啊。她如今是女修道院的首座知客了。她有一天会当上女副院长的，不然才怪呢。”她拉起洛拉的手，领着她进了后室。“祝你好运。”她回过头来大声说。

梅尔辛走了出去。贝茜的热情可能有些令人窒息，但确是情真意切，他一回来就受到如此热情的欢迎，着实温暖了他的心。他进入了修道院的地面。他停步打量着大教堂高耸的西前脸，如今已有近两百年之久了，但仍一如既往地令人肃然起敬。

他注意到教堂北面的墓地之外，有一座新建筑。那是一座中型的宅院，有一个庄严的入口和一个二层楼。这栋房子建在靠近原有的副院长的木造居所之处，看来大概是取代了原有的简朴建筑，用作戈德温的住所了。他纳闷戈德温从哪儿弄来的钱。

他向近处凑了凑。这座宅院很宏大，但梅尔辛并不喜欢那设计。没有一处标准与隐隐耸立的大教堂以任何方式相应。细部粗制滥造。华而不实的门框上梁遮挡了一部分二层的楼窗。而最糟的是，这座宅院建得与教堂不在一个轴线上，以怪里怪气的角度立在那里。

这无疑是埃尔弗里克的作品。

一只肥猫坐在门阶上晒太阳。那只猫周身漆黑，但尾尖都是白的。它不怀好意地瞄着梅尔辛。

他转过身，慢步向医院走去。大教堂的绿地静寂无人：今天不是集市日。激动和畏惧又在他胸中升起。他随时都可能遇到凯瑞丝。他来到门口，走了进去。那间长室比他记忆中要看着更明亮，嗅着更清楚：一切都显得很洁净。地面的垫子上躺着几个人，多是长者。在唱诗班席处，一名年轻的见习修女正在朗读祷文。他等着她念完。他的焦躁心情使他觉得自己比躺在床上的病人病更重。他奔波了上千英里，为的就是这一刻。难道白跑了一趟吗?

那修女终于最后一次道出了“阿门”并转过身来。他并不认识她。她向他走近，礼貌地说：“愿上帝为你赐福，陌生人。”

梅尔辛深吸了一口气。“我是来见凯瑞丝姐妹的。”他说。

修女们的例会此时正在食堂进行。以前，她们是和修士共用大教堂东北角的那座精致的八边形会所的，令人痛心的是，修士和修女间的互不信任已经严重到使修女们不想冒修士们故意偷听的风险了。所以她们就在她们就餐的空荡的长室内开会了。

女修道院的执事们都坐在一张桌子的背后，中间是塞西莉亚。现在没有副院长助理：五十七岁的娜达莉几周前去世了，而塞西莉亚还没有找人顶替她。塞西莉亚的右侧是司库贝丝和她的司事伊丽莎白，即先前的伊丽莎白·克拉克。塞西莉亚的左侧是负责一切供应的司膳玛格丽特和她的助手首座知客凯瑞丝。三十名修女坐在成排的板凳上，面对这些高级执事。

在祈祷和诵读之后，塞西莉亚嬷嬷发表了声明。“我们收到了来自我们主教的一封信，对我们控告戈德温副院长盗用我们的钱财一事做了回复。”她说。修女们当即低声议论起来。

该回复迟迟未到。爱德华国王几乎拖了一年才找人接任理查主教。威廉伯爵竭力为他父亲那位能干的代管神父杰罗姆疏通，但爱德华最终选定了蒙斯的亨利——王妃来自北法兰西埃诺的一名亲戚。亨利主教先来到英格兰出席典礼，然后到罗马去经教皇确认，返回后便在夏陵的宫中住下，之后才对塞西莉亚的正式控告信做出回复。

塞西莉亚继续说："主教不拟对盗窃采取任何行动，说是该事件发生在理查主教任职期间，过去的就过去吧。"

修女们气哼哼的。她们曾耐心地认可了这种拖拉，因为她们坚信正义最终会得到伸张。这样的驳回使她们震惊了。

凯瑞丝事先已经读到了回信，所以不像别的修女那样惊诧。新主教不想上任伊始就与王桥的副院长发生抵牾，这是毫不足奇的。这封回信告诉她，亨利是个务实的统领，而不是个讲原则的人。他在这方面与成功地玩弄宗教政治的大多数人毫无二致。

然而，她虽然没感到奇怪，却绝没有减少她的失望情绪。这一决定意味着，在可预见的未来，她只好放弃建造将病员与健康的来客加以隔离的新医院的梦想了。她叮嘱自己切莫悲伤：修道院没有这等讲究已经存在了数百年，再等上十年或者更长的时间又有何妨。另外，她也十分愤怒地看到疾病的迅速蔓延，如前年由厨师莫尔德温传到羊毛集市上的那种呕吐症状。没有人确切地懂得这种病症是如何传播的——由看望病人，由接触病人或者只是由于同居一室——但毫无疑问，许多疾病的确是由一名患者传给了另一名患者，而接近就是一个因素。然而，她眼下必得忘掉这一切。

一阵不满的嘀咕声从坐在板凳上的修女们中传来。梅尔的嗓音压倒众人，她说："那些修士这次该得意死了。"

凯瑞丝觉得，她说得对。戈德温和菲利蒙光天化日下抢劫却逍遥法外。他们总是争辩说，修士们动用修女们的钱财不是盗窃，因为终归都是为了上帝的荣光；如今他们会认为主教已维护了他们。这是一次苦涩的失败，尤其对于凯瑞丝和梅尔更是如此。

但塞西莉亚嬷嬷并不想浪费时间去后悔。“这并不是我们任何人的过错，或许只有我要除外。”她说，“我们就是太轻信了。”

凯瑞丝心想，你信任戈德温，我可不信，但她紧闭了嘴唇。她等着听塞西莉亚接下来会说些什么。她知道女副院长准备改组女修道院的领导班子，但没人晓得做出了什么决定。

“然而，我们今后必须多加小心。我们要建自己的金库，不准修士们接近；事实上，我希望他们根本不知道金库设在什么地方。贝丝姐妹将从司库的职务上退休，我们对她长期忠于职守表示感谢，伊丽莎白姐妹将接替她的位置。我对伊丽莎白绝对信得过。”

凯瑞丝想控制她的面容，以免别人看到她的厌恶之情。伊丽莎白曾指认凯瑞丝是女巫。这事已过了九年，塞西莉亚已经原谅了伊丽莎白，但凯瑞丝绝不会的。不过，这并非凯瑞丝对她反感的唯一理由。伊丽莎白性格乖戾扭曲，她的怨恨妨碍了她的判断。依凯瑞丝之见，这种人是绝对信不得的：他们总是以偏见为基础来做出他们的决定。

塞西莉亚继续说：“玛格丽特姐妹请求准许她卸掉她的职责，由凯瑞丝姐妹接任司膳一职。”

凯瑞丝感到失望。她本来希望被任命为塞西莉亚的副院长助理的。她强作笑容，装出高兴的样子，但她难以做到。塞西莉亚显然不想任命一位助理了。她会有两个对立的下属：凯瑞丝和伊丽莎白，让她俩去斗个结果出来吧。凯瑞丝看到了伊丽莎白的眼睛，在她的目光中只有压抑下去的痛恨。

塞西莉亚接着说："在凯瑞丝的监督下，梅尔将担任首座知客。"

梅尔兴奋得脸上放光。她很高兴得到提升，更为将在凯瑞丝手下工作而庆幸。凯瑞丝也喜欢这一决定。梅尔鲜明地分享着她的情绪和她对教士那种放血之类的治疗手段的不满。

凯瑞丝没有满足她的希望，但在塞西莉亚宣布一些次要任命时竭力面带笑容。会议结束后，她来到塞西莉亚跟前，表示感谢。

"别以为这样决定轻而易举。"女副院长说道，"伊丽莎白有头脑也有决心，在你不安心的地方，她却能坚持。但你是有想象力的，能够发挥众人所长。你们俩我都需要。"

凯瑞丝没法与塞西莉亚争论对她的分析。凯瑞丝无奈地想道，她确实了解我；如今我父亲已经去世，梅尔辛又走了，在这世界上她对我最了解了。她感到一阵温情涌上心头。塞西莉亚像是一只母鸡，总在走动，总在忙着，照看她的小雏鸡。"我要尽我的一切力量不辜负你的期望。"凯瑞丝发誓说。

她离开了那房间。她需要检查一下老朱莉。无论她如何叮嘱那些年轻的修女，没有一个照她的方式照顾朱莉的。她们似乎认定，一个无助的老人，是不需要舒舒服服地过下去的。只有凯瑞丝要确保朱莉在冷天有毯子，渴的时候有东西喝，在她白天几次习惯需要去厕所的时候，给她帮忙。凯瑞丝决定给她喝一些泡了草药的热水，老修女看来对此很高兴。她到她的药房，把一小锅水放到火上烧开。

梅尔进了屋，顺手关上了门。"这是不是挺棒的？"她说，"我们还可以在一起工作。"她张开双臂搂住凯瑞丝，亲吻了她的嘴唇。

凯瑞丝抱着她，然后从她的拥抱中撤出身来。“不要这样吻我。”她说。

“因为我爱你。”

“我也爱你，但不是同一种方式。”

这是实情。凯瑞丝十分喜欢梅尔。她们在法兰西一起冒生命危险时，曾经亲密无间。凯瑞丝甚至发现自己被梅尔的美貌所吸引。一天夜里在加来的一家客栈里，她俩住进一间可以锁门的屋子，凯瑞丝终于屈从于梅尔的求爱。梅尔把凯瑞丝身上一切最私密的地方都爱抚和亲吻遍了，凯瑞丝也对梅尔照样做了。梅尔当时说这是她有生以来最幸福的一天。可惜，凯瑞丝并没有同样的感受。对她来说，这种经历是快活的，但并不刺激，也不想再来了。

“那好吧，”梅尔说，“只要你爱我，哪怕只是一点点，我也幸福。你不会变卦吧，嗯？”

凯瑞丝把开水沏到草药上：“到了你和朱莉一样老的时候，我保证我会给你喝这种药水，让你保持健康。”

泪水涌进梅尔的眼眶：“这是从来没人跟我说过的最美好的话呢。”

凯瑞丝并没想把这当作永恒的爱的誓言。“别这么伤感。”她温柔地说，她把沏药的水冲进一只木杯中，“咱们去看看朱莉。”

她们穿过回廊，进入了医院。一个留着一丛红胡须的男人正站在祭坛跟前。“上帝赐福你，陌生人。”凯瑞丝说。这人有几分面熟。他没有回答她的致意，而是用金褐色的眼睛紧盯着她。

这时她认出了他。她手中的杯子掉在了地上。“噢，上帝！”她说，“是你啊！”

她看到他之前那短短的瞬间是精妙的，梅尔辛知道，无论还会发生什么事，他会终生将其珍藏在心。他如饥似渴地紧盯着那张他阔别九年的面孔，并以炎热之日投入冰冷河流的震撼回忆起，这张面孔对他曾经多么亲切。她简直一点没变：他的担心毫无道理。她甚至看着都没老。他算了算，她现在该有三十岁了，但仍像二十岁时一样苗条和活泼。她以一种勃勃生气，端着盛满药的木杯，迈着轻快的步伐，走进了医院；随后她看到了他，停住脚步，把杯子掉在了地上。

他冲她傻笑着，心中感到了幸福。

“你在这儿！”她说，“我还以为你在佛罗伦萨呢！”

她看着地上的汤水。和她一起的修女说：“别管这个了，我会清扫的。快去跟他说话吧。”梅尔辛注意到，这位修女模样姣好，眼中含泪，但他太激动了，没去过多注意。

凯瑞丝说：“你什么时候回来的？”

“刚刚在一小时之前。你看来挺好的。”

“而你的样子……真像条男子汉了。”

梅尔辛笑了。

她说：“什么风把你吹回来啦？”

“说来话长，”他答道，“但我乐意告诉你。”

“我们出去吧。”她轻轻地触了触他的胳膊，带他出了房子。修女们是不准触碰他人，也不准和男人私下谈话的，但于她，规矩总是可以权宜从事的。他很高兴，九年来她并没有变得循规蹈矩。

梅尔辛指着菜圃边上的板凳，说："九年前你进修道院的那天，我就跟马克和玛奇坐在那里。玛奇告诉我，你拒绝见我。"

她点点头："那是我一生中最难过的一天——但我深知，见了你只会更难受。"

"我也有同感，只是我要见你，不管那会让我多悲伤。"

她正视了他一下，她那闪金光的碧眼仍像先前一样率真："听起来有点像责怪。"

"也许是吧。我当时很生你的气。不管你决定做什么，我认为你都该给我一个解释。"他没想到这次谈话会走上这条路，但他发现他已控制不住自己。

她毫无歉意："其实相当简单。我简直无法忍受和你生生别离。若是当时非逼着我和你说话，我觉得我宁可杀死自己的。"

他吃了一惊。九年了，他一直以为分手那天她太自私。如今看来，当时这么要求她，倒是他自己太自私了。他现在回想起来，她一向有这种本领，让他改变他的态度。那种改变的过程并不舒服，可谁让她总是有理呢。

他们没有坐到板凳上，而是转身穿过了大教堂的绿地。天空蒙上了云彩，遮住了太阳。"意大利发生了可怕的黑死病，"他说，"他们说是大死亡。"

"我听说了。"她说，"在法兰西南部也有了，是吗？听起来怪吓人的。"

"我患上了那种病，但康复了，这是很不寻常的。我妻子西尔维娅死了。"

她面露惊异。“我很难过。”她说，“你一定伤心透顶了。”

“她们家都死光了，我的雇主也一个没剩。看来是回家的好时机了。你呢？”

“我刚被任命做司膳。”她面带得意地说。

在梅尔辛看来，这是小事一桩，尤其在他目睹了成批的死亡之后。然而，这种事在修女生涯中是重要的。他抬头望着大教堂。“佛罗伦萨有一座宏伟的大教堂，”他说，“用彩色石头拼成各种图案。但我更推崇这一座：雕出的造型，色调完全一样。”在他琢磨那座灰色天空衬托下的灰色石头砌就的塔楼时，天上下起了雨。

他们走进教堂避雨。中殿里散乱地站着十来个人：来镇上观看建筑的游客，祈祷的虔诚的本地信徒，两三个见习修士在清扫。“我记得在那上边，在柱子后摸过你。”梅尔辛笑着说。

“我也记得。”她说，但她没有迎着他的目光。

“我还像那天一样对你怀着同样的感情。这是我回家来的真实原因。”

她转过身来望着他，目光中带着愠怒：“可你结了婚。”

“而你当了修女。”

“可是，你要是爱我，怎么可能娶她——西尔维娅呢？”

“我原以为我可以忘掉你的。可是我从来都忘不掉。后来，在我觉得我要死了的时候，我发现永远都不会忘记你了。”

她的气恼来得急，去得也快，泪水涌到了她的眼里。“我知道。”她说着，把目光移开了。

“你也有同样的感受。”

“我从来没变过。”

“你尝试过吗？”

她迎着他的目光：“有一个修女……”

“就是在医院跟你在一起的那个漂亮的？”

“你怎么猜到的？”

“她看到我就哭了。我还摸不着头脑呢。”

凯瑞丝满脸愧疚，梅尔辛揣摩，她一定像他在西尔维娅说“你在想着你的英格兰姑娘”时的感觉是一样的。

“梅尔对我很亲，”凯瑞丝说，“她还爱着我，不过……”

“但你没有忘记我。”

“没有。”

梅尔辛有了胜利感，但他尽力不流露出来。“这么说，”他说，“你就该放弃你的誓言，离开女修道院，跟我结婚。”

“离开女修道院？”

“你首先需要从女巫罪名中得到赦免，这我明白，但我敢说这事办得到——我们要贿赂主教、大主教，必要时直至教皇。我拿得起钱——”

她没把握会不会像他想得那么轻而易举。但这还不是她的主要问题。“我并不是不动心，”她说，“但我向塞西莉亚承诺过，我不会辜负她对我的信任……我得协助梅尔接任首座知客一职……我们要建一个新金库……而且我是唯一能够把老朱莉照顾妥善的人……”

他简直迷糊了：“这一切都这么重要吗？”

“当然重要啦！”她愤愤地说。

“我原以为女修道院只是老妇人祈祷的地方呢。”

“治疗病人，救济穷人，经营几千英亩的土地。至少跟修建桥梁和教堂同样重要。”

他没料到这一点。她一向对宗教规章抱怀疑态度。她是在挽救自己生命的唯一途径时才被迫进入女修道院的。可如今她似乎变得热爱对她的惩罚了。“你像是一个不情愿离开牢房的囚犯，哪怕牢门大敞四开也不跑。”他说。

“门并没有大敞四开。我得放弃我的誓言。塞西莉亚嬷嬷——”

“我们会把这一切问题都解决掉的。咱们马上就着手好了。”

她露出哀伤的样子：“我没把握。”

他看得出，她在受着折磨。这出乎他意料。“这是你吗？”他难以置信地说，“你一向痛恨你在修道院里看到的伪君子和假道学。懒惰，贪婪，欺诈，暴虐——”

“对戈德温和菲利蒙来说，这还是真的。”

“那就一走了之。”

“做什么呢？”

“当然是嫁给我啦。”

“就这些？”

他又一次张口结舌了：“我想的就是这些。”

“不，不止这些。你想设计宫殿和城堡，你想修造英格兰最高的建筑物。”

“要是你需要有个人去照顾……”

“什么？”

“我有个小女孩。她名叫洛拉，三岁。”

这似乎让凯瑞丝打定了主意。她叹了口气。“我是一个有三十五名修女、十名见习修女和二十五个雇工，有学校、医院和药房的女修道院的一名高级管理人——而你要我抛弃这一切，去当一个我从未见过的小女孩的保姆。”

他不再争论：“我只知道我爱你，想和你在一起生活。”

她干笑着：“要是你只说这个而不提别的，你也许会说服我的。”

“我昏了头了，”他说，“你是不是拒绝了我呢？”

“我也不知道。”她说。

55

梅尔辛大半夜都睁眼醒着。他已经习惯了在客栈投宿，而洛拉在睡梦中的响声只会给他安慰；但今天这一夜他都在不停地想着凯瑞丝。她对他回来的反应令他吃惊。他如今才认识到，她从来没有理智地思考过，当他重新出现时，她会如何感受。他曾经沉溺于不真实的梦魇：她可能会发生什么样的变化，而在他心中，他曾希冀着一次重新欢聚。她当然没有忘记他；但他可以揣度出来，她不会花费九年的岁月为他郁郁寡欢：她不是那种人。

反正他根本没猜到，她会如此献身于一个修女的工作。她对教会一向多少都抱有敌意。既然用任何方式批评宗教都如此危险，她完全可以隐藏起她怀疑的真正深度——哪怕对他也不讲呢。因此，看到她不情愿离开女修道院，实在是大吃一惊。他事先曾担心理查主教下的死刑判决，也忧虑她的放弃誓言能否获准，但他万没想到她会感到修道院的生活如此充实，竟然迟疑着不想离开，成为他的妻子了。

他因她而痛苦。他巴不得这样说：“我千里迢迢地回来请你嫁给我——你怎么能说不一定呢？”他还想到很多可以说的刻薄话。或许他当时没想出那么多话倒是好事。他俩的谈话结束时她请他给她时间从他突然归来的意外中镇定一下，想想她该怎么办。他答应了——他别无选择嘛——结果却让他极度痛苦地心存悬念，简直像是钉上了十字架。

他终于迷迷糊糊地睡着了。

洛拉像往常一样早早地把他弄醒了，他们下楼到休息室去喝粥。他遏制下自己的冲动，没有直接去医院和凯瑞丝再次谈话。她要求给她时间，急于纠缠她只会于事无补。在他看来，可能还有许多令他惊奇的事呢，他最好还是先弄清这么多年来王桥发生的事情吧。于是在早餐之后，他就去见马克·韦伯了。

韦伯一家住在主街上的一栋大宅子里，那是凯瑞丝让他们开始绒布生意不久之后就买下的。梅尔辛还记得这夫妻俩和他的四个孩子住在比马克用的一台织机大不了多少的一间屋子里的日子。他的新房子有一个宽敞的石砌底层，充当储藏室和铺面。居住区在木建的二层。梅尔辛看到玛奇在店里检查刚从他们设在镇外的一处染坊运来的一车红色绒布。她已年近四十岁，黑发中有了绺绺灰色。她本来就不高，如今成了胸高臀肥的胖妇人。她让梅尔辛联想到肥鸽，不过由于她突出的下颏和果断的举止，更像是一只咄咄逼人的鸽子。

和她在一起的，是两名青年：一个十七岁上下的漂亮姑娘，和一个比她大上两三岁的身材高大匀称的小伙子。梅尔辛想起她的两个孩子——穿着破烂衣裙的瘦弱女孩朵拉和一个害羞的男孩约翰——意识到就是这两个，如今长大了。此时，约翰正毫不费力地举起一匹匹沉重的布，而朵拉则用小棍画着道道记着数。这让梅尔辛觉得自己老了。他心想，我才三十二岁；但一看到约翰，就显得老了。

玛奇见到他时，惊喜得叫出了声。她拥抱了他，亲吻着他蓄须的面颊，然后又对洛拉唠叨了一阵。“我本来想让她来这儿和你的孩子们一起玩呢，”梅尔辛苦笑着说，“当然他们已经太大了。”

“丹尼斯和诺亚在修道院读书，”她说，“他们是十三和十一岁。不过朵拉会哄洛拉的——她喜欢小孩。”

那姑娘领过去洛拉。“隔壁的猫咪有几只小猫，”她说，“你想过去看看吗？”

洛拉回答时说了一大串意大利语，朵拉认为是同意了，就领上她走了。

玛奇让约翰继续卸车，自己则带梅尔辛上了楼。“马克到梅尔库姆去了。”她说，“我们把我们的一些布出口到布列塔尼和加斯科涅。他应该会在两天内回来。”

梅尔辛坐在她的客厅里，接受了一杯淡啤酒。“王桥像是很繁荣。”他说。

“羊毛生意下滑了，”她说，“是因为战争税。”什么东西都要经一小伙大商人来卖，国王还要拿上一份。王桥这儿还有一些经纪人——彼得拉妮拉接手了埃德蒙留下的生意——不过和原先大不一样了。幸好，成品布的交易增长起来，最终在这镇里顶上了位置。”

“戈德温还当副院长吗？”

“还当，不幸啊。”

“他还在制造麻烦吗？”

“他保守得要命。他反对任何变化，禁止一切进步。比如说，马克建议在星期六也和礼拜天一样开放集市，试上一试。”

“戈德温能用什么理由反对呢？”

“他说，这样就让人们赶集而不去教堂了，那就糟了。”

“有些人也可以在星期六去教堂嘛。”

“戈德温的杯子总是半空的，而不是半满的。”①

“教区公会肯定反对他了？”

“并不经常。埃尔弗里克如今是会长了。他和艾丽丝几乎把埃德蒙留下的全都弄到手了。”

“会长不一定是镇上最有钱的人嘛。”

“但往往都是。别忘了，埃尔弗里克雇用了好多工匠——木匠、石匠、泥水匠、搭脚手架的——而且还从建筑材料商人们的手中买东西。镇上有的是人多少都要支持他。”

“而埃尔弗里克一向靠拢戈德温。”

“没错。他把修道院的所有修建工程都拿到手了——这也就等于是一切公共工程。”

“可他是个本事不济的建筑匠师啊！”

“奇怪，是吧？”玛奇用开心的口气说，“你会认为戈德温要找本领最棒的人来干。可他不，对他来说，全看谁最顺从，谁最毫无疑问地服从他的想法。”

梅尔辛感到有些不痛快。一切都没变：他的对手都还大权在握。这可能证明了他难以重操旧业。“看来，这儿没有对我是好的消息。”他站起身，“我最好去看一眼我的岛。”

“我肯定，马克一从梅尔库姆回来，就要去找你的。”

梅尔辛到隔壁去叫洛拉，可看到她玩得那么开心，他就把她留给朵拉，穿城向河边走去。他又对他那座桥的裂缝看了看，其实他

① 这是形容悲观看法的比喻。

也用不着多看了：原因显而易见。他便向麻风病人岛走去。那里还是老样子：岛的西端有几处码头和货仓，而在东端，紧挨着从一个桥孔通向另一个桥孔的路边，就是他租给吉米的那处住房。

他刚把这座小岛拿到手的时候，曾经计划大大开发一下，在他外出的这些年里，当然是没有什么成绩。如今他想他能够有新作品了。他步量了一下地面，大体测算着未来的建筑和街道，直到午餐时刻到了。

他接了洛拉，返回贝尔客栈。贝茜给他端来了可口的加了大麦的炖猪肉。店里阒无一人，贝茜就和他们一起吃饭，还拿来了一罐她最好的红葡萄酒。他们吃完饭后，她又给他倒了一杯酒，他就给她讲起了他的想法。“从一座桥到另一座桥横穿岛的大路是建造商店的理想地段。”他说。

“还有客栈呢，”她指出，“这地方和冬青丛是镇上生意最忙的客栈，就是因为紧靠着大教堂。人们来来往往的地方最适合开客栈了。”

“我要是在麻风病人岛盖一家客栈，你就能来经营了。”

她直盯着他看：“我们可以一起来经营。”

他对她微微一笑。他把她的好饭好酒吃喝一饱，随便哪个男人都乐意和她滚到床上，享受她那柔软圆润的肉体；他可不成。“我非常喜欢我妻子西尔维娅，”他说，“不过，我们结婚这么多年，我一直在思念凯瑞丝。而且西尔维娅也知道。”

贝茜移开了目光：“这太伤心了。”

“我知道。所以我再也不会对别的女人这样了。除去凯瑞丝，我谁也不娶了。我称不上好男人，但我总没那么坏吧。”

“凯瑞丝可能永远都不会嫁给你的。”

“我知道。”

她站起身，收起他们的碗碟。“你是个好男人，”她说，“太好了。”她转身回了厨房。

梅尔辛把洛拉放到床上午睡，然后坐在店门前的一条板凳上，眺望着山坡下的麻风病人岛，一边在一块大石板上画着草图，一边享受着九月份的阳光。其实他也没干成多少事情，因为每一个走过的人都想请他去家中做客，并打听他这九年里都做了些什么。

将近黄昏的时候，他看到了马克·韦伯的高大身影赶着一辆装着一只桶的大车走上山来。马克一向是个大块头，但梅尔辛此刻观察到，他已经是又高又大的胖子了。

梅尔辛握着他的那只巨手。“我到梅尔库姆去了，”马克说，“每隔几个星期就去一次。”

“桶里装的什么？”

“刚运下船的波尔多葡萄酒——那条船还带来了消息。你知道，琼公主正在去西班牙？”

“知道。”欧洲每一个消息灵通的人都知道，爱德华国王的十五岁女儿要嫁给卡斯蒂尔王室继承人彼得罗王子。这场婚姻会加强英格兰和伊比利亚半岛上最大的王国之间的联盟，确保了爱德华能够集中精力继续其对法兰西的无休止的战争，而免除了来自南方的后顾之忧。

“唉，”马克说，“琼死于波尔多的黑死病了。”

梅尔辛大受震惊：一方面由于爱德华在法兰西的地位突然变得摇摇欲坠，但更主要的还是由于黑死病传播得如此广泛。“他们在波尔多害上了黑死病？”

“法兰西的水手告诉我，满街都堆着尸体。”

梅尔辛感到了心神不安。他原以为他已经把“大死亡”抛在了身后。但愿不会传到英格兰这么远的地方吧？他本人并不惧怕这种传染病：谁都不会得第二次的，因此他会平安无恙，而洛拉属于那种由于某种原因而没受感染的人。但他为其他的人担心——尤其是凯瑞丝。

马克心里还装着别的事。“你回来的时候刚好，一些年轻的商人对埃尔弗里克当会长已经忍无可忍了。在很多时候他只是戈德温的应声虫。我准备跟他对着干一下。你是能有影响的人。今天晚上有一次教区公会的会议——来参加吧，我们马上就接受你入会。”

“我没有学徒期满会有麻烦吗？”

“你在这儿和国外建成了那么多工程，如今很难找你的岔子了。”

“好吧。”梅尔辛要是想开发这座岛，是需要成为公会一员的。人们总要找出理由来反对新的建筑物，而且他本人就需要得到支持。但对于入会一事，他并不像马克那样信心十足。

马克把他的酒桶送回家，梅尔辛则进屋去给洛拉开饭。日落时分，马克来到贝尔客栈，梅尔辛与他在温和的午后转为凉爽的傍晚时，一起走上主街。

多年前，梅尔辛站在公会大厅向教区公会陈述他的桥梁设计时，在他眼里，这里像是一座精美的建筑。但在他见识了意大利的大型公共建筑之后，如今再看这座大厅，就显得笨拙破败了。他不知道像博纳文图拉·卡罗利和劳若·菲奥伦蒂诺那样的人该如何看待这座建筑：粗糙的石砌底层有监狱和厨房，其主厅中有一排柱子一直延伸到中间，以支撑屋顶，十分碍眼。

马克把他介绍给在他外出期间来到王桥或发迹起来的几个人。不过，大多数面孔都是熟悉的，只是比先前老了些。梅尔辛向这两天里还没遇到的几个熟人致意。其中就有埃尔弗里克，他炫耀地身穿一件夹银丝的彩缎外衣。他没有表示惊讶——显然已经有人告诉他梅尔辛回来的消息了——但以毫不掩饰的敌意瞪着他。

出席的还有戈德温副院长和他的助理菲利蒙。梅尔辛注意到，四十二岁的戈德温长得更像他舅舅安东尼了：嘴角的线条下垂着，总是显得怨气十足。他做出一副和蔼可亲的模样，可能可以哄骗那些不了解他的人。菲利蒙也变了，他不再那么低声下气。他散发着兴旺商人的那股劲头，一副志得意满的神气——不过梅尔辛觉得他依旧能够看到，在这种外表之下，是对如今仍不得不摇尾乞怜的焦虑和自我愤恨。菲尔蒙握着他的手，如同碰到了一条蛇。旧日的仇恨竟然如此长久不衰，实在让人沮丧。

一位英俊的黑发青年看到梅尔辛时在身上画着十字，原来他便是梅尔辛原先的徒弟吉米，现在人们都叫他杰列米阿建筑匠师了。梅尔辛欣喜地看到，他干得不错，已经加入教区公会了。不过，他看上去还和以往一样迷信。

马克向跟他搭讪的每一个人都提起琼公主的新闻。梅尔辛回答了有关黑死病的一两个焦虑的问题，但王桥的商人们更关心的是与卡斯蒂尔联盟的崩溃会拖长对法战争，那对生意显然是不利的。

埃尔弗里克坐到硕大的羊毛口袋天平前面的大椅子上，宣布开会。马克当即提议接收梅尔辛为会员。

埃尔弗里克果然表示反对：“他没有学徒期满，所以从来不是公会的一员。”

“你的意思是他不肯娶你的女儿？”一个人说道，众人哄堂大笑。梅尔辛过了一会儿才认出来讲话的人是比尔·瓦特金，那个盖住宅的，围着他谢了顶的那圈黑发，如今已变灰了。

“因为他算不上及格的工匠。”埃尔弗里克顽固地坚持着。

“你怎么能这么说？”马克反驳道，“他已建过住宅、教堂、宫殿——”

“还有我们的大桥，才过八年就裂了。”

“那是你造的，埃尔弗里克。”

“我分毫不差地按照梅尔辛的图纸造的。显然，桥孔不够牢固，承受不了路面及过往车辆的重压，我装的铁撑也挡不住裂缝越来越大。因此，我建议加固中心券两侧的拱架，两座桥都要这样做，用第二道石料，加粗一倍。我原想今晚来谈这个题目的，因此我已经准备好了预算开支。”

埃尔弗里克就在动手策划这场抨击的时候，听到了梅尔辛回到镇上的消息。他一向与梅尔辛为敌，至今未变。然而，他未能弄懂那座桥的症结，这恰恰给了梅尔辛一个机会。

他低声对杰列米阿说：“你肯帮我一个忙吗？”

“你为我做了一切，当然没说的。”

“马上跑到修道院，要求紧急面见凯瑞丝姐妹。要她找出我为这座桥做的原始设计。那张图纸应该在修道院的图书馆里。立即把图纸带回这儿来。”

杰列米阿溜出了屋子。

埃尔弗里克接着说：“我应该通报各位，我已经和戈德温副院长讲了，他说修道院无力支付修桥费。我们得像当初集资建桥一样来集资修桥，然后再从过桥费中回收。”

人们纷纷议论起来。随后是每位公会成员应该出资多少的长时间的吵嚷。梅尔辛感到了房间里对他的敌意在增长。这无疑是埃尔弗里克故意掀起的。梅尔辛死盯着门洞，等待着杰列米阿重新露面。

比尔·瓦特金说：“要是梅尔辛的设计有毛病，也许该由他出这笔修桥费。”

梅尔辛再也无法对这场讨论置身度外了。他不顾一切地说：“我同意。”

人们惊呆了，屋内一片沉寂。

“要是我的设计造成了裂缝，我就自己出资来修桥。”他满不在乎地继续说。造桥是很费钱的，如果他在这事上错了，他会花掉一半他的家财的。

比尔说：“我敢说，这话很漂亮嘛。”

梅尔辛说：“可是我还有话要说，首先当然要得到诸位的允许。”他瞅着埃尔弗里克。

埃尔弗里克迟疑着，显然在努力想出个拒绝的理由；但比尔说：“让他说嘛。”众人交口赞成。

埃尔弗里克无可奈何地点了点头。

“谢谢，”梅尔辛说，“拱券若是无力，裂缝会以特有的模式出现。券顶的石头会向下压，所以下缘就会呈八字形开裂，裂缝在拱腹的顶部——也就是内侧的上端出现。”

“这是真的，”比尔·瓦特金说，“我曾经多次看到过那种裂缝。通常并无大碍。”

梅尔辛继续说：“这不是你们见到的这座桥的那种裂缝。与埃尔弗里克所说的相反，这些拱券强度是足够的：拱券的厚度是其基础部分直径的十二分之一，在各国这都是标准的比例。”

房间里的建筑匠师纷纷点头。他们都知道这个比例。

“顶部完好无损。不过，在中间桥墩两侧拱券的起拱点处都有了横向的裂痕。”

比尔又说话了：“在分成四部分的拱顶中，有时会看到那种现象。”

“这座桥却不是那种情况，”梅尔辛指出，“这些拱顶都是简单的。”

“那是什么原因造成的呢？”

“埃尔弗里克没有照我的原设计施工。”

埃尔弗里克说：“我照做的！”

“我特别要求在桥墩的两端要用一堆松散的大石头。”

“一堆石头？”埃尔弗里克嘲讽地说，“而你还说就是靠这个撑起的桥？”

“不错，就是这样。”梅尔辛说。他看得出来，哪怕是在场的建筑匠师们也都附和埃尔弗里克的怀疑。但他们不懂建桥，由于桥是建在水中的，因此和任何其他建筑都不同。“石头堆是设计中的根本。”

“图纸中根本没有。”

“埃尔弗里克，你愿不愿意把我的设计图拿出来给大家看看，来证明你的观点？”

“画图的地面早就抹掉了。”

“我在羊皮纸上画了一张图，应该存在修道院的图书馆里的。”

埃尔弗里克看着戈德温。此刻，他们两人之间的同谋关系已经昭然若揭，梅尔辛希望众会员都一目了然。戈德温说：“羊皮纸很贵。那张设计图早已被刮掉重新使用了。”

梅尔辛点了点头，似是信了戈德温的托词。这会儿杰列米阿依旧不见踪影。梅尔辛也许不得不在没有原图相助的情况下争取赢得辩论了。“那些石头本来可以防止如今出现裂缝的问题的。”他说。

菲利蒙插嘴说：“你当然会这么说啦，是吗？可是我们何必要相信你呢？你不过是空口说白话来反驳埃尔弗里克罢了。”

梅尔辛明白，他只能硬着头皮孤注一掷了，他心想，成败在此一举。“我要告诉你们问题的所在，并且在光天化日之下向你们证明，要是明天一大早你们肯到河边和我会面的话。”

埃尔弗里克的脸色表明，他想拒绝这次挑战，但比尔·瓦特金说：“这很公平合理！我们就到现场去好了。”

“比尔，你能不能带上两个善于游泳和潜水的机灵孩子？”

“这好办。”

埃尔弗里克已经控制不住会场了，于是戈德温只好亲自出马，充当傀儡的主人了。“你打算要什么把戏？”他气愤地说。

但为时已晚，别人这时都已经好奇了。“就让他证明一下嘛，”比尔说，“他要是耍花招，我们都会很快就清楚的。”

就在这时，杰列米阿进来了。梅尔辛高兴地看到，他手里端着一个木框，上面展现着一大张羊皮纸。埃尔弗里克瞪着杰列米阿，傻了眼。

戈德温面色苍白，问道：“谁给了你这个？”

“一个泄露了秘密的问题。”梅尔辛评论着，“副院长大人不问这图纸说明了什么，也不问来自何处——仿佛他早已知道了。他只是不晓得谁把图纸交出来的。”

比尔说：“别管那些了。杰列米阿，给我们看看图纸吧。”

杰列米阿站在大天平的前面，把图纸木框转着方向，让大家都能看到。就在桥墩的底部画着梅尔辛所提到的石头堆。

梅尔辛站起身来：“明天早晨，我会解释石堆如何起作用。”

季节已经由夏入秋，一大早的河边颇有凉意。消息已经传开，说是有一出戏要上演，除去教区公会成员，还有两三百人等着看梅尔辛和埃尔弗里克之间的这场对决。连凯瑞丝都来了。这已不再仅仅是个工程问题上的争论了，梅尔辛心中有数。他是代表年轻一代向旧有的权威发起挑战，而大家对此也心知肚明。

比尔·瓦特金带来了两个十二三岁的男孩，脱得只穿着小裤衩，冷得直打战。原来他们是马克·韦伯的两个小儿子丹尼斯和诺亚。十三岁的丹尼斯矮小敦实，身材像他母亲。他长着一头红褐色的头发，就像秋季里树叶的那种颜色。比他小两岁的诺亚，个子比较高，大概能长成马克那样的大块头。梅尔辛是靠丹尼斯那头短短的红发来分辨这哥俩的。他不知道丹尼斯会不会像他在这个年龄时那样尴尬：因为有个比自己又高又壮的弟弟。

梅尔辛想到，埃尔弗里克可能会反对马克的儿子当潜水员，理由是小哥俩可能事先得到父亲的嘱咐，告诉他们说什么。不过，埃尔弗里克什么也没说。马克一向为人坦诚，谁都不会怀疑他藏着掖着，大概埃尔弗里克深知这一点——或者更有可能的是，戈德温明白这一点。

梅尔辛告诉两个孩子做什么。“游到中心的桥墩，然后潜水下去。你们会发现桥墩往下很长一段都是光滑的。然后就到了底部，有一大堆石头靠灰浆固定在一起。你们到了河床后，就去摸摸基础的下边。你们大概看不到东西——水里泥沙太多。但是，把气憋得尽量长久些，把基础周围彻底查一查。然后就浮上水面，原原本本地把你们发现的情况告诉我们。”

他俩跳进水里，游了出去。梅尔辛对聚在现场的镇民们说：“这条河的河床不是石头而是泥沙。水流在桥墩周围形成漩涡，把泥沙从柱子下面冲出来，留下了只有水的凹陷。这种情况在老的木桥时就发生过。橡木桥墩根本就没有在河床上安稳，而是靠桥面悬在那里。所以桥就塌了。为了防止新桥出现同样的情况，我专门设计在桥墩基脚周围堆上大块的粗石。这样的石堆能阻挡水流，使水流散乱并减弱。然而，由于没有堆这些石头，桥墩就遭到了破坏。桥墩不再支撑桥面，而是从上面往下悬着——所以就在桥墩和桥券衔接的地方有了裂缝。

埃尔弗里克怀疑地哼了几声，但其他匠师都兴致盎然。两个男孩游到河中间，扶着中央的桥墩，深吸了一口气，就潜下水去不见了。

梅尔辛说：“等他俩回来，就会告诉我们，桥墩没有落在河床上，而是悬在凹陷之上，凹陷中积满了水，大得足足容得下一个男子爬进去。”

他希望他是对的。

两个男孩在水下待了让人心悬的很长时间。梅尔辛觉得自己透不过气来，他是在同情他们啊。终于一颗湿漉漉的红发脑袋露出了水面，然后是一个褐发头颅。他们彼此点了下头，仿佛在落实他俩观察到的是完全一样的情况。随后他们就向岸边划水而来。

梅尔辛对自己的判断并没有十足的把握，但他想不出别的理由解释那些裂缝。他感到有必要做出一副极度自信的样子。若是他此时证明有误，就会看着更愚蠢了。

两个男孩游到岸边，蹚水上来，一边喘着气。玛奇递给他们两条毯子，他们便裹到了发抖的肩膀上。梅尔辛等他们调匀了呼吸，才说："怎么样？你们发现了什么情况？"

"什么也没有。"老大丹尼斯说。

"这话是什么意思？"

"在柱墩根上，什么也没有。"

埃尔弗里克满脸得意相："你是说，只有河床的淤泥。"

"不是！"丹尼斯说，"没有泥——只有水。"

诺亚插嘴说："有一个洞，可以爬进去——一下子就能爬进去呢！那个大柱子就悬在水里，下面什么都没有。"

梅尔辛竭力不露出松了一口气的表情。

埃尔弗里克怒气冲冲地说："还是没有权威的根据说；一堆松散的石头会解决这个问题。"可这时没人听他这一套了。在众人眼里，梅尔辛已经证明了他的观点。大家围拢他，评论着，询问着。过了一会儿，埃尔弗里克独自走开了。

梅尔辛感到一阵怜悯的痛楚。随后就想起，他当学徒的时候，埃尔弗里克如何用一段木头打他的脸；他的怜悯升腾在清晨冷冽的空气中了。

56

第二天上午，一名修士到贝尔客栈来见梅尔辛。他把兜头帽拉下来之后，梅尔辛并没在第一眼认出他。随后他看到那修士的左臂齐肘部截掉了，才反应过来原来是托马斯兄弟。如今他已年逾四旬，胡须灰白，眼角和嘴角都有了深深的皱纹。事隔多年之后，他的秘密是否依旧对他很危险呢？梅尔辛心中纳闷。时至今日，若是真相一旦揭露出来，托马斯是否仍有性命之虞呢？

但是托马斯不是来谈这件事的。“你在桥的事情上是对的。”他说。

梅尔辛点点头，这其中的满足是苦涩的。他本来就是正确的，但戈德温副院长当年却解雇了他，结果便是他的桥永远不会完美了。“我当时就想解释粗石的重要性，”他说，“但我知道埃尔弗里克和戈德温绝不会听我说的。于是我就告诉了羊毛商埃德蒙，后来他却死了。”

“你要是告诉我就好了。”

“是啊。”

“跟我去一趟教堂吧，”托马斯说，“你既然能从几处裂缝中发现那么重大的问题，能成的话，我倒愿意给你看些东西。”

他带着梅尔辛来到教堂的南交叉甬道。在这里以及圣坛的南通道，埃尔弗里克按照十一年前坍塌的部分重新修复了拱顶。梅尔辛当即看出了托马斯忧虑之所在：裂缝重新出现了。

“你说过，裂缝还会回来的。”托马斯说。

“是啊，除非你发现了问题的根本原因。”

“你是对的，埃尔弗里克又一次错了。”

梅尔辛感到一阵激动。若是塔楼需要重修的话——“你明白了，可是戈德温呢？”

托马斯没有回答这一问题：“你认为根本原因可能在哪儿呢？”

梅尔辛集中思绪在这个迫切的问题上。多年来他曾反复想过这个问题。“这不是最初的塔楼了，是吗？”他说，“按照《蒂莫西书》的记载，塔楼重建过，而且比原先的高了。”

“大概是一百年前了，对——那会儿的生羊毛生意正在兴旺起来。你是不是觉得修得太高了？”

“那要看地基了。”大教堂的地势向南是个缓坡，一路下到河边，这可能是一个因素。他走过十字甬道，从塔楼下来到北交叉甬道。他站在十字甬道东北角的庞大主柱的脚下，抬眼望着头上伸出的拱券——跨过圣坛的北通道一直架到墙上。

“我担心的是南甬道，”托马斯有点急躁地说，“这地方没问题。”

梅尔辛向上指着。“拱券的下侧——拱腹处——有一道裂缝就在顶部，”他说，“这种情况在桥上也会发生，就是在桥墩基础不当的时候，就会开始向两边呈八字形倾斜。”

“你在说些什么——塔楼在从北交叉甬道向外移动吗？”

梅尔辛穿过十字甬道往回走，望着南侧成对称的拱券。“这个拱券也开裂了，不过是在上侧——拱背处，你看到了吧？上面的墙也开裂了。”

“裂缝不算很大。”

“却提醒了我们正在发生什么情况。在北侧，拱券受到了拉力；而在南侧，却受到了挤压。这说明塔楼在向南移动。”

托马斯谨慎地抬头看着：“看着还挺直的嘛。”

“你用眼睛是看不出来的。可要是你向上爬进塔楼，从十字甬道的一个柱顶上向下吊一根铅锤，就在拱券的起拱点下方，等到垂线触到地面，你就会看到垂线会距柱子向南飘移好几英寸。而且，随着塔楼倾斜，就离开了圣坛的墙壁，最严重的损坏就在这里显露出来了。”

“该怎么办呢？”

梅尔辛本想说：你得委任我建一座新塔楼。但这么说还为时过早。“在进行任何修建之前，先要做更多的调查，”他抑制着自己的激动说，“我们已经确定，裂缝是由于塔楼移动才出现的——可是为什么会移动呢？”

“我们怎样才能弄清呢？”

“挖一个洞。”梅尔辛说。

最后，由杰列米阿挖了那个洞。托马斯不想直接雇用梅尔辛。他说，实际上难以让戈德温出钱来做这项调查，他好像从来没有富余的钱。但他不能把这活计交给埃尔弗里克，那人会说没什么可调查的。折中方案就找上了梅尔辛原先的徒弟。

杰列米阿已经从师父那里学到了不少东西，而且喜欢干活麻利。第一天，他掀起了南交叉甬道地面上铺的石头。次日，他的人就动手掘开了十字甬道东南的巨大块壁周围的地面。

随着洞穴越挖越深，杰列米阿做了一架木吊车，把土提升出洞。到了第二个星期，他只好做了一部木梯，支在洞壁上，以便工人能下到洞底。

与此同时，教区公会给了梅尔辛修复桥梁的合同。埃尔弗里克当然反对这一决定，但他已没有地位宣称，梅尔辛是接这项工作的最佳人选，所以也就不费事去争论了。

梅尔辛以饱满的精力和惊人的速度投入了工作。他在两座有毛病的桥墩周围筑起围堰，抽光里面的积水，把桥墩下的空洞填满碎石和灰浆，随后，他要在桥墩周围堆上大块的粗石——这原是他当年从一开始就设计下的。最后，他要拆掉埃尔弗里克装的难看的铁锔子，用灰浆填满裂缝。只要修复后的基础牢固，裂缝就不会再开裂了。

但他一心想干的活儿是重建塔楼。

这事谈何容易。他要使修道院和教区公会接受他的方案，而这两个地方当前正由两个最坏的对手戈德温和埃尔弗里克所把持。

第一步，梅尔辛鼓励马克自荐竞选会长，以取代埃尔弗里克。会长选举于每年的十一月一日——万圣节那天举行。实际上，大多数会长都在无人反对的情况下连选连任，直至退休或死去。然而，其中无疑是允许竞争的。先前羊毛商埃德蒙还在职时，埃尔弗里克本人其实就曾自我提名过。

马克不须费太大的事。他已在步步为营地结束埃尔弗里克的统治了。埃尔弗里克对戈德温唯命是从，再盘踞教区公会根本没理由了。全镇事实上由修道院治理，而修道院却偏狭、保守，对新观念拒之门外，而且无视镇上人的利益。

于是两名候选人便紧锣密鼓地争取支持。埃尔弗里克有他的追随者，主要是他雇用的人和购买材料的供货商。但他在桥梁的争论上丢大了脸，连站在他一边的人都抬不起头来。反之，马克的支持者却热情洋溢。

梅尔辛每天都到大教堂，去检查大立柱的基础，因为这些基础随着杰列米阿的挖掘而暴露出来。这些基础和教堂其余部分用的是同样的石头，是铺在灰浆层上的，但边缘砌得不够仔细，因为是看不到的。每一层都比上面一层要宽大一些，总体呈金字塔状。随着挖掘的深入，他检查着每一层的弱点，倒是没发现什么。但他坚信他最终会找到问题的。

梅尔辛没把他的想法告诉任何一个人。若是他的怀疑属实，十三世纪的塔楼对十二世纪的地基过于沉重，解决的办法便是根本性的：塔楼只能推倒重建。而新塔楼一定要建成全英格兰最高的。

十月中的一天，凯瑞丝出现在挖掘现场。那是在清晨，冬日的阳光透过东面的大窗户射了进来。她站在洞区，头上裹着兜头帽，如同一圈光环。梅尔辛的心跳加剧了。或许她要给他一个答复呢。他急切地爬上了梯子。

她的美丽一如既往，虽说在强烈的阳光下，他看不出九年的岁月在她脸上留下什么痕迹。但她的肌肤不再那么润泽，而且嘴角上如今也有了极细小的皱纹。但她那双碧眼依旧闪现着机警，那是他爱恋不舍的。

他俩一起走过中殿的南甬道，在立柱附近停下了脚步，那地方总让他想起他曾经如何在那儿触摸过她。“看见你真高兴。”他说，“你总是躲着我。”

“我是修女，理应躲在一边。”

“但是你在思考放弃你的誓言一事。”

“我还没有做出决定。”

他一下子便垂头丧气了：“你需要多久呢？”

“我也不知道。”

他把目光移开了。他不想让她看到她的迟疑不决使他受到多大伤害。他什么也没说。他本想告诉她，她不讲道理，可那有什么用呢？

“我估摸你会找时间去天奇看望你的父母的。”她说。

他点点头：“很快吧——他们会乐意见见洛拉的。”他也热切地想见他们，之所以拖延下来，是因为他深深陷在桥梁和塔楼的工作中了。

“那样的话，我希望你跟你弟弟谈谈韦格利的伍尔夫里克的事情。”

梅尔辛想谈的是他自己和凯瑞丝的事，而不是伍尔夫里克和格温达的事。他的反应很冷淡：“你想让我跟拉尔夫说什么？”

“伍尔夫里克干活挣不到钱——只能换点吃的——因为拉尔夫连一小块地都不肯给他。”

梅尔辛耸了耸肩：“伍尔夫里克打破了拉尔夫的鼻子。”他觉察到谈话开始陷入了一场争吵，他便自问他何以会生气。凯瑞丝已有几个星期没和他讲话了，如今却为了格温达的缘故打破了沉默。他意识到，他是在为格温达在她心目中的地位而怨恨。他告诫自己，这种情绪是不值得的，可他甩不掉。

凯瑞丝心烦得脸都红了：“打架的事都过去十二年了！难道拉尔夫还不该停止惩罚他吗？”

梅尔辛已经忘记了他和凯瑞丝间往年的意见不一的所在，

但此时他才意识到这种摩擦似曾相识。他避重就轻地说："他当然应该停止了——这是我的看法。但是拉尔夫的看法才是算数的。"

"那就看看你能不能改变他的看法了。"她说。

他不满意她这种咄咄逼人的态度。"我对你唯命是从。"他用玩笑的口吻说。

"干吗话里带刺呢？"

"因为我当然没有对你唯命是从，可你倒像是觉得我是那样的。而我却感到那样跟着你走有点犯傻。"

"噢，看在老天的分儿上，"她说，"我这个要求伤害了你吗？"

出于某种原因，他觉得她肯定是打定主意回绝他并且要在女修道院待下去了。他竭力控制自己的情绪。"我们如果是夫妻，你要我做什么都成。而在你继续保留回绝我的选择的前提下，你这么做似乎就有点蛮横了。"他明知自己的话显得夸大，可就是停不下来。若是他暴露了他的真实感情的话，他会放声大哭的。

她义愤填膺，根本没注意到他的沮丧。"可这甚至不是为了我自己！"她反驳说。

"我明白这是你的慷慨大度使你这样要求我，可我还是觉得你在利用我。"

"那好吧，你就别做了。"

"我当然会做的。"他突然控制不住自己了。他转身从她身边走开，因为某种莫名其妙的激动而颤抖。他大步走过大教堂的甬道，竭力控制着自己。他来到了开挖的地点，心想这样很愚蠢。他转身回望，但凯瑞丝已没了人影。

他站在洞口向下看，等候着内心的风暴平息下来。

过了一会儿他才意识到，挖掘工作已经到了关键阶段。在他下方三十英尺处，已经挖过了灰浆的地基，下面的东西露了出来。他眼下对凯瑞丝既然无能为力，不如集中精力在工作上。他深吸了一口气，咽下去，走下了梯子。

这是个要紧的节骨眼。他因凯瑞丝而引起的沮丧，随着他观察着人们进一步向下深挖而缓解了。一铲又一铲沉重的泥沙被挖出并运走。梅尔辛研究着地基下暴露出的地层：像是沙子和小石子的混合物。人们刚挖走泥浆，沙子立即流进挖出的洞洼。

梅尔辛命令他们住手。

他跪下去，抓起一把泥沙，和周围的土质全然不同。根本不是这里的自然土壤，因此应该是修建时填到那里的。他心中升起发现的激情，完全压倒了关乎凯瑞丝的哀伤。“杰列米阿！”他叫道，“看看你能不能找到托马斯兄弟——越快越好。”

他吩咐工人继续挖掘，但挖的洞要窄些：到了这一点，挖掘可能对结构造成危险。过了一会儿，杰列米阿和托马斯回来了，他们三人便一起观察着工人向下深挖。最后，沙层终止了，下边露出的地层是天然的泥土。

“我不明白那些沙子是怎么回事。”托马斯说。

“我倒是想通了。”梅尔辛说。他尽量不露出得意的神情。他在多年前就已预见到，埃尔弗里克的修补工程，在没弄清问题的根本之前，是不会奏效的，他的见解不错——但要是说什么“我跟你们说过嘛”，显然绝不明智。

托马斯和杰列米阿期待地望着他。

他解释道：“挖掘地基深洞时，要用碎石灰浆铺底，然后才在上面垒石头。只要地基和上面的建筑成比例，便是一个完美的系统。”

托马斯不耐烦地说：“我们俩都明白这个。”

“这里的情况是，一座高得多的塔楼竖在了超乎其设计要求的地基上。多余的重量经过一百多年的作用，把那层碎石灰浆的铺底压成沙子了。沙子没有黏合力，在重压之下就散到周围的土壤里，于是造成了上面的石料下沉。在南侧的后果更严重，就是因为那是个天然的下坡。”他对自己这番推断深感满意。

那两个人陷入了思索。托马斯说：“我看我们得加固这地基。”

杰列米阿摇着头说：“我们在石料下面加固之前，我们得先清理这些沙子，那就让地基没了支撑，塔楼就会坍倒。”

托马斯感到困惑了：“那我们能怎么办呢？”

他俩都瞅着梅尔辛。他说：“在十字甬道上面建一个临时的顶篷，竖起脚手架，把塔楼一块块石头地拆下，然后再加固地基。”

“那样的话，我们就得建一座新塔楼了。”

这正是梅尔辛想要的，但他没这样说。托马斯可能会猜疑，他的判断有他个人渴望的色彩。“恐怕得这样了。”他假装遗憾地说。

“戈德温副院长不会愿意的。”

“我知道，”梅尔辛说，“但我看他别无选择。”

次日，梅尔辛把洛拉安置在他身前的马鞍上，便骑马离开了王桥。当他们在林中穿行时，他满脑子想的都是他和凯瑞丝意义重大的交换意见。他知道自己不够大度。在他设法赢回她的爱的时候，这是多么愚蠢啊。他中了什么魔了？凯瑞丝的要求完全合乎情理嘛。他何以不肯为他要娶的女人做出小小的奉献呢？

但她并没有同意嫁给他，她仍保有回绝他的权利，这是他气恼的根源。她在不承担责任的条件下，却在行使一个未婚妻的特权。

他如今明白了，他以此为由来反对真够小心眼的。他真蠢，把本来是愉快的亲密时刻，搅成了一场口角。

他沮丧的内在原因实在昭然若揭。凯瑞丝要他等多久才能做出答复？他又准备等多久？他不愿去多想这些。

无论如何，若是他能够劝阻拉尔夫停止迫害可怜的伍尔夫里克，只能对他有好处。

天奇在郡境的另一头，梅尔辛中途在风中的韦格利过了一夜。他发现在多雨的夏季和连续第二年的歉收之后，格温达和伍尔夫里克十分羸瘦。伍尔夫里克的伤疤似乎在凹陷的面颊上更为突出了。他们的两个小儿子面色苍白，拖着鼻涕，唇上生疮。

梅尔辛给了他们一条羊腿、一小桶葡萄酒和一枚佛罗伦萨金币，假说金币是凯瑞丝捎来的礼物。格温达在火上炖着羊腿。她满脸怒火，诉说着对他们的各种不公，唾沫飞溅，如同那翻滚着的炖肉。“珀金几乎占有了全村土地的一半！”她说，“他能耕种过来全仗着有伍尔夫里克给他一个顶仨地干。可他还不知足，让我们穷成这样。”

“拉尔夫还这么记仇，我真不好意思。”梅尔辛说。

“是拉尔夫挑起了那场斗殴！”格温达说，“连菲莉帕夫人都这么说。”

“旧怨啦。”伍尔夫里克达观地说。

“我要让他看明事理。”梅尔辛说，“要是他肯听我的，你们想要他做些什么？”

“啊，”伍尔夫里克说，他的眼睛里有一种深邃的目光，这在他可不寻常，“每个礼拜天我祈祷的就是要回我父亲耕种的土地。”

“那是绝不可能的。”格温达当即说，“珀金的地位太牢固了。就算他死了，他还有一个儿子和一个出了嫁的女儿等着继承呢，加上两个孙辈一天天长大。可我们只想有一块我们自己的土地。过去这十一年里，伍尔夫里克拼命干活，养活着那些人的孩子。是他凭力气得点好处的时候了。”

“我要告诉我弟弟，他已经惩罚你够长的了。”梅尔辛说。

第二天，他带着洛拉从韦格利骑马前往天奇。梅尔辛更决心要为伍尔夫里克出一把力，倒不是他想取悦凯瑞丝，而是对他发脾气的态度的补偿。他还感到伤心和气愤：像伍尔夫里克和格温达这样真诚勤劳的人居然由于拉尔夫的报复而忍饥受穷，孩子则病弱不堪。

他的父母住在村中的一所宅子里，并没住在天奇大厅里。梅尔辛惊讶地看到他母亲多么老态龙钟，尽管她在看到洛拉时抖起了精神。他父亲的样子要好一些。“拉尔夫对我们很不错的。”杰拉德用一种维护的口吻说，却只能让梅尔辛往反面想。那栋房子看着倒挺好，可他们当然愿意和拉尔夫一起住在大厅里。梅尔辛推测，拉尔夫不想让他母亲目睹他的一切行为。

他们带他四下看了看那所宅子，杰拉德向梅尔辛打听王桥的事情。“尽管受国王对法作战的影响，镇子还算繁荣。”梅尔辛回答说。

“啊——不过爱德华应该为他生来的权利而战，”他父亲说，“毕竟他是法兰西王位的合法继承人。”

“我看那不过是一场梦，父亲，”梅尔辛说，“不管国王入侵多少次，法兰西贵族也不会接受一个英格兰人当他们的国王。国王若是没有伯爵们的支持，是没法统治的。”

“可是我们应该制止法兰西人对我们南方海港的袭扰啊。”

“自从八年前我们摧毁了法兰西舰队的斯吕战役以来，那就不是主要问题了。反正，烧光农民的庄稼是不会制止海盗的——甚至会增加他们的人数。”

“苏格兰人不断入侵我们北方的郡县，法兰西人却支持他们。”

“你难道不认为国王若是在英格兰北方对付苏格兰人的骚扰，要比在法兰西北方作战强吗？”

杰拉德说不出话来了。大概他从来没想过战争的智慧问题。“我说，拉尔夫被封为骑士了，”他说，“他还给你们的母亲从加来带回一支银烛台呢。”

梅尔辛心想，这倒说到点子上了，这场战争的真正原因在于掠夺和荣耀。

他们一起向领主的宅邸走去。拉尔夫带着阿兰·弗恩希尔外出狩猎了。在那座宽敞的大厅里，有一把木雕大椅，显然是主人的座席。梅尔辛看到了他觉得是年轻女仆的人，怀着沉重的身孕，当介绍说她是拉尔夫的妻子蒂莉时，他惊愕不已。她随即到厨房取葡萄酒去了。

“她多大岁数？”她走开后，梅尔辛问他母亲。

“十四岁。”

女孩子在十四岁时怀孕倒不是没听到过，但梅尔辛依旧觉得这不是体面人家的作为。如此早孕通常出现在王室，就他们而言，有一个生育后嗣的政治重压，还有就是在无知的最底层农民当中，他们只知早婚早育，而中产阶层则保持着较高标准。“她有点太小了，是吗？”他悄声说。

莫德答道：“我们都要拉尔夫再等等，可是他不听。”显然她也不赞成。

蒂莉带着一名仆人回来了，仆人拿着一罐葡萄酒和一碟苹果。梅尔辛自忖，她可能挺好看，可是一脸疲惫像。他父亲强作快活地招呼她：“打起精神来，蒂莉！你丈夫很快就会回来了——你不想拉着长脸迎接他吧。”

“怀孕让我厌倦透了，”她说，“我只想把孩子早早生下来算了。”

“用不了多久啦，”莫德说，“我看也就是三四个星期吧。”

“好像是没有尽头。”

他们听到了门外有马声。莫德说：“听着像拉尔夫。”

梅尔辛等候九年未见的弟弟时，一如既往地怀着混杂的感情。他对拉尔夫的手足之情总是被听说拉尔夫的邪恶勾当所玷污。强奸安妮特只是开始。在拉尔夫当强盗的日子里，杀害过无辜的男女老幼。梅尔辛在行经诺曼底时听说了爱德华国王的军队犯下的滔天罪行，虽说他并不清楚拉尔夫到底干了什么，但要指望拉尔夫清白得没有烧杀奸掠的放荡行为就太傻了。可拉尔夫毕竟是他的弟弟。

梅尔辛敢肯定，拉尔夫同样有着混杂的感情。他可能还没原谅梅尔辛交出了他当强盗的藏身之地。而且，虽说梅尔辛要托马斯兄弟答应不杀死拉尔夫，但他明知道，拉尔夫一旦被捉，就要被绞死的。在王桥公会大厅地下室的狱室中，拉尔夫对梅尔辛说的最后一句话是："你出卖了我。"

拉尔夫和阿兰一起走进门，狩猎活动让他们沾满了泥土。梅尔辛看到他走路跛着脚大吃一惊。拉尔夫过了一会儿才认出梅尔辛。随后他便咧嘴大笑。"我的老哥！"他开心地说。这是个旧日的玩笑：梅尔辛年长，却始终个子小。

兄弟俩拥抱了。梅尔辛感到一阵温暖压倒了一切。他心想，经历了战争和疫病，他俩至少还都活着。他们当年分手时，他真不敢说他们还会相聚。

拉尔夫一屁股坐进那把大椅子。"拿些啤酒来，我们渴死了！"他对蒂莉说。

梅尔辛判断，他是不会有自责的。

他打量着他弟弟。拉尔夫自从1339年得到豁免奔赴战场那一天以来，变化很大。他失去了左手的几根手指，估计是在战斗中受的伤。他有了一种放荡的模样：他由于酗酒，面部青筋暴露，他的皮肤干燥掉皮。"你们打猎进行得怎么样？"梅尔辛问。

"我们带回来一只奶牛一样肥的獐子。"他带着满意的神情回答，"你可以吃獐肝当晚饭了。"

梅尔辛询问他在国王的军队中打仗的事，拉尔夫讲了一些战争中的亮点。他们的父亲豪情满怀。"一个英格兰的骑士胜过十个法兰西骑士！"他说，"克雷西一役就是证明。"

拉尔夫的反应出人意料地很有节制。"依我看，一个英格兰骑士与一个法兰西骑士没有什么太大的差别，”他说，“只是法兰西人还没有弄明白我们组成的耙形阵容——在下了马的骑兵和步兵的两侧布置好了箭手。他们依旧对我们采取自杀式的冲锋，而且在很长时间内还会继续这样作战。但他们总有一天会想明白，到那时他们就会改变他们的战法。与此同时，我们在防御时几乎不可战胜。可惜，耙形战阵与进攻无关，所以我们最终也没有大胜。”

梅尔辛没想到他弟弟已经变得如此成熟。战争赋予了他深度和细腻，这是他原先不具备的。

轮到梅尔辛，便谈起了佛罗伦萨：该城难以想象的规模，商人的财富，教堂和宫殿。拉尔夫对青年女奴的事特别着迷。

夜幕降临了，仆人们拿来了灯烛，随后又端来了晚饭。拉尔夫喝了好多葡萄酒。梅尔辛注意到，他很少和蒂莉说话。这或许并不值得大惊小怪。拉尔夫是个三十一岁的军人，成年后的大部分岁月都在军队中度过，而蒂莉却是个十四岁的女孩，一直在女修道院接受教育。他俩又有什么可谈的呢?

夜晚，杰拉德和莫德回了他们自己的住所，蒂莉也上了床，梅尔辛扯起了凯瑞丝要他谈的话题。他比原先感到更乐观了。拉尔夫表现出了成年人的气概。他原谅了梅尔辛1339年的做法，而他对英法两军战法的冷静分析，更是明显地摆脱了部落式的骑士精神的局限。

梅尔辛说：“我来这里的路上，在韦格利过了一夜。”

“我知道那里的漂染磨坊还是很忙。”

“红绒布已经成了王桥的大生意。”

拉尔夫耸了耸肩：“马克·韦伯按时交租。”贵族谈生意是有失尊严的。

“我住在格温达和伍尔夫里克那儿，”梅尔辛接着说，“你知道，格温达和凯瑞丝从小就是朋友。”

“我记得我们一起在林子里遇上了托马斯·兰利爵士的那一天。”

梅尔辛迅速地瞥了一眼阿兰·弗恩希尔。他们都照儿时的誓言守口如瓶，没有对任何人说过那件事。梅尔辛想继续保密，因为他感到对托马斯仍然重要，尽管他并不清楚其原因。但阿兰并没有反应：他喝了太多的葡萄酒，对暗示充耳不闻。

梅尔辛迅速地接着说：“凯瑞丝要我跟你谈谈伍尔夫里克。她认为你为那次打斗已经把他惩罚够了。我也这么看。”

“他打破了我的鼻子！”

“记得吧？我就在场。你并非完全没错。”梅尔辛想轻描淡写，“你确实摸了他的未婚妻嘛。她叫什么来着？”

“安妮特。”

“要是她的奶头抵不上一只破了相的鼻子，只能怪你自己。”

阿兰哈哈大笑，但拉尔夫并不开心：“伍尔夫里克差点把我送上绞架——在安妮特假装被我强奸之后，挑动了威廉爵士。”

“可是你并没有被绞死啊。而你从法庭逃跑时却用剑砍破了伍尔夫里克的面颊，那伤口真吓人——都露出后牙了。他那伤疤要留一辈子了。”

“好嘛。”

“你足足惩罚了伍尔夫里克十一年。他的妻子瘦得皮包骨，孩子也都害着病。你难道还嫌不够吗，拉尔夫？”

“不。”

“怎么讲？”

“还不够。”

“为什么？”梅尔辛灰心地叫道，“我不理解你。”

“我要继续惩治伍尔夫里克，处处限制他，羞辱他和他的女人。”

梅尔辛为拉尔夫的直言不讳大惊失色：“看在老天的分儿的上，你图的什么呢？”

“我通常不回答这个问题。我已经知道了表白自己不会带来任何好处。可你是我哥哥，而且从小时候起我就一直需要你的认可。”

梅尔辛意识到，拉尔夫其实并没变，只是到目前为止他在一定程度上有了自知之明，这是他年轻时从未有过的。

“道理很简单，”拉尔夫继续说，“伍尔夫里克不怕我。当年在羊毛集市上他不怕，哪怕我对他做了这一切之后，至今仍然不怕。所以我还要让他接着受罪。”

梅尔辛吓了一跳：“那可是终身判决啊。”

“到了他看我的时候，我在他的目光中看到了畏惧的那一天，他就可以要什么有什么了。”

“这对你有那么要紧吗？”梅尔辛怀疑地问，“你要人们都怕你？”

“这是世上最要紧的事情。”拉尔夫说。

57

梅尔辛的归来，震动了全镇。凯瑞丝以惊愕和敬佩的心情观察着。开始是在教区公会上他战胜了埃尔弗里克。人们认识到，由于埃尔弗里克的不称职，镇子可能会失去那座大桥，从而让他们从麻木中惊醒。但是人人都知道，埃尔弗里克只是戈德温的一个工具，于是修道院便成了他们怨恨的最终焦点。

而且人们对修道院的态度也在改变，有了一种对抗的情绪。凯瑞丝感到乐观。马克·韦伯有大好时机在十一月一日的选举中获胜，当上会长。果真如此，戈德温副院长就再也无法为所欲为了，或许这镇子可以重获生机：星期六的集市，新的磨坊，商人们可以信赖的独立法庭。

但更多的时间她都花在思考她本人的地位上了。梅尔辛的归来是一次动摇了她生活基础的地震。她的第一反应是对抛弃她九年来工作的一切成就的畏惧；她在女修道院领导层中的地位；慈母般的塞西莉亚，激情满怀的梅尔和饱受晚年折磨的老朱莉；而最大的莫过于她的医院：与以前相比，医院已变得清洁得多，有效得多，也更受欢迎了。

但随着白昼变短，天气渐冷，以及梅尔辛修复了大桥并开始按照他的创意在麻风病人岛新建筑的街道上奠基，凯瑞丝继续做修女的决心变弱了。她早已不顾忌的修道院的清规戒律又开始惹她动怒了。梅尔的钟情，原本是令人愉快的浪漫消遣，如今却惹人心烦了。她开始考虑，作为梅尔辛的妻子，她会过什么样的日子。

她想了很多洛拉的事，她与梅尔辛有过的那个孩子的事。洛拉长着黑头发、黑眼睛，大概像她的意大利母亲。凯瑞丝的女儿应该有她家的碧眼。一想到要放弃一切去呵护另一个女人的女儿，就在理论上让她畏首畏尾，但她一和那小姑娘见面，心就软了下来。

她当然不能在修道院里和任何人讲这些。塞西莉亚嬷嬷一定会要她坚守誓约；梅尔会求她留下来。这样她只好日夜苦思，备受折磨。

她与梅尔辛为伍尔夫里克的那场争吵让她失望透顶。在他离她而去之后，她曾回到她的药房大哭一场。事情何以如此艰难？她想的一切不过是做正确的事嘛。

梅尔辛去天奇的期间，她向玛奇·韦伯吐露了苦衷。

梅尔辛走后两天，玛奇天刚亮就来到了医院，这时凯瑞丝和梅尔正在做着日常的准备。“我担心我的马克。”她说。

梅尔对凯瑞丝说：“我昨天去看了他。他到了梅尔库姆，回来就发烧，胃绞痛。我没跟你说，因为看上去不严重。”

“这会儿他咳嗽中带血了。”玛奇说。

“我去一趟。”凯瑞丝说。韦伯家是老朋友了，她愿意亲自出诊。她拿起装有一些常规药物的箱子，就和玛奇赶往主街上的她家。

居住区在店铺的楼上。马克的三个儿子焦虑地在餐厅中走来走去。玛奇把凯瑞丝引进一间气味恶劣的卧室。凯瑞丝对病人房间的气味已经习惯，那是一种混杂着汗水、呕吐物和大小便的臭味。马克躺在一张草垫上，周身冒汗。他的大肚皮向上突起，像是怀了孕。他们的女儿朵拉站在床边。

凯瑞丝跪在马克身边，询问："你感觉怎样？"

"难受，"马克声音嘶哑地说，"我能喝点什么吗？"

朵拉递给凯瑞丝一杯葡萄酒，凯瑞丝端着杯子凑到马克的唇边。她觉得奇怪，一个大块头男人竟然如此无能为力。马克一向似是刀枪不入，如今实在令人难以承受，就如同看到一株你一生都看着的老橡树突然被雷电击倒。

她摸了摸他的前额。他在发烧，莫怪他渴呢。"他想喝多少就让他喝吧，"她说，"啤酒比较清淡，比葡萄酒好。"

她没告诉玛奇，她对马克的疾病心中没底而且十分担忧。发烧和反胃倒是常见，但咯血是个危险的迹象。

她从药箱里取出了一小瓶玫瑰水，用一小块绒布蘸着，擦拭他的面颊和颈部。他当即感到舒服了。这种水可以让他稍稍清凉一点，而且那香气也压住了屋里的恶臭。"我要从我的药房里给你一些这种玫瑰水，"她对玛奇说，"是医生为脑炎开的方子。发烧是又热又湿，而玫瑰是又冷又干，修士们这样讲。不管有什么道理吧，反正会让他舒服些。"

"谢谢你。"

但凯瑞丝心中有数，这方子对咯血毫无疗效。修士医生会诊断为血液过多，建议放血，但他们简直把放血看作万能药方，凯瑞丝不信这个。

她给马克擦到喉头时，注意到了玛奇没有提及的症状。在马克的颈部和前胸有紫黑色斑点的皮疹。

这是一种她前所未见的疾病，使她深为困惑，但她并没有告诉玛奇。“跟我回去一趟，我给你些玫瑰水。”

她们出门走向医院时，太阳正在升起。“你一向对我家很好，”玛奇说，“我们原本是镇上最穷的人，直到你办起了漂染红布的生意。”

“是你们的勤奋才使得生意有成。”

玛奇点了点头。她当然知道她是怎么干活的。“反正，没有你，就不会有这一切了。”

凯瑞丝一时冲动，决定带玛奇穿过修女区到她的药房去，以便在那里讲些悄悄话。世俗人等一般是不准入内的，但也有例外，何况凯瑞丝如今的高位足以决定，什么时候可以打破规矩。

狭窄的斗室中只有她们俩。凯瑞丝用玫瑰水盛满一个陶罐，找玛奇要了六便士。随后她说：“我在考虑放弃誓言。”

玛奇毫不奇怪地点点头：“大家都在纳闷，你打算怎么做。”

凯瑞丝没想到，镇上人已经猜到她的心思了：“他们怎么知道的？”

“这并不需要多高明的洞察力。你进修道院只是为了逃避巫术的死刑。经过你在这里多年的工作，你该得到赦免了。你和梅尔辛恋爱，而且始终看着都这么般配。如今他回来了。你至少该考虑嫁给他了。”

“我只是不清楚我为人妻的日子会是什么样子。”

玛奇耸了耸肩：“大概跟我的差不多吧。马克和我一起经营生意。我还得安排家务——做丈夫的都是不干这事的——其实也不难，尤其是你有钱雇得起仆人的时候。而照顾孩子也总是你的而不是他的职责。可是我干得挺好，你也会的。”

“你并没把这事说得令人激动。”

她笑了。“我琢磨你已经知道了美好的方面：感受爱慕；知道世上有一个人总是站在你一边；每晚上床，有个强壮温厚的他要和你亲热……对我来说，这就是幸福。”

玛奇质朴的语言给出了一幅生动的图画，凯瑞丝突然充满了一种渴望，几乎难以忍受了。她觉得难以继续在这冷漠、艰苦、无爱的修道院中生活，在这里，最大的罪孽便是触摸另一个人的肉体。若是梅尔辛此时此刻走进这房间，她就会扯掉他的衣服，拉他躺到地上。

她看到玛奇满脸笑容地盯着她，琢磨她的思绪，她当即脸红了。

“这样挺好的，”玛奇说，“我明白。”她把六枚银便士放在条凳上，拿起了那瓶罐。“我最好回家照看我的男人吧。”

凯瑞丝恢复了镇静：“尽量让他舒服些，要是有什么变化，马上就来叫我去。”

“谢谢你，姐妹，”玛奇说，“我真不知道，没有你我们该怎么办。”

在返回王桥的路上，梅尔辛陷入了沉思。连洛拉那机灵又没有含义的学舌都没有让他摆脱。拉尔夫学会了不少东西，但内心深处并没有改变。他依旧是个残暴的人。他毫不关心他的幼妻，他难以容忍他的父母，他的报复心强到发狂的地步。他当上了老爷得意扬扬，却没觉得对他治下的农民有关心的职责。他把周围的一切，其中包括人，都视为让他得到满足的东西。

然而，梅尔辛对王桥感到乐观。一切迹象都表明，马克会在万圣节那天成为会长，这将是兴旺的转机。

梅尔辛在十月底的那天，也就是万圣节前夜，回到了王桥。这一天赶上了星期天，所以没有邪恶的精灵之夜在星期六降临时那么多人流涌过来，就像梅尔辛十一岁遇到了十岁的凯瑞丝那一年那样。但人们照旧紧张万分，人人都打算在夜幕降临时早早上床。

在主街上，他看到了马克·韦伯的大儿子约翰。“我父亲进了医院，”那孩子说，“他发烧了。”

“他病的可真不是时候。”梅尔辛说。

“这是邪星高照的日子。”

“我指的不是这日子。他明天得出席教区公会的大会，他不在场是没法选会长的。”

“我看明天他是不会参加任何会议的。”

这可令人忧心。梅尔辛把马送到贝尔客栈，把洛拉留给贝茜照看。

他一进到修道院的地界，就撞见了戈德温和他母亲。他猜测这母子俩刚一起吃过饭，此时戈德温正送她到大门口。他们深陷在焦虑的谈话中，梅尔辛估摸他们在担忧他们的臣子埃尔弗里克丢掉会长职务的前景。他们看到他时猛地站住了脚。彼得拉妮拉油滑地说：“听说马克不舒服，我很难过。”

梅尔辛不得不礼貌从事，便回答道：“只是发了烧。”

“我们要祈祷，祝他尽早康复。”

“多谢啦。”

梅尔辛进了医院，他发现玛奇心慌意乱。“他一直在咯血，”她说，“我没法给他解渴。”她举着一杯淡啤酒，凑到马克的嘴边。

马克的面部和双臂上有紫色的皮疹。他在发汗，鼻子在出血。

梅尔辛说：“今天不大好吗，马克？”

马克似乎没瞧见他，但还是嘶哑地说：“我渴极了。”玛奇又把杯子递给他。她说：“不管他喝多少，还是一个劲渴。”她说话时有一种惊慌失措的语气，她那声腔是梅尔辛从来没听过的。

梅尔辛充满了恐惧。马克时常去梅尔库姆，他在那儿跟来自黑死病肆虐的波尔多的水手谈过话。

这时候，第二天的教区公会大会已经是马克，也是梅尔辛最不放在心上的事了。

梅尔辛的第一个冲动是想向每个人大声宣告这条消息：他们身处致命的危险之中了。但他强使自己闭上了嘴。人们不会听信一个惊恐万状的人的话的，何况他还没有十足把握呢。还有一线生机，马克的疾病不是他惧怕的那种。等他肯定之后，他会单独找到凯瑞丝，和她平静有序地述说一切。但这要尽快。

凯瑞丝在用一种香气四溢的液体给马克洗脸。她的脸上是马克熟悉的板着的表情：她在掩饰她的感情。她显然已经对马克病情的严重性有了些认识。

马克正紧紧抓着像是一片羊皮纸的东西。梅尔辛猜测上面写的是一篇祷词或一节《圣经》，也许是一段魔咒。那恐怕是玛奇的主意——凯瑞丝是不信这种文字疗法的。

戈德温副院长来到了医院，身后一如既往地尾随着菲利蒙。“从床边闪开！”菲利蒙马上说道，“这人要是看不到圣坛，如何能病好呢？”

梅尔辛和两位妇女后退了一步，戈德温向病人俯下身去。他摸了摸马克的前额和脖颈，然后又试了试他的脉搏。“给我看看尿样。”他说。

修士医生们都大量存放着病人的尿样。为此目的，医院备有叫作尿壶的特制玻璃瓶。凯瑞丝给了戈德温一个瓶子。不用专家，谁都看得出，马克的尿样中带血。

戈德温把瓶子还给她。“这个人患的是过热血症，”他说，“要给他放血然后再喂他些酸苹果和牛肚。”

梅尔辛从他在佛罗伦萨的黑死病经历中知道，戈德温是一派胡言，但他未加评论。依他之见，用不多久就不必怀疑马克的病患了。皮疹、咯血、口渴，这都是他自己在佛罗伦萨有过的症状，就是这种病害死了西尔维娅和她的全家。这就是意大利人说的大死症。

黑死病已经来到了王桥。

当万圣夜的夜幕降临时，马克·韦伯的呼吸益发困难了。凯瑞丝眼瞅着他渐渐衰竭。她又感到了在她无力帮助一名病人时攫住她的那种愤怒。马克进入了一种无从救助的无意识状态：眼睛紧闭，毫无知觉，只是盗汗和喘气。在梅尔辛平和的建议下，凯瑞丝探手去摸马克的腋窝，在那儿摸到了灼人的大肿块。她没问梅尔辛这症状意味着什么：她会在事后再问的。修女们祈祷着，唱着圣歌，而玛奇和她的四个孩子站成一圈，个个心慌意乱，无力回天。

最后，马克抽搐了起来，血从口中猛地喷出。随之便向后一挺，躺倒不动，停止了呼吸。

朵拉号啕大哭。三个儿子神情迷乱，竭力抑制着不够男子汉的泪水。玛奇痛哭失声。“他是世上的第一好人，”她对凯瑞丝说，“上帝为什么要把他召走啊？”

凯瑞丝不得不压下她自己的哀伤。她失去的不能与他们的相比。她想不通上帝何以时常拉走好人，而留下坏人活着继续干坏事。在这样一种时刻，仁慈的上帝俯视每一个人的整套观念似乎难以置信了。教士们说，疾病是对罪孽的惩罚。马克和玛奇相互爱恋，他们照顾自己的孩子，他们努力工作：为什么要遭到惩罚呢？

对这些宗教问题是没有答案的，但凯瑞丝有些紧急的咨询要进行。她对马克的病患深为忧虑，她猜想梅尔辛对此有所了解。她把泪水咽了回去。

她先把玛奇和孩子们送回家去休息，并吩咐修女们整理尸体准备葬礼。然后她对梅尔辛说：“我想和你谈谈。”

“我也正想和你谈呢。”他说。

她注意到他神色惊惧。这在他是罕见的。她的畏惧加深了。“到教堂来吧，”她说，“在那儿可以私密地谈。”

冬日的寒风掠过大教堂的绿地。夜空晴朗，他们看得到繁星点点。在教堂东端的圣坛，修士们正在为万圣节的清晨祈祷做着准备。凯瑞丝和梅尔辛站在中殿的西北隅，远离众修士，这样就不会被人偷听到了。凯瑞丝周身战栗，便把袍服紧紧裹了裹。她说：“你知道夺去马克生命的是什么病吗？”

梅尔辛断续地吸了一口气。“是黑死病，”他说，“意大利人叫大死症。”

她点点头，这正是她所担心的，不过她还要继续询问他：“你怎么知道的？”

“马克去了梅尔库姆，和来自波尔多的水手谈过话，而波尔多街上的死尸成堆。”

她点点头：“他刚回来。”但她宁肯不信梅尔辛的判断，“不过，你能肯定这是黑死病吗？”

“症状是一样的：发烧，黑紫疹，咯血，腋下肿块，尤其是口渴。以基督的名义起誓，我记得清清楚楚。我是少数幸存者之一。在五天之内，有时还不到五天，所有的患者差不多都死了。”

她感到仿佛世界末日已经到来。她听到过从意大利和法兰西南部传来的可怕消息：整家整家的人死个精光，没有掩埋的尸体在空荡荡的家中腐烂，流浪的孤儿满街啼号，在成为鬼魂世界的村庄中牲畜由于无人照管而奄奄待毙。难道这一切要在王桥发生吗？“意大利的医生们怎么医治的？”

“祈祷，唱圣歌，放血，开出他们最珍视的秘方，要的价能发财。他们尽其所能，却徒劳无功。”

他们靠得很近地站着，低声交谈。她能够靠远处修士的烛光看清他的面容。他则以奇特的专注盯视着她。她看得出，他深受触动，但似乎不是马克的哀痛占据着他。他的注意力集中在她身上。

她问：“与我们英格兰的医生相比，意大利的医生怎么样？”

“在穆斯林之后，意大利的医生公认为是世界上最有见识的。他们甚至解剖尸体以深入了解疾病。但他们没有治愈一例黑死病的患者。”

凯瑞丝不肯接受这种全然无望的态度："我们不可能完全束手无策的。"

"不对。我们虽然无法治愈这种疾病，不过有些人认为是可以逃避这种病的。"

凯瑞丝热切地问："怎么办？"

"这种病像是由一个人传给另一个人的。"

她点点头："很多病都是这样。"

"通常，家中有一人得了这种病，全家人就都得病。接触是关键因素。"

"这话在理。有人说看着病人就会得病。"

"在佛罗伦萨，修女们劝说我们尽量待在家里，还要避免公众集会、赶集，以及公会和议会开会。"

"教堂祈祷呢？"

"她们没提这个，不过好多人都待家里，也不去教堂了。"

这与凯瑞丝思索了几年的想法不谋而合。她觉得又重新燃起了希望：她的办法或许能避开黑死病。"修女自己、医生，还有那些遇到和接触病人的人们怎么办呢？"

"教士们拒绝听耳语式的忏悔，这样他们就不必离教徒太近。修女们戴着亚麻布面罩，遮住口鼻，以免吸到同样的空气。每次接触病人后都用醋洗手。"

"教士医生说，这些办法没用，不过他们大都还是离开了城里。"

"这些预防措施管用吗？"

"很难说。在黑死病猖獗之前，这些措施都没有采用。何况也没有系统化——只是各人自行其是。"

“反正我们得努一把力。”

他点了点头。过了一会儿，他说：“不过，有一种预防措施是保险的。”

“是什么？”

“跑开。”

她领悟了，这是他一直等着说的。

他继续说：“那种说法是：‘早走，走远，长躲。’凡是这么做的人都躲过了疾病。”

“我们不能走。”

“为什么？”

“别犯傻了。王桥有六七千人——他们不可能全都离开镇子。他们该去哪儿呢？”

“我讲的不是他们——只是你。听着，你可能没从马克身上传上黑死病。玛奇和孩子们几乎肯定传上了，因为你接近他的时间较短。要是你还没事，我们就可以跑开。我们——你、我和洛拉——今天就能走。”

凯瑞丝被他估计此时病已传播开来的说法吓了一跳。难道她已命中注定？“那……那到哪儿去呢？”

“到威尔士或爱尔兰去。我们得找个偏僻村庄，那种一两年之内都见不到陌生人的地方。”

“你已经得过这种病了。你跟我说过不会第二次得这种病的。”

“绝对不会。而且有些人根本就害不上这种病的。洛拉就是一例。既然她没从她母亲那里感染，也就不大会从别人身上感染了。”

“这么说，为什么你要到威尔士去？”

他只是专注地凝视着她，她意识到她在他身上觉察到的畏惧是为了她。他害怕她会死。泪水涌进了她的眼中。她记起了玛奇说过的话：“知道世上有个人总会在你一边。”梅尔辛想照看她，不管她做什么。她想到了可怜的玛奇，由于失去了总在她一边的人而痛不欲生。她凯瑞丝如何会想到回绝梅尔辛呢？

但她还是婉拒了。“我不能离开王桥，”她说，“别的时候都可以，可现在不成。要是有人病了，他们还指望我呢。黑死病一发作，我就是他们要求救的人。要是我跑了……唉，我也不知道该如何解释这一切了。”

“我觉得能够理解，”梅尔辛说，“那样你就会像第一支箭刚一射出就脱逃的士兵一样了。你自己会觉得是个懦夫。”

“对——而且像个骗子，在这么多年当修女，口口声声说我为服务他人而活之后啊。”

“我知道你会这样感受的，”梅尔辛说，“可是我还是得试一试。”而随着他补充说话时的伤心语气，她的心简直都要碎了：“而且我估摸这意味着在可预见的未来，你不会背弃你的誓言了。”

“不错。医院是人们寻求帮助的地方。我得待在修道院里，尽职尽责。我得做个修女。”

“那好吧。”

“别太难过了。”

他伤心地苦笑着说：“我又怎么能不难过呢？”

“你说过佛罗伦萨的半数居民都害病死了。”

“差不多吧。”

“这么说，至少还有一半人没有害病。”

“就像洛拉。谁都不知道原因。也许他们有某种特殊的力量。或许这种病乱窜，就像射向敌阵的箭矢，射死了一些人，也漏掉了一些人。”

“两种可能都有吧，我逃过这种疾病还是大有机会的。”

“是两种机会中的一种。”

“就像硬币的两面。”

“正面或反面，”他说，“活或者死。”

58

成百的人来参加了马克·韦伯的葬礼。他曾经是镇上的首要市民之一，但还不仅如此。来自周遭村庄的贫苦织工们到了，其中一些人徒步走了几小时。梅尔辛回想起，他一直受到非比寻常的拥戴。他那巨人般的身躯和慷慨的秉性相结合，形成了魅力。

天下着雨。富人和穷人都光着头，他们站在墓地周围，全都淋湿了。冷雨和热泪交织在送葬人的脸上。玛奇一边一个搂着两个幼子丹尼斯和诺亚的肩膀站着。他们的两侧是大儿子约翰和女儿朵拉，他们都比母亲高得多，仿佛是中间三个人的父母。

梅尔辛悲痛地想，玛奇或者她的哪个孩子会在随后死去。

六名壮汉吃力地哼哼着，把超大型的棺材降到坟墓里。玛奇孤凄地抽泣，修士们唱着最后的圣歌。随后，掘墓人开始把打湿了的土铲回墓穴，人群逐渐散开。

托马斯兄弟走近梅尔辛，他把兜头帽拉起来防雨。“修道院没钱重修塔楼，”他说，“戈德温已经指派埃尔弗里克拆掉旧塔楼，并且给十字甬道加上屋顶。”

梅尔辛把他对黑死病联想的思绪转移过来：“戈德温拿什么给埃尔弗里克付工钱呢？”

“修女们掏了钱。”

“我认为她们痛恨戈德温呢。”

“伊丽莎白姐妹是司库。戈德温小心地善待作为修道院佃户的她的家人。大多数修女确实都恨他，这是事实——可她们需要有教堂啊。”

梅尔辛并没有放弃重建一座更高的塔楼的希望：“要是我能弄到钱，修道院会修建一座新塔楼吗？”

托马斯耸耸肩：“难说。”

当天下午，埃尔弗里克重新当选为教区公会的会长。会后，梅尔辛找到了比尔·瓦特金，他是镇上仅次于埃尔弗里克的最大的匠师。“塔楼的地基得到修复后，甚至可以建得更高呢。”他说。

“没理由办不到，”比尔同意说，“但盖高了又怎么样？”

“那样就可以从穆德福德路口远远地看到。许多行路人——朝圣者、商人等等——错过了通王桥的大路，到夏陵去了。这使镇上减少了许多顾客。”

“戈德温会说他没钱。”

“这样设想一下，”梅尔辛说，“假如新塔楼能够用建桥的办法集资呢？镇上的商人可以拿出钱来，再用过桥费偿还。”

比尔搔着他那修女似的灰发的侧边，这是个不寻常的主意：“可是塔楼与桥没有关系呀。”

“起作用吗？”

“我看不会。”

“过桥费不过是偿还贷款的一种保障。”

比尔考虑着他个人的利益：“我会不会从中得到一份工呢？”

“那是个大工程——镇上的每一个匠师都会摊上一份的。”

“那倒是管用的。”

“好吧。听着，要是我设计了一座大型塔楼，你肯不肯在这里，教区公会的下一次会议上支持我呢？”

比尔面露疑色：“公会成员不大可能赞成奢侈的事。”

“我认为并不需要奢侈，只是高大而已。要是我们给十字甬道加上穹顶，我可以不用拱架就完成。”

“穹顶？这倒是个新主意。”

“我在意大利见过穹顶。”

“我看得出这会省很多钱。”

“而塔楼的顶部可以用尖细的木质塔尖，既省钱又美观。”

“你已经把这一切都想妥了，是吧？”

“还说不上。但自从我从佛罗伦萨回来，就一直在心底盘算这事。”

“好吧，我听着蛮好——对生意有好处，对镇子有好处。”

“还对我们不朽的灵魂有好处。”

“我要尽力帮你促成这件事。”

“谢谢你。”

梅尔辛在进行他的日常工作——修桥和在麻风病人岛上盖房的同时，仔细考虑着塔楼的设计。这有助于他转移凯瑞丝害上黑死病的可怕又烦人的幻象。他对沙特尔的南塔想了很多，那座杰作，虽然式样有些陈旧，却是大约二百年前修建的呢。

他记得十分清晰，他对那座塔的属意之点就在从方塔向八角尖顶的过渡。在塔楼的顶部坐在四角上的是向外呈对角的小尖塔。在方形每一边的中间的同一高度上，是外形与小尖塔相似的屋顶窗。这八个尖顶与其背后升在塔楼的八个侧坡相配，使人眼难以觉察从正方形向八边形的变化。

然而，按照十四世纪的标准，沙特尔塔楼未免粗矮了。梅尔辛的塔楼将有细柱和大窗，既减轻了下面立柱的承重，又降低了让风穿过的应力。

他在岛上自己的工作间做了个描图地面。他兴致勃勃地策划着细节：把老的大教堂狭窄的锐尖窗加宽两倍和四倍，做成新塔楼的大窗，使成排的立柱和柱头具有时代感。

他在高度上迟疑不决。他无法计算塔楼需要多高才能从穆德福德路口远远看到。只能靠试验和差错来实现了。他完成石砌塔楼之后，要竖起一个临时的尖顶，然后在晴天到穆德福德去确定能否看得到。大教堂是建在高地上的，而大道在穆德福德刚好升起一些，然后才下坡到河的渡口。他的本能告诉他，只要他比沙特尔的塔楼建得再高一些——比方说四百英尺左右吧——就足够了。

索尔兹伯里大教堂的塔楼高达四百零四英尺。

梅尔辛打算把他的塔楼建到四百零五英尺。

他俯身在描图地面上绘制屋顶小尖塔时，比尔·瓦特金来了。“你觉得这个怎么样？”梅尔辛问他，“顶上要不要有个十字架，指向天空呢？要不就装个天使，俯视我们大家？”

“都不要，”比尔说，“那不好造。”

梅尔辛站起身，左手握着一把直尺，右手拿着铁制尖头画针：“你怎么这么说呢？”

“菲利蒙兄弟找过我，我觉得应该让你尽快知道。”

“那只蛇蝎是怎么说的？”

“他假作友好，想给我出个对我有利的好主意。他说，我要是支持由你设计的塔楼是不明智的。”

“为什么呢？”

“因为会得罪戈德温副院长，他会毫不考虑地不同意你的方案的。”

梅尔辛毫不奇怪。若是马克·韦伯当上会长，镇上权势的均衡就会改变，梅尔辛就可能赢得建造新塔楼的任命。但马克之死意味着局面对他不利。虽说他一直抱着希望，如今却感到了沉重失望的深痛。“我估计他会任命埃尔弗里克吧？”

“有这意思。”

“他不会听不到吧？”

“一个人傲慢自大时，就要超出常规了。”

“教区公会会给埃尔弗里克先设计的短粗的小塔楼付款吗？”

“很可能。他们不会为那个方案激动，但他们会弄到钱的。他们不顾一切地以他们的大教堂感到骄傲。”

“埃尔弗里克的无能几乎断送了那座大桥！”梅尔辛气愤地说。

“他们知道的。”

他听凭自己受伤害的感情流露出来：“我要是没找出塔楼的毛病，可就要塌了——而且可能造成整座大教堂的坍倒。”

“他们对这个也清楚得很，但他们不愿意因为副院长待你不公就跟他作对。”

“当然不会了。”梅尔辛说，仿佛他认为这完全合理；不过他隐藏起了他的苦涩。他对王桥的贡献比戈德温要多，而镇上的人却不肯为他争一争，他对此感到受了伤害。但他也深知，大多数人在大多数情况下都照他们自己的眼前利益行事。

“人们不知好歹，”比尔说，“我很难过。”

“是啊，”梅尔辛说，“没什么。”他瞥了一眼比尔，然后就把目光移开了；跟着他撤下了他的绘图工具，便走开了。

在黎明赞美晨祷期间，凯瑞丝往中殿一瞥，惊讶地看到在北甬道处，面对绘有基督升天的一堵墙，跪着一名妇女。她身旁有一支蜡烛，在摇曳的烛光中，凯瑞丝辨出了那矮胖的身材和突出的下巴，那是玛奇·韦伯。

在整个晨祷过程中，玛奇都待在那里，全不顾赞美诗，显然深沉于祈祷之中。或许她在祈求上帝原宥马克的罪孽，让他安息——就凯瑞丝所知，马克并没有什么罪孽。更可能的是，玛奇在请求马克从精神世界里为她送来好运。玛奇打算在两个大孩子的帮助下继续做绒布生意。一个商人死去，留下了孤儿寡母和繁荣的产业，这种时候她要继续经营可是非同一般。不过，她毫无疑问地需要她的亡夫对她的努力的祝福。

但是这一解释仍使凯瑞丝不大满意。在玛奇的姿态中还隐喻着更强烈的含义：她那样一动不动暗示着巨大的激情，仿佛她在祈求上天给她特别重要的赐福。

晨祷结束后，修士和修女们鱼贯走出。凯瑞丝走出队列，穿过宽阔阴暗的中殿，向烛光走去。

玛奇听到她的脚步声就站起身来。她认出凯瑞丝的面容后，便用责备的语气说：“马克死于黑死病，是吧？”

原来如此。“我想是吧。”凯瑞丝说。

“你可没告诉我。”

“我也没把握，而且我也不想吓唬你——更不消说整个镇子了——因为那也只是猜测。”

“我听说是从布里斯托尔传来的。”

看来镇上人已经在议论此事了。“还有伦敦。”凯瑞丝说。她是从一个朝圣者的嘴里听说的。

“对我们大伙会发生什么事呢？”

一阵难过刺中凯瑞丝，如同心痛。“我不知道。”她只好撒谎了。

“我听说，这病从一个人传到另一个人。”

“好多病都是这样。”

玛奇逼问过后，脸上露出了求告的神色，让凯瑞丝十分伤心。她几乎耳语着问：“我的孩子们会死吗？”

“梅尔辛的妻子害了这病，”凯瑞丝说，“她死了，她全家也都死了，可梅尔辛病好了，洛拉根本就没得病。”

“这么说，我的孩子们可以平安无事了？”

凯瑞丝可没这么说过。“可能吧。也许有人会染病，别人却没事。”她说。

这样的回答没有让玛奇感到满意。如同大多数病人一样，她想得到的肯定而不是可能的答复。“我能做什么来保护他们呢？”

凯瑞丝看着基督的画像。“你做了你能做的一切。”她说。她开始控制不住自己了。当她喉头处涌起一阵啜泣时，她赶紧转过脸去遮掩自己的感情，并且快步走出了大教堂。

她在修女回廊中坐了片刻，让自己镇定下来，然后像往常这个时刻一样，前往医院了。

梅尔没在那里。她大概被叫去看护镇上的一位病人了。凯瑞丝接手，监督为客人和病人供应早餐，察看四处都清洁一新，检查那些病人。忙碌的工作减轻了她对玛奇的忧心。她给老朱莉读了一首圣诗。一切杂务都处理过后，梅尔依旧没有露面，于是凯瑞丝便去找她。

她发现她在宿舍里，趴在她的床上。凯瑞丝的心跳加速了。“梅尔！你没事吧？”她说。

梅尔翻过身来。她面色苍白，汗水淋淋。她咳嗽着，没有说话。

凯瑞丝跪在她身边，把一只手放到她额头上。“你发烧了，”她说着，强压下呕吐似的涌在腹中的恐惧，“什么时候开始的？”

“我昨天就咳嗽了，”梅尔说，“不过我睡了一整夜，今天早晨才起来。后来我走进食堂吃早餐的时候，突然觉得要呕吐。我去了厕所，然后回到这里就躺倒了。我还以为一直睡着呢……什么时候了？”

“第三次祈祷的钟声就要响了，不过你可以不去。”凯瑞丝自忖，这可能就是一般的病症。她摸摸梅尔的脖颈，然后拉下她的道袍。

梅尔无力地笑着：“你是不是要看看我的胸脯？”

“对。”

“你们修女都是这样子。”

凯瑞丝没发现皮疹。或许只是感冒而已。“哪儿痛吗？”

“我的腋下有一处地方一碰就疼。”

这并没有给凯瑞丝提供多少判断，腋下或腹股沟肿痛不仅是黑死病也是其他疾病的症状。“咱们快到医院去吧。”她说。

梅尔抬起头时，凯瑞丝看到了枕头上的血渍。

她感到震惊，似是挨了一击。马克·韦伯就曾咯血。而梅尔正是他初发病时第一个看护他的人——她在凯瑞丝去的前一天就到了他家。

凯瑞丝隐藏着恐惧，帮梅尔起身。泪水涌进她的眼眶，但她控制着自己。梅尔用一只手臂搂着凯瑞丝的腰，把头靠在她肩上，仿佛她走路需要搀扶。凯瑞丝搂着梅尔的肩头，她们一起走下楼梯，穿过修女回廊，来到医院。

凯瑞丝扶着梅尔来到靠近圣坛的一处席垫上。她从回廊的泉水中取来一杯凉水，梅尔解渴地喝了下去。凯瑞丝用玫瑰水擦拭了她的面部和颈项。过了一会儿，梅尔似是入睡了。

第三次祈祷的钟声响了。凯瑞丝通常都有理由缺席这一活动，但今天她觉得有必要安静一会儿。她走进了向教堂行进的修女的队伍。灰色的旧石今天看上去又冷又硬。她随声唱着，而内心却在翻腾。

梅尔得了黑死病。虽然未见皮疹，但她已发烧、口渴和咯血。她恐怕活不成了。

凯瑞丝有一种可怕的负罪感。梅尔全心爱恋着她。凯瑞丝却始终未能回报她的爱，没有用梅尔渴望的方式满足她。如今梅尔已经在弥留了。凯瑞丝希望她能有不同的结果。她本该能让梅尔幸福的。她应该能够拯救她的生命。她在唱圣歌时哭了，希望注意到她的泪水的人会以为她沉迷于宗教而感动呢。

祈祷仪式结束时，她看到一名见习修女正在交叉甬道南门外焦急地等她。“医院里有些急事要找你。”那姑娘说。

凯瑞丝发现玛奇·韦伯在那里，面色吓得苍白。

凯瑞丝不必问玛奇的需要了。她提起她的药箱，两人便奔了出去。她们在刺骨的十一月寒风中穿过大教堂的绿地，前往主街上的韦伯家。楼上，玛奇的孩子们都守在起居室里。两个大孩子坐在桌旁，面色惊惧；两个小男孩都躺在地上。

凯瑞丝迅速地检查了他们。四个孩子全在发烧。女孩在流鼻血。三个男孩在咳嗽。

他们的肩颈部位都有黑紫色的皮疹。

玛奇说："都是那样，对吧？这就是马克致死的病。孩子们都得了黑死病了。"

凯瑞丝点点头："我很难过。"

"我巴不得我也死呢，"玛奇说，"这样我们全家就在天上团聚了。"

59

在医院里，凯瑞丝按照梅尔辛告诉她的实施了预防。她裁了亚麻布条给修女们，让她们在处理黑死病人时包住口鼻。她还规定每个人在接触病人后要用醋水洗手。修女们的手都皲裂了。

玛奇把她的四个孩子送了进来，跟着自己也病倒了。老朱莉的床挨着马克·韦伯弥留时的床，如今她也染病了。凯瑞丝对他们都无能为力。她擦拭他们的面部让他们凉爽些，她用回廊处的清冽泉水给他们喝，她清洗他们带血的呕吐物，然后只有眼看着他们等死。

她忙得顾不上想自身会死。她在镇上人的眼中观察到他们看见她抚弄死亡患者的眉毛时那种恐惧的钦敬，但并不认为自己是个无私的烈士。她视自己为不喜欢光想而愿意行动的那种人。她和大家一样，也被这样的问题纠缠着：下一个会轮到谁呢？但她坚定地把这想法排除出头脑。

戈德温副院长来看望病人，他拒绝戴面罩，说那是女人的无稽。他做出与先前一样的诊断，认为是血液过热，处方是放血，吃酸苹果和牛肚。

其实病人吃什么已经无所谓了，因为他们最后会把什么都吐出来的；但凯瑞丝认定，放血只能使病情恶化。他们已经失血过多了：他们咳嗽时咯血，呕吐时吐血，小便中便血。但修士们是经过训练的医生，她不得不遵从他们的指示。她看到一名修士或修女跪在病人床边，握住伸直的胳膊，用一把锋利的小刀切进静脉，托着那条胳膊看着一品脱或者更多的宝贵的血液滴进地上的盆中时，已经顾不上生气了。

凯瑞丝终于坐到了梅尔身边，握着她的一只手，也不在乎是否有人不赞成了。为了减轻她的痛苦，她给了她一小点兴奋剂，那还是玛蒂教她从罂粟中提取的呢。梅尔还在咳嗽，但她已经不那么难受了。咳嗽了一阵之后，她的呼吸会轻松一小会儿，她就能说话了。“为加来的那一夜，我要谢谢你，”她耳语说，“我知道你并不当真感到高兴，我可是升天一样呢。”

凯瑞丝竭力不哭出来：“对不起，我没能照你想的去做。”

“不过，你是以你的方式爱我的。我知道。”

她又咳嗽起来了。那一阵过去之后，凯瑞丝从她唇上拭去血迹。

“我爱你。”梅尔说，闭上了眼睛。

凯瑞丝听凭泪水流下，此时她已不在乎谁看到了或者人们会说什么了。她透过泪水观察着梅尔，只见她面容越来越苍白，呼吸越来越浅，直到最后她停止了呼吸。

凯瑞丝依旧待在垫旁的地上，仍然握着死者的手。梅尔还是这么漂亮，哪怕像现在这样，惨白而僵挺。在凯瑞丝心目中，只有另一个人像梅尔那样爱她，那就是梅尔辛。说来有多奇怪，她对他也回绝了。她心想，她大概有毛病了；某种灵魂上的畸形妨碍了她像别的女性一样，高兴地拥抱爱情。

夜深之后，马克·韦伯的四个孩子死了；老朱莉也死了。

凯瑞丝心神错乱了。她难道就无能为力了吗？黑死病传播迅猛，夺去了一个又一个生命。就像监禁在牢狱里的人不知哪个同牢人是下一个被送上绞架的。王桥会不会像佛罗伦萨和波尔多一样，尸体塞满街道呢？下一个星期六就有大教堂外面绿地上的集市了。在步行范围之内的各村庄会有上百人来这里做买卖，而且会在教堂和客店里与镇上的人相混杂。有多少人会在回家后一病不起？她感到对可怕的力量如此痛苦绝望的时候，总算明白了，人们何以会伸出双手，声称一切都听命于那个精神世界。不过这从来不是她的诉求。

修道院中的任何人一死，就总有一种特殊的葬礼，全体修士和修女都要参加，而且要对逝去的灵魂额外祈祷。梅尔和老朱莉都被大家所爱，因为朱莉心地善良，而梅尔面貌姣好，许多修女都哭了。玛奇的孩子们也一并安葬，结果好几百名镇民都来了。玛奇本人病得太重，还躺在医院里。

天色铅灰，众人都聚集在墓地里。凯瑞丝觉得她能在寒冷的北风中嗅到雪味。约瑟夫兄弟致安葬祷词，六具棺材下到了墓穴中。

人群中有一个声音道出了大家心中的问题："约瑟夫兄弟，我们是不是都要死了？"

约瑟夫在修士医生中是最受欢迎的。他如今年近六旬，牙全脱了，既有聪慧的头脑，在看护病人时又给人温馨。这时他说："我们都有一死，朋友，但谁也不知道死于何时。所以我们随时都该准备去见上帝。"

面包师贝蒂开口了，还是那种刨根问底的提问。"我们能对黑死病怎么办呢？”她说，“这是黑死病，不是吗？”

“最好的防备就是祈祷，”约瑟夫说，“万一上帝决定把你带走，就到教堂来忏悔你的罪孽吧。”

贝蒂可不是这么轻易能搪塞的：“梅尔辛说，在佛罗伦萨，人们都待在家里，避免接触病人。这个主意好吗？”

“我不这么认为。佛罗伦萨人逃过黑死病了吗？”

大家都看着梅尔辛，他抱着洛拉站着。“没有，他们没有逃过，”他说，“不过，要是他们不这样做，大概会死更多人。”

约瑟夫摇起头：“若是你们待在家里，就不能去教堂了。神圣是最好的良药。”

凯瑞丝不能再沉默了。“黑死病从一个人传给另一个人，”她愤愤地说，“要是你远离他人，就更有机会躲开传染。”

戈德温副院长说话了：“这么说，女人如今都成医生了，是吧？”

凯瑞丝不理睬他。“我们应该取消集市，”她说，“可以救人一命。”

“取消集市！”他嘲讽地说，“我们该怎么办？派人到各个村子去吗？”

“关上城门，”她答道，“封锁桥梁。不准所有的陌生人进来。”

“可是镇上已经有病人了。”

“关闭一切客栈。取消一切公会会议。婚礼上谢绝宾客。”

梅尔辛说：“在佛罗伦萨，他们连市议会的会议都取消了。”

埃尔弗里克开口了：“照这样，人们怎么做生意呢？”

“你要是做生意，你就会死，”凯瑞丝说，“而且还会引起你的妻子儿女都要死。自己挑吧。”

面包师贝蒂说：“我不想关我的店——那会损失很多钱的。可我还是要关店，救我自己的命要紧。”凯瑞丝的希望此时又升起了，但贝蒂随后又发话了。“医生们怎么说？他们最清楚了。”凯瑞丝哼出了声。

戈德温副院长说：“黑死病是上帝差遣来惩治我们的罪孽的。这个世界变得恶毒了。异端，淫荡和不敬圣行。男人质疑权威，女人招摇身体，儿童不听父母的话。上帝动怒了，他的气愤是可畏的。不要想逃避他的处罚！你无处可藏的。”

“我们该怎么办呢？”

“你们要想活命，就该到教堂去，忏悔你的罪孽，祈祷，过较好的生活。”

凯瑞丝知道，争论是无用的，不过她还是说：“一个挨饿的人应该去教堂，但他也要吃饭。”

塞西莉亚嬷嬷说：“凯瑞丝姐妹，你不要再说了。”

“可我们能救下这么多——”

“这就够了。”

“这事关生死！”

塞西莉亚压低了声音：“可是没人听你说。住口吧。”

凯瑞丝知道塞西莉亚是对的。无论她争论多久，人们只信教士的话，而不信她。她咬住嘴唇，不再说话。

瞎子卡吕斯唱起一支圣歌，修士们开始列队返回教堂。修女们紧随其后，人群散开了。

她们穿过教堂进入修女回廊时，塞西莉亚嬷嬷打起了喷嚏。

每天晚上，梅尔辛都要在贝尔客栈的房间里把洛拉放到床上。他会给她唱歌，背诗或讲故事。这是她跟他说话的时间，问他出自三岁孩子之口的意想不到的奇怪问题，有些是孩子气的，有些还很深刻，有些则是胡搅。

今晚，他在唱一支歌谣时，她流下了眼泪。

他问她怎么的了。

“朵拉怎么会死呢？”她呜咽着说。

原来如此。玛奇的女儿朵拉一直照看洛拉。她们在一起消磨时间，玩计算游戏，还互相编辫子。“她得了黑死病。”梅尔辛说。

“我妈妈得了黑死病。”洛拉说，她换成了还没忘光的意大利语，“大死病。”

“我也得过，可我好了。”

“莉比娅也得过。”莉比娅是她的木娃娃，从佛罗伦萨一路带来的。

“莉比娅得过黑死病吗？”

“得过。她打喷嚏、发烧，还出红点，可是一个修女治好了她。”

“我很高兴。这就是说她没事了。谁都不会第二次得这种病的。”

“你没事了，是吧？”

“是的。”说到这里倒是个结束的好话头，“现在睡吧。”

“夜安。”她说。

他向屋门走去。

“贝茜没事吗？”她说。

“睡吧。”

“我爱贝茜。”

“那好啊。夜安。”他关上了房门。

楼下的店堂里空无一人。人们都紧张得不到人多的地方去了。尽管戈德温宣讲了一通，凯瑞丝的话还是深入了人心。

他嗅到了薄荷汤的香味。他随气味走去，进了厨房。贝茜正在搅着火上的一只锅。“火腿炖豆汤。”她说。

梅尔辛坐在桌旁她父亲保罗的身边，保罗是个五十多岁的大汉子。他自己吃了些面包，保罗给他倒了一大罐淡啤酒。贝茜端来了汤。

贝茜和洛拉互相喜欢上了，这一点他看出来了。他雇了一个保姆，在白天照看洛拉，但贝茜常常在晚上照顾洛拉，洛拉愿意要她。

梅尔辛在麻风病人岛上有一所住房，可那地方太小，尤其不能和他在佛罗伦萨住惯的大宅邸相比。他很高兴让吉米继续住在那儿。梅尔辛在贝茜这里很舒适。这里温暖又干净，而且有各色可口的饭菜和美酒。他每周六付费，但在其他方面，他都受到了家中人的待遇。他并不急于搬进自己的住处。

另一方面，他也不能永远在这里住下去。等他真的搬走的时候，洛拉可能因为撇下贝茜而不痛快。她长这么大，已经有太多的人离开了。她需要稳定。也许他该趁着她过于依恋贝茜之前，就在现在搬出去。

他们吃罢饭后，保罗回去上床了。贝茜又给了梅尔辛一杯淡啤酒，他们坐到了火边。“佛罗伦萨死了多少人？”她问。

“有几千吧。也许上万。没人计算过。”

“我不知道在王桥下一个是谁。”

“我成天都在琢磨。”

“可能就是我。”

“我也这么担心。”

“在我死以前，我愿意跟个男人再睡一次。”

梅尔辛微微一笑，但没有说话。

“自从我的理查死去以来，我就没跟过男人，都有一年多了。”

“你怀念他了。”

“你呢？你有多久没有女人了？”

自西尔维娅病后，梅尔辛就再没有性生活了。想起她，他感到刺痛般的悲伤。对她的爱他始终没有充分报答。“大概差不多吧。”他说。

“跟你妻子？”

“是啊，让她的灵魂安息吧。”

“没有爱已经好长时间了。”

“是啊。”

“可你不是那种随便跟人睡的人。你需要有人去爱。”

“你说得对。”

“我也一样，跟男人躺在一起妙极了，是这世上最美好的事，但一定要彼此真心相爱。我长这么大就有过一个男人，我丈夫。我从来没跟别人上过床。”

梅尔辛不知这话是否当真，他没有把握。贝茜看来很真诚，但一个女人家总会这样说的。

“你呢？”她说，“有过多少女人？”

“三个。”

“你妻子，还有之前的凯瑞丝，还有……谁呢？噢，我想起来了——格丽塞尔达。”

“我不想说都是谁。”

“甭操心啦，人人都知道的。”

梅尔辛悔恨地笑了笑。当然，确实是人人都知道。或许他们不肯定，但他们猜测，而且通常都能猜对。

“格丽塞尔达的小梅尔辛如今多大了——七岁？八岁？”

“十岁。”

“我的膝盖可有肉呢。”贝茜说，她拽起裙摆给他看，“我一直都讨厌我的膝盖，可理查原先倒挺喜欢的。”

梅尔辛看了看。她的膝盖肥厚有窝。他还看见了她白皙的大腿。

“他总是亲吻我的膝盖，”她说，“他是个温情的男人。”她整理了一下衣裙，仿佛要拽直，其实却撩起了，一时之间他瞥见了她腿裆的那一片黑黑的诱人的阴毛。“他有时候会吻遍我的全身，特别是在洗澡以后，我挺喜欢那样子的。我喜欢一切。一个男人可以对爱她的女人随便怎么做。你同意吗？”

已经走得够远了。梅尔辛站起了身：“我认为你大概是对的，不过这样的谈话只能导致一种结果，所以在我犯下罪孽之前我得上床去了。”

她冲他伤感地一笑。“睡个好觉，”她说，“你要是感到孤独，我就在这火边。”

“我会记住的。”

她们把塞西莉亚嬷嬷放到一张床上，而不是垫子上，还把床安置在紧靠圣坛前的地方——医院中最神圣的地方。修女们整日整夜地轮着班围着她的床唱着圣歌，念着祷词。总有一个人用凉玫瑰水给她擦脸，总有一杯清澈的泉水放在她身边。这一切都不管用。她和别人一样迅速衰竭，鼻腔和阴道在出血，呼吸越来越吃力，口渴难解。

她打喷嚏后的第四天，叫来了凯瑞丝。

凯瑞丝困得难忍。白天过得精疲力竭：医院里人满为患。她沉在一个梦境中：王桥的全部儿童都害上了黑死病，她在医院里跑来跑去看护他们时，她突然意识到自己也染上了。其中一个孩子紧拽着她的衣袖，但她却没在意，而是拼命想弄明白，她自己病成这样，又该如何应对所有的病人——随后她醒悟到有人在摇她的肩膀，而且越来越急切，说道：“醒醒，姐妹，请吧，副院长嬷嬷需要你！”

她一下醒来，一名见习修女手拿一支蜡烛跪在她床边。“她怎么样了？”凯瑞丝问。

“她越发不好了，但她还能说话，她要你。”

凯瑞丝起床，穿上鞋。那是个酷寒之夜。她穿的是她的修女袍服，她从床上拽起毯子，裹在肩头，随后便跑下石阶。

医院里净是奄奄待毙的人。地面上的垫子排得像是鱼刺，因此能够坐直的病人就能看见圣坛。家人都围在床边。空气中有一股血腥味。凯瑞丝从门边的一个篮子里取出一块干净亚麻布，包住自己的口鼻。

四名修女跪在塞西莉亚的床边，唱着圣歌。塞西莉亚闭目仰卧，起初凯瑞丝还怕自己来得太晚了。后来，这位老副院长似乎觉察到了她在身边。她转过脸来，睁开了眼。

凯瑞丝坐在床边。她用一块布蘸了碗里的玫瑰水，从塞西莉亚的上唇抹掉了一道血渍。

塞西莉亚连呼吸都很痛苦。在喘气的间歇，她说："有人从这种可怕的疫病中活下来了吗？"

"只有玛奇·韦伯。"

"就是那个不想活的人。"

"她的孩子全死了。"

"我也活不了多久了。"

"别这么说。"

"你忘记自己了。我们做修女的对死亡无所畏惧。我们一生都在渴望在天上与耶稣会合。死到临头时，我们是欢迎的。"说了这么长一段话让她声嘶力竭，她抽动着身子咳嗽起来。

凯瑞丝从她的下颏上擦去血。"是的，副院长嬷嬷。可是活下来的人会哭泣的。"泪水涌进了她的眼中。她已经失去了梅尔和老朱莉，而现在，她就要失去塞西莉亚了。

"别哭嘛。哭是别人做的。你要坚强。"

"我不明白为什么。"

"我认为上帝想由你接替我的位置，担任副院长。"

凯瑞丝心想，如此看来，上帝做出了一个十分古怪的选择。上帝通常都要挑选对其观念正统的人。不过她早已学会，说这类话是毫无意义的。“若是众姐妹选中我，我就尽力而为。”

“我看她们会选你的。”

“我敢说伊丽莎白姐妹愿意被考虑在内。”

“伊丽莎白很机灵，但你有爱心。”

凯瑞丝低下了头。塞西莉亚或许是对的。伊丽莎白太过苛刻。凯瑞丝是管理女修道院的最佳人选，即使她对把生命消耗在祈祷和颂诗上表示怀疑。她笃信学校和医院。上天保佑，可不要让伊丽莎白关闭了医院。

“还有一件事。”塞西莉亚压低了声音，凯瑞丝只好俯身靠近，“安东尼副院长弥留之际告诉我的。他始终保守那个秘密直到最后时刻，现在我也要照做了。”

凯瑞丝不清楚自己是不是愿意承受这样一个秘密的重负。然而，垂死的病榻似乎压倒了这种疑虑。

塞西莉亚说：“老国王并没有摔死。”

凯瑞丝大惊失色。事情发生在二十多年以前，但她仍记得那谣传。弑君是最难以想象的犯上之罪，何况谋杀与背叛两条弥天大罪相结合，更是双重暴行。哪怕知晓这样一件事都十分危险。莫怪安东尼要坚守这一秘密了。

塞西莉亚继续说：“王后和她的情夫莫蒂默想摆脱爱德华二世。王位继承人是个小男孩。莫蒂默就成了只缺名分的国王。不料，不像他所期望的那么久——年轻的爱德华三世成人太快了。”她又咳嗽起来，这一次益发虚弱了。

“我还是个少女的时候，莫蒂默被处决了。”

“即使是爱德华也不想让别人知道他父亲的真情。所以这秘密就不为人知了。”

凯瑞丝吓了一跳。伊莎贝拉王后依然健在，以国王尊敬的母后的身份，住在诺福克的奢靡环境中。若是人们发现她手上有她丈夫的血渍，就要有一场政治地震了。凯瑞丝了解这一点都感到是罪过。

“这么说，他是被谋杀的了？”她问。

塞西莉亚没有作答。凯瑞丝使劲盯着她。女副院长僵卧不动，她的面容没有了表情，双眼望着上方。她逝去了。

60

塞西莉亚死后那天，戈德温请伊丽莎白姐妹与他共同进餐。

这是个危险时刻。塞西莉亚之死使权力结构失衡。戈德温需要女修道院，因为男修道院自身难以生存：他始终未能成功地改善其财务。然而，大多数修女如今都对他用掉她们的钱愤愤不平，对他恨之入骨。若是她们受到一个一心报复的副院长——或许是凯瑞丝吧——的控制，可能就意味着修道院寿终正寝了。

他还害怕黑死病。他要是患上病可怎么办？菲利蒙要是死了该怎么办？这般梦魇的闪现使他坐卧不宁，但他总算把这些忧虑抛诸脑后。他决心不让黑死病打乱他的长期目标。

女修道院副院长的选举是当务之急。他有过幻觉：修道院关闭，他本人丢脸地离开了王桥，被迫成为别处的一个普通修士，屈从一个管教和羞辱他的副院长。当真出现了那种情况，他觉得可能会自杀的。

不过，这既是个威胁，也是个机遇。若是他把握得巧妙，就可能有一个同情他并乐于受他指挥的女副院长。伊丽莎白是他最好的赌注。

她会成为一个专横的领导，一个会坚守个人威望的人。但他可以跟她合作。她是个不甘寂寞的人：当年凯瑞丝打算核查金库时，就是她给他通风报信的，那件事便是个明证。她可以与他联盟。

她高昂着头走了进来。她心知自己已在刹那间变得举足轻重，为此扬扬得意，戈德温把这一切都看在眼里。他不清楚她肯不肯接受他的提议进行合作，因此而内心焦虑，他可能得小心应付。

她四下打量着宏大的餐厅。“你修了座豪华的宫殿。”她这样说，似是提醒他她帮他弄到了钱。

他想起来，这座寓所虽然已建成一年，但她从来没到过这里边。他主张在修道院的修士区是不应有女性的。在今天之前，只有彼得拉妮拉和塞西莉亚在这里受到过接待。他说：“谢谢你。我相信这地方为我们赢得了贵族和掌权人的尊敬。我们已经在这里款待过蒙茅斯大主教。”

他用光了修女们的最后一枚佛罗伦萨金币买下了有先知生活场景的壁毯。她端详着但以理在狮穴中的画面。“这幅挺好的。”她说。

“来自法兰西的阿拉斯。”

她扬起了一条眉毛：“柜橱下面是你的猫吗？”

戈德温不耐烦了。“我轰不走它。”他撒谎说。他把它赶出了房间。修士是不该养宠物的，但他觉得那只猫的存在可以给他安慰。

他们坐到了宴会长桌的一端。他恼恨一个女人坐在这里就餐，仿佛她和男人可以平起平坐；但他隐藏了他的不自在。

他准备了一道昂贵的菜肴：猪肉加姜汁苹果。菲利蒙给他们斟了加斯科涅葡萄酒。伊丽莎白尝了尝猪肉，说：“很好吃。”

戈德温对食物不大在意，只想用来给人以印象，但菲利蒙却贪馋地大吃大嚼。

戈德温进入了正题："你打算怎样赢得选举？"

"我相信我比凯瑞丝姐妹竞选力强。"她说。

戈德温觉察到她提到那个名字时强压下的冲动。显然她仍旧对梅尔辛因为钟情凯瑞丝而拒绝了她感到气愤难平。如今她又要和这个老对手一决高低了。他心想，她会为获胜而不顾一切的。

这样就好。

菲利蒙跟她说："你为什么认为自己强呢？"

"我比凯瑞丝年长，"伊丽莎白说，"我当修女的时间更长，当女修道院官员也早。而且我生长在一个深信宗教的家庭。"

菲利蒙不认可地摇着头："这些都没用。"

她扬起两道眉毛，为他的唐突惊了一下，戈德温希望菲利蒙不要过于鲁莽。他想对他耳语：我们需要她屈从，别让她翻脸。

菲利蒙毫不容情地说了下去："你只比凯瑞丝多一年的经历。而且你的主教父亲——愿他的灵魂安息——对你也不利。毕竟，主教是不该有孩子的。"

她脸红了："副院长还不该养猫呢。"

"我们谈的不是副院长。"他不耐烦地说。他的姿态蛮横无理，而戈德温却在规避。戈德温善于掩饰他的敌意，扮出一副友好的嘴脸，但菲利蒙始终没学会那门艺术。

然而，伊丽莎白冷冷地接过了话头。"这么说，你请我到这里来是为了告诉我无法取胜了？"她转向戈德温说，"你用姜汁这么贵的调料做菜，不见得只为了这烹调而得意吧？"

"一点不错，"戈德温说，"我们想让你当上女修道院的副院长，我们要尽一切努力帮你的忙。”

菲利蒙说：“我们打算以实事求是的目光看待你的前景为开始。凯瑞丝是人人都喜欢的人——修女、修士、商人和贵族。她的工作对她有极大的优越性。大多数修士和修女，上百个镇民，都曾抱病到医院来，得到过她的帮助。对照起来，他们都难得见到你。你是司库嘛，自然地被认为冷漠和精于计算。”

“感谢你的坦率，”伊丽莎白说，“也许我现在就该放弃。”

戈德温看不出她是不是在说反话。

“你赢不了，”菲利蒙说，“可她能败。”

“别玩这种猜谜游戏了，真让人烦，”伊丽莎白干脆地说，“跟我明说，你们要达到什么目的。”

戈德温心想，我现在明白她为什么没人缘了。

菲利蒙假装没注意她的口吻。“接下来的几个星期里，你的任务是击退凯瑞丝，”他说，“你要把她的形象从可爱、勤奋、热心的姐妹，变成一个妖魔。”

伊丽莎白的眼睛中闪过一道急切的亮光：“这可能吗？”

“有我们的帮助就成。”

“接着说下去。”

“她还吩咐修女们在医院戴亚麻布面罩吗？”

“是的。”

“还要洗手？”

“是的。”

“在盖伦或任何其他医学权威著作中都没有这种做法的基础，当然在《圣经》里就更没有了。看来只是一种迷信。”

伊丽莎白耸了耸肩："意大利医生显然相信黑死病在空气中传播。你在看视或触摸病人时，或者吸过他们的呼气时，就会染病。我看不出怎么——"

"意大利人是从哪儿得来的这主意的呢？"

"大概只是凭观察病人吧。"

"我只听梅尔辛讲过，意大利医生是仅次于阿拉伯人的最好医生。"

伊丽莎白点点头："我也听说过。"

"如此看来，戴面罩这一套玩意儿很可能来自穆斯林。"

"可能吧。"

"换句话说，这是异教徒的货色。"

"我想是吧。"

菲利蒙向后一靠，像是证明了一个要点。

伊丽莎白还没有弄明白："所以我们说凯瑞丝把异教徒的迷信引进了女修道院，就可以取胜她了？"

"不完全是，"菲利蒙狡猾地一笑，说，"我们说她在使用巫术。"

她这才恍然大悟了："当然！我几乎忘了这一招了。"

"你还在审讯她时，做过证明呢！"

"那是好久以前了。"

"我倒认为，你从来没有忘记，你的对手曾经遭到犯罪的指控。"菲利蒙说。

戈德温回想起，菲利蒙自己是始终对此耿耿于怀的。了解他人的弱点，无耻地加以揭发，正是他的特长。戈德温有时对菲利蒙太过怨毒都有负罪感。但他这种怨毒对戈德温大有用场，因此戈德温也就总是把这种内疚压抑下去。还有谁能想出这种招数来毒害修女们的头脑加害她们钟爱的凯瑞丝呢？

一名见习修士端来了苹果和奶酪，菲利蒙又斟了酒。伊丽莎白说道："好吧，这倒有道理。你想没想好具体做法，我们如何办成这件事呢？"

"重要的是先做好准备，"菲利蒙说，"在大多数人信以为真之前，千万别正式进行这种指责。"

戈德温佩服地想，菲利蒙在这方面真有一套。

伊丽莎白说："你有什么高见让我们成功？"

"行动胜于言辞。你自己先拒绝戴面罩。要是有人问起，你就耸耸肩，平静地说你听说这是穆斯林的做法，而你宁愿用基督徒的保护措施。鼓励你的朋友们拒绝面罩，表示对你的支持。也别太经常洗手。当你注意到人们接受凯瑞丝的观念时，就不赞成地皱皱眉头——但是什么也别说。"

戈德温点头赞同。菲利蒙的狡猾，有时到了天才的水平。

"我们连异端都不提吗？"

"你想谈多少就谈多少，但不要直接涉及凯瑞丝。说说你听到一个异教徒在另一个城市处死了，或者说，就算在法兰西吧，一个妖魔的崇拜者使整个女修道院堕落了。"

"我可不想说些子虚乌有的事情。"伊丽莎白固执地说。

菲利蒙有时忘记了，并非所有的人都像他那样厚颜无耻。戈德温连忙发话说："当然不啦——菲利蒙的意思只是要你重复你在什么时候听到的之类，提醒修女们注意到眼前的危险。"

"好极了。"申初经的钟声响了，伊丽莎白站了起来，"我不能错过这一祈祷。我不想让人注意到我缺席并猜测我到了这里。”

“太对了，”戈德温说，“反正我们已经谈妥了。”

她点点头：“不戴面罩。”

戈德温看出来她仍心怀疑虑。他说：“你不会以为面罩有效吧，嗯？”

“不，”她答道，“不，当然不啦。面罩怎么会有用呢？”

“太对了。”

“谢谢你们的午餐。”她走了出去。

戈德温觉得进展顺利，但依旧放心不下。他忧虑地对菲利蒙说：“伊丽莎白靠她一己之力不见得能说服人们，凯瑞丝还是个女巫。”

“我同意。我们可能需要助她一臂之力。”

“也许要靠布道？”

“没错。”

“我要在大教堂的布道坛上讲讲黑死病。”

菲利蒙深思着：“直接攻击凯瑞丝可能有危险。那会适得其反的。”

戈德温同意了。若是他和凯瑞丝公开冲突，镇上人很可能会支持她。“我不会提及她的名字的。”

“只要播下怀疑的种子，让人们自行得出结论就好。”

“我要斥责异教、妖魔崇拜和异端行为。”

戈德温的母亲彼得拉妮拉走了进来。她背驼得厉害，要靠两根拐杖走路，但她那颗大头仍然自信地从嶙峋的肩头向前伸着。

“事情进展得怎么样了？”她说。她曾经催促戈德温攻击凯瑞丝，并且认可了菲利蒙的计划。

“伊丽莎白会完全按我们的愿望去做。”戈德温得意地说。他乐意给她好消息。

“好的。现在我想跟你谈点别的事。”她转过脸对着菲利蒙说，“我们不需要你在这儿。”

一时之间，菲利蒙一副被伤害的样子，就像是一个孩子挨了意外的巴掌。他待人不管不顾，自己倒容易受到伤害。不过，他很快就恢复了常态，做出对她的倨傲顺从甚至有些开心的样子。

“当然啦，夫人。”他带着夸张的毕恭毕敬说。

戈德温对他说：“替我主持一下申初经，行吗？”

“好极了。”

他走了以后，彼得拉妮拉坐在大餐桌旁，说道：“我知道是我催促你培养那年轻人的才华，可是我必须承认，如今他让我起鸡皮疙瘩了。”

“他比先前更有用了。”

“你绝不能当真信赖一个无情的人。他既然肯背叛别人，为什么不会背叛你呢？”

“我要记住这一点。”戈德温说，不过他觉得他眼下已经和菲利蒙绑到了一起办事，没有他简直难以想象了。然而，他不想把这想法告诉他母亲。他换了个话题问：“你要不要来一杯葡萄酒？”

她摇了摇头：“我已经太容易醉倒了。坐下来听我说。”

“好吧，母亲。”他挨着她坐到桌旁。

“我想要你趁这场黑死病还没闹得更厉害之前，离开王桥。”

“我不能那么做。可是你能走——”

“我没关系！反正我已经离死不远了。”

这念头让戈德温极度惊惧："别这么说！"

"别犯傻了。我已经六十岁了。瞧瞧我嘛——我站都站不直了。到我走的时候了。可你才四十二岁——而且你前途无量！你可能当上主教，大主教，甚至红衣主教。"

像往常一样，她为他抱的无止境的野心，使戈德温感到迷惑。他当真能够做红衣主教吗？或者只是做母亲的盲目呢？他还真不清楚。

"我不想让你在达到目标之前就死于黑死病。"她把话说完了。

"母亲，你不会死的。"

"别谈我！"她气恼地说。

"我不能离开镇子。我要落实修女们不选凯瑞丝当副院长。"

"让她们尽快选完。要是办不到，你无论如何都要走，让选举由上帝决定吧。"

他害怕黑死病，可他也担心失败："她们要是选了凯瑞丝，我就可能失掉一切了！"

她的声调软了下来："戈德温，听我说。我只有一个孩子，就是你。失去你我受不了。"

她的腔调突然这么一变，惊得他说不出话了。

她继续说："我求你了，离开这镇子，到黑死病传不到你的地方去。"

他还从来没见过她求人。这让人泄气。他感到畏惧了。为了止住她，他说："让我想想看。"

"这场黑死病，"她说，"就像树林里的狼。你要是看见它，就休想——能逃掉了。"

戈德温在圣诞节前的礼拜天做了布道。

天气干燥，高高的白云给寒冷的苍穹加上了顶盖。大教堂的中央塔楼由鸟巢式的绳索和树枝构成的脚手架遮挡着，那是埃尔弗里克从上向下的拆毁工程。在绿地的集市上，冻得发抖的商贩和一些老主顾做着些零散的生意。在市场外面，墓园里打了霜的冬草，被一万多座新坟的褐色长方形所覆盖。

但教堂里依旧挤满了人。戈德温在晨祷时注意到墙壁内侧的霜，到他进入教堂举行圣诞祈祷时，已经由上千个身体的温度融化了。他们身穿厚实的土色外衣和斗篷，挤作一团，就像牛圈里的牛。他知道，他们是因为黑死病才来的。镇上数千人的教众又从周围的村落中增加了好几百人，全都是来寻求上帝的保护的，那场疫病已经至少打倒了镇上每条街道和乡村的一户人家。戈德温心怀同情。近来他一直都在狂热地祈祷。

通常只有前面的人才庄重地跟着念祷词。后面的人则和他们的朋友及邻居闲聊，孩子们更是在最后面嬉戏。但今天，中殿里鸦雀无声，所有的脑袋都转向修士和修女，以非同一般的专注看着他们进行典礼。人群都严肃谨慎地低声呼应着祷词，迫切地要获得他们所期盼的神圣的保护。戈德温打量着他们的面孔，琢磨着他们的表情。他看到的是恐怖。他们和他一样，都心惊胆战地猜想，下一个会是谁打喷嚏，或者流鼻血，或者生出黑紫色的皮疹。

在最前方，他看到了威廉伯爵和他的夫人菲莉帕，以及两个长大的儿子罗兰和理查，与小得多、只有十四岁的女儿奥狄拉。

威廉照他父亲罗兰的同样风格统治全郡：请求秩序和正义，手段坚决偶尔甚至残酷。他面带忧戚之色：在他的伯爵领地内爆发了黑死病，无论他如何严厉，也是控制不了的。菲莉帕用一只手臂搂着小姑娘，仿佛要保护她。

挨着他们的是拉尔夫爵士，天奇的领主。拉尔夫从来不善于掩饰感情，此刻面露惊恐。他的孩童妻子怀抱着一个小男婴。戈德温最近给他赐了教名，按他的祖父叫作杰拉德。祖父和祖母莫德就站在近旁。

戈德温的目光沿着那排人扫过去，看到了拉尔夫的哥哥梅尔辛。梅尔辛从佛罗伦萨归来时，戈德温曾经希望过凯瑞丝会悔弃誓言，离开女修道院。他以为她只做市民妻子可能会少惹麻烦。但这事没有发生。梅尔辛拉着他那意大利小女儿的手，他们身旁是贝茜的父亲保罗·贝尔，已经染上了黑死病。

不远的地方是梅尔辛看不起的那家子：埃尔弗里克，他的女儿格丽塞尔达，他们取名叫梅尔辛的十岁男孩，还有石匠哈里，是格丽塞尔达放弃了对原先的梅尔辛的希望之后嫁的丈夫。挨着埃尔弗里克的是他的续弦妻子，格温达的表妹艾丽丝。埃尔弗里克一直抬着头。他在拆毁塔楼时为十字甬道搭了个临时的顶篷，他不是在欣赏他的工作，就是在担心别出事。

惹人注目的缺席的是夏陵主教，蒙斯的亨利，通常在圣诞节是由主教布道的，然而他却没来。众多教士死于了黑死病，所以主教显然是忙于巡视教区并寻找代替的人。已经有议论说，要放宽教士的标准，任命二十五岁以下者甚至私生子担任教职。

戈德温迈步向前准备说话。他肩负着棘手的使命。他需要在王桥大多数居民中激起恐惧与愤恨。他还要不提她名，甚至不让人们认为他对她敌视地做到这一点。他要把他们的愤怒转向她，而且还要让他们相信，这是他们自己的看法，而不是他的主意。

并非每一项祈祷都有布道的。只有大批群众出席的主要的庄重仪式，他才向教众演说，之后也不总做布道。往往有一些公告，从大主教或国王那里来的有关国家大事的消息——军事胜利、税收问题，王室成员的生卒。但今天很特殊。

“什么是疾病？”他说。教堂中已是一片寂静，这时教众都一动不动了。他提出的问题正是人人所想。

“上帝为什么派来疾病和黑死病折磨和杀死我们？”他看到了他母亲的目光，她站在埃尔弗里克和艾丽丝身后，他突然想起她不久于人世的预告。一时之间，他因恐惧而浑身僵硬，麻木得说不下去了。教众不安地动着、等着。他知道他正在失去人们的注意力，便感到恐慌，这使他益发麻木。但那时刻过去了。

“疾病是对罪孽的惩罚。”他接着说。这些年来，他已形成了一种布道的风格，他不像托钵修士默多那样是个夸夸其谈的人，他布道时更像是交谈，听起来如同娓娓说理，而不是蛊惑煽动。他不清楚这有多么适合他要掀起他们的那种痛恨的感情。不过菲利蒙说，在他听来更有说服力。

“黑死病是一种特殊的疾病，因此我们知道，上帝在对我们施加一种特殊的惩罚。”人群中传来异口同声的嘀咕和哀叹之间的声音。这正是他所想听的。他受到了鼓舞。

“我们应该扪心自问，我们犯下了什么罪孽，才招致这样的惩罚。”他说到这里，注意到玛奇·韦伯单独站着。上一次她来教堂，还有丈夫和四个孩子。他想指出，她致富是使用了与巫术之类的染布法，但他决定不用这一招。玛奇备受大家的爱戴和尊敬。

“我要对你们说，上帝是为了异端才惩罚我们的。世上——在这镇子里，甚至今天在这伟大的教堂内——有些人质疑上帝的神圣教会及其教长的权威。他们怀疑圣餐把面包变成了基督的真实身体，他们否认弥撒对死者的功效，他们宣称在圣徒的雕像面前祈祷是偶像崇拜。”这些都是在牛津的学生教士当中经常争论的异端。在王桥，没什么人在意这种辩论，戈德温在人群的面孔上看到了失望和厌倦的神色。他感觉到他又一次失去了他们，感到内心中升起了惊恐。他绝望地补充说：“就在这座镇子中，有人使用巫术。”

这一下抓住了大家的注意力。众人齐声喘气。

“我们应该与伪宗教不懈地斗争，”他说，“记住只有上帝才能治愈疾病。祈祷、忏悔、圣餐、苦行——这都是基督精神认可的办法。”他稍稍提高了声调，“其余的全是亵渎！”

他觉得这么讲还不够明确，他需要所谓更具体的东西。

“既然上帝给我们送来了惩罚，而我们却要逃避这一惩罚，我们是不是在违背他的意旨呢？我们可以向上帝祈祷，要求原宥我们，或以他的英明，他会治愈我们的疾病。但异端的疗法只能使情况恶化。”听众着迷了，他要再加一把火，“我警告你们，魔咒，求仙，非基督教的妖术，尤其是异教措施——全都是巫术，统统要被上帝的神圣教会所禁止。”

他今天的真正听众是他身后站在唱诗班席上的三十二名修女。到目前为止，只有少数几个表示反对凯瑞丝而支持伊丽莎白——她们拒戴面罩抵抗黑死病。照此判断，凯瑞丝会轻而易举地赢得下周的选举。他要给修女们一个明晰的信息：凯瑞丝的医疗观念是异教的。

“谁犯有这种措施的罪孽……”他顿了顿以增加效果，还俯身向前盯着教众，“……镇上有谁……”他转过身来向着背后唱诗班席上的修士和修女们，“……甚至在修道院里……”他扭回身，“我说，谁犯有这种措施的罪孽，都该加以回避。”

他又顿了顿以加强效果。

“愿上帝对他们的灵魂发发慈悲吧。”

61

保罗·贝尔在圣诞节前三天安葬。在十二月份的寒冷中站在他那严霜覆盖的坟墓前所有的送葬人都应邀到贝尔客栈小酌，以示对他的怀念。他的女儿贝茜如今成了店主。她不想独自悲凄，因此就慷慨地拿出店里最好的淡啤酒招待大家。琴手列尼用他的五弦琴演奏出伤心的曲调，送葬的宾客们在微醺之后，却伤感地落下了眼泪。

梅尔辛带着洛拉坐在角落里。在前一天的集市上，他从科林思那里买了些香甜的葡萄干——一种费钱的奢侈品。他一边和洛拉吃着，一边教她数数。他给自己数了九粒，但给她计数时，却漏掉了双数，数着："一、三、五、七、九。"

"不对！"她说，"不对了！"她知道他只是在逗她，便哈哈大笑了。

"我给咱俩都数出了九粒啊。"他分辩说。

"可是你得的多呢！"

"哎，这是怎么回事啊？"

"你没数对，真笨。"

"那么，最好你自己数吧，看看能不能数得比我好。"

贝茜和他们坐在一起。她穿着她最好的衣裙，穿在身上有点紧。“能给我一些葡萄干吗？”她说。

洛拉说：“能，可是别让我数数。”

“放心吧，”贝茜说，“我知道他的把戏。”

“给你，”梅尔辛对贝茜说，“一、三、九、十三——噢，十三太多了。我最好收回一些。”他取回了三粒葡萄干，“十二、十一、十。好啦，你现在有十粒了。”

洛拉觉得这简直让人笑破肚皮。“可是她只得到一粒！”她说。

“我又数错了吗？”

“就是嘛！”她看着贝茜，“我们知道他的把戏。”

“那你就自己数吧。”

门开了，吹进了一股冰冷的空气。凯瑞丝裹着一件厚重的斗篷走了进来。梅尔辛喜上眉梢：他每次看到她，都庆幸她还活着。

贝茜谨慎地看着她，还是表示了欢迎。“你好，姐妹，”她说，“你记着我父亲，心太好了。”

凯瑞丝说：“你失去了他，我很难过。他是个好人。”她同样不失客套。梅尔辛明白，这两个女人因为他的缘故，互相视为情敌。他不明白自己究竟做了什么让她们对他如此一往情深。

“谢谢你，”贝茜对凯瑞丝说，“你要不要来一杯淡啤酒？”

“你真好心，可我不喝了。我要和梅尔辛谈一谈。”

贝茜看着洛拉：“我们在火上烤栗子好吗？”

“好啊，请吧！”

贝茜领着洛拉走了。

“她们处得挺好。”凯瑞丝说。

梅尔辛点点头：“贝茜是热心肠，自己又没有孩子。”

凯瑞丝面带戚容：“我也没孩子……但我可能没有热心肠。”

梅尔辛拍拍她的手。“我心里有数，”他说，“你心肠热着哪，可你要照看的不是一两个孩子，而是十几个大人呢。”

“你真好，能够这样善解人意。”

“这是实情，就是嘛。医院的事怎么样？”

“难以忍受。那地方净是要死的人，除了埋葬他们，我无能为力。”

梅尔辛感到一阵温情涌起。她总是这么能干，这么可靠，但她的口气泄露了她的内心：既然不肯向别人，她只有向他表露了。“你的样子很疲惫。”他说。

“是啊，上帝晓得。”

“我揣摩你也在为选举的事担心。”

“我来就是为这事找你帮忙的。”

梅尔辛迟疑了。他被矛盾的心情撕扯着。他的一部分愿意让她满足抱负，当上副院长。可那样一来，什么时候她才能成为他的妻子呢？他还有一种见不得人的私心，希望她在选举中失败，放弃她的誓言。无论如何，他都要对她要求的任何帮助给予满足，就是因为他爱她。“好吧。”他说。

“昨天戈德温的布道词伤害了我。”

“难道你永远摆脱不掉那老掉牙的巫术谴责吗？实在是荒谬透顶！”

“老百姓是愚蠢的。那篇布道对修女们冲击很大。”

“本来就是有意的嘛，当然啦。”

“这是毫无疑问的。本来只有几个人相信伊丽莎白那番我的亚麻布面罩是异端的鬼话。只有她的几个密友不用面罩：克莱西、艾莲、珍妮、罗西和西蒙妮。但别人听到了从大教堂圣坛上发出的信息，情况就变了。听得入神的姐妹现在都不戴面罩了，有几个为了回避这种显而易见的选择，干脆就不进医院了。只有几个人还戴面罩：我和四个与我关系密切的修女。”

“我原也担心这个。”

“如今，塞西莉亚嬷嬷、梅尔和老朱莉全都死了，只有三十二名修女有资格选举了。你需要有十七票才能获胜。伊丽莎白原先有五个铁杆支持者。这次布道给她加上了十一人。算上她自己那票，正好十七票。我只有五票，即使动摇的人都投我的票，我也得输。”

梅尔辛为她而感到愤愤不平。她为女修道院做了这么多事之后却遭到这样的拒斥，实在太伤人了。“你能做些什么呢？”

“主教是我的最后希望了。要是他出面反对伊丽莎白，并宣布他不会批准她的当选，对她的支持就会散摊，我就还有机会。”

“你怎么能影响他？”

“我不能，可是你能——或者，教区公会至少还能。”

“我也这么想……”

“他们今天晚上要开会，我想你要到会。”

“是的。”

“好好想想吧。戈德温已经把这镇子快整死了。他和伊丽莎白过从甚密——她家是修道院的佃户，戈德温一向照顾他们。要是她成了女修道院副院长，她就会像埃尔弗里克一样成了附庸。戈德温在修道院内外就没人反对了。王桥也就此完蛋了。”

“这倒是实情，可是公会的人肯不肯同意向主教说情……”

她突然露出极端伤心的神情：“先试试看。要是他们都不同意你，只好算了。”

她的绝望感动了他，他愿意做出更乐观的样子：“我当然会努力的。”

“谢谢你。”她站起身，“你对这件事肯定内心矛盾。感谢你做我真诚的朋友。”

他苦笑了一下。他想做她的丈夫，而不是她的朋友。但说他是什么他都接受。

她出门走进了严寒。

梅尔辛来到壁炉边，和贝茜及洛拉坐到一起，并且尝了尝烤好的栗子，但他心不在焉。戈德温的影响邪恶有害，可他的势力照样没停止膨胀。这是怎么回事呢？大概是因为他是个有野心而没有良心的人吧——多强烈的结合啊。

夜幕降临，他把洛拉放上床，付钱请一位邻居的女儿照看她。贝茜把店务交给吧女塞尔莉。他们穿上厚实的斗篷，就沿着主街，来到公会大厅，出席教区公会的仲冬会议。

在长室的尽头，放着一桶季节性的淡啤酒，供会员饮用。梅尔辛心想，这种提神的东西在这个圣诞节似乎有一种不得已的功能。在为保罗·贝尔守灵期间，人们一个劲儿狂饮，而那些跟在梅尔辛后边进来的人又急着把他们的大杯子灌满，仿佛他们有一周没喝过似的。或许是为了让自己不想黑死病的事吧。

贝茜是四个新介绍入会的人之一，其他三人都是死去的主要会员的长子。梅尔辛明白，戈德温作为镇民的太上皇，一定会高兴又增加了一笔继承税的收入的。

日常事务处理完毕之后，梅尔辛提出了女修道院副院长选举的话题。

“这与我们无关。”埃尔弗里克马上说。

“恰恰相反，选举结果会影响本镇今后若干年，甚至几十年的商务，”梅尔辛争论说，“女副院长是王桥最富有和最有权的人之一，我们应该尽可能推出一个不会束缚我们生意的人。”

“可是我们无能为力啊——我们又没有选举权。”

“我们有影响。我们能够向主教请愿。”

“这事以前可从没干过。”

“这不能成为托词。”

比尔·瓦特金插口说：“候选人是谁？”

梅尔辛回答说：“抱歉，我还以为你知道呢。凯瑞丝姐妹和伊丽莎白姐妹。我认为我们应该支持凯瑞丝。”

“你还用说嘛，”埃尔弗里克说，“而且我们都知道缘由！”

响起了一片笑声。人人都清楚梅尔辛和凯瑞丝若即若离的长时间的恋爱关系。

梅尔辛微微一笑：“接着笑吧——我不在乎。只是要记住，凯瑞丝成长在羊毛商之家，而且帮助过她父亲，因此她懂得商人们面对的问题和挑战——而她的对手是个主教的女儿，更会同情修道院副院长。”

埃尔弗里克脸红了——梅尔辛觉得，一方面因为他喝下的淡啤酒，但主要还是气恼。“你为什么跟我过不去，梅尔辛？”他说。

梅尔辛吃了一惊：“我还以为是另一码事呢。”

“你勾引了我女儿，又拒绝娶她。你设法不让我修桥。我原以为我们已经甩掉你了，结果你又回来了，在桥的裂缝上羞辱了我。你刚回来几天，就想把我从会长的位置上拉下来，用你的朋友马克来顶替。你甚至暗示，大教堂的裂缝是我的过错，尽管建筑时我还没出生。我只是修理了一下，你为什么跟我过不去呢？”

梅尔辛不知该怎么说了。埃尔弗里克难道不知道他是怎么对待梅尔辛的？但梅尔辛不想在教区公会的大庭广众面前和他争论这个——那样太孩子气了。“我没跟你过不去，埃尔弗里克。我当学徒时，你是个凶暴的师傅，你是个凑数的建筑匠师，如今你又跟上了戈德温，不过我反正没跟你过不去。”

一个新会员铁匠约瑟夫说：“你们在教区公会里就是做这些事——进行无聊的争论吗？”

梅尔辛觉得受了委屈。并不是他引起这种个人恩怨的。但他要是这么说，看上去仍像是在纠缠个人恩怨。所以他就不再说什么了，不过心想，埃尔弗里克一向狡猾。

“乔是对的，”比尔·瓦特金说，“我们来这里可不是为了听埃尔弗里克和梅尔辛吵嘴的。”

比尔一意把他和埃尔弗里克等量齐观，让梅尔辛感到难办。一般地讲，公会会员们喜欢他而对埃尔弗里克感到不快，从桥梁裂缝的争论以来就是这样了。实际上，若是马克健在的话，他们就会让埃尔弗里克下台了。可是事情发生了变化。

梅尔辛说：“我们能不能回到这个问题上，就是为凯瑞丝当女副院长一事去吁请主教呢？”

“我反对，”埃尔弗里克说，“戈德温副院长想要伊丽莎白当。”

一个新的声音发言了：“我赞成埃尔弗里克。我们不想跟副院长神父争论。”那是蜡烛商马塞尔，他有合同，要为修道院提供蜡烛。戈德温是他的最大买主，梅尔辛对此并不奇怪。

然而，接下来发言的人却让他大吃一惊。那是建筑匠师杰列米阿，他说：“我认为我们不该倾向被斥为异端的人。”他还向地板一左一右啐了两口唾沫，并在胸前画了十字。

梅尔辛惊愕之下一时答不出话来了。杰列米阿一向迷信，畏首畏尾，但梅尔辛从来没想到，他竟然发展到背弃他的师父的地步。

这时轮到贝茜挺身为凯瑞丝辩护了。“那种指控始终就荒唐可笑。”她说。

“可也从来没被驳倒过。”杰列米阿说。

梅尔辛瞪着他，但杰列米阿没有看他的目光。“你脑子里想的是什么，吉米？”梅尔辛说。

“我不想死于黑死病。”杰列米阿说，“你听了布道了。谁使用了异教的疗法就该走开。我们谈的是请求主教任命她当副院长——那就不是让她走开了！”

有一阵低声议论表示赞同，梅尔辛意识到，舆论的主流变了。其余的人虽然不像杰列米阿那样轻信，但也都跟他一样心怀恐惧。这场黑死病吓坏了他们大家，让他们丧失了理智。戈德温的布道比梅尔辛想象得还要奏效。

他都想放弃了——这时他想到了凯瑞丝，想到了她那疲惫与失落的样子，于是他又努力了一下。“我在佛罗伦萨已经经历了一次了，”他说，“我现在提请你们注意，教士和修士不会拯救任何人不死于黑死病的。你们把这镇子拱手交给了戈德温，到头来会一无所获的。”

杰列米阿说：“这说法听起来太像亵渎神灵了。”

梅尔辛四下看了一圈。别人都同意杰列米阿。他们吓得不会有条理地思考了。他再也无能为力了。

他们决定不对女副院长的选举采取行动，不久之后，会议便不欢而散，会员们从炉火中取了燃柴，照着路回家。

梅尔辛觉得太晚了，没法通知凯瑞丝了——修女和修士一样，天一黑就上床，凌晨就起身的。然而，有一个裹着羊毛大披风的身影候在公会大厅之外，他吃了一惊，火把照亮的是凯瑞丝烦恼的面孔。“怎么样了？”她焦虑地问。

“我失败了，”他说，“真对不起。”

火把的光照着她那受伤的面容：“他们说些什么？”

“他们不想插手，他们信了布道词。”

“一群傻瓜。”

他们沿着主街并肩走着。在修道院门口，梅尔辛说：“离开修道院吧，凯瑞丝。不是为了我，而是为了你自己。你在伊丽莎白手下没法工作的。她恨你，你想干什么她都会挡道的。”

“她还没取胜呢。”

“她会的，不过——这是你自己说的。背弃你的誓言，嫁给我吧。”

“婚姻也是一种誓言。既然我能打破我对上帝的誓言，你为什么会相信我对你的承诺呢？”

他笑了：“我宁可冒险一试。”

“让我想想看。”

“你已经想了几个月了，”梅尔辛不高兴地说，“你要是现在不离开修道院，你就永远离不开了。”

“我现在不能离开。人们比任何时候都更需要我。”

他有点生气了：“我不会永远求下去的。”

“我知道。”

“事实上，过了今晚，我就不会再求你了。”

她哭了：“真对不起，可是我不能在黑死病肆虐时撇下医院不管。”

“医院。”

“还有镇上的人。”

“可你自己呢？”

他手中火把的光照着她的泪水闪亮：“他们太需要我了。”

“他们，所有的都算，全是忘恩负义的人——修女、修士、镇民。我算知道了，天啊。”

“这没有任何区别。”

他点点头，接受了她的决定，按下了他自私的气恼：“你既然这么想，你就尽你的职责吧。”

“感谢你的理解。”

“我希望事情能有转机。”

“我也这样希望。”

“你最好拿上这火把吧。”

“谢谢你。”

她从他手中接过燃着的树枝，就转身走开了。他目送着她，心想：就这样结束了吗？就完了？她以她特有的大步向前走去，坚定而自信，但她的头却垂着。她穿过门洞，消失不见了。

贝尔客栈的灯光透过百叶窗和门缝欢快地闪亮着。他走了进去。

最后几位顾客醉醺醺地道着别，塞尔莉收拾着杯子，擦着桌子。梅尔辛察看了一下洛拉，她睡得很沉，他给那个照看她的姑娘付了钱。他想上床，但他明知他睡不着。他太心烦意乱了。他今晚怎么会失去耐心了呢？平素里并没有这样啊。他生了气。但他的气来自怕，现在他平静下来，才算想通。在其深处，他害怕凯瑞丝会染上黑死病死掉。

他坐在客栈客厅的一条板凳上，脱下了靴子。他待在那里，直愣愣地瞪着炉火，想不通自己何以不能得到他在生活中最想得到的一件事。

贝茜走进来，挂起她的斗篷。塞尔莉走了，贝茜锁上了店门。她拿过她父亲总用的那把大椅子，坐到了梅尔辛的对面。

“对于公会会议上的事我很难过。”她说，“我说不清谁是谁非，可我知道你很失望。”

“无论如何我都要感谢你支持了我。

“我总是支持你的。”

“也许我该停止为凯瑞丝作战了。”

“我同意。但我看得出你很伤心。”

“又伤心又气恼。我似乎浪费了半辈子时间等候凯瑞丝。”

“爱永远不是浪费。”

他惊讶地抬头看着她。过了一会儿，他说：“你是个聪明人。”

“除了洛拉，这店里没别人了，”她说，“所有基督徒客人都离开了。”她从椅子中站起来，跪在他面前。“我愿意让你舒服，”她说，“我做什么都行。”

他端详着她那友善的圆脸，感到自己的身体激动得有了呼应。他已经有好久没有在怀里搂抱过女性柔软的身体了。可是他摇了摇头：“我不想利用你。”

她莞尔一笑："我没要你娶我。我甚至不要求你爱我。我刚刚埋葬了我父亲，而你因凯瑞丝而感到失望，咱们俩都需要有人相拥着温暖一下。"

"麻醉一下痛苦，就像喝一杯葡萄酒。"

她抓过他的一只手，吻着手掌。"比酒强多了。"她说。她拉着他的手按到她的乳房上。她的乳房又大又软，他边抚弄边叹气。她仰起脸，他俯下身吻了她的嘴唇。她发出愉快的小声呻吟。那亲吻真是美妙极了，就像热天喝了冷饮，他不想停下来。

最后，她喘着粗气从他身边挣脱了。她站直身子，从头上脱掉她的羊毛衣裙。她赤裸的胴体在炉光中泛着玫瑰色。她周身都是曲线：圆圆的臀部，圆圆的肚皮，圆圆的双乳。他依旧坐着，把双手放到她的腰际，把她拉向自己。他亲吻着她肚皮温软的肌肤，然后又亲吻她双乳的粉色乳头。他抬头看着她绯红的面容。

"你想到楼上去吗？"他低声问。

"不，"她娇喘着说，"我等不了那么久了。"

62

女修道院副院长的选举在圣诞节后一天举行。那天早晨，凯瑞丝情绪十分低落，几乎起不了床了。黎明的晨祷钟响起，她禁不住把头放在毯子下，说她感觉不适。但这么多人都在等死，她装不下去，于是她最后还是强制自己起了床。

她与伊丽莎白并肩带着队列，拖着脚步绕过回廊冰冷的石板地，向教堂走去。这种安排之所以能达成一致，是因为两人谁都不肯把带队的位置让给另一个，她们如今正在竞选嘛。但凯瑞丝已经不在意了。结果早已不言自明。在整个唱诗和读经的过程中，她都站在唱诗班席中打着哈欠，冷得发抖。她很气愤，今天再过些时候，伊丽莎白就要被选作副院长了。凯瑞丝怨恨那些修女拒绝她，她痛恨戈德温对她抱着敌意，她也鄙视镇上的商人们不肯介入。

她觉得她的生活仿佛就是一场失败。她未能建成她梦寐以求的医院，如今更是永远休想了。

她也埋怨梅尔辛，给她提供了她无法接受的东西。他并不理解。对他而言，他俩的婚姻对他的建筑师生涯是个附属品。而对她呢，结婚意味着她将失去她已奉献了自己的工作。因此她才犹豫这许多年。并非她不想要他。她渴望他的那种饥渴劲头简直让她难以忍受。

她哼唧着最后一句应声，然后便机械地率队走出了教堂。当她们又一次绕过回廊时，她身后有人打起了喷嚏。她情绪低落至极，甚至都不想回头看看是谁了。

修女们爬上楼梯返回宿舍。凯瑞丝走进房间之后，听到了粗声喘气，这才想起来，有人没能去晨祷。她的蜡烛照出来是见习修女管理人西蒙妮姐妹——一位倔强的中年妇女，平日里很自觉，不会装病的。凯瑞丝在自己脸上蒙上一条亚麻布，跪在西蒙妮的垫子旁边。西蒙妮正在出汗，样子很害怕。

凯瑞丝问："你觉得怎么样？"

"糟透了，"西蒙妮说，"我做了个怪梦。"

凯瑞丝摸了摸她的前额。她烧得烫手。

西蒙妮说："我能喝点什么吗？"

"稍等。"

"但愿只是感冒。"

"你当然只是发烧啦。"

"不过，我没染上黑死病，是吧？还不至于那么糟吧。"

"反正我们得把你送到医院去，"凯瑞丝闪烁其词地说，"你能走吗？"

西蒙妮挣扎着站了起来。凯瑞丝从床上取下一条毯子，裹到西蒙妮的肩头。

她们朝屋门走时，凯瑞丝听到了一声喷嚏。这一次她看清了是胖胖的总管罗西姐妹打出的。凯瑞丝使劲盯着罗西，她显得很害怕。

凯瑞丝随便叫来一个修女："克莱西姐妹，你把西蒙妮送到医院去，我要看看罗西。”

克莱西搀着西蒙妮的胳膊，带她下楼去。

凯瑞丝把蜡烛举到罗西的面前。她也在发汗。凯瑞丝把她的袍服拉下脖颈。她的双肩和胸口有紫色的小斑点皮疹。

“别，”罗西说，“请你不要。”

“可能什么事没有呢。”凯瑞丝哄骗她。

“我不想死于黑死病！”罗西嘶哑着声音说。

凯瑞丝平和地说：“镇静点，跟我来。”她用力拉住罗西的手。

罗西不让她拉：“不用，我不会有事的！”

“设法说一句祷告吧，”凯瑞丝说，“圣母马利亚，来。”

罗西开始祈祷，片刻之后，凯瑞丝能够带她走开了。

医院中挤满了垂死的病人和他们的家属，天还没亮透，但大多数人都醒着。

空气中有强烈的汗臭、呕吐物和血腥味。房间被牛油灯和圣坛上的蜡烛照得若明若暗。几个修女在看护病人，给他们送水，为他们擦洗。有的戴了面罩，有的没戴。

约瑟夫兄弟也在，他是最年长的修士医生和最受爱戴的人。他在为首饰行会的会长银匠里克尽最后的仪式：他俯身听取那人耳语着的忏悔，周围是他的子孙们。

凯瑞丝给罗西腾出一块地方，并说服她躺下。一个修女给她端来了一杯清澈的泉水。罗西一动不动地躺着，眼睛却在不停地左顾右盼，她知道自己的命运，因此心怀恐惧。“约瑟夫兄弟一会儿就来看你。”凯瑞丝告诉她。

“你是对的，凯瑞丝姐妹。”罗西说。

“你这是指的什么？”

“西蒙妮和我都在伊丽莎白姐妹最初的朋友之列，都拒绝戴面罩——瞧瞧我们怎么样了。”

凯瑞丝没想到这一点。难道这些与她意见相左的人之死要如此可怕地证明她是正确的吗？她宁可错了，也不愿她们死掉。

她去看望西蒙妮。她躺在那里，握着克莱西的手。西蒙妮比罗西年长，也比她平静，但她的目光中也有恐惧的神色，紧攥着克莱西的手十分用力。

凯瑞丝瞥了一眼克莱西。她的上唇上方有一处深色的血渍。凯瑞丝伸出手去，用衣袖替她抹掉。

克莱西也在拒用面罩的最初几人之列。

她看着凯瑞丝袖子上的污渍，问道：“那是什么？”

“血。”凯瑞丝说。

选举在正餐之前一小时在食堂里举行。凯瑞丝和伊丽莎白并肩坐在房间一端的桌后，修女们成排地坐在板凳上。

一切都已改变。西蒙妮、罗西和克莱西受黑死病之害，躺在了医院里。而在这食堂内，另两个从一开始就拒绝面罩的修女艾莲和珍妮，也显露出早期症状：艾莲打喷嚏，而珍妮在盗汗。从一开始就不戴面罩处理黑死病死者的约瑟夫兄弟终于也未能幸免。剩下来的修女们在医院里全都重新戴上了面罩。如果说面罩乃是支持凯瑞丝的象征的话，她已经获胜了。

大家都紧张而焦躁。前任司库和最年长的修女贝丝姐妹，读了一段祷词，算是宣布开会。几乎不等她读完，好几名修女当即发言，嗓门最大的是前任司窖玛格丽特姐妹。“凯瑞丝是对的，伊丽莎白错了！”她用压倒别人的声音叫道，“那些不戴面罩的人眼下全要死了。”

众人异口同声地表示赞同。

凯瑞丝说：“我倒巴不得是另一种情况呢。我宁愿要罗西、西蒙妮和克莱西坐在这儿，投我的反对票。”她真心这么想。她为人们死去感到心中难过。这让她感到其他一切都是小事一桩。

伊丽莎白站起了身。“我提议我们推迟选举，”她说，“三位修女已死，还有三人躺在医院。我们应该等到黑死病过去再说。”

这倒出乎凯瑞丝所料。她原以为伊丽莎白无力避免失败呢——可是她错了。

此时此刻，没人会投伊丽莎白的票，但她的支持者宁可从根本上避免再做任何选择。

凯瑞丝不再冷漠了。她猛然想起她想做女副院长的全部理由：改进医院，教授更多的女孩子读书识字，为镇子的繁荣尽一己之力。若是伊丽莎白当选，将是一场大灾难的结局。

伊丽莎白当即得到老贝丝姐妹的支持。“我们不该在一场惊慌失措中举行选举，做出在事情平息之后感到后悔的选择。”她的发言听起来像是经过排练：伊丽莎白显然策划在先。但凯瑞丝心神不定地想，这样说并非没有道理。

玛格丽特愤愤地说：“贝丝，你这么讲，只是因为你明知伊丽莎白会落选。”

凯瑞丝控制着自己没有发言，因为如若说话反倒会引出不利于她的论点。

娜奥米姐妹不属于任何一派，她说：“问题在于，我们没有头领。塞西莉亚嬷嬷——愿她的灵魂安息，在娜达莉死后始终没任命一名副院长助理。”

“这事有那么严重吗？”

“有！”玛格丽特说，“我们连谁率队走在前面都定不下来！”

凯瑞丝决定冒险指出一个现实问题：“有一长串决议需要做呢，尤其是死于黑死病的女修道院地产佃户的继承权问题。没有副院长的状况拖久了是有很多难处的。”

艾莲姐妹本是伊丽莎白的五名密友之一，此时却反对推迟选举了。“我讨厌选举，”她说，她打了个喷嚏，然后接着说，“选举挑动了姐妹间彼此反对，造成了反目成仇。我愿意把这事了结，以便我们能同心协力地面对这场可怕的黑死病。”

这番话引起了支持的欢呼声。

伊丽莎白气恼地瞪着艾莲。艾莲看到了她的目光，说：“你们瞧啊，我连说这么一句平和的话都要招致伊丽莎白瞪我，仿佛我背叛了她似的！”

伊丽莎白垂下了眼睛。

玛格丽特说：“好啦，咱们选举吧。赞成伊丽莎白的，说一声‘唉’。”

一时之间，没有人说话。随后贝丝轻声说了一声“唉”。

凯瑞丝等候着其他人说话，但贝丝是唯一一个出声的人。

凯瑞丝的心跳加速了。她是否就要实现她的抱负了呢?

玛格丽特说：“谁赞成凯瑞丝？”

当即有了呼应：一片声高喊“唉”！在凯瑞丝听来，几乎所有的修女都投了她的票。

她心想：我成功了，我成了女修道院副院长。这下我们当真能着手大干一番了。

玛丽格特说："在这种情况下——"

一个男人的声音突然说："等一等！"

好几名修女喘着气，一个还尖叫了一声。她们全看着门口。菲利蒙站在那里。凯瑞丝揣摩，他大概一直在外面偷听。

他说："在你们走得更远之前——"

凯瑞丝不能容忍这个。她站起来，打断他的话。"你怎么胆敢进入女修道院！"她说，"你没有获准，也不受欢迎。现在就离开！"

"我是受到副院长大人委派——"

"他没有权力——"

"他是工桥的教会首脑，在没有女修道院副院长和副院长助理之际，他有权管修女。"

"我们不再没有副院长了，菲利蒙兄弟。"凯瑞丝挺身向他走去，"我刚刚当选。"

修女们都痛恨菲利蒙，大家群起欢呼。

他说："戈德温神父不同意这次选举。"

"太迟了。告诉他，凯瑞丝嬷嬷现在掌管女修道院——而且她赶你出去。"

菲利蒙退着向外走。"你们的选举在没得到主教的认可之前，你还不是副院长！"

"出去！"凯瑞丝说。

修女们齐声呼应："出去！出去！出去！"

菲利蒙吓慌了。他不习惯遭到蔑视。凯瑞丝又冲他迈进一步，他又朝后退了一步。他被这场面惊呆了，吓坏了。众人的呼喊声更高了。他猛地调转身，抱头鼠窜了。

修女们欢呼大笑着。

但凯瑞丝明白，他临走时扔下的那句话是实情。她的当选还要经过亨利主教的认可。

而戈德温一定会竭尽全力地阻止主教的认可。

镇上的一队志愿者在河对岸的荒芜林地中清理出一英亩土地，戈德温也在把新地开辟为墓园的进程中。城墙之内的教堂墓园都已用光，大教堂墓场的余地在迅速缩减。

在刺骨的严寒中，戈德温迈步走在那地方的边界上，他喷洒的圣水触地即冻成冰棱，跟在他身后的修士和修女唱着圣歌。

虽说仪式尚未结束，掘墓人已经动手挖土了。一堆堆新土在边缘笔直的坑旁整齐地排成一行行，相隔尽可能地紧凑，以节省地面。但一英亩的墓地不够维持太久，人们已经开始清理另一块林地了。

在这种时刻，戈德温不得不保持镇定。黑死病一如涌来的潮水，一无阻挡地沿途淹没了所有的人。在圣诞节前的一周里，修士们已经掩埋了上百人，这几个月还在增加。约瑟夫兄弟在昨天死去，还有两名修士现在正在卧病。什么时候才算了结呢？难道世人都要死吗？戈德温本人能逃过此劫吗？

他惊惧之中停下了脚步，盯着用来洒圣水的金质洒水器，仿佛他想不通那物件怎么会到了他手中。一时之间他慌乱得迈不动步了。这时，走在队列最前面的菲利蒙轻轻地从后面推了他一把。戈德温这次踉跄向前，重新边走边洒圣水。他得把这些骇人的念头逐出脑海。

他把思绪转向修女们的选举。

他的布道起初的反应十分有利，他以为伊丽莎白胜券在握了。形势急转直下，凯瑞丝的人缘的迅猛恢复使他措手不及。菲利蒙技穷的干扰成了出手过迟的绝望之招。戈德温每想到此，就恨不得高声尖叫。

但是事情还没有完。凯瑞丝虽然蔑视了菲利蒙，不过在亨利主教批准之前，她无法认为她的地位已经稳固。

不幸的是，戈德温至今还没机会巴结亨利。这位不讲英语的新主教只来过王桥一次。由于他是新人，菲利蒙还来不及弄清他有什么致命的弱点。但他是个男人，又是个教士，因此他理应站在戈德温一边反对凯瑞丝。

戈德温已经给亨利写了信，说凯瑞丝迷惑了众修女相信她能挽救她们不致死于黑死病。他讲述了凯瑞丝的过去：八年前受控为异教徒，并被审判和判刑，后得到塞西莉亚的解救。他希望亨利能到王桥来，以他的头脑坚定地对凯瑞丝做出预判。

可是亨利什么时候会来呢？主教缺席了大教堂的圣诞节仪式是极其罕见的。能干又难以捉摸的副主教劳埃德来信解释说，亨利在忙于任命教士替代死于黑死病的人。劳埃德可能反对戈德温：他是威廉伯爵的人，由于威廉已故的兄弟理查而得到了他的地位；而且威廉和理查的父亲罗兰伯爵本来也痛恨戈德温。但劳埃德不会做决定，只有亨利才会。前景难以预卜。戈德温感到他失去了控制。他的前途受到了凯瑞丝的威胁，他的生命也受到了无情的黑死病的威胁。

奉献仪式快结束时，下起了小雪。就在清理完的地面之外，七支送葬队伍都站立不动，等待着仪式准备完毕。在戈德温的信号下，他们向前行进了。第一具尸体已在棺材里，其余的裹着尸衣停在尸架上。在好时日，棺材对有钱人都是奢侈品，但眼下木材昂贵，制棺人也忙不过来，只有非常有钱的富户才买得起木头棺材下葬。

在第一支队伍的前头是梅尔辛，他的红铜色须发上蒙着雪花。他抱着他的小女儿。戈德温推断，棺材中富有的死者应该是贝茜·贝尔。贝茜死时没有亲属，把客栈留给了梅尔辛。戈德温酸溜溜地想，钱简直像湿叶子一样沾到了那人的身上。梅尔辛已经拥有了麻风病人岛和在佛罗伦萨挣下的钱，如今又得到了王桥最忙碌的客栈。

戈德温之所以知道贝茜的遗嘱，是因为修道院有权征收遗产税，并从那地价中拿到很大的比例。梅尔辛毫不迟疑地用佛罗伦萨金币支付了那笔钱。

黑死病后果中的一项好处是修道院一下子有了大量现金。

戈德温给七位死者一次性地主持完了下葬典礼。如今这已经成了规矩：上下午各举行一次葬礼，而不论死者人数多少。王桥的教士数量不足以为每一个亡人单独举行葬仪。

戈德温想到这里，又勾起了他的恐怖心情。他磕磕巴巴地念着祷文，却看到自己躺在其中一个墓穴中；随后他才又把持住自己继续读下去。

葬礼终于结束，他率领着修士和修女的队伍返回大教堂。他们走进教堂，在中殿解散了队伍。修士们回到他们平日的岗位。

一名见习修女慌慌张张地走到戈德温跟前说："副院长神父，你到医院来一下好吗？"

戈德温不喜欢由见习生传达命令式的口信。"干吗？"他厉声问。

"对不起，神父，我也不知道——我只是听吩咐来叫你。"

"我尽快到就是了。"他烦躁地说。其实他并没有什么要紧事要做，只是要表明他要在大教堂里耽搁一下，和伊莱兄弟谈修士道袍的事。

过了一会儿，他才穿过回廊，进入医院。

修女们簇拥在圣坛前架起的一张床边。她们一定有个重要的病人，他心想。他不知道那是谁。一个看护修女转过来面对着他。她的口鼻上戴着面罩，但他从他和他们家人都有的那双闪着金光的碧眼中认出来：她是凯瑞丝。尽管他只看得到她的一小部分面孔，还是在她的眼神中注意到了一种古怪的表情。他本想看到厌恶和轻蔑，结果却是悲悯。

他怀着惶惑的心情走近床边。别的修女看到他都敬畏地向边上移开了。跟着，他就看到了病人。

是他母亲。

彼得拉妮拉的大脑袋躺在一个白枕头上。她在出汗，从鼻孔中一直向外淌一细道鲜血。一个修女在抹去血迹，但随抹随流。另一个修女给病人端来一杯水。彼得拉妮拉皱巴的脖颈皮肤上有一片紫色皮疹。

戈德温像挨了打似的哭出了声。他恐惧地瞪着眼睛。他母亲用难过的眼神盯着他。不消怀疑了：她已倒在了黑死病的危害中。"不！"他号叫着，"不！不！"他感到胸口有一阵难忍的痛楚，如同被捅了一刀。

他听到身边的菲利蒙用恐惧的声音说："保持镇静啊，副院长神父。"可他做不到。他张开嘴想尖叫，但出不来声。他突然感到魂飞魄散，控制不了行动了。随后，地上升起一团黑雾，吞噬了他，把他的躯体渐渐吞没，直到他的口鼻之上，使他无法呼吸，随后又升到他的眼睛，使他眼前一团漆黑；他终于失去了知觉。

戈德温在床上躺了五天。他没有进食，只是在菲利蒙把杯子凑到他嘴边时才喝一点水。他无法正常思考。他也不能动，似乎是没办法决定做什么。他抽泣着入睡，醒来再接着抽泣。他模糊地感到一个修士触摸他的额头，取了尿样，诊断为脑炎，并为他放了血。

后来，在十二月的最后一天，满脸惊恐的菲利蒙给他带来了消息：他母亲死去了。

戈德温起了身。他给自己刮了脸，穿上一件新袍服，前往医院。

修女们已为尸体洗净穿衣完毕。彼得拉妮拉的头发梳理整齐，身穿一件昂贵的意大利绒裙。看到她面孔死白，双目紧闭的样子，戈德温感到让他躺倒的那种痛楚又出现了，但这一次他能顶住了。"把她的遗体送到大教堂去吧。"他吩咐道。通常，陈尸于大教堂是只有修士、修女、高级教士和贵族才有的荣誉，但戈德温知道，没人会斗胆反对他这样做。

当她被送进教堂，放到圣坛前面之后，他跪倒在她身边，祈祷着。祷告帮他平息了恐惧，他逐渐理清了该做些什么。等他站起来的时候，便吩咐菲利蒙马上在会议厅召开一次会议。

他觉得浑身颤抖，但他知道必须振作起来。他一向擅长说服别人，现在他要把这种能力用到极致。

修士们集合好之后，他给他们读了《创世纪》中的一段。

“这些事以后，神要试验亚伯拉罕，就呼叫他说：‘亚伯拉罕！’他说：‘我在这里。’神说：‘你带着你的儿子，就是你独生的儿子，你所爱的以撒，往摩利亚地去，在我所要指示你的山上，把他献为燔祭。’亚伯拉罕清早起来，备上驴，带着两个仆人和他儿子以撒，也劈好了燔祭的柴，就起身往神指示他的地方去了。”①

戈德温从书上抬起眼。修士们都神情专注地凝视着他。他们都熟知亚伯拉罕和以撒的故事。他们更大的兴趣在他，戈德温的身上。他们警觉而谨慎，不知下一步是什么。

“亚伯拉罕和以撒的故事教导了我们什么呢？”他为制造效果反诘道，“上帝让亚伯拉罕杀死他的儿子——不但是他的长子，而且是他的独子，在他年届一百时把儿子烧死。亚伯拉罕反对了吗？他请求开恩了吗？他跟上帝争辩了吗？他指出了杀死以撒是谋害，是杀子，是可怕的罪孽了吗？”戈德温让这个问题悬念一会儿，然后低头看书，又读道：“亚伯拉罕清早起来，备上驴……”

他又抬起头来：“上帝也会试验我们。他可能命令我们进行看似错误的做法。也许他会要我们去做看似罪孽的事情。在这种时

① 见《圣经·创世纪》第22章前三节。

候，我们应该牢记亚伯拉罕。”

戈德温讲话时用的是他所知的他最具说服力的布道方式，顿挫有致又娓娓动听。他从八边形的会议厅中一片静谧看得出，他已经攫住了他们全神贯注的注意力：没人骚动，没人交头接耳，也没人不安。

“我们不该询问，”他说，“我们不该争论。当上帝引导我们时，我们都应该追随——他的愿望，无论在我们无力的头脑中看似多么愚蠢，多么罪过，或多么残忍。我们懦弱而卑微。我们的理解力低下。不该由我们做出决定或选择。我们的职责很简单。那就是服从。”

随后他告诉了他们，他们要怎么做。

天黑之后，主教到达了。当队伍进入修道院地界时，已经快到半夜了：他们由火把伴随。修道院中的人已经入睡了几个小时，但还有一伙修女在医院中上班，其中一个跑来叫醒凯瑞丝。

“主教到了。”她说。

“他找我干吗？”凯瑞丝睡眼惺忪地问。

“我不知道，副院长嬷嬷。”

她当然不知道。凯瑞丝赶紧起床，披上一条斗篷。

她在回廊中停住脚步。她长长地喝了一通水，狠吸了几口夜间的冷空气，清醒了一下她昏睡的头脑。她想给主教留个好印象，以便在认可她当选女修道院副院长一事上不致节外生枝。

劳埃德副主教已经在医院里了，他面色疲惫，尖头的长鼻子冻得通红。“过来向你的主教致意。”他不高兴地说，仿佛她该不睡觉守候在这里似的。

她随他向外走去。一个手执火把的仆人站在门外。他们穿过绿地来到骑在马上的主教面前。

他是个小个子男人，却戴着一顶大帽子，他看上去很厌倦。

凯瑞丝用诺曼法语说："欢迎到王桥修道院来，主教大人。"

亨利怒冲冲地说："你是什么人？"

凯瑞丝以前见过他，但没和他说过话。"我是凯瑞丝姐妹，当选的女修道院副院长。"

"女巫。"

她的心往下一沉。戈德温准是已经设法毒害了亨利的头脑，反对她了。她觉得很气愤。"不，主教大人，这里没有女巫，"她话中的尖酸多于谨慎，"只有一组修女在为受黑死病之害的镇子竭尽全力。"

他不理睬这番话。"戈德温副院长在哪里？"

"在他的宅院里。"

"没有，他不在！"

劳埃德副主教解释说："我们已经到过那儿了。那房子是空的。"

"真的？"

"是的，"副主教气恼地说，"是真的。"

这时，凯瑞丝瞥见了戈德温的猫：尾尖上是显眼的白色。见习生们都叫它"大主教"。那只猫走过大教堂的西侧，向立柱间的空处窥视，仿佛在寻找它的主人。

凯瑞丝吃了一惊。"真奇怪……或许戈德温决定与其他修士一起睡在宿舍里了。"

“他为什么要这么做？我希望没发生什么不妥的事情。”

凯瑞丝摇头表示没有。主教怀疑有男女之事，但戈德温没有那种罪孽的倾向。“他母亲染上黑死病时，他反应失常。他昏厥倒地了。他母亲今天去世了。”

“若是他身体不适，我倒认为他更可能要睡在自己的床上了。”

什么事都可能发生。戈德温因彼得拉妮拉患病而稍有出轨。凯瑞丝说：“主教大人是否肯和他的一个助手说话呢？”

亨利不快地回答：“我要是能找到一个倒好了！”

“或许我带劳埃德副主教到宿舍去……”

“你愿意的话，马上就去！”

劳埃德从一个仆人手中接过一根火把，凯瑞丝便带他快步穿过大教堂，走过回廊。如同修道院在夜间这种时刻一样，那地方阒无声息。他们来到通向宿舍的楼梯脚下，凯瑞丝便站住了。“你最好独自上去，”她说，“修女是不该看见床上的修士的。”

“当然。”劳埃德举着火把走上楼梯，把她撇在黑暗中。她满心狐疑地等候着。她听到他高叫：“喂？”有一种莫名其妙的静谧。过了一会儿之后，他用一种古怪的声音向下面叫她：“姐妹？”

“在呢？”

“你可以上来了。”

她觉得神秘地爬上楼梯，进入了宿舍楼。她站在劳埃德身边，靠摇曳的火把光向房间里窥视。修士们的草荐整齐地沿墙排成两行——但上面都没有人。“这里一个人都没有。”凯瑞丝说。

“连个魂都没有，”劳埃德同意说，“到底出了什么事？”

“我不知道，不过我猜得出来。”凯瑞丝说。

“那就请启发我一下吧。”

“难道不是显而易见吗？”她说，“他们已经跑掉了。”

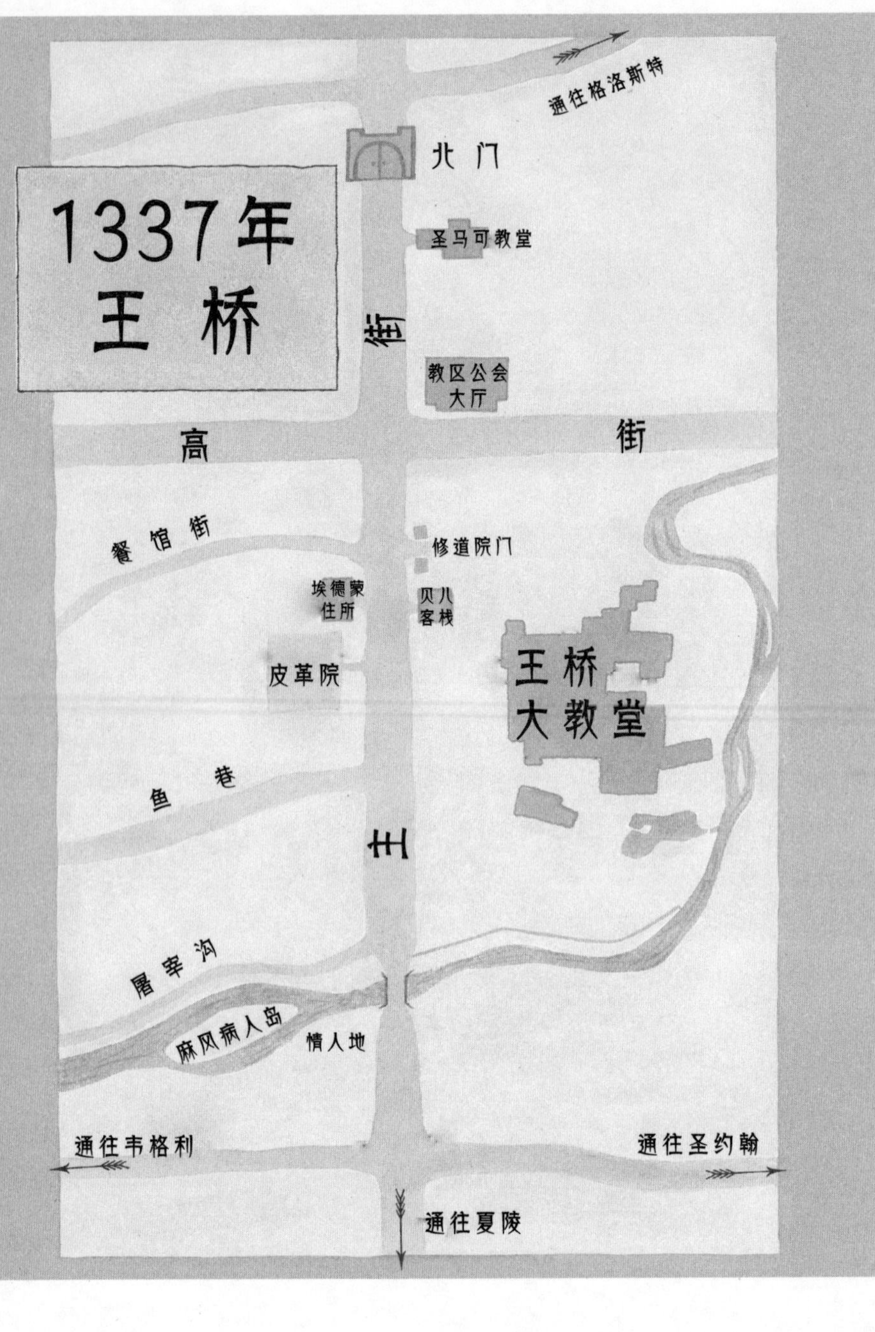
1337年
王桥
通往格洛斯特
北门
圣马可教堂
主街
教区公会
大厅
高街
餐馆街
修道院门
埃德蒙
住所
贝儿
客栈
皮革院
王桥
大教堂
鱼巷
屠宰沟
麻风病人岛
情人地
通往韦格利
通往圣约翰
通往夏陵

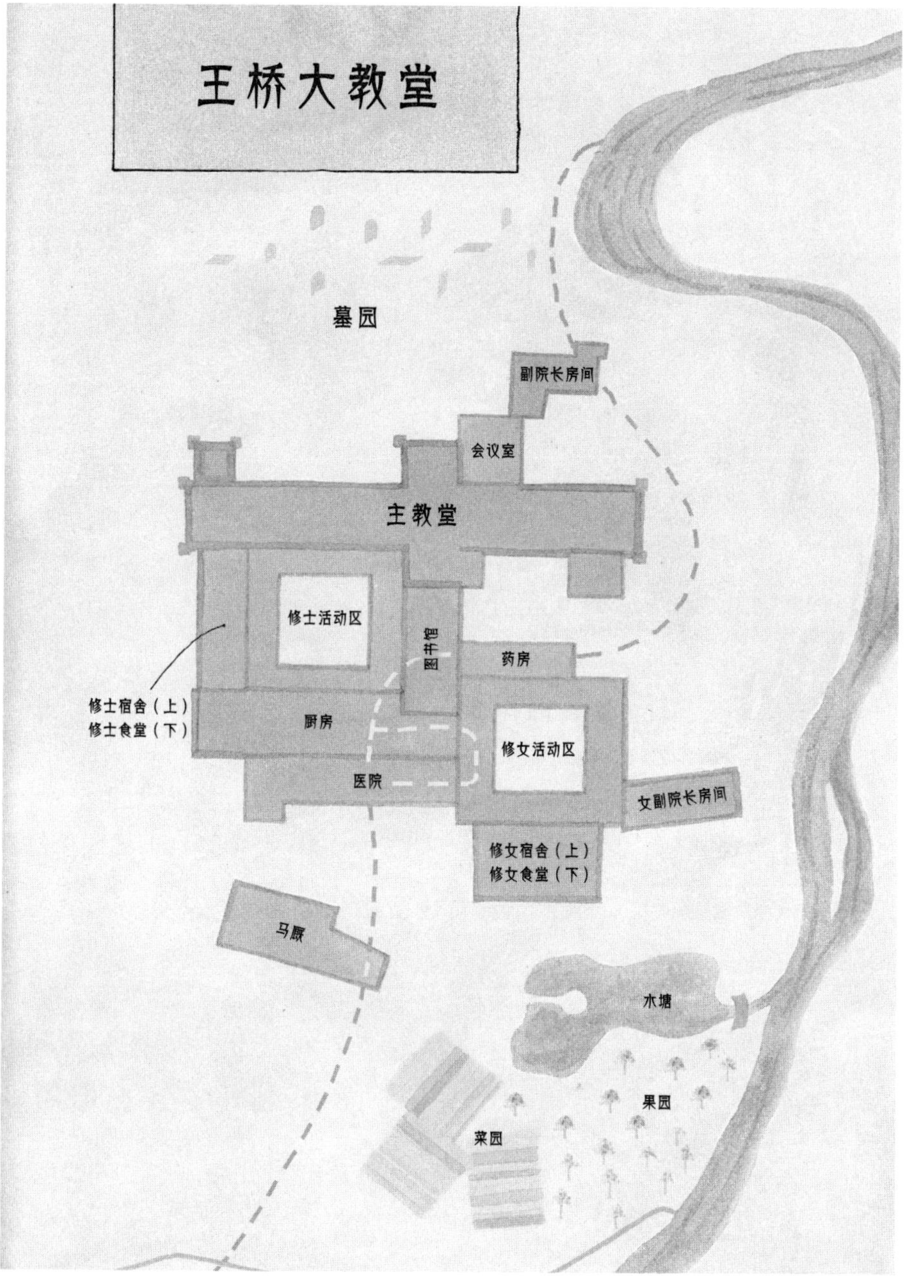

王桥大教堂

墓园
副院长房间
会议室
主教堂
修士活动区
图书馆
药房
修士宿舍（上）
修士食堂（下）
厨房
修女活动区
医院
女副院长房间
修女宿舍（上）
修女食堂（下）
马厩
水塘
果园
菜园